HÅKAN ÖSTLUNDH

Die Nacht des Propheten

D1855203

GOLDMANN
Lesen erleben

HÅKAN ÖSTLUNDH

DIE NACHT DES PROPHETEN

DIE ELIAS-KRANTZ-TRILOGIE 3

Thriller

Aus dem Schwedischen
von Katrin Frey

GOLDMANN

Die schwedische Originalausgabe erschien 2021 unter dem Titel
»Profetens sista död« bei Bokförlaget Polaris, Stockholm.

MIX
Papier aus verantwortungsvollen Quellen
FSC® C014496

Penguin Random House Verlagsgruppe FSC® N001967

1. Auflage
Deutsche Erstveröffentlichung August 2021

Umschlaggestaltung: UNO Werbeagentur, München
Umschlagmotive: FinePic®, München; Arcangel/Miguel Sopreira;
GettyImages/RooM/steinliland; GettyImages/Kristina Kausmann/EyeEm;
Stocksy/Mem Studio
Redaktion: Maike Dörries
KS · Herstellung: ik
Satz: Uhl + Massopust, Aalen
Druck und Bindung: GGP Media GmbH, Pößneck
Printed in Germany
ISBN: 978-3-442-49029-5
www.goldmann-verlag.de

Besuchen Sie den Goldmann Verlag im Netz

(Nichts anderes zulassen als) die dunklen Kräfte,
die Rache in Liebe und Tod in Verliebtheit verwandeln.

Tom White in
Die Stunde des Propheten

Hat er sie wirklich geliebt? Oder hat er es sich nur eingeredet, um das, was er ihr angetan hat, vor sich selbst zu rechtfertigen?

Spielt das jetzt noch eine Rolle?

Ulrika lebt nicht mehr. Von einer Bombe zerfetzt. Tot.

Elias hat sich für ein Zwei-Sterne-Hotel entschieden, dessen Sterne allerdings schon zwanzig Jahre auf dem Buckel haben. Grund war nicht nur der günstige Preis, sondern die Hoffnung, dass man es hier bei der Anmeldung mit den Personalien nicht so genau nehmen würde.

Der Eingangsbereich des Hotel Liberty ist überraschend einladend, das gewölbte Glasdach über der Tür ist von üppigen Palmen und schmiedeeisernen Leuchtern flankiert, aber in der Rezeption riecht es nach Küche, Staub und Putzmittel. Der blaugemusterte Teppich vor dem Tresen, wo die Hotelgäste beim Check-in stehen, ist fleckig und bis auf die Kettfäden abgenutzt.

Er war vor vier Jahren das letzte Mal in Sanremo, an dem Bahnhof, wo er früher so oft ausgestiegen ist … Nach dem Tod seiner Mutter ist er immer seltener hergekommen. Sieben Jahre sind inzwischen vergangen. Und seine Großmutter war auch nicht die Reiselustigste. In Schweden war sie zuletzt bei Mamas Beerdigung. Da lebte Opa noch. Er erinnert sich lebhaft daran. Die beiden Alten mit den weichen, arthrosekrummen Händen und den liebevollen Augen, zu Hause in Ligurien zwei Felsen in der Brandung, aber in einem Land mit einer fremden Sprache ganz verloren.

Als er an die verflossenen Jahre denkt, überkommt ihn ein trostloses Gefühl von Verlassenheit, das in paradoxer Weise geradezu seine Stimmung hebt. Er hat nicht erwartet, etwas anderes als Trauer und Ratlosigkeit empfinden zu können, aber offenbar ließ sich auf die schwere Last doch noch ein negatives Gefühl draufpacken.

Obwohl es bis zu seiner Großmutter, die ein Stück landeinwärts wohnt, mit dem Auto höchstens eine Stunde ist, wird er sie nicht besuchen. Das Risiko ist ihm zu hoch. Wenn ihm jemand folgt und Tom White mit Elias Ferreira Krantz in Verbindung bringt, kann das nicht nur für ihn, sondern auch für seine Großmutter verhängnisvolle Folgen haben. Trotzdem ist er nach Sanremo gekommen. Ist es Zufall? Wohl kaum. Wahrscheinlich hat ihn seine Identitätslosigkeit hierhergetrieben. Zu seinen unbestritten hier liegenden Wurzeln.

Elias geht zu dem verwaisten Marmortresen und drückt auf Anweisung eines dort mit Klebestreifen befestigten Zettels in englischer und italienischer Sprache den Klingelknopf.

Eine elegante, müde aussehende Frau um die dreißig mit gefärbtem und chemisch geglättetem Haar tritt aus einem Raum hinter der Rezeption. Während sie ihn lächelnd fragt, wie sie ihm weiterhelfen kann, legt sie eine Hand mit fünf kunstvoll modellierten, korallenroten Nägeln auf den Tresen.

»Haben Sie ein Einzelzimmer für zwei Nächte?«, fragt er.

»Ja«, sagt sie. »Zweiundfünfzig Euro mit Frühstück.«

Ein Schnäppchen.

»Perfekt«, sagt er erfreut.

Ohne eine Miene zu verziehen, schiebt sie ihm ein gelbes Formular hinüber und knallt einen Kugelschreiber darauf. Elias trägt sich als Andreas Johansson ein, ein entfernter Bekannter vom Gymnasium, gibt aber für den Fall, dass sie auf die Idee kommen sollte, ihn auf Facebook zu suchen, eine vollkommen andere Adresse an. Es gibt sicher Tausende Andreas Johanssons, genug, um eventuelle Recherchen schulterzuckend ad acta zu legen.

»Ich brauche eine Kreditkarte und einen Pass oder einen anderen Ausweis«, sagt sie, als er ihr das Formular zurückgibt.

Elias lächelt gequält.

»Tut mir leid, ich habe weder noch.«

Ihre Augen weiten sich ein wenig.

»Bezahlen kann ich, ich habe Bargeld dabei.«

»Aber keinen Ausweis?«

»Nein. Ich bin in Nizza ausgeraubt worden. Man hat mir Handy, Brieftasche, Pass und alles andere außer dem Bargeld, das ich in der Tasche hatte, gestohlen.«

Er klopft sich auf die Hosentasche, um zu verdeutlichen, wo er sein Geld hat. Seufzend wirft sie einen Blick auf seine Hose, schaut ihm in die Augen und trommelt eine Weile mit den Fingern auf das Formular, bevor sie es in einem Fach unter dem Tresen verschwinden lässt. Ihren Augenringen nach zu urteilen, hat sie andere Sorgen als die Identitätsnachweise der Hotelgäste.

»Sie müssen für beide Nächte im Voraus bezahlen. Wenn Sie länger bleiben wollen, brauche ich einen vorläufigen Pass oder eine polizeiliche Verlustanzeige.«

»Danke.«

Er gibt ihr einhundertzehn Euro und bekommt sechs zurück, aber keine Quittung. Er gibt keine weiteren Erklärungen ab, aber sie dürfte auch so zu dem Schluss gekommen sein, dass er sich die blauen Flecken im Gesicht bei dem Raubüberfall zugezogen hat.

Nachdem sich auch die zweite Sicherheitstür mit einem Klicken öffnet, betritt Örjan zehn Minuten verspätet die Räume des Büros in der Floragata. Es ist untypisch für ihn, zu spät zu kommen, schon gar nicht, ohne Bescheid zu sagen.

»Gebt mir fünf Minuten«, ächzt er.

Karolina Möller und Vendela Bark nicken, aber er hat ihnen bereits den Rücken zugekehrt und ist auf dem Weg in sein Zimmer.

Karolina und Vendela wohnen nach wie vor in der etwas schäbigen Wohnung in der Blekingegata, in die sie gezogen sind, nachdem ein Mann in Karolinas Wohnung auf Långholm eingebrochen ist und versucht hat, sie zu töten, dürfen aber mittlerweile wieder ins Büro.

Sie ermitteln noch immer im versuchten Mord an Karolina und sind überzeugt, dass hinter dem inkompetenten Mörder Hintermänner stehen, möglicherweise dieselben Personen oder zumindest dasselbe terroristische Netzwerk, das vor sechs Wochen den Air-France-

Flug Nr. 1562 während des Anflugs auf den Stockholmer Flughafen Arlanda abgeschossen hat.

Seitdem hat sich einiges verändert. Fünf neue Mitarbeiter sind dazugekommen. Zwei in der von Vendela geleiteten IT-Abteilung, die momentan die vom Propheten beschafften Daten aus dem System von Atlas sortiert und analysiert, und drei sind Karolina unterstellt. Unten auf der Straße haben sie einen Wachmann, das Zimmer von Örjan Mardell oder, besser gesagt, der verglaste Teil des Zimmers am Ende des Ganges, das er als sein persönliches Büro benutzt, soll immer abgeschlossen sein, und die Dienstwaffen dürfen auch innerhalb der Räumlichkeiten nicht abgelegt werden.

Die Aufklärung des Anschlags auf das französische Linienflugzeug, den größten Terrorangriff, der je in Schweden stattgefunden hat, erfordert enormen Aufwand. Der geheime Teil der Arbeit des Büros betrifft nur ein kleines, aber nicht unbedeutendes Detail: die verwendete Waffe. Mit hoher Wahrscheinlichkeit handelt es sich um eine tragbare Flugabwehrrakete, die in Zusammenhang mit dem Industriellen Eric Hands und dem Atlas-Konzern stehen könnte.

»Ich verstehe nicht, was der Prophet sich dabei gedacht hat«, sagt Karolina. »Warum haut er aus dem Krankenhaus ab? Wir tun alles, um ihm zu helfen, trotz seinem doppelten Spiel mit Lambert, und er macht sich aus dem Staub wie ein zur Fahndung ausgeschriebener Bankräuber.«

»Du bist immer noch sauer.«

Vendela wirft ihr einen belustigten Blick zu, was Karolina noch wütender macht.

»Ja, warum sollte ich das auch nicht sein?«

Der Prophet hatte sich mit Emmanuel Lambert vom CNRLT eingelassen, einer Organisation, die sich am ehesten als Frankreichs neue Homeland Security beschreiben lässt, ohne das Büro zu informieren. Er hat ihnen damit nicht geschadet, aber das ist nebensächlich. Lambert hat sich ihre Arbeit zunutze gemacht.

Der Prophet war ein Doppelagent geworden. Ein Verräter. Und man konnte beim besten Willen nicht behaupten, er hätte nicht gewusst, worauf er sich einließ.

»Er dürfte ziemlich durcheinander sein«, sagt Vendela. »Das liegt in der Natur der Sache. Probleme mit Paranoia? Keine Sorge, schluck einfach die Tabletten hier und bleib im Krankenhaus, dann klärt sich alles.«

Vendelas einfühlsame Stimme geht ihr gegen den Strich.

»Wir hätten ihn einsperren sollen.«

»Tja, kann sein, nur haben wir das nicht zu entscheiden. Er lag in einem französischen Militärkrankenhaus.«

Vendela steht auf und klopft sich ein paar Papierschnipsel von ihrer schwarzen Jeans. Erstaunlicherweise hat sie nach ihrer Rückkehr aus Cannes Zeit gefunden, zum Friseur zu gehen. Die ohnehin zierliche Person wirkt noch eine Nummer kleiner, seit sich der voluminöse Lockenkopf auf zwei straff geflochtene Zöpfe reduziert hat.

»Wollen wir?«

Vor Örjans Tür bleiben sie stehen.

Örjan, der hinter seinem Schreibtisch steht, den Blick auf den Bildschirm gerichtet, drückt den Türöffner, als er sie bemerkt. An der Tischkante steht ein Plastikteller mit einem letzten Hummusrest von Reggev in der Döbelnsgata, eine zusammengefaltete Serviette und eine Holzgabel sorgsam darauf platziert. Selbst wenn er sich gehen lässt noch ein Ordnungsfanatiker, denkt Karolina. Hastig wirft Örjan den Teller in den Papierkorb unter seinem Tisch und knöpft sich das Jackett zu, das wie alle seine Kleidungsstücke einen Tick zu klein für seinen massigen Körper zu sein scheint.

Karolina und Vendela setzen sich, und Karolina beginnt sofort mit ihrem Bericht. Diesmal verzichtet sie auf emotionale Exkurse.

»Der Prophet ist mit einem Taxi aus dem Krankenhaus entkommen. Unterwegs hat er sich eines Handys und einer Kreditkarte entledigt. Das Handy hat er weggeworfen, sobald er das Krankenhaus verlassen hatte, die Kreditkarte hat er in einen Gully fallen lassen, nachdem er an einem Geldautomaten Geld abgehoben hat. Vermutlich, weil er befürchtet, dass man ihn anhand der Kreditkarte verfolgen würde. Das Taxi hat ihn ins Stadtzentrum von Nizza gefahren, wo wir seine Spur verloren haben, weil uns ein plötzlich aus einer Querstraße kommendes Müllauto den Weg abgeschnitten hat. Ich bezweifle, dass es ein Zufall war.«

»Wer könnte deiner Ansicht nach dahinterstecken?«, fragt Örjan.

Er sitzt regungslos an seinem Schreibtisch und verzieht

keine Miene. Was, wie sie aus Erfahrung weiß, auf höchstes Interesse hindeutet.

»Das Handy und die Kreditkarte, die er bei sich hatte, als er aus dem Krankenhaus kam, kann er nur von Lambert haben«, sagt Karolina. »Falls Lambert ihm zur Flucht verholfen hat, könnte er durchaus auch dafür gesorgt haben, dass ihm niemand folgt.«

»Hat er ihm womöglich eine neue Identität verschafft?«

»Leider sind wir nicht an die Kreditkarte herangekommen«, antwortet Vendela. »Aber das Handy habe ich untersucht. Es war eine einzige Nummer darauf gespeichert. Eine anonyme französische Telefonnummer.«

Örjan denkt kurz nach.

»Wir lassen die Sache auf sich beruhen«, sagt er schließlich.

»Was?«

Karolina sieht Örjan ungläubig an und wirft Vendela einen Seitenblick zu.

»Ja«, sagt ihr Chef. »Lasst ihn laufen. Er hat unseren Auftrag erfüllt. Wir haben bekommen, was wir wollten.«

Sie hatten ihr Ziel erreicht, das darin bestand, ins Datennetzwerk des Atlas-Konzerns einzudringen. Der Prophet hatte aus Notwehr den schwedischen Rechtsextremisten Simon Brinkman getötet, der für Eric Hands eine Reihe zwielichtiger Geschäfte erledigt hatte. Anhand von Satellitenbildern hatte Eric Hands den Propheten ein paar Tage später enttarnt und das Computersystem abgeschaltet. Allerdings hatten sie sich zu dem Zeitpunkt bereits alles, was dort zu holen war, heruntergeladen.

»Entschuldige«, sagt Karolina, »aber ist das wirklich die richtige Entscheidung? Du bist ihm nie persönlich begegnet, so wie wir. Er ist verwirrt. Es ist nicht auszuschließen, dass er uns oder sich selbst für das, was passiert ist, Vorwürfe macht. Ich befürchte, er könnte auf die Idee kommen, mit seinem Wissen an die Öffentlichkeit zu gehen oder sich gar etwas anzutun.«

Örjan drückt sich an die Rückenlehne, als würde er unangenehmem Mundgeruch ausweichen.

»Ich habe gehört, was du gesagt hast«, brummt er. »Aber ich glaube, der Prophet weiß durchaus, was für ihn am besten ist. Alle von euch erwähnten Vorsichtsmaßnahmen deuten auf eine stabile Persönlichkeit hin. Und sollte er …« Örjan umfasst die Armlehnen und legt eine Pause ein.

»Was?«

»Sollte er sich doch umbringen, ist das nicht unser Problem.« Örjan hüstelt angestrengt. »Natürlich tragen wir eine Verantwortung für unsere Mitarbeiter, aber wenn diese sich uns bewusst entziehen und darüber hinaus mit dem Nachrichtendienst eines anderen Staates anbandeln, dann sind wir meiner Meinung nach nicht mehr zuständig. Oder seht ihr das anders?«

Es ist nicht leicht, etwas dagegen zu sagen. Vor allem, weil das Argument auch von ihr hätte sein können. Es aus dem Mund ihres Chefs zu hören, fühlt sich trotzdem nicht gut an. Obwohl sie eigentlich stinksauer auf den Propheten ist, muss sie zugeben, dass sie sich Sorgen um ihn macht. Außerdem ist sie der Meinung, dass sie für ihn verantwortlich sind, weil sie ihn in diese Sache mit hineingezogen haben. Aber Örjan ist der Chef. Und deswegen hält sie den Mund.

»Na dann«, sagt Örjan. »Schließen wir den Propheten ab und blicken nach vorne.«

Es ist der zweiundzwanzigste Oktober. Elias sitzt an einem gusseisernen Bistrotisch unter einer Platane, deren Blätter allmählich gelb werden, und hat einen doppelten Espresso vor sich stehen. Ein paar Minuten lang vergisst er fast, dass er auf der Flucht ist, und konzentriert sich auf die warme Sonne in seinem Gesicht und den bitteren Kaffeegeschmack auf der Zunge.

Seit er das Krankenhaus verlassen hat, sind drei Tage vergangen. Während der zwei Tage im Hotel Liberty gegenüber vom Piercing-Studio »Borneo Flower«, das ganz und gar keine Ähnlichkeit mit dem düsteren BDSM-Keller hatte, den man bei solch einem Namen in Stockholm erwarten würde, sondern eher an ein exklusives Juweliergeschäft erinnerte, hatte er sich ein einfaches Handy besorgt und von einem der Internetcafés, die es in diesen Breitengraden immer noch gibt, bei Airbnb ein günstiges Zimmer gebucht.

Die Wohnung im nördlichen Teil der Stadt ist eher ein Kabuff, eingerichtet mit wackligen Möbeln von IKEA und Flohmarktfunden und einem Minimum an Küchenutensilien, aber natürlich mit WLAN und einem Flachbildschirm aus grauem Plastik ausgestattet. Etwas Besseres kann er sich nicht leisten, sein Geld muss so lange wie möglich reichen. Wenn das nicht viel teurere und um einiges wohnlichere Hotel nicht auf eine Verlustanzeige bestanden hätte, wäre er lieber dortgeblieben.

Das imbissartige Straßencafé befindet sich an einem dreieckigen Platz in der Nähe seiner Wohnung. Er hat es gleich am ersten Tag hier entdeckt. Der Betreiber mit der dunklen, wettergegerbten Haut und dem militärisch geraden Rücken behandelt ihn bereits wie einen Stammgast. Er weiß, er sollte sich besser keine Gewohnheiten zulegen, aber irgendwie muss er sich ja beweisen, dass er noch existiert und wenigstens noch eine winzige Verbindung zur Welt besteht.

Das Leben undercover mit all seinen psychischen Belastungen und Entbehrungen ist schon schwer genug, wenn man ein Ziel vor Augen hat und weiß, dass man letztendlich etwas bewirken wird. Etwas ganz anderes ist es, wenn das Leben im Verborgenen Selbstzweck ist. Er braucht irgendeinen Grund, um zu leben, und sei es nur ein Kaffee und ein paar Sonnenstrahlen.

Er braucht einen Plan, aber bislang ist ihm das nicht gelungen. Am besten wäre es wahrscheinlich, nach Schweden zurückzukehren. Solange er sich auf Regionalzüge beschränkt und innerhalb des Schengenraums bleibt, benötigt er dafür noch nicht mal Ausweispapiere. Er spricht fließend Englisch, Schwedisch und Französisch und ist zurzeit blond. Er läuft also weder Gefahr, in Gewahrsam genommen noch in ein Kriegsgebiet abgeschoben zu werden. Schlimmstenfalls kann er einen Grenzübergang nicht im ersten Anlauf passieren und muss es am nächsten Tag erneut versuchen.

Er ist immer noch erschöpft, sein misshandelter Körper gehorcht ihm nicht richtig. Die Schläge, die er auf der Jacht von Eric Hands eingesteckt hat, spürt er noch in den Knochen, und wenn er sich unbedacht bewegt, schmerzt die gebrochene Rippe. Die blauen Flecke im Gesicht sind zum Glück fast vollständig verblasst. Elias schließt die Augen, hört ein paar Straßen weiter den Verkehr rauschen und zwei Frauen, die sich in ratterndem Italienisch unterhalten. Er versteht nicht einmal die Hälfte.

Sein Puls schießt in die Höhe, ein Erinnerungsfetzen zwingt ihn, die Augen zu öffnen: Ulrika an der Reling, die ausgelassen winkt und ihm zuruft, dass sie ihn holen kommt. Er spürt die nassen Kleider auf der Haut, so weit draußen ist das Wasser kalt, und sein malträtierter Körper tut weh. Dann die ferngesteuerte Rakete, die Jacht im Flammenmeer, Ulrika verschwunden und er selbst gefangen in der Taubheit nach der Explosion.

Hastig sieht er sich auf dem Platz um. Der Mann an der Espressomaschine, die beiden Passantinnen, eine gurrende Taube hoch oben in der Platane.

Sie ist vor seinen Augen gestorben, von einer Sekunde auf die andere ist sie atomisiert worden. Es sind mittlerweile eine Reihe Menschen gestorben, die ihm nahestanden: sein Vater bei dem Bombenattentat in Sarajevo.

Aus dem Weg geräumt, nachdem ihm ein Whistleblower aus dem Atlas-Konzern einen USB-Stick mit einer Tonaufnahme hatte zukommen lassen. So hat das Ganze für Elias angefangen, bevor er in einen Strudel aus Tod, Korruption und ungesühnten Verbrechen geraten war. Seine Stiefmutter Mari-Louise, ermordet an einem vermeintlich sicheren Ort, sein Stiefbruder Markus, irrtümlich an seiner Stelle hingerichtet, und dann Ulrika auf der Jacht. Den Auftragskiller, ein Rechtsextremist namens Simon Brinkman, hat Elias eigenhändig mit einem französischen Fleischmesser getötet.

War Elias schuld daran, dass Ulrika ums Leben gekommen ist?

Ja. Sie ist nur wegen seiner Anwesenheit gestorben.

Elias war zwar nicht für die zielsuchende Rakete verantwortlich, die das Boot in Stücke gerissen hat, aber ohne ihn hätte Ulrika sich nicht an Bord der Jacht oder in Cannes oder überhaupt in Europa befunden.

Er war ein Mörder, und wen er nicht selber tötete, kam durch seine Anwesenheit zu Tode.

Er hat sie geliebt. Und das war ein Fehler gewesen. Verheerend unprofessionell. Aber alles andere war undenkbar. Er war gelandet, wo er gelandet war, weil es so hatte kommen müssen. Er hat Ulrika kennengelernt, hat sich in sie verliebt und ihr Vertrauen gewonnen, weil seine Gefühle echt waren, wenn auch durch eine absichtlich herbeigeführte Situation forciert: ihrem Vater Eric Hands näherzukommen. So lief das, und das wussten die Mitarbeiter des Büros genau, gaben sich aber ahnungslos.

Es war nicht das erste Mal, und es war vorherzusehen gewesen, weil Menschen keine Maschinen sind, und genau darum ging es. Elias war Kanonenfutter. Emotionales Kanonenfutter.

Er sieht zum Himmel hinauf. Rast dort eine zielsuchende Rakete durch die Luft? Er bekommt einen trockenen Mund und muss sich an der Tischkante festhalten, um nicht vom Stuhl zu kippen. Er beißt die Zähne aufeinander und zählt die Sekunden bis zur Explosion.

Doch es passiert nichts. Keine Rakete, keine Explosion, kein Tod. Langsam normalisiert sich sein Puls, und er kann die feuchten Hände vom Tisch lösen. Die Kopfschmerzen machen sich wieder bemerkbar. Manchmal glaubt er, der Tumor wäre noch da, aber dann verdrängt er seine Ängste und sagt sich, dass es mit den Schlägen und der Raketenexplosion zu tun hat, dass die Schmerzen daher rühren müssen.

Er steht auf und will zurück zu seiner Wohnung gehen. Der Mann in der kleinen Bar ruft ihm ein Ciao hinterher. Er winkt ihm zu. Dieser alte Mann, der ihn gar nicht kennt, ist sein einziger Grund, sich real zu fühlen.

Er verlässt die Gasse, die zu dem Platz führt, und geht den schmalen Bürgersteig einer Einbahnstraße entlang, durch die gerade mal ein Auto passt. Vor einem Lebensmittelgeschäft weicht er einem Hund mit struppig grauem Fell aus, der mit der Schnauze auf den Vorderpfoten ausgestreckt daliegt, und läuft ein Stück auf der Fahrbahn. Der Hund verfolgt ihn reglos mit seinem Blick.

Im gleichen Moment, als ihm ein Mann in dunkelblauem Blouson mit kleinem Krokodil auf der Brust entgegenkommt, überholt ihn ein weißer Lieferwagen. Elias springt zurück auf den Gehweg und drückt sich an die Hauswand, um den Mann vorbeizulassen, doch der Mann weicht ebenfalls aus. Elias bleibt lächelnd stehen, damit sie sich nicht wieder beide in einem nervösen Ausweichmanöver gegenseitig den Weg versperren, und fordert den anderen mit einer höflichen Geste zum Weitergehen auf.

Da öffnet sich scheppernd die Schiebetür des Lieferwagens. Der kräftige Mann im Lacoste-Blouson deutet mit einer Kopfbewegung auf den Wagen.

»Einsteigen«, sagt er auf Französisch.

Elias dreht sich um und will davonrennen, wird aber nach höchstens einem Meter von einem Mann aufgehalten, der unbemerkt hinter ihm aufgetaucht ist. Die beiden Männer drehen ihm die Arme auf den Rücken und schieben ihn unsanft in den Lieferwagen. Er hat ihnen nicht viel entgegenzusetzen, als sie ihn auf den Boden drücken und er einen Stich am Oberschenkel spürt. Das Fahrzeug setzt sich in Bewegung, und während er wegdämmert, träumt er, er würde wegrennen. Überzeugt davon, dass sie ihn töten wollen, rennt er um sein Leben, während er gleichzeitig denkt, dass es bestimmt ein spannender Ausflug wird.

Ylva Grey steigt am Flughafen Arlanda in den Expressbus und nimmt am Hauptbahnhof ein Taxi. Als der schwarze Wagen auf die hohen Tannen zufährt und sie kurz darauf auf dem Hügel am See die prächtige Jugendstilvilla erblickt, ist sie seit zwei Wochen nicht zu Hause gewesen. Sie hatte Urlaub genommen, um dem Medienrummel zu entfliehen. In der Annahme, nicht als Generaldirektorin von Sida zurückzukehren. Sie hatte sogar vorsorglich ein Blankokündigungsschreiben eingereicht, sich nun aber doch entschlossen zu bleiben. Die Staatssekretärin im Ministerium für technische Zusammenarbeit ist bereits informiert. Sie hat nicht vor aufzugeben.

Die böswillige Lüge, sie hätte Einwanderer ohne Arbeitsgenehmigung bei sich zu Hause unentgeltlich arbeiten lassen, wie anfänglich von Rechtsextremisten in den sozialen Medien verbreitet, war nach einer Weile auch in den Mainstreammedien angekommen. Eine oft genug wiederholte Lüge wird zwar nicht automatisch wahr, aber man sät Zweifel, und irgendwann fangen auch seriöse Journalisten an, Fragen zu stellen und den Zweifeln Nahrung zu geben.

Als Eric Hands' Jacht untergegangen war, hatte sie ihre bereits beschlossene Abreise um ein paar Tage verschoben. Ein paar schreckliche Tage lang war sie überzeugt, dass Elias tot war.

Sie konnte sich nicht erklären, was ihn dazu getrieben hatte, unter Lebensgefahr auf die Capricorn zurückzukehren, obwohl sein Auftrag eigentlich abgeschlossen war. Hatte er gehofft, noch mehr bewirken zu können? Ging es ihm um Gerechtigkeit und Vergeltung? Oder um die Frau an Bord, Eric Hands' Tochter Ulrika? Hatte sie ihn gelockt?

Das Taxi fährt durch das Tor. Es ist ein sonniger Tag, die Luft ist kalt und klar, der Himmel hoch. Noch hat sich die Dunkelheit nicht über den Norden gesenkt, aber sie liegt bereits auf der Lauer.

Sie bittet den Taxifahrer, neben dem Wohnmobil zu halten, in dem sich der Wachschutz aufhält, klopft an und teilt dem Personenschützer ihre Rückkehr mit. Es sind drei oder vier verschiedene Männer, die in Schichten arbeiten. Ylva hat noch keinen von ihnen persönlich getroffen, aber sie hat die Namen und Passfotos zugeschickt bekommen. Der Mann zeigt ihr seinen Ausweis und stellt sich vor. Peder Christiansen. Das klingt dänisch. Auf solche Dinge achtet sie mittlerweile penibel. Vor einem Jahr wäre der gezückte Ausweis nur eine Formalität gewesen. Sie hätte nicht einmal den Namen gelesen. Nun liest sie ihn nicht nur, sie prägt ihn sich ein.

Er weist sie auf die beiden Notrufschalter hin, die im Haus eingebaut wurden. Einer im Schlafzimmer und einer in der Küche. Dafür muss sie eine App auf ihrem Smartphone installieren. Und sie werden Übungen durchführen. Er kann innerhalb von dreißig Sekunden bei ihr sein.

Das Taxi fährt vor bis zum Eingang. Ylva bezahlt, trägt ihren Koffer die wenigen Stufen hinauf und steckt den Schlüssel ins Schloss. Sie durchquert den großen, vollgestellten Hausflur. Jedes Mal wenn sie nach längerer Abwesenheit nach Hause kommt, fällt ihr auf, dass sie dringend ausmisten müsste, aber sobald sie im Haus ist, vergisst sie es wieder.

Sie schließt die nächste Tür auf, stellt den Koffer ab und gibt den Code in die Tastatur der Alarmanlage ein. Sie hängt ihren Mantel auf, aber die Schuhe behält sie an. Es ist Ende Oktober, die Fußböden sind kalt.

Die Personenschützer sind ihr großzügig gewährt worden, als die Schmutzkampagne von den Internetseiten der rechtsextremen Kreise in die Boulevardpresse hinübergeschwappt war. Im Grunde war die mediale Hetzjagd aber nur ein Vorwand. Der Sicherheitsbeauftragte von Sida hatte den Vorschlag als Erster geäußert. Ylva war zuerst dagegen gewesen, aber wenige Tage später hatte Karolina Möller vom Büro auch darauf bestanden. Es gab noch andere Gründe, Dinge, die mit Eric Hands und dem Mord an Elias' Vater zu tun hatten. Im schlimmsten Fall war auch Ylva in Gefahr. Unter diesen Umständen konnte Ylva den Schutz nicht mehr ablehnen, hatte sich aber vor den Journalisten, die ihre Einfahrt belagerten, bereits in ein Hotel verkrochen.

Peder Christiansen und die anderen Personenschützer waren dem Büro unterstellt und keine externen Sicherheitsleute oder Mitarbeiter der Säpo. Ylva hatte sich besorgt gefragt, wie es sein würde mit dem Wohnmobil mit einem Wächter direkt neben dem Haus, der regelmäßig seine Runden drehen und dafür sorgen würde, dass niemand im Gebüsch herumschlich. Sie befürchtete, sich selbst überwacht und in ihrem Privatleben eingeschränkt zu fühlen, aber als sie nun in ihrem Wohnzimmer steht und auf das dunkle Wasser des Magelungensees hinausblickt, fühlt sie sich wider Erwarten sicher. Es ist ein beruhigender Gedanke, dass jemand sie beschützt, wenn sie abends den Kopf auf ihr Kissen legt. So kann sie die Augen schließen, ohne sich ausmalen zu müssen, wer da draußen in der Nacht alles herumschleichen könnte.

Die Luft in den Wohnräumen ist klamm. Ylva geht in den Keller und stellt die Heizung an, dann versucht sie, in dem grünen Kachelofen ein Feuer zu machen, was ihr beim dritten Mal schließlich gelingt.

Die französischen Medien haben ausführlich über den Anschlag auf die Capricorn berichtet. Insbesondere die Lokalzeitungen an der Riviera. Die Jacht war kurz nach dem Einschlag der Rakete gesunken, aber irgendjemand hatte es trotzdem geschafft, ein Foto von dem brennenden Schiff zu machen. Die Capricorn, die nur noch als verbogenes Stahlskelett inmitten der Flammen zu erkennen war, brannte lichterloh. Ulrika, die Tochter des schwedischen Industriellen Eric Hands, war vermutlich ums Leben gekommen. Es folgten die wildesten Spekulationen: Zuerst wird in Schweden die Air-France-Maschine abgeschossen, dann die private Jacht des Inhabers des schwedischen Atlas-Konzerns, der unter anderem Material für die Rüstung produziert, versenkt. Bestand da einen Zusammenhang? Einem Gerücht zufolge hatte Eric Hands auf der Passagierliste dieses Air-France-Flugs gestanden. War es in Wirklichkeit um ihn gegangen? Und wer nahm den Tod von einhundertsiebenundvierzig Menschen in Kauf, wenn er es nur auf einen bestimmten abgesehen hatte?

Nirgendwo wurde Ulrikas Freund erwähnt. Kein Wort zu Tom White, der Deckidentität, unter der sich Elias in die Familie Hands eingeschlichen hatte.

Ylva war einerseits von Elias' Tod überzeugt gewesen und hatte andererseits standhaft die Augen davor verschlossen. Sie hatte sich an einen Rest Hoffnung geklammert und alles Übrige ausgeblendet.

Da sie Elias nicht erreichen konnte, hatte sie Emmanuel Lambert und Karolina Möller angerufen. Ersterer hatte sich nicht zurückgemeldet, aber Karolina hatte nach zwei Tagen zurückgerufen und mitgeteilt, Elias sei okay. Mehr könne sie nicht sagen.

Okay. Wie konnte irgendjemand nach einem solchen Vorfall okay sein? Aber immerhin war er offenbar am Leben und vermutlich auch nicht allzu schwer verletzt.

Sie hatte Elias zuletzt im Krankenhaus in Cannes gesehen. Vermutlich war er zu dem Zeitpunkt schon nicht okay gewesen, auch wenn der Unfall, in den er verwickelt war, reine Fiktion war. Er hatte etwas Fieberhaftes ausgestrahlt, eine Besessenheit, die rational nicht zu erklären gewesen war. Er hatte diese Sache um jeden Preis durchziehen wollen. Dass er dabei ein viel zu hohes Risiko einging, war ihm egal. Er war wie ein Roulettespieler, der weiß, dass er mit hoher Wahrscheinlichkeit verlieren wird, aber der Aussicht auf den großen Gewinn trotzdem nicht widerstehen kann.

Und nun ist er ein gebranntes Kind. Jedenfalls im übertragenen Sinn.

Wenn sie nur mit ihm sprechen könnte, eine Minute würde ihr schon reichen, sogar mit einer halben wäre sie zufrieden, sie möchte einfach nur aus seinem Mund hören, dass er okay ist. Er müsste es gar nicht konkret sagen, sie würde es seiner Stimme anmerken, da ist sie sich ganz sicher. Das würde ihr die innere Unruhe nehmen, die sie quält, seit sie die riesigen Flammen auf der Titelseite der Nice-Matin gesehen hat.

Abgesehen vom Knistern des Feuers im Kachelofen ist es in der sechshundert Quadratmeter großen Villa extrem still. Wie schon sehr lange. Sie weiß gar nicht mehr, wann sie zuletzt Leute zum Abendessen oder einer Party eingeladen hat. Während ihrer Ehe mit Johan war das Haus fast jedes Wochenende voll gewesen. Laute Gespräche am Esszimmertisch bis spät in die Nacht und große Feste, bei denen sich unüberschaubar viele Leute in den Räumen tummelten. Trotzdem war es nie zu eng geworden, und es hatte fast immer Spaß gemacht.

Johans Gäste wechselten je nach Film, den er gerade produzierte, aber die Rollenverteilung blieb gleich: Schauspieler, Regisseure, Drehbuchautoren, Koproduzenten und alle möglichen anderen Leute, die irgendwie am Film beteiligt waren. Von ihrer Seite kamen mehr oder weniger immer dieselben Gesichter aus der Entwicklungshilfe und Diplomaten.

Anfangs dachte sie, das wäre in der Filmbranche so üblich, dass rund um jeden Film intensive Bindungen geknüpft wurden, die sich nach beendeter Produktion schnell wieder auflösten. Mit der Zeit begriff sie, dass Johan dazu neigte, es sich mit allen Menschen um sich herum unwiderruflich zu verderben. Er verlangte unmäßig viel, reizte die ohnehin harten Verträge endlos aus und geriet mit anderen Produzenten aneinander. Er war bekannt für seine Zielstrebigkeit, aber abgesehen von wenigen Ausnahmen arbeitete er selten zweimal mit demselben Team zusammen.

Und vor sechs Jahren hatte er dann unwiderruflich die Beziehung zu ihr gekappt. Nachdem er im Streit um das Haus klein beigegeben hatte, hatte sie nie wieder etwas von ihm gehört.

Am nächsten Morgen steht sie früh auf. Sie ist gerade erst hinunter ins Erdgeschoss gegangen, um sich einen Kaffee zu machen, als die Pressebeauftragte von Sida anruft. Dass sie sich schon vor dem Frühstück meldet, ist nie ein gutes Zeichen.

»Es gibt etwas, das du wissen musst«, sagt sie ohne Einleitung.

Ylva weiß sofort, worum es geht.

»Scheiße, die lassen aber auch nicht locker.« Wütend durchquert sie die Küche und geht in den Wintergarten.

»Wohl wahr, aber das hier ist … neu«, sagt Agneta.

Neu? Was meint sie damit? Ylva kehrt zurück in die Küche und setzt sich.

»Schlimmer kann es ja kaum werden.«

»Diesmal sind es keine Vorwürfe. Eher Gerüchte.«

Und was war das andere dann? Gerüchte, Lügen, wo ist da der Unterschied?

»Sag mir einfach, worum es geht.«

»Das liest du am besten selbst. Ich schicke dir einen Link.«

»Moment, leg nicht auf.« Ylva läuft eilig die Treppe hinauf und in ihr Arbeitszimmer. »Ich setze mich an den Computer.«

»Nur damit du dich nicht wunderst«, sagt Agneta. »Die Sache ist etwas schmutzig.«

Ylvas Finger verharren reglos über der Tastatur. Sie hatte angenommen, es ginge um einen weiteren Artikel über Najide und Hossin, denen sie ihr Gästehaus überlassen hatte, solange ihr Aufenthaltsstatus nicht geklärt war. Ihre Gedanken schwärmen in alle möglichen Richtungen aus. Ist das öffentliche Interesse an ihr aufgrund der Hetzkampagne so groß geworden, dass jetzt auch privater Klatsch über sie verbreitet wird?

»Okay«, seufzt sie, »hast du den Link geschickt?«

»Ja.«

Ylva zögert einen Augenblick, bevor sie ihn öffnet.

»Die traurige Liebesgeschichte der Generaldirektorin. Liebhaber kam bei Terroranschlag ums Leben.«

Sie schließt das Fenster, weil sie nicht weiterlesen will. Die Überschrift brennt schon genug.

»Verfluchte Scheiße«, sagt sie.

»Das kannst du laut sagen«, sagt Agneta. »Es ist widerlich.«

Das ist eine völlig neue Dimension. Jetzt muss sie auf alles gefasst sein. Ihr wird innerlich eiskalt. Was kommt als Nächstes? Dass Johan mit der Putzfrau geschlafen hat? Und Ylva mit dem Auto in den See gefahren ist?

»Wir besprechen nachher im Büro, wie wir darauf reagieren.«

Sie legt auf und erhebt sich langsam. Sie friert. Es ist kalt im Haus. Sie geht wieder hinunter, um zu frühstücken. Auf halber Treppe erblickt sie das Sofa im Erker und muss an Elias denken. Obwohl seitdem drei Monate vergangen sind, hat sie die Küsse noch klar und leidenschaftlich in Erinnerung. Dort auf dem Sofa im Wohnzimmer haben sie sich geküsst. Sanft, innig, und überwältigend steigen die Gefühle wieder in ihr hoch, als sie sich der Erinnerung hingibt. Der Sohn ihres ermordeten Geliebten. Werden sie auch das in den Schmutz ziehen?

Das darf auf keinen Fall passieren, denkt sie. Wer könnte es ausplaudern? Nur sie und Elias wissen davon, aber sie hat das Gefühl, jeder könnte wie durch durchsichtige Wände in ihr Leben und ihre Seele schauen und ihre Gedanken lesen.

Karolina nimmt den Fahrstuhl in die Tiefgarage und steigt in den roten Toyota mit der ausgeblichenen Lackierung und dem Rost um die Radkästen. Örjan hat behauptet, er würde wie ein Uhrwerk laufen. Hat er nicht sogar gesagt, wie geschmiert?

Der Wagen springt umstandslos an, und rein mechanisch gibt es nichts auszusetzen, aber wie geschmiert läuft der Motor wirklich nicht. Sie fährt die Rampe hoch und hinaus auf die Gotlandsgata, in der direkt gegenüber das Junggesellenhotel liegt, das für gewisse innerstädtische Randexistenzen offenbar immer noch eine Funktion erfüllt.

Verglichen mit ihnen kann sie sich vielleicht glücklich schätzen, aber sie gibt unumwunden zu, dass sie Heimweh nach ihrer Wohnung auf Långholm hat.

Sie hat sich damit abgefunden, dass es noch eine Weile dauern wird, bis sie wieder nach Hause kann, hofft aber noch vor Jahresende auf eine menschenwürdigere Behausung als die versiffte Drei-Zimmer-Wohnung mit der billigen Auslegeware, dem Walnussfurnier und den grölenden Stammgästen, die spätnachts aus dem *Kristall* torkeln. Sie nennen es das DDR-Quartier. Hartnäckigen Gerüchten zufolge hat die DDR in diesem Gebäude bis 1990 eine Wohnung gehabt.

Sie fährt auf der Ringstraße bis zur Hornsgata und über die Västerbro hinaus aus der Stadt. Der Blick weitet sich, eine besorgniserregend intensive Herbstsonne glitzert auf dem Riddarfjärd, und vor dem Rathaus wendet ein Segelboot.

Um wieder in die Floragata zu gelangen, müssen sie die Tiefgarage des Polizeigebäudes auf Kungsholm durchqueren. Karolina lenkt den alten Toyota in die Einfahrt am Kronobergspark, steigt um in den büroeigenen Audi, fährt die spiralförmige Rampe hinauf, die auf den Innenhof des Polizeigebäudes mündet, und wird von dort durch das Tor auf die Kungsholmsgata entlassen.

Zehn Minuten vor der Zeit kommt sie in der Fredsgata an. Sie parkt einen Block vom Regierungssitz entfernt und erblickt Örjan Mardell, der seinen massigen Körper aus einem Auto wuchtet. Er führt die einzelnen Bewegungsschritte so systematisch aus wie eine Denksportaufgabe. Nachdem er die Autotür zugeknallt hat, knöpft er den engsitzenden Mantel zu, fährt sich mit den Fingern durchs Haar und hebt eine Hand zum Gruß, als er Karolina bemerkt.

Gemeinsam gehen sie zurück zur Drottninggata, die vormittags um halb zehn so gut wie menschenleer ist. Die

Regierungsbeamten sind bereits am Platz, die Touristen noch nicht richtig in die Gänge gekommen. Sie betreten das Gebäude wie üblich durch den Kücheneingang und werden von einem Securitymitarbeiter durch die Personalkantine geschleust.

Die Sitzungen im Justizministerium, dem das Büro formal angehört, haben bisher in Anwesenheit des Ministers, des Staatssekretärs und des Parteisekretärs der Regierungspartei stattgefunden. Vereinzelt war auch der Staatsminister dabei, aber seit dem unappetitlichen Atlas-Skandal halten die Politiker sich fern. Es ist wahrscheinlich klüger, das Büro in gebührendem Abstand zu halten. Man nutzt zwar gerne dessen Dienste, aber wenn es allzu Unappetitliches ans Licht befördert, kann man immer noch so tun, als hätte man nichts davon gewusst.

Gabriel Fors hat praktischerweise die diffuse Funktion eines politischen Ministerialberaters inne, inoffiziell berät er darüber hinaus die Regierung in Sicherheitsfragen. Dass er das tut, muss man sich allerdings selbst zusammenreimen, da er ja nicht in offiziellem Auftrag handelt. Dass Örjan Mardell ebenfalls inoffizieller Regierungsberater ist, darauf ist Karolina schnell gekommen.

Der Vorname Gabriel passt zu ihm, er strahlt tatsächlich wie ein kerngesunder Engel. Er ist groß mit vollem, naturgewelltem Blondschopf und himmelblauen Augen. Die sommerliche Ganzjahresbräune ist nicht direkt schön, wirkt aber mit seinem etwas fleischigen Gesicht durchaus attraktiv. Ist er sexy? Zweifellos.

»Setzen Sie sich doch«, sagt er einladend.

Karolina versucht, es sich zu verkneifen, Gabriel Fors in Gedanken auszuziehen. Sie kann sich heute schlecht konzentrieren. Seit sie nicht mehr auf Långholm wohnt, ist ihr Liebesleben eine Katastrophe. Wer beim Büro arbeitet, darf weder Tinder noch andere Dating-Apps benutzen, die Möglichkeiten, sich im realen Leben umzutun, sind aufgrund der Sicherheitsvorschriften auch begrenzt, und mit Vendela in einer Wohnung zu masturbieren, ist ihr unangenehm. Hin und wieder gönnt sie sich unter der Dusche einen Quickie mit sich selbst, das ist momentan alles. An manchen Tagen hat sie das Gefühl, kurz vor einer Explosion zu stehen, Tourette zu bekommen oder irgendeinen irreparablen Schaden anzurichten. Aber sie hat diesen Job unter anderem für ihre Fähigkeit bekommen, äußerlich kühl zu wirken, auch wenn es in ihr kocht.

Örjan und Karolina setzen sich. Auf dieser grünen Sitzgruppe haben sie im Januar mit dem inzwischen verstorbenen Parteisekretär Henning Eriksson zusammengesessen. Offiziell ist er während einer Urlaubsreise ans Mittelmeer bei einem Badeunfall ums Leben gekommen. Ertrunken. Tatsächlich ist er ertränkt worden, nachdem er sich von Eric Hands hat bestechen lassen, Einfluss auf behördliche Beschlüsse zu nehmen.

»Die Nachwehen der Atlas-Geschichte sind fast noch schlimmer als ihr Ursprung«, sagt Gabriel mit gequältem Gesichtsausdruck.

Nachwehen ist ein nicht ganz treffender Ausdruck, weil es sich eher um einen Tsunami handelt, aber ansonsten hat er recht.

»Man könnte sagen, dass der Atlas-Skandal die Scheiße war, die auf einen Ventilator trifft. Jetzt dürfen wir uns mit dem Shitstorm auseinandersetzen, der noch nicht vorbei ist.«

Der Anschlag auf den Air-France-Flieger hat Schweden erschüttert, in den Nachrichten und den sozialen Medien war von nichts anderem die Rede, aber den komplizierten Hintergrund kennt außer einigen wenigen Personen in Schweden und ein paar weiteren in Frankreich kaum jemand genau.

Drei Jahre zuvor hatte ein kleines Netzwerk schwedischer Beamter und Politiker begonnen, sich mit Bestechungsgeldern und anderen Annehmlichkeiten von Atlas Schield schmieren zu lassen, dem großen Konzern auf dem Gebiet der digitalen Sicherheit und Kommunikation, dessen Produkte der zivilen und militärischen Überwachung dienen. Als Gegenleistung wurden Atlas Ausfuhrgenehmigungen für militärisch einsetzbare Produkte garantiert und geheime Informationen über entsprechende Anträge von Konkurrenten beschafft. Mit anderen Worten: Korruption und Industriespionage.

Nach einer Weile hatte der französische Nachrichtendienst Wind von der Bestechung bekommen und nutzte dieses Wissen als Druckmittel, dass Schweden dem Atlas-Konzern den Export eines militärischen Flugüberwachungssystems an die Türkei untersagt. Frankreich nutzte nämlich in seiner zivilen Flugüberwachung dieselbe Verschlüsselungstechnik und befürchtete, fundamentalistische Kräfte innerhalb des türkischen Militärs könnten versuchen, mithilfe der Hardware die Verschlüsselung zu dekodieren und auf diese Weise den französischen Flugverkehr zu bedrohen.

Im Zuge der Aufklärung der angeblichen Korruptionsaffäre beauftragte das Büro Anders Krantz, den Vater des Propheten, mit der heimlichen Verfolgung einer Spur, die zu Sida führte. Dabei fiel ihm eine Tonaufnahme in die Hände, die an Bord von Eric Hands' Privatflugzeug aufgenommen worden war. Auf dieser war zu hören, wie der Parteisekretär der Regierungspartei Hands illegale Dienstleistungen anbot. Anders Krantz bekommt diese Tonaufnahme während eines Aufenthalts in Sarajevo von einem Whistleblower zugespielt. Am Abend darauf explodiert im Foyer seines Hotels eine Bombe, Anders Krantz kommt ums Leben, und die Tonaufnahme verschwindet.

Wenig später trifft Schweden mit Frankreich und Atlas eine Vereinbarung. Und derjenige, der die Abmachung unter Dach und Fach bringt, ist niemand anders als Henning Eriksson. Ziel des Abkommens ist es, beide Seiten zufriedenzustellen und zu verhindern, dass der Korruptionsskandal öffentlich wird, denn ein halbes Jahr später wird in Schweden gewählt. Hauptsächlich jedoch zum Schutz von Henning Eriksson. Sollte die Regierung zum jetzigen Zeitpunkt von seiner Beteiligung an dem Skandal erfahren, würde niemand es wagen, ihn zur Rechenschaft zu ziehen, da es nicht nur Henning Eriksson selbst, sondern die Regierung zu Fall bringen würde.

Laut der Vereinbarung mit Frankreich und Atlas kann Atlas sein militärisches Flugüberwachungssystem wie geplant an die Türkei verkaufen, und Frankreich bekommt innerhalb der nächsten zwei Jahre ein neu entwickeltes Verschlüsselungssystem und als Absicherung einen Zugang zur militärischen Flugüberwachung der Türkei. Diesen Zugang tauscht Frankreich einige Monate später gegen Informationen des russischen Geheimdienstes, dank derer ein umfangreicher Terroranschlag auf französischem Boden verhindert wird.

Als dann russische Bomber die türkische Lufthoheit verletzen und von türkischen Jagdflugzeugen vertrieben werden, wird eins der türkischen Flugzeuge abgeschossen. Einfach so.

Nach dem Sommer ereignen sich zwei Dinge, die das Büro nur als Vergeltungsschlag für die schwedische Abmachung mit Frankreich und Atlas interpretieren kann. Eine Racheaktion mit fundamentalistischem Absender. Im August dringt ein türkischstämmiger Mann in Karolina Möllers Wohnung ein und versucht, sie umzubringen. Das ist insofern beunruhigend, als es auf fundierte, wenn auch nicht ganz zutreffende Kenntnisse der Rolle des Büros bei der Abmachung hindeutet. Im September wird eine Air-France-Maschine im Anflug auf Arlanda abgeschossen. Einhundertsiebenundvierzig Menschen kommen ums Leben. Es ist der brutalste Terrorangriff, der je in Schweden vorgekommen ist, das Land steht unter Schock. Eric Hands und seine beiden Kinder stehen auf der Passagierliste, sind aber nicht an Bord. Die auf ihre Namen gebuchten Plätze und der Terrorangriff vermitteln eine eindeutige Botschaft.

Eine Gruppe von Salafisten bekennt sich zu dem Anschlag, aber es wird gemutmaßt, dass die Terroristen von einem schwedischen rechtsextremen Netzwerk mit den tragbaren Luftabwehrrobotern ausgestattet worden sind, mit denen die Maschine allem Anschein nach abgeschossen wurde. Dahinter wird eine Strategie vermutet. Terroranschläge mit islamistischen Vorzeichen schüren Hass auf Muslime und bereiten den Boden für rechtsextreme Gruppierungen in Schweden.

Das Absurde daran ist, falls das alles stimmt, dass es sich um dasselbe rechtsextreme Netzwerk handelt, das sich im Auftrag von Eric Hands die Hände schmutzig gemacht und unter anderem die Bombe platziert hat, durch die Anders Krantz ums Leben kam. Als Gegenleistung hat das Netzwerk militärische Waffen erhalten, an die es selbst kaum herankommen würde. Möglicherweise sogar einen Luftabwehrroboter.

Gabriel Fors hüstelt angestrengt in die geballte Faust. »Was wissen wir über die Waffe, mit der die Air-France-Maschine attackiert wurde?«

Örjan greift nach seiner Aktentasche aus blankgeriebenem braunem Leder und zieht einen weißen Hefter heraus, dem er einen Stapel Fotos entnimmt, die er in Anbetracht seines augenscheinlich schwerfälligen Körperbaus überraschend schnell auf dem Tisch ausbreitet. Doch Karolina lässt sich von seiner massigen Gestalt nicht täuschen. Sie arbeitet seit bald vier Jahren mit Örjan zusammen und weiß, dass seine Kilos zu einem Großteil aus Muskelmasse bestehen. Die Genlotterie hat ihm möglicherweise keinen athletischen Körper beschert, dafür verbergen sich unter seinem Anzug Kraft und eine erstaunliche Schnelligkeit.

»Das hier ist Simon Brinkman, der Rechtsextremist, der im Verborgenen operiert. Statt Versammlungen und lauten Appellen setzt er auf anonyme Hetzkampagnen und arbeitet, wie wir vermuten, mit Terroristen der unterschiedlichsten politischen Lager zusammen.«

»Was bedeutet das?«

»Operiert hat, sollten wir wohl eher sagen«, wirft Karolina ein. »Er lebt nicht mehr.«

Gabriel sieht sie fragend an, offenbar verwirrt ihn die Neuigkeit, und wendet sich wieder Örjan zu.

»Hier ist er zusammen mit Eric Hands auf Gotland«, fährt Örjan fort. »Wir vermuten, dass die Kisten im Hintergrund Waffen enthalten. Die Größe deutet darauf hin, dass es sich nicht um Handfeuerwaffen, sondern um aufwendigere Geräte handelt, möglicherweise Flugabwehrwaffen. Gemacht wurden die Bilder etwa eine Woche nach dem Abschuss der AF1562, daher können die Waffen in diesen Kisten nicht dafür verwendet worden sein.«

»Das ist mir bekannt«, sagt Gabriel. »Aber hat sich zu der Tat nicht eine Gruppe von Salafisten bekannt, die mit dem IS sympathisiert? Insofern verstehe ich nicht, wieso …«

»Dazu komme ich noch«, fällt Örjan ihm ins Wort.

Er klappt seinen Hefter auf und sucht ein weiteres Foto heraus.

»Wir gehen davon aus, dass der Inhalt dieser Kisten auf

Gotland, egal ob Waffen oder etwas anderes, die Bezahlung für bestimmte Dienste sind, die Simon Brinkman im Auftrag von Eric Hands erledigt hat. Die Vermutung liegt also nahe, dass Brinkman nicht zum ersten Mal in dieser Währung entlohnt wurde.«

»Sie sind doch ins System von Atlas eingedrungen. Ist dabei etwas herausgekommen?«

»Wir sind noch dabei, das Material zu analysieren. Falls Eric Hands Waffen beschafft hat, um Brinkman damit zu bezahlen, hat er das natürlich im Verborgenen getan. Trotzdem muss er selbst sie ebenfalls auf irgendeine Weise bezahlt haben. Wir folgen dem Geld, müssen uns dabei aber auch darüber klar werden, was die Empfänger damit machen.«

Örjan legt das Foto, das er zuletzt aus der Mappe genommen hat, auf den Tisch. Darauf ist hinter der reflektierenden Windschutzscheibe eines Autos ein Mann um die vierzig zu sehen, dunkle Haare, markante Gesichtszüge und direkt unter dem rechten Auge ein Muttermal.

»Im Dezember vergangenen Jahres haben sich dieser Mann und Simon Brinkman in Sarajevo mit zwei Saudis getroffen. Wir haben keine Informationen über den Inhalt des Treffens, aber einer der beiden saudischen Männer ist aus salafistischen Kreisen mit Verbindungen zu terroristischen Netzwerken bekannt, die mehrere Bombenanschläge auf Autos und Selbstmordattentate im Mittleren Osten und der Türkei verübt haben sollen.«

»Genauer gesagt im Januar 2016 in Istanbul«, fügt Karolina hinzu. »Der Anschlag war offensichtlich gegen westliche Ausländer gerichtet. Der Selbstmordattentäter hat mitten in einer Touristengegend seine Bombenweste gezündet. Dreizehn Personen kamen ums Leben, zwölf Deutsche und ein Peruaner.«

Gabriel Fors stöhnt auf.

»Die beiden Saudis haben Sarajevo nach dem Treffen sofort verlassen und sind über Istanbul nach Riad geflogen.«

Der politische Berater legt sich die Hand ans Kinn und schüttelt den Kopf.

»Handelt es sich um dieselbe Gruppe, die sich zum Anschlag auf die AF1562 bekannt hat?«, fragt er durch die Finger.

»Man kann hier eigentlich nicht von Gruppe sprechen«, sagt Karolina. »Sie verhalten sich eher wie ein Insektenschwarm, der sich scheinbar aus dem Nichts bildet, seine Aufgaben erledigt und genauso schnell verschwindet. Die Täter kommen aus den verschiedensten Richtungen und haben außer ihrem Weltbild nicht viel gemeinsam. Die Terroristen, die vor zwanzig Jahren die Flugzeuge ins World Trade Center gelenkt haben, hatten Universitätsabschlüsse und starke religiöse Überzeugungen. Die Terroristen von heute haben höchstens elementare Grundbildung, häufig einen kriminellen Hintergrund, sind es gewohnt, Gewalt anzuwenden, und wissen, wo sie sich die entsprechenden Waffen beschaffen können. Viele haben psychische Probleme und sind für Leute mit Führungsqualitäten leicht zu führen. Man braucht sie nicht umständlich davon zu überzeugen, dass es gerechtfertigt ist, fünfzig zufällig auf einem Platz anwesende Menschen zu töten. Ob es sich dabei um eine Gruppe oder auch nur ein Netzwerk handelt …«

Sie breitet die Arme aus.

»Verstehe«, sagt Gabriel ernst. »Gibt es denn eine Verbindung zwischen den schwedischen Rechtsextremisten und dieser … anderen Fraktion?«

Örjan antwortet mit genauso ernstem Gesicht.

»Ja, es gibt eine Verbindung.«

Gabriel stöhnt erneut auf und zeigt dann auf das Foto auf dem Tisch.

»Und wer ist das da?«

»Wir haben ihn noch nicht identifiziert. Zuerst haben wir ihn für einen serbischen Rechtsextremisten gehalten, der mit Brinkman zusammenarbeitet, aber neuere Informationen deuten auf etwas anderes hin. Möglicherweise war sein eigentliches Ziel, etwas über die Saudis und ihre Kontakte herauszufinden. Vermutlich im Auftrag eines Nachrichtendienstes.«

»Des serbischen?«

»Wir wissen es nicht genau, aber wahrscheinlich eher von einer größeren Nation: Großbritannien, Frankreich, USA.«

»Das heißt also, er weiß, was bei diesen Treffen in Sarajevo besprochen wurde«, sagt Gabriel Fors, der sich wieder gefangen hat.

»Ja, und das eröffnet Möglichkeiten«, sagt Örjan.

Gabriel trommelt sanft mit den Fingerkuppen auf das Foto.

»Dann könnte man es wohl als Glück im Unglück bezeichnen, dass Henning Eriksson über Bord gegangen ist.«

Der sachverständige Berater lacht nervös. Ein unangenehmes Schweigen breitet sich im Raum aus. Das Lachen geht in ein Räuspern über.

»Ja, das war vielleicht…«

Gabriel wedelt mit der Hand, was wohl als eine Art Entschuldigung interpretiert werden soll. Er schiebt das Foto wieder zu Örjan hinüber und möchte sich offensichtlich konkreten Dingen zuwenden.

»Finden Sie heraus, wer das ist«, sagt er. »Oder besser gesagt, was er weiß.«

Genau diesen Beschluss haben sie sich erhofft. Trotzdem ist Karolina ein wenig verwundert. Wäre es nicht viel besser, nichts zu wissen? Zumindest für diejenigen, die sich hinter dem Sachverständigen verbergen, nämlich Justizminister und Regierung. Vermutlich sind sie zu paranoid, um der Sache nicht auf den Grund zu gehen, aber da das Büro und somit eine hausinterne Einheit ermittelt und keine Behörde, könnten sie die Ergebnisse einfach unter den Teppich kehren, falls sie ihnen nicht behagen. Und niemand wird je erfahren, dass sie überhaupt danach gefragt haben.

Elias träumt von hohen Dünen aus feinem Sand, der vom Wind aufgewirbelt wird. Der lästige Sand ist überall, unter der Kleidung, in den Hosentaschen und in den Augen, zwischen den Zähnen und in den Ohren.

Er steht knietief im Sand und kann sich nicht bewegen, bald reicht ihm der Sand bis zum Schritt, er steckt fest. Er ist allein in der Wüste, und der Sand wird ihn begraben. In ein paar Stunden werden nur noch Dünen übrig sein.

Die Hitze erschwert das Atmen, Sandmassen drücken auf seine Brust. Er versucht, den Sand mit den Händen wenigstens vom Oberkörper wegzuschaufeln, um nicht zu ersticken, nicht vollständig unterzugehen. Es ist unmöglich. Er, ganz allein, gegen die Wüste. Ein Meer aus Sand.

Er wird wach, weil er sich selbst die Brust zerkratzt. Wo ist er? Nicht in seiner Airbnb-Wohnung in Sanremo. Oder träumt er noch? Er starrt an eine glatte Decke, schwarz oder vielleicht dunkelgrün. Der Raum ist dunkel, bis auf das grelle Licht, das durch drei kleine Fenster hereinscheint.

Vorsichtig setzt er sich auf. Er zittert, sein Kopf ist schwer. Das Bettgestell knarrt. Er fühlt die Reste unbekannter Substanzen durch seinen Blutkreislauf fließen.

Gemessen an den Umständen ist er erstaunlich ruhig. Das Naheliegendste wäre Panik, fieberhaftes Überlegen, wie er hier lebend rauskommt.

Liegt es an dem Mittel, mit dem sie ihn betäubt haben? Oder hat er sich mittlerweile so an diese potenziell lebensbedrohlichen Extremsituationen gewöhnt, die seit Monaten sein Alltag sind, dass er nicht mehr normal reagiert?

Er atmet tief ein und spürt ein Brennen in den Nasenlöchern. Es ist heiß. Seine Hand wird feucht, als er sich über das Gesicht fährt.

Er dreht sich zum Fenster über dem Bett und sieht nichts außer Sand. Er rückt näher an die Scheibe heran. Dünen, so weit das Auge reicht. Er schaut mit zusammengekniffenen Augen zum Fenster an der gegenüberliegenden Wand. Ein Moskitonetz erschwert die Sicht. Die dunklen Umrisse könnten eventuell Gebäude sein, und zwischen den verstreut liegenden Häusern meint er struppiges Grün zu erkennen. Nicht nur Sand also.

Allmählich gewöhnen sich die Augen an die Dunkelheit, und er bemerkt zwei Männer an einem Tisch, die ihn ansehen. Einer der beiden sagt etwas, was er nicht versteht. Hat er Hallo gesagt? Die beiden wenden sich wieder ab und setzen murmelnd ihr Gespräch fort, als ob er nicht da wäre.

Hinter ihnen erahnt er weitere Betten, Schränke und eine Sitzbank mit einem Bücherstapel, einem Laptop und einem Motorradhelm.

Er hat viele Fragen, ringt aber mit sich, weil er nicht weiß, welche zuerst. Wo bin ich? Was mache ich hier? Wer sind Sie? Oder sollte er sich erst einmal vorstellen?

Er sagt auf Französisch guten Tag, weil er das Gefühl hat, dass sie sich in dieser Sprache unterhalten. Einer von beiden dreht sich zu Elias um, seine Augen blitzen im Licht auf, das durchs Fenster hereinscheint, aber bevor er etwas sagen kann, geht quietschend die Tür auf. Im grellen Licht von draußen sieht Elias den Umriss eines großen Mannes mit kurzem Haar. In der Hand hält er einen in der Sonne blitzenden Gegenstand, eine Flasche.

Der Mann nickt den am Tisch sitzenden Männern zu, woraufhin die beiden aufstehen und ohne Eile den Raum verlassen. Ihre Bewegungen scheinen der Hitze angepasst und darauf ausgerichtet zu sein, nicht unnötig Energie zu verschwenden. Der Mann lässt sich an ihre Stelle am Tisch nieder und deutet auf den freien Platz.

»Setzen Sie sich zu mir«, sagt er auf Französisch.

Trotz der Dunkelheit weiß Elias sofort, wer der Mann ist. Es ist beruhigend, die vertraute Stimme zu hören. Er war zwar bisher auch nicht sonderlich beunruhigt, aber nun fühlt er sich doch etwas sicherer. Er ist sich der Absurdität dieses Gedankens durchaus bewusst, aber genau das empfindet er seinem Entführer gegenüber. Er steht vom Bett auf und geht auf wackligen Beinen zum Tisch. Er fühlt sich kraftlos. Als hätte er viel Blut verloren.

»Sie werden bald wieder Sie selbst sein«, sagt Emmanuel Lambert und hält die Flasche hoch. »Hier, trinken Sie etwas Wasser.«

Elias geht in dem gemächlichen Tempo, zu dem er momentan in der Lage ist, auf den Tisch zu.

»Haben Sie nicht gesagt, ich könnte jederzeit gehen?«

Lambert lehnt sich zurück.

»Ich habe nicht damit gerechnet, dass Sie sich aus dem Staub machen, ohne sich zu verabschieden.«

Elias meint, die Andeutung eines Lächelns auf seinem Gesicht zu sehen. Er sinkt auf einen Stuhl und greift nach der Wasserflasche. Der Schraubverschluss knirscht, als er ihn abdreht, und im Flaschenhals zischt die Kohlensäure.

»Wo bin ich hier gelandet?«, fragt er, nachdem er die Flasche abgestellt hat. »Bei der Fremdenlegion?«

Lambert lacht.

»Nein, Sie sind nicht von der Fremdenlegion gekidnappt worden.«

»Wo bin ich dann?«

Emmanuel Lambert trägt eine dunkelblaue Windjacke über einer locker sitzenden, beigen Jeans. Der Wind hat sein normalerweise ordentlich gekämmtes Haar durcheinandergebracht. Er dreht sich um und deutet auf die Dünen, die hinter den Fenstern zu erahnen sind.

»Wir befinden uns hier«, sagt er, »in einem Ausbildungszentrum für Personen unterschiedlichster Provenienz. Koordiniert wird es von der CNRLT.«

Die CNRLT hat Präsident Emmanuel Macron 2017 gegründet, um dem überhandnehmenden islamistischen

Terror im Land etwas entgegenzusetzen. Die Einheit hat die Aufgabe, Terrorismus zu beobachten und zu bekämpfen. Da die CNRLT keine staatliche Behörde, sondern dem Präsidenten direkt unterstellt ist, hat sie, rein juristisch betrachtet, gewisse Ähnlichkeiten mit dem Büro.

»Es geht also um Terrorismus?«, fragt Elias.

»Worum sonst? Die Capricorn, die Air-France-Maschine, Simon Brinkmans Kontakte zu saudischen Salafisten in Sarajevo und Eric Hands' eventuelle indirekte Einflussnahme.«

»Ich dachte, Sie halten Eric Hands den Rücken frei.«

Elias merkt, dass Lambert auf diesen Satz nicht vorbereitet ist. Bei ihrer letzten Begegnung wollte er nicht über die Abmachung sprechen, die Henning Eriksson mit Atlas und Frankreich getroffen hat, weil er angeblich befürchtete, damit seine »Befugnisse zu überschreiten«. Wahrscheinlich hat er geglaubt, das Büro würde es auch nicht tun.

»Wir haben eine Vereinbarung mit Atlas Schield, aber falls Eric Hands Terroristen auf direktem oder indirektem Weg Waffen zur Verfügung stellt, gilt sie nicht mehr.«

Hands als Zielscheibe klingt gut. Gleichzeitig ist die Rolle, die Eric Hands bei der ganzen Sache spielt, nahezu absurd. Frankreich hat der Abmachung mit Atlas Schield freudig zugestimmt, herausgekommen ist dabei ein abgeschossenes französisches Passagierflugzeug und Eric Hands' vor Cannes versenkte Luxusjacht, und in gewisser Weise ist Hands für all das verantwortlich. Sie könnten es sich genauso gut selbst zum Vorwurf machen.

»Warum bin ich hier?«, fragt Elias.

»Gehen wir eine Runde.«

Lambert steht auf.

Er ist es gewohnt, Befehle zu geben. Er hat etwas Energisches an sich, ist aber nie richtig greifbar, sondern dreht Elias jederzeit, ohne Vorwarnung, den Rücken zu und verschwindet, sobald er seine Anweisungen erteilt hat.

Elias steht auf, seine Bewegungen sind steif.

»Was machen die Rippen?«

»Der Transport war nicht sehr zuträglich.«

»Tut mir leid, wenn Sie härter als nötig angefasst wurden. In die Details bin ich nicht involviert.«

Er zeigt auf die Flasche.

»Nehmen Sie das Wasser mit, in der Sonne ist es heiß.«

Lambert hält ihm die Tür auf und lässt Elias den Vortritt. Er kneift die Augen zusammen, als er in die Hitze hinaustritt. Er schirmt das grelle Licht mit der Hand ab und sieht Lambert an.

»Wieso haben Sie mir Geld und ein Handy gegeben und nicht verhindert, dass ich abhaue, wenn Sie gar nicht vorhatten, mich entkommen zu lassen?«

»Das war ein notwendiger Umweg. Ihre alten Freunde vom Büro sollten nicht wissen, dass Sie für mich arbeiten.«

»Glauben Sie nicht, dass das Büro einen Verdacht hat?«

»Tja, einen Verdacht ... den haben sie mit Sicherheit. Das ist ja im Grunde auch ihr Job. Aber genau wissen tun sie es nicht.«

»Und Sie halten die Aktion also ohne meine Zustimmung für glaubwürdiger?«

»Das ist nicht nur meine persönliche Meinung. Was echt ist, wirkt immer glaubwürdiger, oder etwa nicht?«

Der Platz ist nicht so verlassen, wie er von der Baracke aus gewirkt hat. Von den etwa zehn verschieden großen Gebäuden sind einige weiß verputzt, der Rest so einfach wie die Baracke, in der er aufgewacht ist. In einiger Entfernung, die schwer einzuschätzen ist, ist eine kleine Ansammlung von dicht an dicht gebauten schachtelförmigen Häusern zu sehen.

Ein dumpfer Knall lässt Elias zusammenzucken.

»Nur eine Übung«, sagt Lambert.

Elias sieht sich suchend um, ohne irgendwelche Zeichen einer Explosion zu sehen. Sie muss weit weg stattgefunden haben.

»Wir möchten Ihnen eine mehrmonatige Ausbildung anbieten…« Er legt Elias eine Hand auf die Schulter. »Machen Sie nicht so ein ängstliches Gesicht. Sie werden Ihre taktischen Fähigkeiten deutlich verbessern und Kenntnisse in Waffenkunde, Nahkampf, Überwachung und sicherer Kommunikation erwerben.«

Er klingt, als würde er die Werbetrommel für die Abendakademie rühren.

»Und falls Sie einwilligen…«

Lambert greift in die Innentasche seiner Jacke und angelt einen Pass mit dem französischen Wappen auf der Vorderseite heraus.

»Ich nehme an, für einen französischen Pass muss ich etwas mehr tun, als nur einen Kurs zu absolvieren.«

»Wenn Sie ihn behalten wollen, ja.«

Im hellen Licht erkennt er die Sandkörner in Lamberts Augenbrauen. Auf seiner Stirn zeichnen sich drei markante Falten ab, und über dem rechten Auge hat er eine blasse Narbe.

»Wir sind mit der Unterstützung, die wir aus Schweden bekommen, nicht ganz zufrieden. Die schwedische Regierung will ihre schmutzige Wäsche im Fall Hands nicht in der Öffentlichkeit waschen.«

»Und Sie lassen es sich nicht nehmen, aus diesem Unwillen einen Vorteil zu ziehen«, kann Elias es sich nicht verkneifen.

»Zu unserem Schutz«, sagt Lambert schnell.

»Die AF1562 war eine direkte Folge dieser Vereinbarung…«

Er sieht, wie sich Lamberts Blick verfinstert. Elias hat sich weit aus der Deckung hervorgewagt, ist im Prinzip entführt worden und Lamberts »…falls Sie einwilligen« ist vermutlich nicht mehr als eine Höflichkeitsfloskel. Das ist kein günstiger Zeitpunkt, die Rolle zu hinterfragen, die der französische Nachrichtendienst beim Tod von einhundertsiebenundvierzig Menschen gespielt hat.

»Ich habe ein genauso großes Interesse daran, Hands zur Rechenschaft zu ziehen, wie Sie, und das wissen Sie auch.«

Elias hat sich mit Leib und Seele dafür eingesetzt, allerdings ohne Erfolg, und ist nur knapp mit dem Leben davongekommen. Viel mehr ist ihm allerdings auch nicht geblieben.

Es vergehen einige endlose Sekunden, dann entspannen sich Lamberts Züge, und er steckt den Pass wieder ein. Zwei breitschultrige und mit Waffen bepackte Frauen gehen in raschem Tempo an ihnen vorbei und verschwinden hinter einem der Gebäude.

»Und was soll ich für Sie tun?«

Er muss beide Hände benutzen, um seine Augen vor der starken Sonne zu schützen.

»Sie werden Kleidung bekommen, die für dieses Klima besser geeignet ist«, sagt Lambert. »Die Einzelheiten besprechen wir, wenn Sie hier fertig und an Ihrem Einsatzort in Stockholm sind.«

Elias bleibt stehen. Lambert geht weiter, aber als er bemerkt, dass Elias nicht mehr neben ihm ist, dreht er sich um und sieht ihn fragend an.

»Ich soll also meine Zustimmung zu etwas geben, dessen Folgen ich nicht einschätzen kann?«

Lamberts Blick wird kühl.

»Mir scheint, Sie haben keine andere Wahl.«

Er ist also doch hier gefangen, auch wenn Lambert gerade noch das Gegenteil behauptet hat. Elias wird wütend, hält sich aber zurück. Es ist nicht der richtige Moment für Wut und Vorwürfe.

»Haben Sie nicht vorhin gesagt, ich wäre nicht gekidnappt worden?«

»Das sind Sie auch nicht. Ich wollte damit nur sagen, dass die Alternative nicht übermäßig attraktiv erscheint. Eric Hands dreht jeden Stein auf der Suche nach Tom White um. An der französischen und italienischen Riviera kursiert Ihr Foto unter Leuten, die man nicht zum Feind haben möchte. Sogar Richard Hands hat sich dazu herabgelassen, sich an der Suche nach Ihnen, oder besser gesagt Tom White, zu beteiligen.«

Schlagartig durchfahren ihn Schuldgefühle. Der Sohn von Eric Hands war Tom Whites erster Kontakt zur Familie, bevor überraschend Ulrika auftauchte und seinen Auftrag so viel leichter machte. Elias hat Richard nie wirklich gemocht, konnte seine Abneigung aber mit Toms charmantem Habitus kaschieren und auf diese Weise Richards Vertrauen gewinnen. Nun ist Richard also hinter ihm her. Um seine Schwester zu rächen, aber bestimmt auch aus eigenem Antrieb. Er selbst ist schließlich ebenfalls hintergangen worden.

»Was wäre denn die Alternative?«, fragt Elias.

»Wir fliegen Sie zurück nach Cannes, und Sie müssen allein zurechtkommen.«

Elias fängt Lamberts selbstsicheren Blick auf. Abgesetzt an der Riviera unter Leuten, die man nicht zum Feind haben möchte.

»Es ist schwer zu entscheiden, was besser ist, solange ich nicht weiß, was Sie von mir wollen.«

Lambert reibt sich mit dem Zeigefinger den Sand aus den Augenbrauen und sieht ihn schweigend an.

»Oder etwa nicht?«

Die unbewegliche Miene wird einen Tick freundlicher.

»Na gut«, sagt Lambert. »Wahrscheinlich ist Ihr Wunsch mehr als gerechtfertigt. Ich möchte, dass Sie Eric Hands töten.«

Das Wort schlägt in ihm ein wie eine Bombe. *Töten*.

Er will, dass Eric Hands zur Rechenschaft gezogen wird und für das, was er getan hat, für immer hinter Gittern landet. Er bestreitet noch nicht einmal, ihm sogar den Tod gewünscht zu haben. Aber ihn töten? Ist er jetzt ein Mörder?

Lambert fordert ihn mit einer Handbewegung zum Weitergehen auf. Elias folgt ihm wortlos. Noch hat er nicht zugesagt. Er weiß jedoch, dass das ein kindischer Gedanke ist. So laufen diese Dinge nicht. Er ist bereits den entscheidenden Schritt gegangen, indem er auf einer Antwort bestanden hat.

»Wie sollen wir Sie nennen? Intern, meine ich. Haben Sie da Wünsche?«

Elias braucht nicht nachzudenken.

»Der Prophet. So können Sie mich nennen.«

Sieben Wochen später

Vendela findet direkt vor dem dreizehnstöckigen Gebäude zwischen Kunsthochschule und U-Bahngleisen einen Parkplatz. Hier, in der Bezirksverwaltung von Hägersten-Älvsjö, arbeitet Desen Gürel.

Scharfer Wind bläst an der grauen Betonfassade entlang. Vendela legt fröstelnd eine Hand auf den Schal, in den sie sich eingewickelt hat. Es ist der zehnte Dezember. Drei Monate nach der Wahl hat es der Riksdag immer noch nicht geschafft, eine neue Regierung zu bilden, und die alte ist weiter geschäftsführend im Amt. Ihr Auftraggeber.

Sie geht durch den Eingang mit dem gewölbten Vordach aus grün angelaufenem Kupfer, fährt in den fünften Stock und meldet sich an der Rezeption an. Nach den morgendlichen Trainingseinheiten im Schwimmbecken und im Kraftraum ist ihr angenehm warm. Sie macht Schwimmtraining, seit sie mit sechs Jahren in einem jämtländischen See schwimmen gelernt hat. Sie war gut, richtig vielversprechend, wurde aber nicht groß genug, um noch als Jugendliche bei den Besten mitzuhalten.

Desen holt sie ab. Sie trägt das lange dunkle Haar zu einem dicken Zopf geflochten, den sie hochgesteckt hat. Ihr Blick ist offen, verrät aber auch eine Spur Nervosität.

»Hallo, schön, dass Sie sich Zeit genommen haben«, sagt Vendela.

»Hallo.« Desen gibt ihr die Hand. »Wir gehen in mein Büro.«

Ekin Gürels Familienmitglieder wurden direkt nach seinem Einbruch bei Karolina Möller, bei dem er versucht hatte, sie zu töten, vernommen. Der versuchte Mord endete damit, dass Karolina ihn in Notwehr erschossen hat. Er war sofort tot.

In der ersten Vernehmung hat Desen von Dingen berichtet, die sie als Radikalisierung des Bruders interpretiert haben. Er, der die Moschee ursprünglich nur an hohen Feiertagen besuchte, war dazu übergegangen, mindestens einmal in der Woche hinzugehen. Er zeigte plötzlich auch Interesse an der politischen Entwicklung in der Türkei und deren Beziehungen zum Rest der Welt. Solange nicht irgendetwas Dramatisches vorgefallen war, hatte er sich zu diesen Themen sonst nie geäußert.

Bei der zweiten Vernehmung war sie verschlossener gewesen. Allem Anschein nach übte jemand Druck auf sie aus, vermutlich ihr anderer Bruder, aus dem sie von Anfang an wenig herausbekommen hatten.

Vendela folgt Desen in ihr Büro und setzt sich auf einen der bequemen Stühle, die vermutlich für Desens Klienten gedacht sind. Am Fenster steht ein gepflegter Ficus mit glänzenden Blättern und kraftvollen Zweigen. Desen ist für Familienangelegenheiten zuständig, eine schwere und undankbare Aufgabe und eine Abteilung mit hoher Fluktuation. Sie leistet mit Sicherheit einen wichtigen Beitrag, denn sie spricht sowohl Türkisch als auch Arabisch und kann bei vielen Gesprächen auf Dolmetscher verzichten.

Nach Vendelas Einschätzung ist Desen nicht besonders religiös. Sie hat zwar eine traditionelle Einstellung, ist aber wie viele Schweden, die sich zwar als Christen bezeichnen, aber selten oder nie zu Gott beten und nur anlässlich von Taufen, Hochzeiten und Beerdigungen in die Kirche gehen, nicht tiefgläubig.

In der Hoffnung, dass Desen einer aus Afrika stammenden Muslimin eher vertraut als einer gewöhnlichen Schwedin, hat Vendela ihren Kleidungsstil dezent an die Situation angepasst. Sie trägt ein langärmliges und weit geschnittenes Oberteil, das den Po bedeckt, eine schwarze Jeans und ein locker sitzendes Kopftuch. Dass sie bereits im Alter von zwei Jahren als Adoptivkind nach Schweden gekommen ist, braucht sie ja nicht zu erwähnen.

Desen mustert sie prüfend. Vendela fragt sich, ob sie sie durchschaut. Sie streicht das Kopftuch so weit zurück, dass es nicht mehr den Hinterkopf, sondern nur noch ihren Nacken bedeckt.

»Es ist schwer für uns gewesen«, sagt Desen, bevor Vendela eine Frage gestellt hat.

Sie hat die Hände vor der Computertastatur übereinandergelegt.

»Ekins Tod an sich ist schon ein Trauma für die ganze Familie, und dann müssen wir auch noch verarbeiten, dass er selbst versucht hat, jemanden umzubringen. Das ist unbegreiflich. Ein böser, nicht enden wollender Traum.«

»Für uns ist es auch unbegreiflich«, sagt Vendela. »Immer noch. Was hat ihn dazu getrieben? Wer hat ihn dazu gebracht? Wir haben keine Ahnung.«

Desen nickt und dreht sich zum schmalen Fenster.

»Ich habe gestern Abend, nachdem wir den Termin vereinbart haben, lange nachgedacht«, sagt Desen. »Möglicherweise habe ich gegenüber Ihrer Kollegin eine Radikalisierung angedeutet und erzählt, dass Ekin sich deutlich mehr als früher zu politischen Themen geäußert und ein ganz neues Interesse an Religion gezeigt hat. Aber eigentlich glaube ich, das stimmt gar nicht.«

»Es stimmt nicht, dass er sich radikalisiert hat?«

»Nein.«

Vendela hat Schwierigkeiten, ihr zu folgen.

»Aber er hat diese Dinge doch getan, hat über Politik geredet und ist öfter in die …«

»Ja, das stimmt«, fällt Desen ihr ins Wort. »Aber da steckt etwas anderes dahinter. Ich schließe nicht aus, dass jemand Einfluss auf ihn genommen und ihn zu einer gewissen Radikalisierung gedrängt hat.« Sie reibt sich die Nase, bevor sie fortfährt: »Aber mit dieser Sache hat es nichts zu tun.«

»Verstehe, aber dann …«

Desen holt tief Luft.

»Ich glaube, er ist gezwungen worden. Ekin könnte niemals jemanden umbringen.«

»Er hat es versucht.«

»Ja, und was ist dabei herausgekommen?«

Desen verstummt, Vendela auch. Sie spürt, wie sich Schwermut im Raum ausbreitet. Desens Bruder war ein inkompetenter Mörder mit einer Waffe, mit der er nicht umgehen konnte. Ein ungeschickter und planloser Einbrecher. Vendela und ihre Kollegen haben sich darüber auch schon oft den Kopf zerbrochen. Die Umstände der Tat sprechen für eine verrückte Idee, die der Mann auf eigene Faust in die Tat umgesetzt hat. Die hochmoderne Waffe und das Opfer, eine Staatsbeamtin mit geheimem Auftrag und Deckidentität, lassen etwas anderes vermuten. Bleibt die Frage: Wenn er tatsächlich im Auftrag anderer gehandelt hat, warum haben seine Auftraggeber dann jemand so Ungeeigneten ausgewählt?

Der Gedanke, dass es sich um einen Auftragsmörder gehandelt haben könnte, der gar nicht töten wollte, ist ihr bisher noch nie gekommen.

»Wer könnte ihn gezwungen haben?«, fragt Vendela schließlich.

»Da müssen Sie mit meinem Bruder sprechen.«

»Der war bisher aber nicht sonderlich gesprächig.«

»Ich weiß«, sagt Desen. »Er ist wütend. Weil Sie Ekin getötet haben. Es ist nicht so leicht, mit dem Mörder des eigenen Bruders zusammenzuarbeiten. Er trauert. Wir trauern.« Sie knetet die Finger ihrer linken Hand. »Ich werde mit ihm reden. Es wird schon gehen.«

»Das wäre eine große Hilfe«, sagt Vendela. »Und wenn Ekin selbst ein Opfer war, muss das ans Licht kommen.«

»Es wird schon«, sagt Desen entschieden.

Ylva ist froh, nicht mehr in einem Großraumbüro zu arbeiten. Sie hat das Gefühl, von allen in der Behörde anders angeschaut zu werden als vorher.

Die Generaldirektorin, die mit Untergebenen ins Bett geht. Auch wenn sie damals noch nicht Generaldirektorin und es nur ein Untergebener war.

Selbstverständlich hatten sie nach wenigen Tagen das Foto mit dem aus dem See ragenden Auto ausgegraben, diesem Wagen, den sie in rasendem Zorn ins Wasser gefahren hatte, nachdem sie ihren damaligen Mann in flagranti mit einer anderen Frau erwischt hatte. Es war unvermeidlich gewesen.

In den ersten Tagen hatte sie sich in ihrem Büro verschanzt und Maria beauftragt, alle nicht unbedingt notwendigen Termine zu verschieben. So konnte es natürlich nicht weitergehen.

Wie verteidigt man sich gegen Gerüchte? Sie kann und will nicht abstreiten, was wahr ist, und Lügen sind ihr zuwider, seitdem über sie all die Lügen verbreitet werden. Sie könnte sich auf den Schutz der Privatsphäre berufen und auf diese Weise diejenigen bloßstellen, die in ihrem Leben rumwühlen, aber auch das wäre entwürdigend.

Die Gerüchte haben sich zunächst in den traditionellen und dann auf immer groteskere Weise in den sozialen Medien verbreitet. Eine Zeit lang hat sie geglaubt, selbsternannte Heldinnen und Helden wollten zu einer MeToo-Kampagne mit umgekehrten Vorzeichen aufrufen: die weibliche Vorgesetzte, die den Mann in der abhängigen Position sexuell ausnutzt. Für das, was ihr, Anders und seiner Frau tatsächlich widerfahren war, war in den Fantasievorstellungen über ihr Liebesleben kein Platz. Der Große Journalistenpreis rückte in greifbare Nähe, obwohl sich das, was da verbreitet wurde, auf einem anderen Planeten abgespielt hatte.

Es klopft an der nur angelehnten Tür. Maria schaut mit gequältem Gesichtsausdruck herein.

»Entschuldige bitte, aber du hast unangekündigten Besuch.«

»Ich empfange niemanden.«

»Sie wartet unten an der Rezeption, es ist Karolina Möller…«

Mit einem Mal ist Ylva hellwach. Alle Grübeleien fallen von ihr ab.

»In Ordnung«, sagt sie.

»Jetzt sofort?«, fragt Maria.

»Ja.«

Karolina Möller steht mit hängenden Armen vor ihr, das Haar über die Schultern auf den Rücken gestrichen. Sie trägt einen kurzen Wollmantel, eine Art Kapitänsjacke.

»Hallo, Karolina.«

Eine plötzliche Unruhe erfasst sie. Warum kommt sie jetzt? Ist etwas mit Elias?

»Ylva.«

Karolina lächelt zurückhaltend und gibt ihr die Hand.

Es entsteht eine kurze Pause. Trotz aller gefährlicher und sogar lebensbedrohlicher Situationen, die sie zusammen erlebt haben, können sie nicht entspannt miteinander umgehen.

»Tut mir leid, dass ich unangekündigt komme.«

»Macht nichts. Kommen Sie rein.«

Ylva schließt die Tür, Karolina legt ihren Mantel ab und setzt sich in einen der schwarzen Sessel.

»Ist etwas passiert?«

»Nein«, sagt Karolina mit Nachdruck. »Nicht direkt. Keine Sorge.«

Die Unruhe legt sich. Karolina wirkt wie immer. Die Pistole im Hüftholster, das lange rote Haar, der durchdringende Blick aus den hellblauen Augen und auf der Nase und den Wangenknochen Sommersprossen, die den Herbst überlebt haben.

»Ich wollte fragen, ob ich Sie für eine bestimmte Sache engagieren kann.«

Ylva ist sofort auf der Hut. Engagieren? In welcher Funktion? Gleichzeitig spürt sie eine schmerzlich vermisste Neugier in ihrer Brust erwachen und sich im ganzen Körper ausbreiten. Sie fühlt sich stark und wach. Auf der Hut, ja, aber in diesem Zustand ist sie die scharfsinnigste und intelligenteste Version ihrer selbst. Sie würde fast jede Herausforderung annehmen, die sie wieder in die chronologische Zeitachse versetzt, in der Nostalgie sinnlos ist und Dinge tatsächlich verändert werden können.

»Wie Sie wissen, habe ich hier bereits eine Aufgabe.«

Sie will nicht zu interessiert wirken.

»Als Chefin können Sie doch frei über Ihre Zeit entscheiden.«

»Theoretisch ja«, antwortet sie lachend. »Aber ich muss trotzdem Rechenschaft darüber ablegen. Unsere Organisation ist sehr transparent.«

»Irgendjemand hat mal gesagt, dass ihr vor lauter Transparenz eure eigenen Geheimhaltungsvorschriften geheim haltet.«

Ylva zieht lächelnd die Schultern hoch.

»Kein Kommentar.«

»Es wird nur ein paar Tage dauern«, versichert Karolina ihr.

»Worum geht es?«

»Ich möchte, dass Sie uns nach Sarajevo begleiten.«

Für einige kurze Augenblicke rauschen die Erinnerungen an ihrem geistigen Auge vorüber: Anders und sie in ihrem Hotelbett, die Bombe an der Rezeption, das Feuer, die Evakuierung, Anders im Leichenschauhaus.

»Warum?«, fragt sie.

»Um einen alten Bekannten zu treffen.«

Sie denkt sofort an Anders, der womöglich auf geheimnisvolle Weise wiederauferstanden ist. Vielleicht ist er ja gar nicht bei dem Bombenanschlag ums Leben gekommen und wurde aus irgendeinem Grund bis jetzt versteckt gehalten. Sie holt tief Luft. Was für kindische Gedanken! Es ist nicht gut, immer nur allein zu sein und zu grübeln. Da geht die Fantasie mit einem durch. Und trotzdem setzt sie all ihre Hoffnung auf ebendiese Fantasie, als Karolina den Mund wieder aufmacht.

»Sie erinnern sich an Mario Filipović?«

»Selbstverständlich.«

Die Kontaktperson aus dem Finanzministerium in Sarajewo. Ein Mann, dem sie vertraut.

»Was ist mit ihm?«

»Er hat eine Nachricht erhalten, die er ausrichten möchte.«

»Mir?«

Karolina nickt.

»Kann er das nicht einfach tun?«

»Nicht über Dritte.«

»Und er kann nicht …«

Sie bringt den Satz nicht zu Ende. Karolinas Welt gehorcht ihren eigenen Regeln. Nicht ohne Grund, nimmt sie an. Jedenfalls hat sie keinen Einfluss darauf.

»Wissen Sie, worum es geht?«

»Nein. Genau das wollen wir ja herausfinden.«

»Und wissen Sie, von wem die Nachricht ist?«

»Ja. Er heißt Obrad Mitić.«

»Wer ist das?«

Ylva bemerkt eine winzige Veränderung in Karolinas Blick.

»Während Simon Brinkman den Koffer mit der Bombe, durch die Anders Krantz ums Leben kam, an der Rezeption des Hotel Europe platziert hat, wartete vor dem Hotel ein serbischer Mann in einem Auto auf ihn. Obrad Mitić.«

Elias spült sich mit dem spärlichen Duschstrahl den Schweiß von der Haut. Das Wasser plätschert auf den Beton. Er ist sich nicht sicher, ob er vor Anstrengung oder vor Hitze schwitzt.

Sich an die gnadenlosen Temperaturen zu gewöhnen, fällt ihm fast am schwersten. Er versteht nicht, wieso sie ausgerechnet diesen Ort gewählt haben. Geht es ihnen um die Abgeschiedenheit oder darum, die Rekruten unter extremen Bedingungen zu trainieren, unter denen sie später möglicherweise operieren? Er hat noch immer keine Ahnung, wo er sich befindet.

Mit einem sandigen Handtuch trocknet er sich ab. Der Sand ist einfach überall. Damit musste er sich als Erstes abfinden, um nicht durchzudrehen.

Vor Antritt der Ausbildung, was bereits in den Nachmittagsstunden des Tages der Fall war, an dem er in der dunklen Baracke aufgewacht war, sah er sich mit einem gewissen Widerwillen unter Stacheldrähten hindurchrobben, während jemand mit einer Maschinenpistole über seinen Kopf hinwegschoss. Doch es kam anders.

Aus Rücksicht auf seine gebrochenen Rippen hatte

er in der ersten Zeit nur Waffenkunde. Er hat sich mit Handfeuerwaffen und insbesondere diversen Pistolentypen vertraut gemacht und Gewehre, Maschinenpistolen, verschiedene Granatenarten und Sprengstoffe kennengelernt. Bei Letztgenannten ging es vor allem darum, zu erkennen und zu beurteilen, ob sie gesichert oder scharf waren und ob sie entschärft werden konnten.

Als seine Rippen nicht mehr schmerzten, hatte die Nahkampfausbildung begonnen, eine Mischung aus Martial-Arts-Techniken und einfachen Tricks wie dem Zertrümmern von Kniescheiben mit gezielten Fußtritten, dem Brechen von Fingern und dem Herausdrücken von Augäpfeln. Der Lernstoff hatte mit Sportlichkeit nicht viel zu tun, es drehte sich alles ums Überleben. Ein Experte würde er innerhalb von zwei Monaten nicht werden, aber nach Ablauf dieser Zeit würde er um einiges besser gerüstet sein als bei seiner Ankunft.

Im Unterricht geht es nicht nur um Waffen und Kampftechniken, sondern auch um Taktik. Sie spielen verschiedene Szenarios durch wie Schachpartien mit lebenden Menschen. Er hat in der Woche drei Sitzungen mit einem Psychologen. Elias ist sich nicht sicher, ob zum Wohle seiner Psyche oder ob der Psychologe den Auftrag hat, so viel wie möglich über ihn in Erfahrung zu bringen, hat aber beschlossen, dass vermutlich beides zutrifft.

Er zieht saubere und trockene Kleidung an und wäscht die verschwitzten Trainingssachen aus. Wie alle anderen in dem Ausbildungszentrum trägt er Beige und Hellbraun, andere Farben sind nicht verfügbar. Seit sieben

Wochen ist er in der Wüste. In den ersten Tagen hat er noch an Flucht gedacht, allerdings eher aus prinzipiellen Erwägungen und nicht, weil die Situation unerträglich gewesen wäre, aber er hat den Gedanken bald verworfen. Von hier aus kommt man nirgendwohin. Der nächste Ort ist zu weit entfernt, und er hat keine Ahnung, was ihn dort erwarten würde, wenn er es wider Erwarten bis dorthin schaffen sollte. Ohne einen Ausweis hätte er in einem fremden Land und vermutlich einem fremden Kontinent sowieso keine große Chance. Da war es hier noch besser.

Elias steckt die Füße in ein Paar Sandalen und verlässt die Duschbaracke. Abgesehen von den Geräuschen im Lager hört man nur den über die Dünen hinwegfegenden Sand.

Er sieht den Schatten, der am Tisch sitzt, als er seine eigene Baracke betritt. Es dauert eine Weile, bis sich seine Augen an die Dunkelheit gewöhnt haben, aber er weiß auch so, wer es ist.

»Der Prophet«, sagt Lambert erfreut.

Die Tür fällt hinter Elias ins Schloss.

»Wie ich höre, läuft es gut bei Ihnen.«

»Da sind Sie besser informiert als ich, aber wenn Sie es sagen, wird es schon stimmen.«

Lambert hat seine Sonnenbrille neben einer Wasserflasche abgelegt.

»Man wirft hier nicht gerade mit Lob um sich, ich weiß.«

Elias wirft einen Blick zum Bett und registriert, dass das Buch auf dem Nachttisch anders daliegt.

»Vernon Subutex«, sagt Lambert.

»Die Bibliothek hat einige Überraschungen zu bieten.«

Tatsächlich gibt es gar keine Bibliothek, sondern nur vereinzelte Bücher, die ehemalige Rekruten dagelassen haben.

»Ich war erstaunt, an einem Ort wie diesem so anspruchsvolle Literatur vorzufinden.«

»Oh«, sagt Lambert, »Despentes ist ein Enfant terrible, aber unser Enfant terrible. Und noch halten wir die Fahne der Freiheit hoch.«

»Bis Marine Le Pen sie abhängt.«

»Möge dieser Tag nie kommen«, sagt Lambert.

Es klingt eher nach einem Stoßgebet als nach einem Kampfruf. Elias ist kurz davor zu sagen, dass Vorfälle wie der Abschuss der AF1562 da nicht hilfreich sind, beißt sich aber rechtzeitig auf die Zunge.

»Ich weiß, dass Sie hier noch zwei Wochen vor sich haben«, fährt Lambert fort. »Aber ich möchte Sie mir für ein paar Tage ausleihen.«

Ist das eine Frage? Vermutlich nicht.

»Zu welchem Zweck?«

»Betrachten wir es als Übung…« Er hebt die rechte Hand und streckt den Zeigefinger wie ein Ausrufezeichen nach oben. »Auch wenn die Angelegenheit blutiger Ernst ist.« Er muss über die pathetische Formulierung lächeln. »Blutig im übertragenen Sinn.«

»Ich glaube, ich verstehe schon«, sagt Elias.

»Es wird Ihnen bald klarer werden.«

Lambert schiebt zwei Finger in die Brusttasche seines

Leinenjacketts und zieht den französischen Pass heraus. Er stützt die Ellbogen auf dem Tisch ab und hält den Pass mit beiden Händen fest.

»Der Name Obrad Mitić sagt Ihnen wahrscheinlich nichts.« Lambert sieht ihn fragend an.

Elias schüttelt den Kopf.

»Und wenn ich Ihnen sage, dass er am sechzehnten Januar zusammen mit Simon Brinkman in einem Auto saß?«

Elias ballt unwillkürlich die Hände zu Fäusten und fröstelt plötzlich trotz der Hitze.

»Ich weiß, dass Sie die Fotos gesehen haben.«

Würden sie oberhalb von Lamberts Kopf an die Wand projiziert, hätte er sie nicht deutlicher vor Augen gehabt. Ylva hat sie ihm in New York gezeigt: ein Mann um die vierzig mit raspelkurzem schwarzem Haar, entschlossener Miene und wachsamen Augen. Eine Spiegelung in der Windschutzscheibe verläuft diagonal vom rechten Ohr über Mund und Kinn.

»Wir dachten, er wäre wie Brinkman ein Auftragsmörder, aber es scheint, als hätte er einen ganz anderen Auftrag gehabt.«

»Er war bei Brinkman, als dieser die Bombe im Hotel platziert hat«, sagt Elias. »Er hat nicht versucht, ihn davon abzuhalten. Er fuhr den Wagen. Was soll er sonst gewesen sein, wenn nicht ein Auftragsmörder?«

Er muss sich zusammenreißen, damit er nicht in Rage gerät. Es würde nichts bringen. Jedenfalls nicht hier mit Lambert. Und das Training zeigt bereits Wirkung.

»Technisch gesehen war er vielleicht ein Auftragsmörder, aber seine Verbindung zu Simon Brinkman hatte nichts mit Ihrem Vater zu tun, sondern mit den Saudis, mit denen sich Brinkman einen Monat vorher getroffen hat.«

»Gemeinsam mit Mitić.«

»Genau. Obrad Mitić hat den Kontakt zu Brinkman geknüpft, indem er sich als serbischer Rechtsextremist ausgab, der mit Waffen handelt. Ich schließe nicht aus, dass er tatsächlich mal ein serbischer Rechtsextremist gewesen ist, dieses Milieu ist ja höchst undurchsichtig, aber nun oder besser gesagt damals arbeitete er jedenfalls für die Briten. Er berichtete, Brinkman habe die Absicht, salafistischen Terroristen, die in Schweden einen Anschlag planten, Waffen zu vermitteln. Brinkman versprach sich davon, auf diese Weise Einfluss auf die öffentliche Meinung auszuüben und den Weg für eine etwas weniger einwandererfreundliche Regierung zu bereiten, um es vorsichtig auszudrücken.«

»Das ist ihm ja auch gelungen.«

Lambert nickt zustimmend, lässt sich aber nicht anmerken, was er selbst darüber denkt.

»Bevor die Pläne in die Tat umgesetzt werden konnten, flog Mitić auf und musste Hals über Kopf die Flucht antreten. Wir wissen also nicht genau, ob ein Geschäft zustande kam. Laut den Briten lässt es sich jedenfalls nicht beweisen. Jetzt ist Mitić jedoch wieder aufgetaucht und bereit, Informationen weiterzugeben, die zur Aufklärung des Anschlags auf die AF1562 beitragen.«

»Warum jetzt? Und warum offenbart er sich nicht den Briten?«

»Mitić ist käuflich und hat vielleicht schlechte Erfahrungen mit den Briten gemacht. Ich vertraue ihm nicht hundertprozentig, aber wir dürfen uns diese Chance auch nicht entgehen lassen.«

Lambert legt den Pass auf den Tisch und schiebt ihn Elias hinüber.

»Werfen Sie einen Blick hinein.«

Elias nimmt den Pass in die Hand, schlägt ihn auf und blickt in sein eigenes Gesicht. Hastig sieht er Lambert und dann wieder den Pass an. *Patrick Veaux*, so heißt er jetzt also.

»Wer bin ich?«

Lambert winkt ab.

»Darüber reden wir später.«

»Und diese Übung? Was soll Patrick Veaux machen?«

»Sie sollen nach Neapel fliegen und sich mit Mitić treffen.«

»Wieso? Ich meine, wieso ich?«

Warum soll ausgerechnet er nach Italien fahren und sich dort mit Mitić treffen, der *technisch gesehen* an der Tötung seines Vaters beteiligt war? Das klingt nach einer durch und durch dummen Idee.

»Es gibt einen bestimmten Grund«, sagt Lambert und reibt sich das Kinn.

Elias hört die kaum sichtbaren Bartstoppeln über die Handfläche schaben.

»Er will Sie sehen. Ich glaube, er hat wegen des Hotel

Europe ein schlechtes Gewissen. Er steckte in einer Zwangslage und hatte keine Möglichkeit, Brinkman von der Tat abzuhalten, ohne die gesamte Operation zu gefährden.«

Lambert dreht die Handflächen nach oben, als ob sich der Rest von selbst erklären würde.

Elias kauft Lambert diese Geschichte keine Sekunde lang ab. Eben hat er noch gesagt, Mitić sei käuflich. Dass er Gewissensbisse haben soll, klingt wie ein schlechter Scherz. Wahrscheinlicher ist, dass Lambert ihn nach Neapel schickt, um ihn auf die Probe zu stellen oder weil er möglicherweise glaubt, die Begegnung mit Mitić wäre auf irgendeine dubiose Weise wichtig für Elias. Einen anderen Grund kann er nicht erkennen. Falls es nicht eigentlich darum geht…

Er denkt den Gedanken nicht zu Ende, sondern atmet durch die Nase ein und sieht Lambert nüchtern an.

»Wollen Sie, dass ich ihn töte?«

Ekin Gürels Bruder Amin ist der Chef eines Speditionslagers in Västberga, das kaum mehr als einen Kilometer Luftlinie von der Bezirksverwaltung entfernt ist, wo seine Schwester arbeitet.

Eiskalter Nieselregen fällt von einem grauen Himmel auf die ebenso graue Lagerhalle, als Vendela ihr Auto davor abstellt. Sie ist mit Amin Gürel verabredet, der sich offenbar entschlossen hat zu reden. Der Kontakt zu Desen zahlt sich endlich aus. Während sich Vendela mit ihrem billigen Reiseregenschirm abmüht, versucht sie auszumachen, wo in dem lang gezogenen Gebäude ein Eingang ist. Lastwagen und Anhänger stehen mit den Hecks zur Rampe vor geöffneten Toren. Ganz links führt eine Treppe auf die Laderampe hinauf. Sie hält sich den schlaffen Schirm notdürftig über den Kopf und eilt zur Treppe.

Die gigantischen Regale in dem riesigen Lager erinnern an die Selbstbedienungshallen bei IKEA. Rote Gabelstapler fahren zwischen den Regalen und den Toren hin und her. Vendela gelingt es, einen der Gabelstaplerfahrer auf sich aufmerksam zu machen. Er bleibt stehen und ruft ihr zu, dass sie sich nur mit Leuchtweste im Lager aufhalten darf, und deutet dabei auf die Wand hinter ihr.

Sie dreht sich um und erblickt eine Hakenleiste, an der mehrere Warnwesten und neongelbe Jacken mit großflächigen Reflektoren hängen.

»Ich suche Amin Gürel.«

Der Gabelstaplerfahrer deutet in den linken Bereich der Halle.

»Ganz hinten«, sagt er. »Oder draußen auf der Rampe.«

»Wir haben um zehn einen Termin.«

»Aha, na, dann wird er wohl in seinem Büro sein, nehme ich an.« Er zeigt wieder auf die Kleiderhaken. »Ziehen Sie eine Weste an, sonst bekommen wir Ärger. Hier sind schon Leute überfahren worden.«

Bevor Vendela etwas darauf erwidern kann, ist er weg. Sie zieht sich eine viel zu große Weste über.

Ganz hinten auf der linken Seite befinden sich ein paar Büroräume und ein Pausenraum für das Personal, der wie ein Kasten in die Halle hineingebaut ist mit einer großen Glasfront zum unbeheizten Lager, jedoch ohne Fenster nach außen. Der Kasten hat drei Türen, und neben der mittleren hängt ein kleines Schild mit der Aufschrift »Amin Gürel«. Vendela klopft an. Diesmal trägt sie das Tuch um den Hals.

Ein etwa vierzigjähriger Mann mit Glatze und kurz geschorenem und grau meliertem Bart blickt von seinem Schreibtisch auf und winkt sie herein. Er steht auf und kommt mit ausgestreckter Hand auf sie zu. Er ist über eins neunzig groß und macht einen kraftstrotzenden und würdevollen Eindruck. Staatsmännisch, denkt sie. Gleichzeitig hat er etwas Wachsames und Verbissenes an sich. Vielleicht erkennt man daran seine Trauer.

Und die Wut. Sie haben seinen Bruder getötet.

»Nehmen Sie bitte Platz«, sagt er.

»Sie scheinen voll ausgelastet zu sein.«

»Es nimmt kein Ende«, sagt er trocken. »Es wird immer noch mehr.«

»Das liegt wahrscheinlich am Onlinehandel«, sagt Vendela.

Es wird still. Den Small Talk haben sie hinter sich. Sie hat das Gefühl, dass Amin sich selbst im Zaum hält wie einen stolzen und wohlerzogenen Jagdhund, der sie jeden Augenblick anspringen könnte.

An der Wand hinter ihm hängt ein Druck von Stig Claesson, auf dem der Saltjsö und der Katarinaberg von der Insel Skeppsholm zu sehen sind. Vendela nimmt an, dass Amin sich das Bild nicht selbst ausgesucht hat. In dem spärlich dekorierten Raum gibt es keine Familienfotos oder andere persönliche Gegenstände, aber auf einem Regal voller Aktenordner thront ein dickes Michelinmännchen.

»Dass Ekin radikalisiert worden sein soll, ist Blödsinn«, sagt Amin. »Das hat sich meine Schwester eingebildet.«

»Bei meinem letzten Gespräch mit ihr hatte ich den Eindruck, sie habe ihre Meinung geändert.«

»Weil ich sie umgestimmt habe.«

Nach ihrem persönlichen Eindruck von Desen und nun auch Amin kann Vendela sich die Theorie von der Radikalisierung kaum noch vorstellen. Die Geschwister sind in der breiten Mittelschicht angekommen, haben sich etabliert und angepasst und sprechen nahezu akzentfrei Schwedisch. In so einem Milieu findet Radikalisierung normalerweise nicht statt. Aber Ekin ist natürlich nicht mit seinen Geschwistern identisch, sondern hat seine eigene Geschichte.

»Er hat sich zunehmend intensiv mit türkischer Politik beschäftigt«, fährt Amin auch fort. »Aber was ist daran verwerflich? Das machen viele. Es ist ja auch schwer, es sein zu lassen. Die Türkei ist auf dem besten Wege, sich in ein ... Tja, wer weiß, wo das noch endet, jedenfalls haben viele Menschen Angst. Wir haben Verwandte in der Türkei. Sie haben keine Ahnung ...«

Er macht eine Pause und schüttelt betrübt den Kopf.

»Nachbarn hier in Schweden«, sagt er und gestikuliert dabei erregt, »zeigen sich gegenseitig wegen irgendwelcher Dinge, die jemand auf Facebook gepostet hat, bei türkischen Behörden an. Wenn sie dann in den Ferien auf dem Flughafen Ankara landen, werden sie verhaftet. Es ist eine Diktatur der Mehrheit, eine Gewinnerkultur. Man ist entweder dafür oder dagegen. Erdoğan ist ein Gegner des Westens und der Demokratie ... Warum sollen die Gewinner eine Opposition zulassen, wozu soll man Neuwahlen erlauben? Wenn man gewonnen hat, hat man gewonnen. Wer anderer Meinung ist, gilt als Freiwild und gehört ins Gefängnis.« Er spricht ruhig und gefasst, aber mit Nachdruck, seine Augen funkeln. »Ihr Schweden …«

Er hält inne, vielleicht, weil Vendela dem gängigen Bild eines Durchschnittsschweden noch weniger entspricht als er selbst.

»Die Schweden verstehen das nicht«, sagt er. »Sie glauben, dass alle so leben wollen wie sie und sich nach Demokratie und Gleichberechtigung und Pressefreiheit sehnen. Vergessen Sie's. Es ist nicht so. Manche wollen das, klar, aber nicht Erdoğan und diejenigen, die ihn wählen. Die Türkei bewegt sich in eine andere Richtung. Wie die Schwedendemokraten. Die hassen die Türken zwar, aber sie denken wie Erdoğan.« Er schnaubt.

»Sie scheinen sich auch intensiv mit diesen Fragen zu beschäftigen«, sagt Vendela.

»Ja, aber ich behalte meine Meinung für mich.«

»Im Gegensatz zu Ekin?«

»Ja.«

»Hat er sich auf Facebook dazu geäußert?«

»Er hat mit allen diskutiert, hat auf Facebook und in verschiedenen Foren Kommentare geschrieben und mit den Leuten, die er in der Moschee kennengelernt hat, geredet. Kein geeigneter Ort für kritische Meinungsäußerungen.«

Jedes Mal, wenn in der Nähe ein Gabelstapler vorbeifährt, vibriert der Boden. Amin wirft einen Blick durch die Glasscheibe.

»Was ist Ihrer Ansicht nach passiert?«, fragt sie.

»Ekin ist erpresst worden. Das weiß ich. Sie haben ihm

gedroht, unseren Eltern in der Türkei, unserem Onkel dort und unseren Cousinen und Cousins etwas anzutun.«

»Sie?«

»Ich kann keine Namen nennen.«

»Können Sie oder wollen Sie nicht?«

Amins Blick wird feurig.

»Haben Sie nicht verstanden, was ich gesagt habe?«

Vendela spürt, dass sie kurz davor ist, den Kontakt zu ihm zu verlieren, und versucht es auf eine andere Weise.

»Auch wenn er erpresst wurde, ist es noch ein weiter Weg, bis man jemanden tötet.«

»Hat Ekin jemanden getötet?«

Sie spürt die Trauer und den Zorn hinter seinen Worten und dem bohrenden Blick.

»Er hat es versucht«, sagt sie nach einer kurzen Pause.

»Und was ist dabei herausgekommen? Er hat niemanden getötet. Er wurde getötet.«

Er hört sich an wie seine Schwester.

»Sie glauben also …«

»Ich glaube«, unterbricht er sie, »dass Ekin getan hat, was er tun musste. Aber ein Mörder ist er nicht.«

»Er hat getan, was er tun musste, um Ihre Verwandten in der Türkei zu schützen?«

»Ja.«

Draußen im Lager ruft jemand laut, aber Amin scheint keine Notiz davon zu nehmen.

»Hat er mit Ihnen darüber gesprochen?«, fragt Vendela.

»Nein.«

»Wie können Sie sich dann so sicher sein?«

»Ekin hat zu mir gesagt: Amin, du weißt, dass ich ein guter Mensch bin und immer versucht habe, gut zu meinen Mitmenschen zu sein.« Er verstummt.

Vendela fragt sich, was das beweisen soll, will seine Behauptung aber nicht sofort infrage stellen. Amin beugt sich hinunter und zieht eine Schreibtischschublade heraus.

»Sie verstehen das nicht«, sagt er.

Sein Blick ist tieftraurig und verletzlich. Dann registriert Vendela nur noch eine schnelle Bewegung der rechten Hand, ehe Amins Kopf explodiert. Das Blut spritzt, er fällt nach vorn, und der Kopf oder vielmehr das, was davon übrig ist, knallt auf die Tischplatte. Langsam rollt sein Schreibtischstuhl nach hinten und zieht den Körper mit sich, die Hand hält noch immer den Kolben der Pistole umschlossen, mit der er sich erschossen hat. Der Kopf zieht auf der Tischplatte eine Blutspur hinter sich her, bevor er abrupt über die Kante rutscht.

Vendela verfolgt das abstoßende Schauspiel wie gebannt. Es dauert bestimmt zehn Sekunden, bis sie aus ihrer Erstarrung erwacht und in ihrer Jackentasche nach dem Handy tastet. Vor der Scheibe rauscht ein Gabelstapler vorbei, dessen Fahrer, der den Knall dank seiner Ohrenschützer überhört hat, nicht ahnt, was sich in diesem Büro soeben abgespielt hat.

Elias fliegt mit einem französischen Militärflugzeug nach Nizza, wo er mit dem Auto abgeholt und direkt zu einer regulären Alitalia-Maschine gefahren wird, ohne das Flughafengebäude betreten zu müssen. Bevor er aus dem Wagen aussteigt, bekommt er die Bordkarte in die Hand gedrückt.

Er weiß noch immer nicht genau, wo er die vergangenen zwei Monate verbracht hat, tippt aber anhand der Flugzeit auf eine übrig gebliebene Militärbasis von den französischen Einsätzen der letzten zehn Jahre in Nordafrika und der Südsahara. Als das Flugzeug vom Boden abhebt, überkommt ihn ein atemberaubendes Gefühl von Freiheit. Nun gibt es nur noch ihn, einen Pass und ein Flugticket. Jedenfalls soweit er weiß. Es kann natürlich auch ein Aufpasser mit an Bord sitzen, aber das glaubt er nicht. Das Letzte, was Lambert zu ihm sagte, während er leicht mit dem Zeigefinger auf den Pass tippte, war: »Ein Knopfdruck, und er ist ungültig, vergessen Sie das nicht.«

Der Flug dauert drei Stunden inklusive Umstieg in Rom, ohne Sonderbehandlung, wo er wie alle anderen Passagiere allein zu seinem Gate finden muss. Beim Anblick der gelben Exit-Schilder schmiedet er insgeheim Fluchtpläne, doch durch eine dieser Türen hinauszugehen, wäre möglicherweise leicht, aber sinnlos. Er wäre dann wieder an dem Punkt, an dem er nach seiner Flucht aus dem Krankenhaus gewesen war. Ein mittelloser Mann ohne Identität, aber mit einer vollkommen wahnsinnigen Geschichte über Korruption, Terrorismus und den französischen Geheimdienst im Gepäck, die ihm niemand glauben würde.

Sie erreichen Neapel im Steilanflug und stoßen auf die Landebahn, bevor der Pilot die Schubumkehrklappen aktiviert und das Flugzeug stabilisiert hat. Der Flugplatz ist nicht groß. Elias steigt zügig aus und wird von einem Taxi zum Hauptbahnhof gebracht, von wo aus er einen Zug nach Pompeji nimmt.

Elias hat die Anweisung, Mitić am Isistempel zu treffen, inmitten der Ruinen der antiken Stadt. Er soll ein weißes Basecap aufsetzen und eine aktuelle Ausgabe der *Repubblica* in der Hand halten. Mitić wird die gleiche Zeitung bei sich haben. Als er vor dem kleinen Bahnhof mit dem gezackten Dach aus dem Taxi steigt, klingelt sein Handy. Er steckt dem Taxifahrer ein paar Scheine zu und geht ein Stück von der Straße weg, bevor er ans Telefon geht.

»Der Treffpunkt wurde geändert«, sagt Lambert ohne Umschweife.

Am anderen Ende rauscht und knackt es, als ginge ein starker Wind.

»Ich höre.«

Elias blickt zum Eingang des Bahnhofsgebäudes hinüber, wo sich die Leute mit ihren Rollkoffern durch die Glastüren zwängen.

»Nehmen Sie den geplanten Zug, aber fahren Sie weiter bis Sorrent«, weist Lambert ihn an. »Dort setzen Sie sich in die Bar Ercolano an der Piazza Tasso. Um zehn nach drei kommt die Person, auf die Sie dort warten. Haben Sie alles mitbekommen?«

»Ja.«

Die Verbindung bricht ab.

Elias steckt das Handy in die Tasche und geht in den Bahnhof hinein. Außer einer schwarzen Schultertasche mit Lederriemen hat er kein Gepäck dabei. Die Mitteilung löst gemischte Gefühle in ihm aus. Ihm war nicht ganz wohl bei dem Gedanken an ein Treffen zwischen den Ruinen von Pompeji, ein belebter Ort wäre ihm definitiv sicherer vorgekommen. Auf der anderen Seite könnte die Planänderung in letzter Minute darauf hinweisen, dass etwas schiefgegangen ist.

Er blickt zur Anzeigetafel hinauf und findet darauf den Zug, den er nehmen soll. Sorrent ist die Endstation. Er kauft sich am Automaten eine Hin- und Rückfahrkarte und am Kiosk eine *Repubblica*. Bis zur Abfahrt bleiben ihm noch dreiundzwanzig Minuten.

Elias geht zu einem kleinen Elektronikladen und fragt den Verkäufer, einen jungen Mann in knallrotem T-Shirt mit dem Logo des Ladens, nach einem billigen Handy. Der junge Mann beugt sich hinunter und holt unter der Ladentheke eins für zweiunddreißig Euro hervor. Elias nimmt es, ohne sich das Mobiltelefon anzuschauen, und nimmt noch eine aufgeladene Prepaidkarte mit dazu.

Er reißt die Verpackung auf, steckt die Karte in das Handy und geht zum Bahnsteig an Gleis 7. Von dort aus ruft er Ylva an, die zum Glück noch dieselbe Nummer hat.

»Ylva Grey«, sagt sie förmlich und ein wenig außer Atem.

»Hier ist Elias«, sagt er.

»Elias«, ruft sie überrascht. »Wie geht es dir? Wo bist du?«

»Lange Geschichte«, antwortet er. »Tut mir leid, dass ich mich nicht gemeldet habe, aber es war nicht möglich.«

In der Wüste hatte er ausschließlich über seinen amerikanischen E-Mail-Account kommunizieren dürfen, zu dem einzigen Zweck, die Illusion aufrechtzuerhalten, Elias Ferreira Krantz würde immer noch in Washington Security Studies studieren. Im Grunde könnte man sagen, dass seine eigentliche Identität dort archiviert war. Er konnte sich nur in einer Verwaltungsbaracke einloggen und wurde dabei von einer schweigsamen Frau mit zusammengekniffenen Augen überwacht.

»Und wie geht es dir?«, fragt er.

»Es ist, wie es ist, schon okay, ganz gut«, sagt sie schnell.

»Kannst du dich nicht entscheiden?«

Sie lacht, und ihr Lachen geht ihm durch und durch. Ylvas Lachen ist so leicht und unmittelbar.

»Ich habe dich vermisst«, sagt er.

»Ich auch«, sagt sie. »Ich habe dich auch vermisst.«

Der Zweifel legt sich.

»Wo bist du?«, fragt Ylva.

»In Frankreich, immer noch in Frankreich«, sagt er nach einem kurzen Schweigen, das er als peinlich empfindet.

Er will sie nicht anlügen, aber von dieser Sache hier darf er ihr nichts erzählen. Von der Wüste auch nicht. Dass er immer noch in Frankreich ist, stimmt zumindest im weitesten Sinn.

»Und du, bist du zu Hause?«

»Nein«, sagt sie, »ich bin in Sarajevo.«

»Oh.«

»Schon okay«, sagt sie wieder. »Ich bin beruflich hier.«

Er nimmt ihr den munteren Tonfall nicht ab, kann aber verstehen, wenn sie nicht darüber reden möchte.

»In zwei Wochen komme ich zurück nach Stockholm«, sagt er.

»Perfekt«, sagt sie. »Dann können wir zusammen Weihnachten feiern.«

Er ist sich nicht sicher, ob sie das ernst meint, sagt aber, dass er das für eine glänzende Idee hält.

Er hätte noch stundenlang mit ihr weiterreden können, aber er muss sich auf das Treffen mit Mitić vorbereiten. Im Zug studiert er den Stadtplan von Sorrent. Die Bar, in der das Treffen stattfinden soll, ist nur vierhundert Meter vom Bahnhof entfernt. Wenn alles gut läuft, muss er nicht mehr wissen. Er soll fünf bis zehn Minuten mit Mitić zusammensitzen, sich anhören, was er zu sagen hat, und dann mit dem Zug nach Neapel zurückfahren. Es geht einer um halb vier, den er, vorausgesetzt, dass Mitić pünktlich kommt, erwischen müsste. Für den nächsten Morgen ist ein Rückflug nach Nizza für ihn gebucht, aber ein Hotelzimmer hat er nicht.

Da er sich nicht darauf verlassen kann, dass alles nach Plan läuft, schaut er sich das Viertel rund um die Piazza Tasso genau an, um sich eventuelle Fluchtwege und Verstecke einzuprägen. Der Stadtkern thront auf Klippen, die steil zum Hafen abfallen. Das geht nicht aus dem Stadtplan hervor, muss aber berücksichtigt werden.

Die Regionalbahn mit dem abgenutzten Interieur in Hellgelb hält oft und lässt laute und flirtende Teenager auf dem Heimweg von der Schule und die eine oder andere Hausfrau mit schweren Einkaufstaschen ein- und aussteigen. Nach einer guten Stunde ist die Bucht von Neapel umrundet, und kurz bevor die Waggons mit quietschenden Rädern in den Bahnhof von Sorrent einrollen, wird durch einen scheppernden Lautsprecher die Endstation angesagt.

Elias setzt das weiße Basecap auf und verlässt den Zug mit der Tageszeitung in der Hand. Die weiße Kopfbedeckung ist ihm nicht ganz geheuer. Er kommt sich damit vor wie eine wandelnde Zielscheibe. Das hat er auch zu Lambert gesagt, der nur den Kopf geschüttelt hat. *Es wird niemand auf Sie schießen, und Sie werden auch niemanden erschießen.*

Er soll Mitić nicht töten. Mit dieser Frage hatte er Lambert überrascht, obwohl er das gar nicht beabsichtigt hatte. Lambert hatte ihn stumm angesehen und schließlich mit sorgenvoller Miene gefragt, ob die Frage ernst gemeint sei.

»Ja«, hatte Elias geantwortet, und als er begriff, dass Lambert ihn eventuell missverstanden hatte, schnell hinzugefügt: »Das war kein Angebot von mir, sondern eine aufrichtige Frage.«

Nein, er sollte Mitić nicht töten. Er sollte sich mit ihm treffen, sich anhören, was er zu sagen hatte, und wieder zurückfahren, das war alles.

Auf der anderen Seite des Platzes, auf dem reger und scheinbar ungeordneter Verkehr herrscht, erblickt Elias die Bar Ercolano. Er überquert die Straße, als die Ampel für die Autos Rot zeigt, und entscheidet sich für einen etwas versteckten Tisch, von dem er eine gute Sicht über den gesamten Platz hat. Das Meer kann man von hier aus nicht sehen, aber er nimmt das Salz in der Luft wahr. Bei dem Kellner im zerknitterten, kurzärmligen Hemd bestellt er Kaffee und Mineralwasser. Er hat die Zeitung deutlich sichtbar auf dem Tisch platziert und lässt seinen Blick über die pistaziengrünen Tischdecken und die Straßen auf beiden Seiten der Bar schweifen.

Mitić kommt von links. Elias bemerkt ihn erst, als er schon zwischen den Tischen steht. Seine Haare sind länger als auf den Fotos, und er ist brauner. Er trägt ein

Sweatshirt, ein Tweed-Jackett und darüber einen leichten schwarzen Baumwollmantel. Eine seltsame Kombination, in der er verfroren aussieht. Er kommt geradewegs auf Elias zu, setzt sich aber nicht zu ihm an den Tisch, sondern an den Nachbartisch. Nicht, um den Anschein zu erwecken, sie hätten nichts miteinander zu tun, diesbezüglich haben sie keine Anweisungen, sondern weil er auch alles im Blick haben will.

Er wirft die Zeitung auf einen Stuhl. Elias befreit sich von dem weißen Basecap, das seine Schuldigkeit getan hat. Mitić bestellt mühelos auf Italienisch einen Kaffee und wartet ab, bis der Espresso vor ihm steht und der Kellner gegangen ist. Als er schließlich das Wort ergreift, spricht er Englisch. Er kommt ohne Umschweife zur Sache.

»Ich habe Informationen über die Waffen, die Simon Brinkman als Gegenleistung für bestimmte Tätigkeiten im Auftrag von Eric Hands erhalten hat.«

Seine Stimme klingt freundlich. Er spricht leise, ohne es zu übertreiben. Sie sitzen dicht nebeneinander, und Elias hat trotz des gleichmäßig rauschenden Verkehrs keine Schwierigkeiten, ihn zu verstehen. Es kostet ihn einige Mühe zu verdrängen, dass der Mann neben ihm in einem Auto vor dem Hotel Europe in Sarajevo gesessen und mit angesehen hat, wie sein Vater von einer Bombe zerfetzt wurde.

»Warum erzählen Sie mir das?«

»Das liegt doch auf der Hand«, sagt Mitić.

Das bestätigt, was Elias bereits vermutet hat.

»Hören Sie mir jetzt gut zu, ich habe nicht viel Zeit für Erklärungen. Ein Robot 70 von Bofors und drei Missiles, elf G3s von Heckler & Koch, vierzig Magazine für zwanzig Patronen und fünftausend Patronen.« Er macht eine Pause, damit Elias sich alles einprägen kann. »Fünfzig Kilo militärischer Sprengstoff nicht gekennzeichneten Fabrikats oder Typs, zweihundert Sprengkapseln und zwanzig Empfänger für die Fernzündung von Sprengkapseln sowie zweihundert Meter Draht. Die Waffen und der Sprengstoff wurden von Lettland nach Schweden geschmuggelt. Wie sie nach Lettland gekommen sind, weiß ich nicht.«

»Ist alles, was Sie aufgezählt haben, in einer einzigen Lieferung nach Schweden gelangt?«

»Ja.«

Er riecht nach Rauch und fingert, während er spricht, mit der linken Hand an seiner Espressotasse herum.

»Wann?«

Drei sich laut unterhaltende Paare um die fünfzig betreten die Bar. Mitić mustert die Leute kurz und beantwortet dann Elias' Frage.

»Das Schiff hat am dreiundzwanzigsten März in Sundsvall angelegt. Von dort soll die gesamte Lieferung mit Lastwagen zu Eric Hands Waldgrundstück in Jämtland transportiert worden sein, wo sie sich möglicherweise zum Teil oder vollständig noch immer befindet.«

Hands hat also, mit anderen Worten, mehr als einmal Waffen nach Schweden geschmuggelt. Elias hat mit eigenen Augen gesehen, wie Simon Brinkman eine Lieferung von Eric Hands entgegengenommen hat, als er im September mit Ulrika in Hands' Sommerhaus auf Gotland war.

»Verzeihung, aber wieso sollte er illegale Waffen und Sprengstoff auf seinem eigenen Grundstück aufbewahren? Für mich klingt das nicht plausibel.«

»Ich gebe zu, es ist riskant, aber das sind die Informationen, die ich nun einmal bekommen habe. Mehr kann ich dazu nicht sagen.«

Elias kann sich nur schwer vorstellen, weshalb der sonst so übervorsichtige Eric Hands ein solches Risiko eingegangen sein sollte. Der einzige Grund, der ihm einfällt, wäre, dass Brinkman ihn erpresst hat. Aber an Bord der Capricorn hat Elias keinen Erpresser und sein Opfer gesehen, sondern zwei Männer, die sich einig geworden waren. Dafür, dass der eine ein Mörder und der andere sein Auftraggeber war, sind sie erstaunlich vertraulich miteinander umgegangen.

»Wir tauschen die Zeitungen«, sagt Mitić.

Davon hatte Lambert nichts gesagt, die italienischen Tageszeitungen sollten nur als Erkennungszeichen dienen. Es sollte ausdrücklich nichts übergeben und nichts aufgezeichnet oder notiert werden. Erst im Flugzeug von Nizza zurück in die Wüste dürfte er sich, falls er es für nötig erachtet, aufschreiben, was er erfahren hat. Er soll unmittelbar nach der Landung Bericht erstatten und eventuell während des Flugs erstellte Notizen abliefern.

Mitić steht auf.

»Viel Glück«, murmelt er leise.

Im Gehen nimmt er Elias' Zeitung vom Tisch. Elias schaut ihm hinterher, während er die Straße überquert, und trinkt den letzten Schluck aus seinem Wasserglas. Er wird noch ein paar Minuten sitzen bleiben, bevor er wieder zum Bahnhof geht. Ein Blick auf das Handy bestätigt ihm, dass er den früheren Zug erreichen wird. Auch wenn ihn in Neapel nichts und niemand erwartet, möchte er Sorrent so schnell wie möglich verlassen.

Er legt einen Zehn-Euro-Schein auf den Tisch, schnappt sich Mitićs Ausgabe der Repubblica vom Stuhl und steckt sie, während er zwischen den Tischen hindurchgeht, zusammen mit dem weißen Basecap in die Schultertasche.

Auf der anderen Straßenseite sind plötzlich laute Stimmen zu hören. Er sieht Leute zu einem Geländer am Gehweg strömen und auf etwas hinunterblicken, einige wenden sich ab und weichen zurück. Handys werden gezückt, manche zum Telefonieren, aber die meisten zum Fotografieren. Ein Mann in einem mintgrünen Pullover dreht sich zur Bar um und ruft etwas.

Elias überquert mit ausladenden Schritten die Fahrbahn und wird von einem babyblauen Fiat zornig angehupt. Hinter dem Geländer öffnet sich ein Betonschacht, durch den eine schwindelerregend steile Treppe hinunter zum Hafen führt. Am Fuß der Treppe, wo die Straße eine scharfe Kurve macht, liegt ein Mann in einer Blutlache. Er liegt mit dem Gesicht auf dem Asphalt. Für ihn kommt jede Hilfe zu spät.

Es ist Obrad Mitić.

Örjan und Vendela beobachten die beiden Kriminaltechniker im Büro durch die Glasscheibe bei der Arbeit.

Amins Leiche liegt in einer yogaartigen Position zusammengerollt zwischen Stuhl und Schreibtisch. Die weiße Tischplatte wird von einem breiten roten Streifen geteilt, rechts davon ist sie mit schleimig roten und gelben Spritzern bedeckt.

Örjan wendet sich ab und niest in die Armbeuge. Sein Mantel ist noch nass vom Regen, und auf seinen Schultern liegen einzelne Wassertropfen. Er dreht sich wieder zu Vendela um.

»Wie geht es dir? Alles okay?«

»Nein.«

Es geht ihr nicht gut. Das Ganze kam vollkommen unerwartet und hat sie überrumpelt. Sie haben sich nach ihrem Empfinden ganz vernünftig unterhalten. Und eine Sekunde später nimmt er sich mit einer Pistole das Leben. Erschießt sich vor ihren Augen. Wenn sie ehrlich ist, liegen ihr Abhörtechniken definitiv mehr als die Einsätze im echten Leben. Natürlich wurde sie dafür ausgebildet und trainiert, aber sie hat nicht viel Erfahrung mit dieser Art von Wirklichkeit.

Das Schlimmste ist, dass sie den Gedanken nicht abschütteln kann, was passiert wäre, wenn Amin die Waffe nicht auf sich selbst, sondern auf sie gerichtet hätte. Bevor sie es richtig realisiert hätte, wäre sie tot gewesen.

Sie schämt sich ein wenig für diese Überlegung.

»Es ging so schnell«, sagt sie. »Es ist nicht …« Sie deutet auf das makabre Szenario hinter der Glasscheibe. »Ich war überhaupt nicht darauf vorbereitet. Kein bisschen. Es kam aus dem Nichts.«

»Auf solche Dinge ist man nie vorbereitet«, sagt Örjan ernst. »Jedenfalls nicht genug.«

Sie wartet darauf, dass er noch etwas sagt, aber er schürzt nachdenklich die Lippen und schielt zu der Leiche vor dem Schreibtisch.

»Und er hat einfach zur Waffe gegriffen und sich erschossen? Hat er nichts gesagt?«

»Du weißt, dass ich ein guter Mensch bin«, zitiert sie und sieht Örjan dabei an, *»und immer versucht habe, gut zu meinen Mitmenschen zu sein.«* Ungefähr in diesem Wortlaut. Ich habe es aufgenommen. Sein Bruder hatte das zu ihm gesagt, er hat von seinem Bruder erzählt.« Vendela senkt den Blick und beißt sich auf die Oberlippe. »Ach so, nein, das waren nicht seine letzten Worte. *Sie verstehen das nicht*, hat er noch gesagt. Und dann hat er sich erschossen.«

»Ja, damit hatte er wohl recht.«

Örjan öffnet seinen Mantel und unternimmt einen halbherzigen Versuch, die Nässe abzuschütteln.

»Hatte er Familie?«

»Ja, eine Frau und zwei Töchter, sechs und neun Jahre alt.«

»Verdammt«, ächzt Örjan. »Was kann ihn nur dazu gebracht haben?«

»Es muss mit dem, was Ekin zugestoßen ist, zusammenhängen«, sagt Vendela. »Mit der Gewalt, die den Verwandten in der Türkei angedroht wurde.«

Örjan lässt seinen Blick zwischen den großen Lagerregalen hin und her wandern. Braune Pappkartons und vollbeladene Paletten.

»Könnte es sein, dass er sich durch die Vernehmung unter Druck gesetzt fühlte? Oder durch irgendetwas, was du zur Sprache gebracht hast?«

Die Frage macht sie stutzig. Soll ihre Verhörtechnik ihn etwa dazu veranlasst haben, sich eine Kugel in den Kopf zu jagen?

»Das kann ich mir kaum vorstellen«, sagt sie so neutral wie möglich. »Nachdem seine Schwester mit ihm gesprochen hatte, hat er in die Vernehmung eingewilligt. Aus freien Stücken. Aber wie gesagt, ich habe alles aufgenommen.«

Sie schwenkt ihr Handy.

Örjan lehnt sich zu ihr hinüber und fragt leise: »Und sein Handy hast du …«

»Ja, das habe ich.«

»Gut. Dann schau es dir bitte genau an. Vielleicht bringt das uns weiter.«

»Ich setze mich sofort daran.«

Sie will so schnell wie möglich hier weg und sich einer Tätigkeit widmen, die sie hundertprozentig beherrscht.

»Nein, nicht sofort«, sagt Örjan. »Weißt du, wo er gewohnt hat?«

»In Älvsjö, nicht weit von hier.«

»Schau dich dort um, bevor die Techniker der Säpo eintrudeln.«

Bei dem Gedanken, in Amins Haus einzudringen und seinen persönlichen Besitz zu durchsuchen, kommt sie sich aus unerfindlichem Grund wie eine Verbrecherin vor. Sie schnüffelt in den intimsten digitalen Geheimnissen von anderen Menschen herum, ohne mit der Wimper zu zucken, findet es teilweise sogar spannend. Vielleicht ist die Tatsache, dazu in der Lage zu sein, aufregender als das, was sie bei ihren Schnüffeleien entdeckt hat. Aber das hier ist anders.

»Sind die Angehörigen schon informiert worden?«, fragt sie.

»Das passiert gerade, aber wahrscheinlich ist zurzeit niemand zu Hause. Nimm einen Schlosser mit.«

»Und wenn sie doch zu Hause sind?«

»Dann musst du es ihnen sagen. Falls sie es noch nicht wissen.«

Sie beißt die Zähne zusammen und würde sich am liebsten drücken, aber sie hat keine Wahl. Sie dürfen keine Zeit verlieren.

»Vielleicht kannst du dich vorher ein bisschen aufhübschen. Ich glaube, du hast da Blut.«

Örjan streckt den Zeigefinger aus und lässt ihn in der Nähe ihres Halses rotieren.

Elias starrt in den Betonschacht und auf die Leiche in der wachsenden Blutlache. Fünf oder sechs Personen sind auf der Treppe stehen geblieben, niemand macht Anstalten hinunterzugehen, aber es verlässt auch niemand den Schauplatz. Alle Blicke sind auf den Toten gerichtet. Eine Frau drückt ein etwa zehnjähriges Kind mit dem Gesicht an ihren Mantel mit dem Hahnentrittmuster, damit es nicht sieht, wovon sie selbst nicht die Augen abwenden kann.

Zwischen dem Platz und der Stelle, wo er liegt, ist ein Höhenunterschied von etwa fünfundzwanzig Metern. Der Treppenschacht schließt oben mit zwei vergitterten Lüftungsöffnungen ab.

Unten im Hafen signalisieren die Schiffe ihre Ausfahrt aus dem Hafen mit langem Tuten, während aus scheppernden Lautsprechern die Abfahrtszeiten dröhnen. Sirenen sind erst entfernt und dann immer näher zu hören. Streifenwagen und ein Krankenwagen treffen ein, Türen werden geöffnet, schnelle Schritte auf dem unebenen Asphalt.

Irgendetwas ist gehörig schiefgegangen. Lambert hätte absagen müssen, anstatt nur den Treffpunkt zu ändern.

Die Erkenntnis trifft ihn wie ein Schlag in die Magengrube. Was, wenn es seine eigentliche Aufgabe war, Mitić aus seinem Versteck hervorzulocken? Was, wenn Lambert recht hatte und die Begegnung mit Elias eine Saite in ihm angeschlagen hat? Ist Mitić ein zu großes Risiko eingegangen, weil er ein schlechtes Gewissen hatte? Auf Elias würde niemand schießen, und er sollte auch niemanden erschießen. Er sollte lediglich als Lockvogel dienen, damit jemand anders Mitić aus dem Weg räumen konnte.

Ist es erneut passiert, dass er indirekt für den Tod eines anderen Menschen verantwortlich ist?

Doch das ist nur eine Theorie. Falls jemand Mitić loswerden wollte, weil er sich mit ihm getroffen hat, könnte er selbst das nächste Opfer sein. Er tritt ein paar Schritte von dem Geländer zurück und sieht sich vorsichtig um, bevor er das Handy aus der Tasche zieht. In fünf Minuten fährt sein Zug nach Neapel ab, den er eigentlich nehmen sollte.

Er wendet dem Abgrund aus Beton den Rücken zu und wartet auf eine Lücke zwischen den Autos. Ein ebenso unerwarteter wie unwahrscheinlicher Anblick auf der anderen Seite der Piazza Tasso lässt ihm das Blut in den Kopf schießen. Hinter dem vorbeirauschenden Verkehr zeigt sich ein bekanntes Gesicht, bevor ihm ein Lastwagen erneut die Sicht versperrt.

Sein Gehirn muss ihm einen Streich gespielt, er sich

getäuscht haben. Das kann nur Einbildung oder möglicherweise eine Vorahnung sein.

Der Lastwagen donnert weiter und verschwindet aus seinem Blickfeld. Die Frau steht noch immer vor den weißen Markisen der Bar Fauno und sieht ihn an. Sie trägt ein knielanges dunkelgrünes Kleid und einen schwarzen Mantel. Das flachsblonde Haar weht im Wind. Elias kneift die Augen zusammen. Er hat sich nicht getäuscht. Es ist Ylva.

Ylva steht stumm da und mustert Elias' aktuelle Erscheinung. Sein Haar ist jetzt dunkel und länger geworden, die Locken können sich frei entfalten, dazu ein kurzer Hipsterbart und eine Brille mit markant schwarzem Gestell. Diesmal braucht es keine Schusswunde und plastische Chirurgie für eine ausreichende Veränderung, damit die wenigen Personen, die Tom White aus der Nähe gesehen haben, ihn nicht wiedererkennen.

Mit ausladenden Schritten und stechendem Blick hastet er zwischen den Autos hindurch auf sie zu. Sie glaubt, dass er sie packen und mit sich ziehen will, aber er raunt ihr nur im Vorbeieilen zu: »Excelsior in dreißig Minuten. Sei vorsichtig.«

»Okay«, flüstert sie.

Sie dreht sich nicht um, bis sich seine intensiv spürbare Anwesenheit allmählich verflüchtigt. Was macht er hier? Was hat er am Telefon noch gleich gesagt? Er sei noch in Frankreich. Und was hat sie gesagt?

Am Geländer vor der Treppe hat sich eine Menschenmenge versammelt. Unten am Hafen und aus einer Straße in der Nähe dröhnen Sirenen. Eine Frau mit einem bunten Seidentuch beugt sich über das Geländer und verzieht angewidert das Gesicht. Ylva sieht auf die Uhr und prägt sich die Uhrzeit ein, bevor sie die Straße überquert. Es ist nicht leicht, sich durch die Menschenmenge zu zwängen, aber schließlich hat sie es bis zu dem Geländer geschafft.

Am unteren Ende der künstlichen Schlucht sind zwei Sanitäter dabei, ihre Ausrüstung einzupacken. Auf dem Boden ist eine weiße Plane ausgebreitet, die eine Leiche zu bedecken scheint. Ein Blutrinnsal läuft unter der Abdeckplane hervor die abschüssige Straße hinunter.

Ylvas Magen krampft sich zusammen. Instinktiv spürt sie, dass das hier etwas mit ihr und ihrem Treffen mit dem Serben aus Sarajevo zu tun hat. Sie muss so schnell wie möglich weg.

Sie zwängt sich aus der Menschenmenge heraus und geht über die Piazza Tasso weiter in Richtung Bahnhof und steigt rechts vom Bahnhofsgebäude, einem bunkerartigen Kasten mit Vordach, die Treppe zu den Bahnsteigen hinauf. In dreiundzwanzig Minuten ist sie mit Elias verabredet. Der Gedanke, in Sorrent zu bleiben, macht ihr Angst.

Sie geht vom Bahnsteig aus in das Gebäude und die Treppe hinunter ins Erdgeschoss, wo sie wieder auf die Straße hinaustritt und vor einer Reihe von verfügbaren Taxis landet.

Ylva geht zum ersten Wagen in der Schlange, öffnet die hintere Tür und macht sich erst in diesem Moment bewusst, dass sie nicht weiß, was sie dem Fahrer sagen soll. Sie will nicht direkt zum Excelsior fahren. Sie sagt ein paar entschuldigende Worte und sucht eine Straße heraus, die ein paar Blöcke vom Hotel entfernt ist. Der junge Mann setzt den Blinker und fährt los.

Ylva schaut zurück durch die Heckscheibe, bis sie angekommen sind. Es scheint sie niemand zu verfolgen.

Das Excelsior ist eins der exklusiven Hotels am Rand der Klippen, von denen man eine Aussicht auf den Hafen und die Bucht von Neapel hat. Da es in der Vergangenheit den glamourösen Jetset beherbergt hat, ist es vielleicht das berühmteste unter ihnen. Mittlerweile kommen nicht mehr ganz so viele Berühmtheiten, aber dafür umso mehr dollarstrotzende Touristen, die sich von der glorreichen Geschichte des Hauses anlocken lassen.

Drei Minuten vor der vereinbarten Zeit lässt sich Ylva in einen mit himmelblauem Samt bezogenen Sessel in der Lobby sinken. Im angrenzenden Raum erahnt sie hohe Fenster mit Blick aufs Meer.

Sie ist pünktlich am vereinbarten Treffpunkt, aber es beruhigt sie nicht. Ihre Gedanken rasen, und ihr Herz hämmert wie wild. Was, wenn Elias nicht kommt, weil er aufgehalten wurde oder blutend und zerschmettert auf einem Klippenabsatz liegt…

Er erscheint auf die Minute genau, wie sie sieht, als sie einen Blick auf die vergoldete Pendeluhr über dem marmornen Kaminsims wirft.

»Elias«, bringt sie kaum hörbar hervor.

»Patrick«, sagt er, »falls du meinen Namen lauter sagen möchtest.« Er sieht sie lange und prüfend an.

»Dann haben wir also beide gelogen.«

Bei Familie Gürel in Älvsjö ist niemand zu Hause. Gott sei Dank, denkt Vendela, während sich der Schlosser am Schloss zu schaffen macht.

Amin Gürel hat bis zum heutigen Tag in einem gemauerten Einfamilienhaus mit steilem Satteldach und Balkon gewohnt. Ein typisches Modulhaus aus den Siebzigern, das inzwischen nicht mehr gebaut wird, aber in den kleinbürgerlichen Wohnvierteln in der Umgebung immer noch häufig vorkommt.

Der junge Mann mit den gelbblonden Strähnen im dunklen Haar braucht nicht lange, um das Schloss zu öffnen. Die Pilotenbrille passt nicht gut zu seiner schmalen Kopfform.

Vendela erledigt den üblichen Papierkram, bedankt sich höflich und zieht die Tür hinter sich zu. Erst als sie sein Auto wegfahren sieht, wird ihr klar, dass sie nicht hinter sich abschließen kann, wenn sie geht. Sie macht müde die Augen zu und vertagt das Problem auf später.

Sie tritt ihre Schuhe an der Fußmatte ab und streift

sich beim Hineingehen langsam ein Paar Einmalhandschuhe über. Da sie keine Zeit hat, das ganze Haus zu durchsuchen, muss sie systematisch vorgehen. Das Schlafzimmer wäre ein schlechtes Versteck, sofern Amin nicht seine Ehefrau in seine Geheimnisse eingeweiht hat, wovon sie nicht ausgeht.

Die Garage, denkt sie. Der Anbau müsste vom Haus aus zu erreichen sein. Vielleicht gibt es auch eine Abstellkammer.

Sie wirft einen kurzen Blick in die gut ausgerüstete und seit den Siebzigern mindestens einmal renovierte Küche: große rostfreie Dunstabzugshaube, weiße Kacheln, Arbeitsplatte aus Stein und französisches Keramikspülbecken mit edlem Wasserhahn.

Sie glaubt nicht an diese unerfüllbare Aktion. Um in der begrenzten Zeit etwas Relevantes zu finden, braucht sie eine große Portion Glück. Viel lieber würde sie sich in Ruhe das Handy anschauen.

Vendela sucht in allen Zimmern nach Laptops, Festplatten, USB-Sticks und anderen Speichermedien, die sie mitnehmen kann. In einem Raum, der offenbar als Kinderzimmer dient, steht unter einem Tisch ein Computertower mit dazugehörigem leicht gewölbtem Bildschirm auf der Tischplatte. Ein Gaming-Computer. Den kann sie nicht unauffällig mitnehmen, und sie hat auch keine Möglichkeit, den Inhalt zu kopieren.

Durch die Tür zur Garage, die glücklicherweise nur mit einem einfachen Riegel verschlossen ist, gelangt sie in den kühlen Raum, der groß genug für zwei Kleinwagen wäre, wenn man einen Teil des Gerümpels, das sich hier angesammelt hat, wegschaffen würde. Sommerreifen, Gartenmöbel, Gartengeräte, ein Rasenmäher, Fahrräder. Im Moment ist kein Auto da.

An der Rückwand steht ein mit Rostschutzfarbe gestrichener Öltank. Vendela schaltet die Taschenlampe ein und richtet den Strahl dahinter, ehe sie auf alle viere geht und auch darunter schaut. Aber außer Spinnweben und Sand kann sie nichts entdecken.

Es gibt zwei Regale mit Dingen, die man üblicherweise in der Garage aufbewahrt: Motoröl, Wischerflüssigkeit, Rostentferner, Benzinkanister, Überbrückungskabel, eine alte Batterie und einige leicht entzündliche Flüssigkeiten. Neben der Tür, durch die man ins Haus gelangt, steht ein schmaler blauer Holzschrank. Er ist abgeschlossen, aber das alte Schloss dürfte leicht zu öffnen sein.

Vendela hält inne, als sie draußen Stimmen hört. Sie steht reglos da und lauscht, aber die Stimmen entfernen sich wieder, offenbar waren es nur Leute, die vorbeigegangen sind.

Sie sieht sich nach einem Gegenstand um, den sie als Dietrich verwenden könnte, und entdeckt auf einer Bank unter dem hohen Fenster ein Stück Stahldraht. Sie biegt den dünnen Draht um und verdreht die beiden Stränge miteinander, aber es hat keinen Sinn, der Draht ist zu weich. Ob sich die Splinte aus den Scharnieren hämmern lassen? Sie sucht eine Weile, aber das einzige Werkzeug, das sie finden kann, ist eine kurze Brechstange. Jeder normale Mensch hat doch einen Werkzeugkasten in der

Garage. Oder ist das Werkzeug vielleicht in dem blauen Schrank?

Vendela wiegt die Brechstange prüfend in der Hand. Das Metall fühlt sich kalt an. Sie schiebt die Stange unter das Schloss und bricht es auf. Das Holz splittert. Sie drückt noch einmal zu, und die Tür fliegt auf.

Auf den Schrankbrettern stehen Dosen voller Nägel und Schrauben neben Gläsern mit Beschlägen, weiteren Schrauben und Haken. Auf einem Brett liegt ein Universalschraubenschlüssel, aber ansonsten kein Werkzeug. Das Ganze wirkt sehr gut sortiert. Das Werk eines Lagerleiters.

Ein guter Ort, um etwas zu verstecken, das lässt sich nicht leugnen.

Systematisch geht sie die kleinen Pappschachteln durch. Die Schraubgläser lässt sie vorerst unbeachtet. Als sie im zweiten Schrankfach von oben eine Schachtel mit Holzschrauben hervorzieht, merkt sie sofort, dass etwas nicht stimmt. Die Schachtel ist schwerer als erwartet und klingt merkwürdig, als sie sie schüttelt.

Sie öffnet den Deckel. Die Schachtel enthält Neun-Millimeter-Munition für eine Handfeuerwaffe. Ein interessanter Fund, aber noch nichts Weltbewegendes. Dass Amin sowohl eine Waffe als auch Munition zur Verfügung standen, wusste sie aus bitterer Erfahrung.

Mit seiner Behauptung, dass sie das nicht verstehen würden, hatte Amin recht gehabt. Es ist ja nicht so, dass sie persönlich vollkommen ahnungslos wäre, aber theoretisches Wissen zu erwerben, ist eine Sache, und etwas ganz anderes ist es, Gewaltandrohungen und Verfolgung am eigenen Leib zu erfahren und in einem Land zu leben oder dort nahe Verwandte zu haben, wo Regimekritiker als Terroristen abgestempelt und ins Gefängnis gesteckt werden. Präsident Erdoğan, der Held der ärmlichen Arbeiterviertel, hat das Land Schritt für Schritt von Europa entfernt und dem Nahen Osten zugewandt.

Einige Leute behaupten, er sei immer schon ein reaktionärer Fundamentalist gewesen, der sich zum Schein in ein demokratisches und reformorientiertes Gewand gehüllt habe, als ihm klar wurde, dass er nur so an die Macht kommen würde. Nun zeigte er sein wahres Gesicht. Andere meinen, er habe sich erst im Laufe der Zeit in einen machthungrigen Politiker verwandelt, der alles tun und sagen würde, um am Ruder zu bleiben. Nach dem Vorbild von Putin versuche er, die Verfassung zu ändern, um dem Präsidenten, also sich selbst, mehr Macht zu verleihen. Genau wie Trump schreckt er bei der geringsten Kritik nicht vor schamlosen Lügen zurück. Wird ein Vierzehnjähriger auf dem Weg zum Bäcker von der Polizei erschossen, diffamiert man ihn einfach als Terroristen. Die Polizei tötet schließlich keine Unschuldigen, nicht wahr?

Vendela ist mit Leib und Seele Jämtländerin, aber sie ist eben auch ein Kind des kriegsgebeutelten Kongo-Kinshasa, auch wenn ihre Wurzeln dort abrupt gekappt wurden. Von ihren Eltern dazu ermuntert, hat sie natürlich einiges über die Geschichte des Landes gelesen, aber sie ist noch nie dort gewesen. Ist nie wieder hingefahren. Sie hat nie am eigenen Leib die Erfahrung gemacht, in einem im Zerfall begriffenen Land zu leben, zumindest kann sie sich daran nicht erinnern.

Sie steckt die Schachtel mit der Munition in die Jackentasche, drückt die Schranktüren zu, so gut es geht, und verlässt die Garage, so schnell sie kann, durch dieselbe Tür, durch die sie hereingekommen ist. Sie verriegelt die Tür von innen und geht über den harten Sisalteppich im Flur zum Wohnzimmer und der Küche, als sie ein Auto in die Einfahrt einbiegen hört. Kommen die Kriminaltechniker der Säpo jetzt schon? Bevor Vendela einen Blick durch das Küchenfenster werfen kann, hört sie den Elektromotor des Garagentors summen. Es ist also nicht die Säpo.

Sie bleibt im Flur, bis das Auto in die Garage hineingefahren ist, damit sie das Haus durch die Eingangstür verlassen kann. Während draußen noch der Automotor brummt, entdeckt sie auf der Hutablage einen weißen Umschlag, der mit einer Ecke über das Brett hinausragt, als hätte ihn dort jemand abgelegt, der nur kurz seine Jacke anziehen wollte und ihn dann vergessen hat. Sie stellt sich auf die Zehenspitzen, um an den Briefumschlag heranzukommen, der weder zugeklebt noch beschriftet ist, und wirft rasch einen Blick hinein. Er enthält mehrere DIN-A4-Blätter. Beim oberen scheint es sich um ein schwarz-weiß ausgedrucktes Foto zu handeln, auf dem ein Auto von schräg hinten zu sehen ist. Auch das nächste Blatt zeigt ein Auto, diesmal von vorn, etwas unscharf, aber deutlich genug, um das Kennzeichen zu erkennen.

Hatte Amin vor, den Umschlag mit zu ihrem Treffen zu nehmen?

In der Garage verstummt der Motor. Sie muss hier raus, zögert aber einen Moment mit der Hand auf der Türklinke, ehe sie den Umschlag in die Innentasche ihrer Jacke steckt und die Tür aufmacht.

Auf dem Treppenabsatz vor dem Haus hält sie mitten in der Bewegung inne. Drei Meter vor ihr steht Desen und starrt sie mit weit aufgerissenen Augen an. Sie wird von einer Frau in ihrem Alter begleitet, der sie fürsorglich eine Hand um den Arm legt. Vermutlich Amins Frau. Vendela möchte am liebsten die Augen schließen und so tun, als ob sie nicht da wäre. Sie lässt die Tür hinter sich ins Schloss fallen.

Desen lässt den Arm der anderen Frau los und kommt auf sie zu.

»Was machen Sie hier?« Ihre Stimme zittert vor Wut.

Hätte Vendela die Tür einen Augenblick früher geschlossen, hätte sie so tun können, als wolle sie Amins Frau besuchen, aber dafür ist es jetzt zu spät.

»Amin ist tot, und Sie dringen in sein Haus ein. Wonach suchen Sie? Er ist tot«, faucht sie aufgebracht.

»Es tut mir leid«, beginnt Vendela.

»Haben Sie nicht schon genug Schaden angerichtet? Können Sie uns nicht einfach in Ruhe lassen?«

Die andere Frau steht immer noch am selben Fleck und verfolgt das Geschehen mit leerem Blick.

»Es tut mir leid«, wiederholt Vendela. »Aber es war dringend. Wir versuchen zu ermitteln, warum…« Sie bricht mitten im Satz ab und ringt um eine bessere Formulierung. »Wer könnte Amin beeinflusst und ihn dazu gebracht haben, sich …«

Sie bringt es nicht über die Lippen. Weiß gar nicht so genau, worauf sie hinauswill. Es muss mehr dahinterstecken. Vielleicht war Amin involviert, vielleicht sind beide Brüder in terroristische Machenschaften verstrickt gewesen, und das ganze Gerede von den undemokratischen Verhältnissen in der Türkei war nur ein Ablenkungsmanöver. Aber das will sie gegenüber seiner am Boden zerstörten Schwester nicht so sagen.

»Verschwinden Sie!«, brüllt Desen.

Sie würde nichts lieber, als von hier zu verschwinden.

»Gehen Sie einfach.«

Vendela murmelt eine weitere Entschuldigung und geht die Treppe hinunter, von Desens Blick verfolgt, während sie zur Straße geht. Vendela spürt geradezu den Zorn, den sie verströmt.

Mit gesenktem Blick und schweißnass vor Scham geht sie zu ihrem Auto, das sie vor dem Nachbarhaus geparkt hat. Sie knöpft die Jacke auf, legt den Briefumschlag auf den Beifahrersitz und lässt den Motor an. Während der zwanzig Minuten Fahrt in die Floragata tut sie ihr Möglichstes, um das Ganze zu verdrängen, aber sie kann an nichts anderes denken als an die schreiende Desen und Amins explodierenden Kopf.

Elias sieht sich nervös im Raum um. Sie hat das Gefühl, dass er gar nicht richtig da ist.

»Was ist passiert?«, flüstert sie.

Elias' Blick schweift unruhig hin und her, seine Finger klammern sich an die Armlehnen des Sessels.

»Sollen wir rausgehen?« Sie deutet auf die Terrasse vor den hohen Fenstern.

»Ich glaube, es gibt einen Fahrstuhl zum Hafen hinunter«, sagt er.

Er steht auf und streckt die Hand aus, als wollte er ihr aufhelfen, aber im Grunde möchte er sie nur zur Eile antreiben. Sie folgt ihm in den hinteren Teil der Lobby und zeigt auf ein Schild.

»Da.«

Der Fahrstuhl bringt sie nicht ganz nach unten, das letzte Stück müssen sie auf einer Betontreppe ohne Geländer zurücklegen, die sie an den Schacht erinnert, in den sie kürzlich hinuntergeblickt hat.

»Bist du auch wegen Mitić hier?«, fragt Elias.

»War er das am Fuß der Treppe?«

»Ja.«

Elias lässt seinen Blick über den Hafen und an der Straße entlangschweifen.

»Sollten wir überhaupt noch hier sein?«

»Nein.«

Der Salzwassergeruch und die Dieselabgase der Fähren, die im Leerlauf am Kai vor sich hin tuckern, vermischen sich mit den Essensgerüchen aus den Restaurants ein Stück weiter weg. Sie bleiben stehen und sehen sich mit ein und derselben simplen, aber berechtigten Frage auf den Lippen an.

Ylva bricht das Schweigen zuerst.

»Das Büro …« Sie stockt.

»Haben Sie dich geschickt, damit du dich hier mit Mitić triffst?«, fragt er.

»Ja. Dich auch?«

»Nein, nicht das Büro …«

»Wer dann?«

Er geht einen Schritt auf sie zu, als wollte er sie umarmen, aber dann geht er an ihr vorbei, und sie spürt die Enttäuschung wie eine kalte Brise vom Meer.

»Wir gehen ein Stück«, sagt er.

Sie spazieren Seite an Seite am Jachthafen entlang.

»Was weißt du über ihn?«, fragt er. »Über Mitić, den Serben?«

Sie erzählt, dass sie Karolina nach Sarajevo begleitet hat, um dort mit Filipović zu sprechen, der ihr von Mitić ausrichtete, er wolle sich hier in Sorrent mit ihr treffen.

»Und du?«, fragt sie.

»Im Großen und Ganzen die gleiche Geschichte.«

»Aber wenn dich nicht das Büro geschickt hat…«

»Lambert.«

»Lambert? Glaubst du, er und das Büro haben das hier abgesprochen? Wieso sollten wir sonst zum selben Zeitpunkt hier auftauchen?«

Er wirft einen nervösen Blick über ihre Schulter und fährt sich mit beiden Händen durch das Haar.

»Weil Mitić es so wollte. Er hat es so abgestimmt, nicht sie.«

»Hast du ihn gesehen?«

»Ja.«

Sie gehen weiter hinaus auf den Bootssteg. Fein säuberlich nach Größe sortiert sind die Jachten in vier Reihen im Hafenbecken vertäut, die Festrumpfschlauchboote und die Außenborder liegen innen, die kleineren Jachten weiter draußen Richtung Mole. Elias bleibt stehen, sieht sich um und geht einen Schritt auf sie zu. Er ist ihr jetzt so nah, dass ihr wehendes Haar seinen Brustkorb berührt.

»Er hat über Waffen gesprochen, mit denen Brinkman von Hands bezahlt worden ist. Schweres militärisches Geschütz, das möglicherweise benutzt wurde, um die Air-France-Maschine abzuschießen, und sich bereits im März in Schweden befand.«

Ihr rieselt ein kalter Schauer über den Rücken. Für sie steht fest, dass Hands für den Tod von Mitić verantwortlich ist. Er hat schon aus weniger gravierenden Gründen gemordet.

»Wo bist du gewesen?« Sie streicht ihm über den Arm.

»Das ist eine lange Geschichte.«

»Ja, das sagtest du.«

»Glaubst du mir, wenn ich sage, dass ich nicht weiß, wo ich gewesen bin?«

Ylva umfasst seine beiden Arme und zieht ihn an sich, sie spürt, wie er sich der Umarmung hingibt und seinen Kopf an ihren lehnt. Sie will so stehen bleiben, das Meer riechen, den Wellen lauschen und sich von der Glut, die in ihr aufflammt, wärmen lassen.

»Und wenn das hier vorbei ist?«

Er lässt sie los, rückt aber nicht von ihr ab.

»Wir müssen hier weg.«

»Meinst du, sie wissen, dass er sich hier mit uns treffen wollte?«

»Keine Ahnung, aber falls sie es wissen …« Er wirft einen Blick auf sein Handy. »Wir nehmen ein Taxi und steigen ein paar Stationen später in den Regionalzug. Hast du in Neapel ein Hotelzimmer?«

»Ja.«

Er packt sie am Arm und zieht sie mit sich vom Bootssteg herunter. Sie muss rennen, um mit ihm Schritt zu halten.

»Das mit Frankreich tut mir leid«, sagt er, »aber ich …«

»Denk nicht mehr darüber nach. Wir hatten beide einen bestimmten Auftrag. Ich habe auch nicht die Wahrheit gesagt.«

Sie überqueren die Straße zwischen Hafen und Hotel und hasten die Treppe zum Fahrstuhl hinauf.

»Ich will aber darüber nachdenken«, sagt er. »Mein Vorschlag wäre, dass wir aufhören zu lügen. Sonst funktioniert das hier nicht.«

Sie ist ganz seiner Meinung.

In der Floragata wird es an diesem Abend spät. Trotz des prunkvollen Stucks an den hohen Decken und den opulenten Kachelöfen in den drei großen Räumen ist Vendelas Arbeitsplatz düster, wenn es draußen dunkel wird. Bis zum Sonnenaufgang nehmen die Neonröhren und die staatseigene Einrichtung die Seele dieser Wohnung aus dem neunzehnten Jahrhundert in Geiselhaft.

Örjan kommt ins Zimmer. Er bewegt sich schnell, aber etwas angespannt in ihre Richtung, presst dabei die Faust gegen den unteren Rücken und sieht Vendela und Karolina mit zusammengekniffenen Augen an. Offenbar hat er zu lange vor dem Bildschirm gesessen.

»Ich habe den Laborbericht über die Blutprobe«, sagt Karolina, noch bevor er bei ihr angekommen ist. »Die Obduktion ist frühestens morgen abgeschlossen.«

Vendela rollt mit ihrem Schreibtischstuhl ein Stück zur Seite und sucht Augenkontakt mit Karolina.

»In Amins Blut wurden Spuren eines Antidepressivums nachgewiesen«, fährt Karolina fort. »Sein Hausarzt hatte es ihm verschrieben.«

»Ein Antidepressivum?«, wiederholt Örjan. »Wie lange hat er das schon genommen?«

»Noch nicht lange, erst seit einem Monat.«

»Also erst seit Ekins Tod und dem Anschlag auf die Air-France-Maschine. Scheint nicht so, als ob das Mittel gewirkt hätte.«

»Dauert es nicht ungefähr einen Monat, bis Antidepressiva wirken?«, fragt Vendela.

Örjan ist vor dem Spalt zwischen den beiden Schreibtischen stehen geblieben, stützt sich mit gestreckten Armen auf die Tischplatten und lehnt sich nach vorn.

»Was genau sich in seinem Kopf abgespielt hat, als er beschloss, die Waffe hervorzuholen und sich zu erschießen, werden wir wohl nie erfahren.« Er drückt sich mit den Händen ab, richtet sich auf und wendet sich Vendela zu. »Bist du mit diesen Fotos aus dem Umschlag weitergekommen?«

»Davon wollte ich gerade berichten«, sagt Vendela und sieht Karolina an. »Bist du fertig mit der Blutanalyse?«

»Klar, schieß los.«

»Okay.« Sie atmet hörbar ein. »Es gibt drei Bilder, auf denen drei verschiedene Autos zu sehen sind. Die jeweilige Perspektive und die Bildausschnitte lassen darauf schließen, dass die Fotos heimlich gemacht wurden.«

»Haben sie einen gemeinsamen Nenner?«, fragt Örjan.

»Im Fokus stehen die Kennzeichen, nicht nur in Bezug auf die Bildschärfe. Es ging um die Nummernschilder.«

»Kann man erkennen, wo die Bilder gemacht wurden?«

»Das ist aus den eben genannten Gründen nicht einfach. Entweder wurden die Nummernschilder von vornherein gezoomt oder vor dem Ausdruck der Bilder stark vergrößert.« Sie breitet die Fotos vor Örjan und Karolina aus. »In Anbetracht der Pflanzen dürften die Bilder irgendwann zwischen Juli und September entstanden sein. Dichte Belaubung, keine Blüten an Bäumen und Büschen, Ringelblumen in einem öffentlichen Beet. Es könnte auch Oktober sein. Die Autos sind allesamt Mietwagen, da hast du deinen gemeinsamen Nenner.«

Örjan öffnet die zusammengekniffenen Augen etwas weiter und reckt seinen kurzen Hals.

»Wer hat sie gemietet?«

»So weit bin ich noch nicht gekommen, aber wenn er die Fotos mit einer Handykamera gemacht hat, können wir vermutlich das genaue Datum ermitteln. Ansonsten wird es schwieriger.«

Örjan streicht sich über die Bartstoppeln. Sie nähern sich der Uhrzeit, zu der er normalerweise aufsteht und sich rasiert.

Karolina beugt sich vor, damit sie besser sehen kann.

»Könnte es sein, dass er seinen Bruder beschattet?«, fragt sie.

»Du meinst, um herauszufinden, wer Kontakt zu ihm aufgenommen hat?«

Karolina nickt.

»Es könnte ja auch einen ganz anderen Grund gehabt haben«, schlägt Vendela vor. »Vielleicht ging es da um irgendwelche kriminellen Machenschaften, die Amin nicht auffliegen lassen wollte und die dann gegen Ekin verwendet wurden. Spielschulden, Drogen …«

»Mich wundert, dass er nicht die Autoinsassen fotografiert hat«, sagt Karolina. »Wir müssen doch davon ausgehen, dass er sie gesehen hat.«

Örjan seufzt. Offensichtlich hat er genug von den Spekulationen. Er streckt eine geballte Faust aus und klopft mit den Fingerknöcheln auf eins der Bilder.

»Die Fotos haben Priorität. Ich will Namen.«

Er wendet ihnen den Rücken zu und geht. Vendela räumt die Fotos zusammen und ist, noch bevor er den Raum verlassen hat, wieder in ihrer Arbeit versunken.

Es dämmert bereits, als sie in Meta, einige Haltestellen hinter Sorrent, in den Regionalzug steigen. Bei ihrer Ankunft in Neapel sind die ersten Sterne am Himmel zu sehen, und als das Taxi vor Ylvas Hotel hält, ist es Nacht.

Ylva checkt ein, sie fahren mit dem Aufzug in den ersten Stock und schleichen sich durch einen der Notausgänge wieder hinaus. Sie gehen zu Fuß weiter und suchen sich ein einfacheres Hotel mit drei Sternen und knarrender Wendeltreppe, in dem Patrick Veaux ein Doppelzimmer nimmt.

Elias legt seine Tasche auf die rotbraune Tagesdecke und lässt sich aufs Bett sinken. Ylva zieht die Verdunklungsvorhänge zu und setzt sich in einen Sessel am Fenster. Schweigend sitzen sie da. Vermutlich beide mit einer eigenen Version des toten Mitić vor dem inneren Auge. Wusste Obrad Mitić, welches Risiko er einging? Was hat ihn dazu getrieben, die Informationen über die Waffen ausgerechnet ihm und Ylva mitzuteilen? Welche Rolle haben sie selbst bei der Sache gespielt?

Er geht nüchtern davon aus, dass sie Schachfiguren sind. Damit könnte er leben, solange ihm das Ziel des Spiels sympathisch ist.

»Ich glaube, ich könnte Lambert dazu bewegen, mich jetzt schon nach Schweden zurückkehren zu lassen.«

»Um dort was genau zu tun?«, fragt Ylva von ihrem Sessel aus.

»Um nach Jämtland zu fahren.«

Elias zieht die Schultertasche zu sich heran und will das Laptop aus der schwarzen Schutzhülle nehmen, hält aber inne, als er die Tageszeitung bemerkt, die er beim Verlassen der Bar eingesteckt hat.

»Die hat mir Mitić gegeben.«

Er breitet die Repubblica auf der Tageszeitung aus und beginnt, darin zu blättern, alle Seitenränder nach Notizen oder anderen Auffälligkeiten abzusuchen.

Mitten im politischen Teil verbirgt sich ein schwedischer Pass. Einen Augenblick lang hofft er, es wäre sein eigener Pass, in dem er Elias Ferreira Krantz ist, aber das ist natürlich eine alberne Wunschvorstellung.

Er nimmt den Pass in die Hand. Die steifen Deckel öffnen sich von selbst. Elias hält den Pass so fest umklammert, als drohe er ihm sonst aus der Hand zu fallen. Er hat einem Mann gehört, der sowohl für ihn als auch für Obrad Mitić von großer Bedeutung war. Ohne den Elias überhaupt nicht hier wäre. KRANTZ ANDERS NILS OLOF steht in Großbuchstaben neben dem vertrauten Portrait auf dem Kunststoffblatt.

»Wessen Pass ist das?«

Die Frage kommt so vorsichtig, als hätte sie die Antwort bereits in seinem Gesicht gelesen. Elias reicht ihr den Pass wortlos. Ylva steht auf, um heranzukommen. Sie sackt auf die Bettkante und erbleicht, als sie das Passfoto erblickt.

In der Dunkelheit draußen vor dem Fenster braust der Verkehr. Reifen rumpeln über das Kopfsteinpflaster, Motoren heulen auf und kommen wieder zur Ruhe. Die Stadt, von der er noch nicht viel gesehen hat, wirkt auf ihn schmutzig und erdrückend, eingeholt von ihrem schlechten Ruf, sei er nun verdient oder nicht.

»Was will er damit sagen?«, fragt er schließlich.

»Ist da vielleicht noch mehr?« Ylva schwenkt den Pass. »Eine versteckte Botschaft?«

»Wieso überbringt er mir seine Informationen mündlich ohne irgendwelche Notizen, wenn er bereits alles auf dem Magnetstreifen im Pass abgespeichert hat?«

Ylva klappt den Pass zu und streicht mit den Fingern über die Vorderseite.

»Ein Gruß? Um seine Glaubwürdigkeit zu beweisen?«

»Inwiefern macht ihn das glaubwürdiger?«

Sie blickt von dem weinroten Umschlag auf.

»Vielleicht will er damit seine Aufrichtigkeit unter Beweis stellen. Zeigen, dass er ernsthaft bemüht ist, etwas in Ordnung zu bringen.« Sie zeigt auf die aufgeschlagene Zeitung. »Oder ist da vielleicht noch mehr drin?«

Elias blättert auch die restlichen Seiten durch, findet aber nichts mehr. Er übergibt das leicht zerfledderte Zeitungsbündel an Ylva, die die gleiche Prozedur durchführt, aber auch keinen Erfolg hat.

»Was sollen wir damit machen?«

Sie meint den Pass, der zwischen ihnen auf dem Bett liegt.

»Wenn wir Ergebnisse sehen wollen, vertraue ich Lambert mehr als dem Büro. Was hat das Büro denn aus dem, was sie bisher über Hands herausbekommen haben, gemacht? Nichts. Ich bezweifle, dass wir von denen etwas zu erwarten haben.«

»Da du den Pass bekommen hast, gehört er dir«, sagt sie.

Sie faltet die raschelnden Zeitungsseiten auf handliche Größe zusammen und legt sie auf den Nachtschrank.

»Du willst also nach Jämtland?«, fragt sie.

»Kommst du mit, wenn ich Lambert davon überzeugen kann?«

»Ist das wirklich unsere Aufgabe?«

»Wer soll es denn sonst machen?« Er nimmt das Laptop auf den Schoß. »Ich arbeite bereits für Lambert und du bist vorübergehend im Auftrag des Büros unterwegs, aber meiner Ansicht nach haben wir auch einen eigenen Willen. Dass wir zwei zusammenarbeiten, ist vermutlich extrem unpassend, aber aus unserer Perspektive betrachtet ist niemand geeigneter dafür als wir.«

Seit sie sich in Sorrent getroffen haben, ist er ihr gegenüber vollkommen ehrlich gewesen und hat ihr Dinge erzählt, von denen er geschworen hat, sie keiner Menschenseele gegenüber zu erwähnen. Ylva ist vom Büro nach Sorrent geschickt worden. Kann er ihr vertrauen?

Er bereut den Gedanken, bevor er ihn zu Ende gedacht hat. Wenn er Ylva nicht vertrauen kann, kann er niemandem vertrauen. Es muss einfach klappen.

Er öffnet den Browser und geht auf die Homepage des Landesvermessungsamtes. Es gibt mehrere Firmen mit Namen Atlas. Nach einigen erfolglosen Versuchen erzielt er einen Treffer mit Atlas Equity, einem Unternehmen im Besitz von Eric Hands.

Er dreht das Laptop zu ihr und winkt Ylva heran. Atlas Equity verfügt über mehrere große Waldgrundstücke in Jämtland, eins davon liegt in der Nähe des zumindest in Feinschmeckerkreisen legendären Restaurants Fäviken, wo Henning Eriksson und Eric Hands gegessen haben, nachdem sie vor gut drei Jahren zusammen auf Elchjagd waren.

Er gibt *Eric Hands* ins Suchfeld ein und erzielt einen einzigen Treffer in Jämtland. Mitten in Atlas Equitys Waldgebiet in der Nähe des Fäviken liegt ein Grundstück von ein paar Tausend Quadratmetern mit einem Wohnhaus, zusammen auf etwa neunhundertfünfzigtausend Kronen geschätzt.

»Geradezu ärmlich für jemanden wie Hands«, sagt er.

»Die Immobilienpreise sehen dort oben vermutlich anders aus.«

»Trotzdem.«

Er scrollt in dem Dokument nach unten. Das Grundstück ist erst vor fünf Jahren parzelliert worden. Im selben Jahr wurde das Haus eingetragen.

»Es könnte eine Jagdhütte sein«, schlägt Ylva vor. »Auch

in diesen Kreisen mag man es auf der Jagd vielleicht spartanisch.«

»Fünf Jahre – genau drei Jahre, bevor er sich in Roslagen eine Jagdhütte für fünfundvierzig Millionen bauen und auf Gotland einen alten Bunker für achtzig Millionen umbauen lässt.«

Elias sucht das Haus auf Google Maps und schaltet auf Satellitenansicht um. Die eine Hälfte des Daches sieht man zwischen den Tannen in der Sonne blitzen.

»Sieht nicht so aus, als ob eine Straße hinführen würde. Aber um diese Jahreszeit müsste man mit dem Schneemobil hinkommen.«

Schweigend betrachtet er das Rechteck zwischen den Bäumen. Das Satellitenbild verrät kaum mehr als der Eintrag beim Landesvermessungsamt. Das Haus hat gerade einmal fünfundsiebzig Quadratmeter Wohnfläche, aber man kann nicht erkennen, ob es luxuriös oder bescheiden eingerichtet ist. Ausstattung und Einrichtung haben keinen Einfluss auf den Schätzwert. Trotzdem lässt ihm irgendetwas an dem Häuschen keine Ruhe.

»Wir müssen dahin«, sagt er. »Nur du und ich.«

Es wird heller im Raum. Nach dem morgendlichen Regen bricht die Sonne durch. Sie verschwindet zwar sofort wieder hinter den Wolken, blitzt aber in den Lücken zwischen ihnen hervor.

Eine SMS lässt Vendelas Handy vibrieren. Sie ist von Jesper.

Hast du was vor?

Ist das eine Frage, ein Versprechen oder nur ein feiges Anschleichen, das jederzeit einen Rückzieher erlaubt? Seine uneindeutige Haltung ärgert sie. Genauso hat er sich während der kurzen Phase verhalten, in der sie miteinander ins Bett gegangen sind, aber trotzdem schießt ihr Puls in die Höhe, und ihre Wangen röten sich.

Sie und Jesper haben beim schwedischen Nachrichtendienst FRA zusammengearbeitet, und obwohl seine zurückhaltende Art, Interesse zu bekunden, sie manchmal gestört hat, haben sie Spaß zusammen gehabt. Sie weiß gar nicht mehr, warum sie aufgehört haben, sich zu treffen.

Vor einem Monat hat sie aus irgendeinem Grund

plötzlich wieder an ihn denken müssen und beschlossen, sich bei ihm zu melden.

Obwohl sie jahrelang beim FRA gearbeitet hat, ergeht es ihr genau wie allen anderen Außenstehenden, die während der Arbeitszeit anrufen. Jesper Carlsson, nein, tut uns leid, bei uns arbeitet niemand mit diesem Namen. Zwei Minuten später hat er sie zurückgerufen. So lief es eben. Sie hat gefragt, wie es ihm so geht, hat sich vorsichtig herangetastet, und als sie einigermaßen sicher war, dass keine feste Freundin im Spiel war, hatte sie beiläufig vorgeschlagen, sich mal wieder zu treffen.

In der vergangenen Woche sind sie einmal zusammen ausgegangen und hatten immer noch Spaß gehabt.

Vendela überlegt gerade, was und ob sie überhaupt antworten soll, als von der letzten Autovermietung eine E-Mail kommt. Sie umfasst nur wenige Zeilen und den angehängten Mietvertrag.

Amin Gürel hat die Nummernschilder mit der Handykamera fotografiert. Anschließend hat er sie zwar gelöscht, aber sie haben sich problemlos wiederherstellen lassen. Nachdem klar war, an welchen Tagen die Bilder gemacht worden waren, war es auch nicht mehr schwierig gewesen, sich die Mietverträge von Avis und Europcar zu beschaffen. Die dritte Autovermietung, ein kleiner Anbieter vor Ort, hat sie erst heute Morgen erreicht.

Vendela legt das Handy zur Seite, schlägt ein paar Dinge im Register nach und recherchiert eine Weile im Netz, notiert sich die wichtigsten Dinge auf ihrem aufgeschlagenen Block und steht auf.

Karolina sieht ihr hinterher.

»Hast du eine Antwort bekommen?«

»Ja.«

Sie klopft an die Scheibe in Örjans Tür, und er drückt den Türöffner. Dann rollt er mit seinem Bürostuhl zurück und steht auf.

Vendela deutet auf ihren eigenen Arbeitsplatz.

»Willst du es lieber da drüben besprechen?«

»Nein, komm rein, ich muss nur mal aufstehen. Setz dich.«

Vendela nimmt auf einem der Stühle vor dem Schreibtisch Platz, während Örjan im Raum auf und ab geht. Sie schlägt ein Bein über das andere, den Block hält sie in der Hand. Sie braucht nicht darauf zu schauen, aber es ist nie verkehrt, das Wichtigste zur Not schriftlich parat zu haben.

»Ich habe einen Namen«, sagt sie.

Örjan bleibt stehen und reckt neugierig seinen kurzen Hals.

»Filip Arnesson, polizeilich gemeldet im Margretelundsväg 36 in Traneberg, neunundzwanzig Jahre alt, nicht vorbestraft und auch noch nie eines Verbrechens verdächtigt worden, berufliche Tätigkeit derzeit unklar, aber nach allem, was ich den sozialen Medien entnehmen kann, hat er mal bei Mediamarkt gearbeitet. Mehr habe ich auf die Schnelle nicht herausbekommen.«

»Du sagtest, du hättest *einen* Namen. Hat Arnesson alle drei Autos gemietet?«

»Nein, entschuldige, ich habe drei, aber die beiden

anderen Autos, die bei großen internationalen Firmen angemietet worden sind, wurden von Frankreich aus gebucht. Ich habe auch diese Namen und Adressen, aber die französischen Behörden müssen sie noch bestätigen. Falls die Namen echt sind.«

»Verstehe«, sagt Örjan.

Er streckt die Arme seitlich aus und führt sie hinter dem Rücken zusammen.

»Vielleicht solltest du es mal mit Yoga versuchen?«

Perplex sieht er sie an.

»Das macht beweglich«, sagt sie.

Er grinst. »Machst du Yoga?«

Kurz mustert er sie von Kopf bis Fuß, sieht ihr aber schnell genug wieder in die Augen, um nicht dem Klischee des alten weißen Mannes zu entsprechen. In gewisser Weise hat sie ihn ja auch zu diesem Blick aufgefordert.

»Manchmal, aber ich schwimme auch und betreibe Krafttraining«, sagt sie. »Yoga kann ich empfehlen. Es ist sehr effektiv. Und anstrengend. Und für Anfänger auch schmerzhaft.«

»Anstrengend und schmerzhaft, da kommen wir der Sache ja schon näher«, sagt Örjan belustigt. »Wie für mich gemacht.«

Vendela wird von der Sonne geblendet und hält sich eine Hand vors Gesicht.

»Hast du noch was auf dem Handy entdeckt?«

Er geht freundlicherweise zum Fenster und lässt die Jalousie herunter.

»Einiges sogar. Es war alles gelöscht, jedenfalls die interessanten Sachen, aber auch da war es kein Problem, es wiederherzustellen. Angefangen von der Suche nach Karolinas Adresse im letzten August ist alles dabei.«

Örjan lässt die Schnur der Jalousie los.

»Könnte Amin seinen Bruder bei der Operation unterstützt haben? Vielleicht sind sie beide nicht die unschuldigen Opfer, für die sie sich ausgeben.«

»In der Liste mit den ein- und ausgegangenen Anrufen habe ich Telefonate mit fünf verschiedenen Prepaidkarten gefunden. Sind das nicht auffällig viele?«

»Kommt drauf an, in welchen Kreisen man sich bewegt.«

»Wie auch immer, Amin wurde immer angerufen, von den meisten Anrufern nur ein einziges Mal. Ich konnte die Positionen der Handys ermitteln, nicht nur zu dem Zeitpunkt, zu dem sie Amin angerufen haben, sondern auch während aller anderen Anrufe.«

Örjan steht regungslos da und wartet gespannt auf die Fortsetzung.

»Zwei von ihnen haben sich an unterschiedlichen Stellen um Märsta herum in der Nähe des Gebietes aufgehalten, von dem aus die Air-France-Maschine abgeschossen worden sein muss.«

Es ist ihr ohne Zweifel gelungen, Örjans Interesse wachzuhalten. Er steht mit zusammengebissenen Zähnen da und atmet konzentriert zischend durch die Nase.

»Aber nicht an dem Tag, als das Flugzeug abgeschossen wurde«, fügt sie hinzu, »sondern zwei bis drei Wochen vorher.«

»Aufklärung«, sagt Örjan.

»Ja.«

»Ob sie nun erpresst wurden oder nicht, es scheint, als wären die beiden Brüder bis zum Hals in die Sache verwickelt.« Er legt eine Hand auf die Rückenlehne des Schreibtischstuhls. »Diese Anhaltspunkte dürften uns ein Stück voranbringen.«

»Ich muss allerdings betonen, dass nichts von meinen bisherigen Erkenntnissen die Beteiligung der Brüder Gürel am Abschuss der Air-France-Maschine beweist. Amin wurde von einigen Prepaidkarten, die sich zu anderen Zeitpunkten in Märsta befunden haben, angerufen. That's it.«

Örjan scheint die technischen Feinheiten zu verstehen. »Trotzdem, gute Arbeit. Ich brauche eine komplette Analyse der Prepaidkarten. Positionen, Anrufzeiten, Verbindungen, ein- und ausgegangene Anrufe und möglichst auch die Verkaufsstellen. Alles.«

Vendela nickt eifrig und will so schnell wie möglich zurück an ihre Tastatur. Sie hat den Job angenommen, weil sie ihr Einsatzgebiet vergrößern und operativ arbeiten wollte, aber sie kann nicht leugnen, dass sie das hier am besten kann. Besser als die meisten anderen.

»Und beauftrage jemanden, alles über Filip Arnesson herauszufinden, bevor wir ihm in Traneberg einen kleinen Besuch abstatten.«

Als Elias' Flieger aus Neapel auf dem Flughafen Charles de Gaulle landet, wandern seine Gedanken zurück in die Wüste, in der er sieben Wochen verbracht hat. Am Ende hatte er sich fast an die Hitze gewöhnt, an den Sand auf der Tischplatte, zwischen den Laken und in dem Buch, das er gerade las.

Trotzdem wird er wahrscheinlich nicht in die Wüste zurückkehren, jedenfalls nicht jetzt. Er verlässt das Flugzeug, betritt das schier endlose Laufband, das vom Außengebäude in den farbenfroh beleuchteten unterirdischen Teil des Gebäudes und wieder hinauf ins Hauptterminal führt. Er befindet sich im Transitbereich, ist von einem Flug zum nächsten unterwegs und bewegt sich aus Elias' Wüstendasein in das Leben von Patrick Veaux in Schweden.

Lambert nimmt ihn wie vereinbart am Ende des Laufbands in Empfang und begleitet ihn ins Herz des Flughafens. Es ist, als würde man hinter die Kulissen einer Theaterbühne eintreten. Keine Ladenflächen wie im Terminal, keine teuren Meeresfrüchterestaurants und keine Werbeslogans, die Reisende mit Zeit im Überfluss dazu verleiten sollen, Geld auszugeben, nur nackte, etwas schäbige Wände.

Lambert führt ihn zu einem einfachen Konferenzraum, in dem sie ungestört reden können.

»Wie geht es Ihnen?«, fragt Lambert.

»Gut, und Ihnen?«, erwidert Elias höflich.

Sie setzen sich. Elias übergibt Emmanuel Lambert den Pass seines Vaters und berichtet detailliert von der Operation in Sorrent.

»Er wurde gestoßen?«

Lambert stellt die Frage, ohne die Augen von dem Reisepass zu nehmen.

»Gestoßen oder geworfen. Ich habe nicht gesehen, wie es passiert ist, aber es kann kein Unfall gewesen sein. Wenn er gestolpert wäre, hätte er am Fuß der Treppe gelegen und nicht auf der Straße.«

Lambert blickt vom Pass auf. Er trägt eine Art Uniform in hellem Kaki ohne Abzeichen, an denen sein Dienstgrad abzulesen wäre. Er hat etwas Zeitloses an sich, unbeeinflusst von äußeren Umständen und der Umgebung. Egal ob er im Anzug durch die Stockholmer Sturegata spaziert, in Freizeitkleidung mit einem Motorboot herbeieilt, um einem Mitarbeiter zu helfen, der um ein Haar auf dem Mittelmeer in die Luft gesprengt worden wäre, oder in einer Uniform in der Wüste, er ist immer derselbe gefasste und schwer durchschaubare Emmanuel Lambert.

»Was hat der Pass zu bedeuten?«, fragt Elias. »Das ist

schon merkwürdig. Ich fahre nach Sorrent, um Mitić zu treffen, und er hat den Pass meines Vaters dabei.«

»Vertrauensbildung«, sagt Lambert vage und schiebt hinterher: »Wir werden es nie erfahren.«

Lambert klappt den Pass zusammen und legt ihn auf den Tisch.

Elias denkt unwillkürlich an Ylva in dem Hotelzimmer in Neapel, ihr Gesicht im Schein der schwachen Glühlampen. Es kommt ihm vor wie aus einer anderen Welt, dabei sind keine vierundzwanzig Stunden vergangen, seit er dort war.

»Sie verlangen von mir, Ihre Ausbildung abzubrechen und Sie nach Nordschweden zu schicken, um dort ein Waldgrundstück zu inspizieren?«

»Nicht irgendein Grundstück«, sagt Elias.

Lambert hebt schwungvoll die Hand.

»Eric Hands.«

Der Name erfüllt Elias mit widerstreitenden Gefühlen. Ruft Dinge wach, an die er nicht denken will. Er hätte nie gedacht, Eric Hands gegenüber einmal gemischte Gefühle zu haben. Aber nun empfindet er Hass und zugleich Schuldgefühle, auch wenn die vor allem Ulrika und Richard betreffen, Hands' Kinder, die er ausgenutzt und von vorne bis hinten belogen hat, um an ihren Vater heranzukommen.

»Irgendwelche Leute hatten großes Interesse daran, dass Mitić diese Informationen nicht weitergibt, sind aber fünf Minuten zu spät gekommen.«

Lambert lehnt sich zurück und mustert Elias.

»Es geht um den Mann, der den Terroristen die Waffe beschafft hat, mit der sie die Air-France-Maschine abgeschossen haben«, sagt Elias. »Es wird doch wohl mehr wert sein, das zu beweisen, als ihn nur zu töten.«

»Ich nehme an, ich habe ohnehin nichts zu verlieren«, sagt Lambert ein wenig zögerlich.

Nur mich, denkt Elias.

»Okay, von mir aus. Fahren Sie hin. Buchen Sie ein Zugticket vom Stockholmer Hauptbahnhof, und teilen Sie mir mit, auf welchem Platz Sie sitzen.«

Elias ist kurz davor, sich bei ihm zu bedanken, hält sich aber zurück. Das wäre unprofessionell, schließlich geht es nicht um eine persönliche Angelegenheit. Andererseits ist die Sache mehr als persönlich, und zwar ausschließlich. Elias handelt nicht aus Vaterlandsliebe und ist auch nicht von einem pathetischen Gerechtigkeitssinn getrieben. Er will Eric Hands und Atlas Schield aus rein privaten Gründen zur Rechenschaft ziehen.

Lambert hält den Pass zwischen Daumen und Zeigefinger.

»Wir werden ihn genau untersuchen«, sagt er, »auch wenn ich bezweifle, dass etwas Interessantes dabei herauskommt.« Er steht auf.

»Reisen Sie allein?«

Elias zögert kurz, bevor er antwortet.

»Nein.«

Lambert steht da, als würde er auf weitere Erklärungen warten, aber Elias hat das Gefühl, dass er bereits weiß, was kommen wird.

»Obrad Mitić hat dafür gesorgt, dass Ylva Grey und ich zum selben Zeitpunkt in Sorrent waren. Ob er wollte, dass wir dort aufeinandertreffen, oder ob es ihm nur darum ging, Zeit zu sparen, weiß ich nicht, aber es war ihm offensichtlich wichtig, dass wir beide von dieser Sache erfahren.«

»Sie nehmen sie also mit.«

»Wir fahren zusammen hin. Haben Sie etwas dagegen?«

»Nein, aber vergessen Sie nicht, wer Ihr Auftraggeber ist. Und worin Ihr vorrangiger Auftrag besteht.«

Mehr sagt Lambert nicht, Elias auch nicht. Lambert bringt ihn zurück in den öffentlichen Teil des Flughafens. Bevor er ihn in die Welt der bunten Kulissen entlässt, steckt er ihm lächelnd eine Bordkarte zu.

Um zehn Minuten vor vier Uhr morgens steigt Elias in den Zug nach Storlien. Platz Nummer zwölf ist ein Einzelplatz am Fenster in Fahrtrichtung links. Als er ihn fast erreicht hat, steht ein Mann von dem Platz auf. Er sieht aus wie ein Hooligan ohne Schal, zwängt sich wortlos an Elias vorbei und verlässt den Waggon.

Elias verstaut seine Tasche auf der Gepäckablage über seinem Sitz und nimmt die schwarze Tasche aus wasserabweisendem Material herunter, die dort bereits liegt. Er stellt sie auf seinen Sitz, öffnet sie und nimmt heraus, was sich, umhüllt von einer knittrigen Einkaufstüte von Coop, darin befindet.

Er verschließt die Tasche wieder und nimmt die Plastiktüte mit auf die Toilette. Dort zieht er seine Jacke aus, schnallt sich das Holster um und kontrolliert Magazin und Lauf, bevor er die Beretta ins Holster steckt, zurück zu seinem Platz geht und sich hinsetzt. Die schwere Waffe drückt gegen seine Rippen und fühlt sich kalt an, aber sie in der Tasche zu lassen, ist keine Alternative. Nicht nach dem, was er in Sorrent erlebt hat.

Der Margretelundsväg 36 ist einer von zwei Eingängen eines dreistöckigen Hauses aus den Fünfziger- oder Sechzigerjahren. Die Wohnungen haben mit rostigem Blech verkleidete Balkons. Filip Arnesson wohnt ganz rechts im mittleren Geschoss. Trotz der nicht vollständig entfernten Schmierereien an der Fassade strahlt das Haus in seiner Einfachheit Gemütlichkeit aus. Karolina würde lieber hier wohnen als in ihrem Exil in Södermalm.

Seitdem Vendela mithilfe von Amin Gürels Handyfotos auf Filip Einar Arnesson gestoßen ist, vertieft sich das Büro in sein Leben. Alle männlichen Familienmitglieder väterlicherseits heißen Einar, der Vater wie auch der zwei Jahre jüngere Bruder mit zweitem Namen. Die Eltern leben noch, die Mutter ist achtundvierzig, der Vater dreiundfünfzig.

Filip Arnesson ist achtundzwanzig Jahre alt, hat auf dem Gymnasium in Nacka das Wirtschaftsabitur gemacht, aber weder ein Hochschulstudium noch eine

Berufsausbildung absolviert. Er hat einige Jahre im Mediamarkt im riesigen Einkaufszentrum Kungens Kurva gearbeitet und dort auch ganz gut verdient, aber seitdem nur noch schlecht bezahlte Jobs im Telefonmarketing. Es sieht so aus, als hätte er mehrfach den Arbeitgeber gewechselt. Zweimal bezieht er für kürzere Perioden Arbeitslosengeld, beim ersten Mal für drei Monate, beim zweiten Mal nur für einen. Über die vergangenen sechs Monate ist nichts bekannt. Sie finden weder eine Anstellung noch einen Antrag bei der Arbeitslosenversicherung.

Vor sechs Jahren hat sich Arnesson einen acht Jahre alten BMW gekauft, den er vor zwei Jahren wieder verkauft hat. Seitdem besitzt er kein Fahrzeug mehr. Der einzige feste Mobilfunkvertrag, den sie mit ihm in Verbindung bringen konnten, wurde vor drei Jahren gekündigt. Seitdem scheint er sich mit anonymen Prepaidkarten beholfen zu haben.

Bei der Internetfirma, die die Anschlüsse im Margretelundsväg bereitstellt, haben sie bisher am meisten Erfolg gehabt. Sie haben ein Verzeichnis aller in den vergangenen zwei Jahren eingegebenen Suchbegriffe bekommen. Weiter zurückliegende Recherchen bewahrt Arnessons Internetanbieter nicht auf. Es ist eine Menge Material, für dessen Durchsicht sie eine Weile brauchen werden, aber auf die Schnelle haben sie bereits aufgerufene Seiten entdeckt, die auf die eine oder andere Weise mit dem rechtsextremen Netzwerk in Verbindung stehen, das intern als Brinkman-Gruppe bezeichnet wird.

Sie hatten ursprünglich geplant, Arnessons Wohnung einen oder zwei Tage lang zu beobachten, aber nachdem sie einen als Prospektverteiler getarnten Ermittler hingeschickt und einen Haufen Post hinter der Wohnungstür entdeckt haben, beschließen sie, sofort hineinzugehen.

Karolina und Vendela bleiben im Auto sitzen, bis der Techniker und der Schlosser eintreffen. Der Techniker führt eine Kamera durch den Briefschlitz ein und sucht an der Tür nach elektrischer Spannung und Funksignalen. Sobald er sich vergewissert hat, dass die Wohnungstür weder mit einer Alarmanlage noch mit anderen unangenehmen Vorrichtungen ausgestattet ist, lassen sie vom Schlosser die Tür öffnen und steigen über den Posthaufen. Es riecht stickig und ungelüftet in der Wohnung, aber nicht verwest. Es liegt mit hoher Wahrscheinlichkeit also keine Leiche hier drinnen.

Nachdem sie die Wohnung gesichert haben, kehrt Karolina in den Flur zurück und sortiert die privaten Briefe aus dem Posthaufen aus, einige Rechnungen und Ankündigungen. Persönliche Briefe sind nicht dabei, aber wer bekommt die schon heutzutage noch?

Karolina nimmt die Post mit in die Küche, wo Vendela vor dem weit geöffneten Kühlschrank steht.

»Der älteste Poststempel ist mehr als einen Monat alt, er stammt vom sechsten November.«

Karolina winkt mit dem Poststapel.

Vendela nimmt einen Karton Trinkjoghurt aus dem Kühlschrank.

»Und der hier ist am einundzwanzigsten Oktober abgelaufen. Dann müsste er etwa zwei Wochen vorher gekauft worden sein.«

»Vielleicht gehört er zu den Leuten, die vergammelte Lebensmittel nicht wegwerfen.«

So oder so können sie davon ausgehen, dass Arnesson seit mindestens einem Monat, vermutlich länger nicht in der Wohnung war. Und somit nähern sie sich zeitlich dem Anschlag auf die Air-France-Maschine. Die Eltern zu fragen, ob sie wissen, wo ihr Sohn sich aufhält, wäre eine Möglichkeit, aber dann wäre er gewarnt. Außerdem besteht die Gefahr, dass die Eltern irreführende Angaben machen, um ihren Sohn zu schützen.

»Irgendwie niedlich, wenn gewaltbereite Rechtsextremisten auf Trinkjoghurt mit Vanillegeschmack stehen«, sagt Karolina.

»Zwei Monate sind eine lange Zeit. Da steckt vermutlich mehr dahinter als eine Urlaubsreise.«

»Ist ihm vielleicht klar geworden, dass es ein Fehler war, das Auto auf seinen eigenen Namen zu mieten, und wir ihn früher oder später finden würden?«, spekuliert Karolina.

»Die Frage ist doch, warum er den Fehler gemacht hat«, sagt Vendela. »Vielleicht spielte er eine völlig untergeordnete Rolle, hat nur Befehle ausgeführt und nicht damit gerechnet, dass seine neuen Freunde ein Flugzeug mit einhunderteinundvierzig Passagieren an Bord abschießen?«

Karolina sieht sich in der Wohnung um. Im Wohnzimmer steht eine große Kaffeemühle, wie sie früher jeder

Kaffeehändler hatte, während man sie heute nur noch im Freilichtmuseum Skansen oder vielleicht in der Kaffeerösterei Sybillan in Östermalm zu sehen bekommt. Der große Glasbehälter, in dem normalerweise die Bohnen aufbewahrt werden, ist voll Wasser. An der Oberfläche treiben zwei tote Goldfische.

»Reicht das aus, um ihn wegen Tierquälerei anzuzeigen?« Karolina zeigt auf die toten Tiere.

Vendela schaut kurz hin, verzieht angewidert das Gesicht und arbeitet weiter.

Keine schwedischen Flaggen oder Nazisymbole an den Wänden. Im Wohnzimmer hängt ein gerahmtes Farbfoto von Arnesson als Teenager. Neben ihm steht ein etwas kleinerer Junge, vermutlich sein Bruder. Es ist ein erschreckender Gedanke, dass Filip Arnesson etwas mit Terrorismus zu tun haben könnte. Ein junger Mann, der gerne Vanillejoghurt isst und Familienfotos, aber kein einziges Hakenkreuz an der Wand hängen hat. Es besteht natürlich die Möglichkeit, dass er aufgeräumt und alle Hakenkreuze entsorgt hat, bevor er abgehauen ist. Das hätte sie selbst jedenfalls gemacht.

Eine halbe Stunde später ist Örjan da. Er sieht sich hastig in allen Räumen um und verlangt eine Zusammenfassung ihrer bisherigen Ergebnisse. Bis jetzt haben sie eigentlich nur herausgefunden, wie lange die Wohnung schon unbewohnt ist.

»Leider kein Computer, kein Handy und auch keine USB-Sticks oder Festplatten«, sagt Vendela. »Aber ein paar

Anhaltspunkte haben wir. Ich habe einen Kassenzettel aus dem Coop im Einkaufszentrum Kallhäll in Järfälla gefunden. Vielleicht hat er nichts zu bedeuten, aber ich dachte mir, dass man ja meistens dort einkauft, wo man wohnt, wo man arbeitet oder wo man regelmäßig vorbeikommt. Und dieser Kassenzettel ist etwas zu umfangreich, als dass er dort nur zufällig eingekauft hätte, weil ihm die Milch ausgegangen ist. Es könnte sich eventuell lohnen, sich die nähere Umgebung mal genauer anzusehen.«

»Tu das«, sagt Örjan und sieht sich das Bild von den beiden Teenagern genauer an. »Und überprüft die Verwandten. Wenn er sich sogar den eigenen Bruder an die Wand hängt, kann es gut sein, dass er dort untergekommen ist.«

Karolina ruft die Kollegen in der Floragata an und erteilt ihnen die entsprechenden Anweisungen. Sie und Vendela arbeiten in der Wohnung weiter.

»Wir werden den Kerl ausfindig machen, und zwar schnell«, sagt Örjan. »Aber seid vorsichtig, wenn es brenzlig wird. Solange wir nichts Gegenteiliges erfahren, müssen wir davon ausgehen, dass er ein Terrorist ist, ein Mörder, der so viele Menschenleben auf dem Gewissen hat, dass er nichts zu verlieren hätte, wenn er noch ein paar mehr umbringen würde.«

Ylva bleiben noch siebzehn Minuten bis zur Ankunft des Zuges. Sie biegt zur Tankstelle direkt gegenüber vom Bahnhof Järpen ab. Ihre Schultern sind steif, und das rechte Bein schmerzt ein wenig. Die eisige Kälte, als sie aus dem Auto steigt, überrascht sie. Von Schneematsch zu achtzehn Minusgraden und strahlend blauem Himmel.

Am frühen Morgen, irgendwo zwischen Kårböle und Ytterhogdal, hat sie Karolina von den Ereignissen in Sorrent berichtet. Sie hat erzählt, dass Elias auch dort war und was er von Mitić erfahren hat, aber dass er für Lambert arbeitet, hat sie, wie vereinbart, nicht erwähnt.

»Hat der Prophet Mitić getötet?«, hatte Karolina unumwunden gefragt.

Ylva war so perplex, dass es eine Weile dauerte, bis sie vehement widersprach. Sie selbst wäre auf diesen Gedanken niemals gekommen und rückt auch jetzt nicht von ihrer festen Überzeugung ab, aber die Tatsache, dass Karolina diese krasse Frage stellt, erfüllt sie mit einem anhaltenden Unbehagen. In Karolinas, Lamberts und Elias' Realität waren solche Fragen selbstverständlich.

Der Stutzen gibt ein Klicken von sich, und die Pumpe stellt sich ab. Aus dem Inneren der Tankstelle beobachtet sie ein ergrauter Mann mit indischem Aussehen, während sie den Tankdeckel zuschraubt.

Sie rollt vom Tankstellengelände und stellt das Auto auf dem geräumten Parkplatz vor dem gelben Bahnhofsgebäude ab. Vor hundert Jahren war das sicherlich mal ein ansehnliches Gebäude, aber mittlerweile ist davon nur noch eine verschandelte Bruchbude mit zwei Stockwerken übrig. Zwei Autos, deren Auspuffe ansehnliche Dampfwolken ausstoßen, warten mit laufenden Motoren. Sie ist die halbe Nacht und den ganzen Vormittag zu den Radioklängen von »Stille Nacht« und »Glanz über Meer und Strand« Auto gefahren. Es ist der 13. Dezember, Luciafest.

Ihr eigenes Handy liegt zu Hause, eingeschaltet und ans Ladekabel angeschlossen. Das Handy mit der Prepaidkarte hat sie erst in Gävle eingeschaltet. Sie hat ein paarmal an verlassenen Raststätten angehalten, um sich zu vergewissern, dass ihr niemand folgt.

Der Zug nähert sich in einer Wolke aus Schnee, die sich auf die Gleise senkt, während er mit quietschenden Bremsen zum Stillstand kommt. Elias erscheint als Erster auf dem Bahnsteig. Mit der Pudelmütze und der viel zu großen Fjällräven-Jacke, dem Rollkoffer und der wuchtigen Sporttasche sieht er wie ein ganz normaler Skiurlauber aus. Er öffnet den Kofferraum und verstaut sein

Gepäck. Auf dem kurzen Weg durch die Kälte haben sich seine Wangen gerötet.

Ylva öffnet die Fahrertür und steigt aus.

»Soll ich fahren?«, fragt er. »Du musst hundemüde sein.«

»Gute Idee. Wie geht es dir? Konntest du schlafen?«

»Immerhin vier Stunden.«

Als sie aneinander vorbeigehen, streicht sie mit der Hand über seine gefütterte Jacke, ist sich aber nicht sicher, ob er es überhaupt spürt. Erst als sie auf den Beifahrersitz sinkt, merkt sie, wie müde sie wirklich ist.

Elias stellt den Sitz und die Spiegel neu ein und fährt vom Parkplatz herunter.

»Hat alles gut geklappt?«

»Ja«, antwortet sie gähnend.

Fäviken liegt fünfzehn Kilometer nördlich von Järpen. Sie wollen in einer Pension in Undersåker übernachten, das ähnlich weit westlich von Järpen liegt. Sie haben nicht reserviert, weil es ungeschickt gewesen wäre, sich vorher anzukündigen, gehen aber davon aus, dass es unter der Woche freie Zimmer gibt. Åre kommt nicht infrage. Dort ist das Risiko, auf Bekannte zu treffen, zu hoch, und sie wollen nicht etwas, das ohnehin schon kompliziert genug ist, noch komplizierter machen.

»Fahren wir direkt nach Fäviken und sehen uns dort um, oder musst du dich vorher ausruhen?«, fragt er.

»Nein, das hier ist ja keine Vergnügungsreise.«

Elias gibt ihr sein Handy, damit sie auf Google Maps die Jagdhütte von Eric Hands heraussuchen kann.

»Straße 336.«

Biegen Sie in sechshundert Metern rechts ab, und fahren Sie auf die Straße drei hundert sechs und dreißig, insistiert die Handy-App mit ihrer abgehackten Stimme.

»Sorry, ich mache sie aus«, sagt Ylva und bringt die Stimme zum Schweigen.

Die Schneewälle am Straßenrand sind so hoch, dass von den Schneeleitstäben nur die Spitzen herausragen. Sie fahren fünf, sechs Minuten geradeaus und biegen bei der Abzweigung in Richtung Fäviken links ab.

Knarrend rollen die Winterreifen über den gefrorenen Untergrund aus fest zusammengepresstem Schnee und vereistem Asphalt.

»Wir sind bald da«, sagt Ylva.

Sie sieht aus dem Seitenfenster. Die Jagdhütte müsste rechts von der Straße liegen, zu weit entfernt, um sie von hier aus zu sehen, aber die Hütte ist auch nicht ihr eigentliches Ziel.

»Da ist etwas«, sagt Elias und geht vom Gas. Etwa hundert Meter vor ihnen ist in den Schneewällen auf beiden Seiten der Fahrbahn eine Vertiefung zu erkennen. Elias lässt den Wagen das letzte Stück rollen und bleibt dann ganz stehen.

Es sind Spuren von einem oder mehreren Schneemobilen zu erkennen, die an dieser Stelle die Straße gekreuzt haben.

Ylva lässt die Scheibe hinunter. Rechts und links von der deutlich erkennbaren Fahrspur hat sich Schnee angehäuft.

»Die Spuren sehen relativ neu aus«, sagt sie. »Sie dürften von heute oder gestern sein.« Bibbernd zieht sie den Reißverschluss ihrer Jacke hoch. »Nicht dass ich Pfadfinderin wäre …«

Ein Weg ist weit und breit nicht zu sehen.

Sie fahren nach Undersåker. Zwei Mädchen laufen mit elektrisch beleuchteten Lichterkränzen auf dem Kopf von Haus zu Haus, unter den langen weißen Kleidern blitzen Winterstiefel hervor. Sie biegen ab und fahren bergauf zu der Pension, von der aus man den gefrorenen See im Blick hat, eine weiße Scheibe hinter den Eisenbahngleisen. Der ältere Teil des Gebäudes ist eine ehemalige Scheune, an den der halbkreisförmige Speisesaal angrenzt, der entweder später hinzugekommen oder früher die Tenne gewesen ist. Die große Veranda sieht aus wie ein parasitärer Schwammpilz, der sich an das Haus klammert wie an einen sterbenden Baum.

Sie nehmen ihr Gepäck mit in die Rezeption, die mit Farbfotos von Skifahrern auf Buckelpisten und im Tiefschnee dekoriert ist. Ein Mann in ungefähr Elias' Alter oder eventuell ein bisschen älter kommt in dem Moment, als sie den Tresen erreichen, aus einem Hinterzimmer. Er hat schulterlanges blondes Haar und strahlend blaue Augen.

»Willkommen«, sagt er mit unüberhörbarem jämtländischen Akzent. »Wollen Sie einchecken?«

»Ja, gerne«, antwortet Ylva. »Allerdings haben wir nicht reserviert. Wir haben einfach darauf gehofft, dass es noch zwei freie Zimmer gibt.«

»Mal sehen«, sagt er nachdenklich.

Der junge Mann richtet den Blick auf einen Bildschirm und tippt etwas in die Tastatur ein. Ylva durchschaut ihn trotzdem. Natürlich weiß er ganz genau, dass die Mehrheit seiner Zimmer nicht besetzt ist.

Elias, der neben ihr steht, dreht sich zum Eingang um, der fünf Treppenstufen tiefer liegt und von einem Brennholzstapel verdeckt wird, der als Raumteiler und Windschutz dient.

»Doch, hier hätte ich noch zwei Zimmer«, sagt der Mann am Empfang. »Dürfte ich um einen Ausweis und eine Kreditkarte bitten? Oder wünschen Sie getrennte Rechnungen?«

»Nein, nicht nötig«, sagt Elias und reicht ihm seinen französischen Pass und eine Mastercard.

»Wie viele Nächte?«, fragt der Mann, ohne den Blick vom Bildschirm abzuwenden.

»Zwei.«

Es reicht, dass Elias das Formular ausfüllt, das der Mann vor ihn hinlegt, dann bekommen sie ihre Schlüssel ausgehändigt, ein paar altmodische Zimmerschlüssel, die an schweren Messingklötzen befestigt sind.

»Die Zimmer sind auf dieser Etage, am Ende des Ganges.«

Elias bleibt nach ein paar Schritten stehen und dreht sich noch einmal um.

»Wissen Sie, wo man Schneemobile mieten kann? Wenn möglich, ein Stück nördlich von Fäviken?«

»Da oben kenne ich mich nicht aus…«

Der Mann legt sich den Zeigefinger an den Nasenrücken, während er nachdenkt, und plötzlich hellt sich sein Gesicht auf.

»Haben Sie eine Anhängerkupplung am Auto?«

Ylva nickt.

»Dann könnten Sie sie auf einem Anhänger transportieren.«

»Können Sie das für uns in die Wege leiten?«, fragt Elias.

»Selbstverständlich«, sagt der Mann.

Er scheint froh zu sein, etwas zu tun zu haben, und rechnet vielleicht mit einer kleinen Provision.

»Wann brauchen Sie die Schneemobile?«

»Morgen.«

»Den ganzen Tag?«

»Ja.«

»Das kriegen wir hin, keine Sorge.«

Gemeinsam mit ein paar anderen Hotelgästen essen sie in dem halbkreisförmigen Wintergarten zu Abend. Elias wählt, ohne lange nachzudenken, etwas von der Speisekarte aus, und Ylva nimmt das Gleiche, ein Kalbsschnitzel, in dem sie dann ebenso lustlos herumstochern, wie sie es bestellt haben.

»Du hast mir immer noch nicht erzählt, was passiert ist«, sagt Ylva.

Er steckt sich eine Pommes in den Mund und legt die Gabel neben das halb gegessene Schnitzel.

»Ich habe aus den Nachrichten von der Capricorn erfahren«, fährt sie fort, »und dann mit Karolina gesprochen, die mir versicherte, dass es dir einigermaßen gut gehe. Mehr weiß ich eigentlich nicht.«

Elias spült den letzten Bissen mit einem Schluck Wasser hinunter. Immer wenn er an Ulrika und die letzten Minuten an Bord denkt, bricht alles über ihn herein: der Schmerz, die Hitze, der Tod.

»Einigermaßen ist eine ziemlich unpräzise Angabe«, sagt sie.

»Ja …«

»Wenn du nicht darüber reden willst …«

»Doch, das will ich«, unterbricht er sie. »Aber ich weiß nicht recht, wo ich anfangen soll.«

Er sieht sich im Speisesaal um. Die nächsten Hotelgäste sitzen drei Tische entfernt und können mit ziemlicher Sicherheit nicht hören, was sie sagen. Er fühlt sich trotzdem unwohl.

»Fang mit den konkreten Dingen an. Ich weiß schließlich gar nichts.«

»Er …« Elias verstummt. »Wir bräuchten einen Namen für ihn.«

»Wir könnten ihn Göran nennen«, schlägt Ylva prompt vor.

Er lacht kurz auf. Auf Göran wäre er als Letztes gekommen, aber warum nicht?

»Okay … Göran hatte Zugang zu Satellitenbildern und konnte den Vorfall verfolgen. Damit hatte niemand gerechnet. Ihm wurde klar, dass der Unfall nur vorgetäuscht war und dass ich … tja, wie es dazu gekommen ist.«

Er vermeidet das Wort Töten nicht nur, weil sie nicht allein im Raum sind. Es ist schwierig, darüber zu reden, auch wenn er aus Notwehr gehandelt hat. Er korrigiert sich in Gedanken: auch wenn er aus Notwehr getötet hat.

Elias erzählt, wie er zusammengeschlagen wurde und wie alle plötzlich von Bord gingen und ihn allein zurückließen, eingesperrt in einer Kabine, aus der er letztendlich entkommen und Kontakt zu Lambert aufnehmen konnte, der ihn anwies, unverzüglich die Jacht zu verlassen. Dann war Ulrika plötzlich da, sie stand an der Reling und rief nach ihm, während er sich in einem Rettungsring auf dem Wasser abstrampelte, und eine Sekunde später hatte sich die Capricorn in ein flammendes Inferno verwandelt und Ulrika in der Explosion weggefegt.

»Oh Gott.«

Sie greift nach seiner Hand. Die Berührung hat eine extreme Wirkung auf ihn. Heilsam, denkt er.

»Wie fühlst du dich nach alldem? Wie hältst du das überhaupt aus?«

Der lebendige Blick aus den hellblauen Augen versenkt sich in seinen, und er bekommt Lust zu benennen, was sie einander bedeuten. Die dramatischen, um nicht zu sagen, traumatischen Ereignisse, die sie gemeinsam durchgestanden haben, haben sie zusammengeschweißt. Dinge, die sie mit niemandem sonst besprechen können. Sie sind jetzt eine kleine Familie aus zwei Personen. Haben nur noch sich. Aber sind sie Bruder und Schwester, Mutter und Sohn oder Mann und Frau?

»Nach ein paar Tagen im Krankenhaus bin ich einfach

abgehauen, aber es hat nicht lange gedauert, bis Lambert mich ausfindig gemacht hat, und den Rest kennst du ja.«

Ylva zieht die Hand zurück und legt sie auf dem Oberschenkel ab.

»Wie war das mit Ulrika für dich?«, fragt sie. »Es muss schwer gewesen sein.«

Wenn er ein Thema vermeiden will, dann Ulrika. Doch Ylva scheint in ihm zu lesen wie in einem Buch. Oder vielleicht war sie auch scharfsinnig genug, um sich zusammenzureimen, was sich zwischen ihnen abgespielt hat.

»Warst du …?« Sie setzt sich anders hin. »Hast du dich in sie verliebt? Ich meine, ihr hattet doch eine Affäre?«

»Es war kompliziert. Ich hatte einen Auftrag und war nicht dort, um …«

Elias fällt wieder ein, dass er selbst vorgeschlagen hat, von nun an vollkommen ehrlich zu sein, aber dabei hat er nicht an Ulrika gedacht.

»Ja«, sagt er, »ich habe mich in sie verliebt. Auf der Jacht waren wir ein Paar. Es war völliger Irrsinn, aber so war es. Ich wurde in die Fantasiewelt, die ich selbst erschaffen hatte, hineingesogen. Anders wäre es nicht gegangen. Ich war mit ihr zusammen, und Göran war mein Schwiegervater in spe.«

Er kann Ylva nicht ansehen, während er das sagt, aber er spürt, dass er es tun muss.

»Es war nicht geplant, dass ich über sie an ihn herankomme. Ich hatte über einen Bekannten endlich Görans Sohn kennengelernt und wurde auf eine Party draußen auf der Capricorn eingeladen. Ursprünglich wollte ich mit ihm ein engeres Verhältnis aufbauen, aber dann tauchte Ulrika an dem Abend auf, und es stellte sich heraus, dass es zwischen uns … ja, es passte einfach.«

Was auch immer er versprochen hat, gewisse Dinge wird er für sich behalten.

»Und auf diese Weise bist du an ihn herangekommen.«

»Ja.«

»Und jetzt hast du Schuldgefühle?«

Er nimmt die Gabel in die Hand, stochert gedankenverloren im Schnitzel und legt das Besteck wieder ab.

»Dass die Jacht beschossen wurde, hat er sich selbst zuzuschreiben, und das weißt du auch«, sagt sie.

»Ja, klar.«

»Dafür brauchst du dir keine Vorwürfe zu machen.«

Die Trauer schleicht sich an wie ein leichtes Unwohlsein, das aus dem Magen aufsteigt und sich bald im gesamten, eben noch so leeren Brustkorb ausbreitet. »Glaubst du das?«

Er hatte sich noch viel mehr vorzuwerfen. Was war er denn? Ein Heiratsschwindler, der einen viel größeren Schaden als nur ein leeres Bankkonto hinterlassen hatte. Er beugt sich nach vorn.

»Ich glaube, hier ist nicht der richtige Ort«, sagt er leise.

Aber das stimmt nicht. Es ist bereits alles gesagt. Zumindest alles, was man in einem Speisesaal mit anderen Hotelgästen eigentlich nicht sagen sollte. Da er nicht will, dass sie seine Tränen sieht, winkt er die Kellnerin an ihren Tisch.

»Setzen Sie das bitte auf die Zimmerrechnung.«

Auf dem Gang trennen sie sich, nachdem sie sich am nächsten Morgen um acht zum Frühstück verabredet haben. Sie müssen beide mal ausschlafen, und außerdem wird es vor neun ohnehin nicht hell.

Elias geht in sein Zimmer. An der Wand über dem Kopfende des Bettes sind vier gräulich patinierte Bretter angeschraubt, die dem Raum Charakter verleihen sollen. Die zwei langflorigen Zierkissen auf der Tagesdecke sehen aus wie plattgedrückte Angorakatzen.

Er streckt sich auf dem Bett aus und lässt sich in die Matratze sinken, als würde er eine Tonne wiegen. Er hat versucht, es von sich fernzuhalten, aber im Grunde weiß er genau, was los ist. Er kann so tun, als wäre er Patrick Veaux oder Tom White, und sich für kurze Momente von seiner eigenen Schauspielkunst verführen lassen und lustvoll den eigenen Lügen lauschen. Aber das eigentliche Problem ist, dass Menschen jederzeit sterben können. Menschen, die einem nahestehen. Die man liebt und auch die, die man zu lieben gelernt hat.

Durch die Floragata zieht ein kurzer Schneeschauer, die Flocken schmelzen, sobald sie den Asphalt berühren. Karolina steht auf, beugt sich vor und legt mit gestreckten Beinen die Hände flach auf den Fußboden, richtet sich wieder auf und hebt zum Abschluss beide Arme.

Vendela ist in ihrer Arbeit versunken. Sie sitzt schon seit Stunden da, ohne einen Mucks von sich zu geben. Ausgehend von Amins Mobilfunkverbindungen hat sie ein Netz aus verschiedenen Prepaidkarten gesponnen, die in den Wochen vor dem Abschuss der Air-France-Maschine miteinander kommuniziert haben. Von Amin und seinem Bruder hat sie sich mittlerweile weit entfernt. Entgegen Örjans Vermutung lässt sich anhand der Mobilfunkverbindungen nicht beweisen, dass die beiden unmittelbar in den Terrorangriff verwickelt waren.

Es ist nicht leicht, in dem Sammelsurium aus Verbindungen zwischen verschiedenen Prepaidkarten Muster zu erkennen. Sie haben nur die Standorte, aber keine Handybesitzer, und in den meisten Fällen kann man noch nicht einmal erkennen, ob eine Person mehrere verschiedene Nummern verwendet hat oder ob da mehrere Personen jeweils eine eigene Nummer hatten.

Drei Anrufe sind besonders interessant. Sie wurden alle innerhalb von einer Stunde von einer Karte aus getätigt, die sich am dritten Oktober in Cannes befand. Anschließend ist diese Karte aus dem Netz verschwunden und nie wieder aufgetaucht. Wahrscheinlich hat Simon Brinkman sie benutzt.

Vendela sitzt vor sich hin murmelnd vor ihrem Bildschirm, dann hüstelt sie und hebt die Stimme:

»Ich hab was. Dieser Coop in Kallhäll, du weißt, der Kassenzettel …«

»Ja?«

»Im Kopparväg 27, wenige Hundert Meter vom Supermarkt entfernt, wohnt eine Person, die ebenfalls in der Brinkman-Gruppe aktiv war. Peter Kihlman, sechsunddreißig Jahre alt, noch nie eines Verbrechens verdächtigt oder polizeilich vernommen worden. Er besitzt eine Aktiengesellschaft, die Tourismus, Import, Export und Finanzhandel betreibt.«

»Nicht sehr vielsagend.«

»Nein, abgesehen vom Tourismus sind das Standardformulierungen. Er ist auch bei einer Bowlinghalle und in einem Tabakladen angestellt, aber viel scheint er, aus den geringen Einkünften zu folgern, dort nicht zu arbeiten.«

»Und die Aktiengesellschaft? Verdient er damit was?«

»Lass mal schauen …« Vendelas Finger schnellen über die Tastatur. »Abenteuerjagd AG …«

»Oh, der Name klingt vieldeutig.«

»In der Tat.«

Sie klickt weiter und scrollt nach unten.

»Im Prinzip hat er gar nichts verdient. Dreiundzwanzigtausend im letzten Abrechnungszeitraum und im Jahr davor neunundreißigtausend. Kein Gewinn.«

»Also kein großes Abenteuer. Ist er der alleinige Besitzer?«

»Ja«, antwortet sie nach einer kurzen Pause. »Hier … Anlagevermögen, eine Million und zweihundertdreißigtausend Kronen. In den Jahren zuvor muss Kapital in die Firma geflossen sein. Offenbar genug für eine größere Investition.«

»Was ist mit den Prepaidkarten? Gibt es da irgendeine Verbindung zu Kihlman?«

Vendela deutet mit einer Kopfbewegung auf den Monitor.

»Nicht zu ihm direkt, aber in seiner Umgebung sind ganze sieben Karten verwendet worden.« Sie sieht zu Karolina hoch. »Könnte Arnesson dort stecken? Was meinst du?«

»Ich denke, wir sollten hinfahren und uns mal umschauen.«

»Jetzt sofort?«

»Sehen wir uns das Haus erst mal von außen an und verschaffen uns einen Eindruck. Und einer von den Kollegen soll recherchieren, was es mit diesem Anlagevermögen auf sich hat.«

Vendela gibt den Auftrag weiter. Bevor sie sich auf den Weg machen, druckt sie ein Passfoto von Kihlman aus. Ein Mann mit schmalem Gesicht und freundlichen Augen hinter einer runden Brille. Zum kahlrasierten Kopf trägt er einen Dreitagebart. Er sieht eher wie ein Architekt oder Künstler aus, ein attraktiver und sanfter Typ mit Hirn und kein neofaschistischer Hooligan.

Die Scheibenwischer fegen den nassen Schnee von der Windschutzscheibe. Im Auto ist es kalt und feucht, aber erst auf Höhe vom Hagapark kommt die Heizung in Gang. Der Nordfriedhof ist ein dunkler Wald, der teilweise hinter einem grauen Vorhang aus Schnee liegt.

»Das ist schon seltsam, dass diese Aktiengesellschaft praktisch nicht aktiv ist, aber einen Wert von etwas mehr als einer Million haben soll«, sagt Karolina. »Ich bezweifle, dass die Transaktionen legal sind.«

»Hältst du ihn für einen Strohmann?«

»In Anbetracht seiner finanziellen Verhältnisse, ja. Oder er ist noch tiefer in die Sache verstrickt. Jedenfalls würde es mich wundern, wenn er das Geld, das sie verwendet haben, mit seiner eigenen Firma verdient hätte. Diese Aktiengesellschaft ist doch nur eine Fassade.«

Bei Kista fahren sie ab. Sie brauchen fünfundzwanzig Minuten bis zum Kopperväg 27, dem ersten Haus in der Straße. Karolina fährt vorbei, hält vor der Nummer 29 und parkt rückwärts auf einem der fest vermieteten Parkplätze vor dem Backsteingebäude gegenüber. Kihlmans Wohnung befindet sich in einem achtstöckigen Hochhaus mit Balkons in allen Farben des Regenbogens, ein langgestreckter Komplex, der sich die gesamte, leicht geschwungene Straße entlangzieht. Karolina kann nicht einmal das Ende erkennen.

»Er wohnt im fünften Stock«, sagt Vendela. »Von hier aus können wir gar nichts erkennen.«

Karolina dreht sich zu dem flachen Backsteingebäude um.

»Und von dort aus auch nicht. Um etwas zu sehen, müssten wir schon da drüben reinkommen.« Sie zeigt auf ein Punkthaus in der Nähe des S-Bahnhofs. »Wenn wir Glück haben, treffen wir ein paar Polizisten oder einen Krankenpfleger, der schlau genug ist, es nicht gleich im Coop auszuplaudern.«

Als sie vom Frühstück kommen, steht das Schneemobil bereits auf einem Anhänger bereit. Gemeinsam befestigen sie diesen an der Anhängerkupplung. Es ist sonnig, aber kalt. Einundzwanzig Minusgrade, wie das Thermometer am Verandafenster angezeigt hat, als sie sich mit ihren Kaffeetassen an den Tisch gesetzt haben. Laut Wettervorhersage sollen die Temperaturen im Laufe des Tages auf zwölf Grad unter null steigen.

Ylva setzt sich ans Steuer. Nach der durchgeschlafenen Nacht fühlt sie sich ausgeruht.

Unterwegs halten sie an und kaufen teure, speziell zum Schneemobilfahren gedachte Handschuhe. Für die Kälte sind sie gut ausgerüstet, aber nicht für Ausflüge mit dem Schneemobil. Elias trägt die Waffe im Holster unter der Jacke. Sie hat sie schon gestern bemerkt, aber er hat ihren Blick, der ihm aufgefallen sein muss, genauso wenig kommentiert wie sie die Waffe. Sie hat selbst zu viele bittere Erfahrungen gemacht, um deren Notwendigkeit zu hinterfragen. Vielmehr ruft ihr das ins Gedächtnis, dass das hier keine gemütliche Wanderung mit heißem Kakao in der Thermoskanne ist.

Wenn sie etwas empfindet, dann Mitgefühl. Sie stellt sich das Gewicht der Waffe vor, die mentale Belastung. Welche Ereignisse ihn dazu zwingen könnten, sie zu benutzen, und was es heißt, auf einen anderen Menschen zu schießen.

Bis zu der Stelle, wo sie die Schneemobilspuren entdeckt haben, brauchen sie mit dem Auto eine gute halbe Stunde.

An einer Nebenstraße finden sie einen geräumten Parkplatz, wo sie Auto und Anhänger abstellen können.

Sie schieben das Schneemobil vom Hänger und suchen auf Google Maps nach dem kürzesten Weg zurück zu den Spuren, denen sie erst einmal folgen wollen. Elias fährt. Ylva hat keine Erfahrung mit Schneemobilen, aber er sagt, sie funktionieren im Prinzip genauso wie die allradgetriebenen Fahrzeuge, die sie in der Wüste verwendet haben.

»Hältst du dich fest?«

Wortlos legt sie die Arme um seine Taille, und er lässt die Kupplung kommen. Mit einem Ruck setzt sich das Gefährt in Bewegung, sie drückt sich noch fester an ihn und spürt, wie sich die Beschichtungen ihrer Jacken aneinander reiben.

Nach wenigen Minuten haben sie die Spur erreicht, fahren durch die Lücke im Wall und dann mit Vollgas nach Norden. Das Schneemobil hat ein Navi am Armaturenbrett. Ihre Handys hätten in der Kälte, die durch den Fahrtwind noch schneidender ist, sicher bald den Geist aufgegeben. Auf der Windseite bohrt sich die Kälte wie Nadelspitzen in ihre Wange, sodass sie mit einer Hand versucht, die Kapuze herunterzuziehen.

Noch scheinen sie auf dem richtigen Weg zu sein. Für zwei Kilometer kann man nicht lange brauchen. Sie hält sich fest, richtet den Blick nach vorne und bemüht sich, ihre Gedanken nicht abschweifen zu lassen, sondern sich auf ihre unmittelbare Umgebung zu konzentrieren.

Elias sagt etwas, das im lauten Motorengeräusch untergeht, und streckt die linke Hand aus. Zwischen den Bäumen ist eine verwitterte Blockhütte zu erkennen. Er lenkt das Schneemobil hinter die Hütte, damit es vom Weg aus nicht zu sehen ist.

»Ich bezweifle, dass es hier eine Alarmanlage oder Kameras gibt«, sagt er. »Wahrscheinlich gibt es nicht mal Strom.«

Sie steigen ab und stapfen durch den tiefen Schnee auf die Vorderseite der Hütte. Ylva sieht, dass Elias trotz der Kälte seinen Reißverschluss öffnet, um an die Waffe zu gelangen.

»Ich schätze, sie haben einen Generator«, sagt er. »Ich sehe keine Solaranlage.«

Zwischen Schneemobilspur und Haustür ist Schnee geschippt worden. Irgendjemand scheint in den vergangenen Tagen hier gewesen zu sein. Sie rutschen auf dem Hintern das geräumte Stück bis vor die Hütte hinunter. Ylva fühlt sich zwischen den hohen Schneewänden eingesperrt, auch wenn der Tunnel nach oben offen ist. Wenn sie jetzt ertappt werden, gibt es kein Entkommen.

»Was machen wir?«, fragt sie.

»Wir gehen rein.«

Elias nimmt mehrere Werkzeuge aus seiner Jackentasche. Das eine sieht aus wie eine kleine Schrotflinte, das andere wie eine Pinzette mit Haken. Da er mit dem Rücken zu ihr steht, kann sie nicht erkennen, was er tut, aber innerhalb von dreißig Sekunden hat er das Schloss geöffnet. Er drückt die Klinke hinunter und macht die Tür auf.

»Keine Alarmanlage, es sei denn, sie wäre versteckt und lautlos. Aber wir sollten uns trotzdem beeilen.«

In den holzverkleideten Räumen ist es still. Die vorhandenen Lampen lassen sich nicht einschalten, also ist es wohl tatsächlich so, wie Elias vermutet. Sie benutzen einen Generator.

Die Einrichtung ist schlicht. Im größten Raum stehen ein robuster Esstisch, vier Regiestühle aus braunem Leder und an der Wand eine Küchenzeile. An der Wand hinter dem Esstisch hängt ein gewaltiges Elchgeweih. Daneben gibt es drei kleine Schlafzimmer.

»Es fällt mir schwer, mir Eric Hands in dieser Hütte vorzustellen«, sagt sie.

»Vielleicht machen sie hier nur ihre Kaffeepausen, wenn sie auf der Jagd sind. Oder es sind die Leute hier untergebracht, die sich um das Grundstück kümmern.«

Andererseits, wer weiß schon, was für Hormone bei der Großwildjagd ausgeschüttet werden, denkt Ylva. Hands im karierten Flanellhemd trinkt dann mit den Treibern Kaffee mit Schuss und schläft in der langen Unterhose.

Zimmer für Zimmer gehen sie die Jagdhütte durch und schauen in alle Schränke. Die meisten sind leer und ordentlich gesäubert, im Küchenschrank ist kein Krümelchen zu finden, und das, was sie suchen, schiebt man nicht mal eben unter die Fußmatte.

»Langsam habe ich das Gefühl, dass uns Obrad Mitić aus dem Jenseits eine lange Nase zeigt«, sagt Ylva.

»Das Risiko war ihm bewusst. Er hat sich sicher nicht mit uns getroffen, um sich an der Vorstellung zu ergötzen, wie wir in einer jämtländischen Berghütte herumschnüffeln.«

»Könnte uns jemand zuvorgekommen sein?«

»Auf jeden Fall war in den letzten Tagen jemand hier.« Elias sieht sich unschlüssig um.

Ylva wirft noch einen Blick in den Wohnraum. Sie haben alles untersucht, was allerdings nicht lange gedauert hat. Sie denkt an die Menschenmenge an dem Geländer in Sorrent, an die beiden Sanitäter, die den leblosen Mitić auf die Trage gehoben haben. Sie will weg von der Hütte, die ihr jetzt vorkommt wie eine Falle, die jederzeit zuschnappen kann.

»Lass uns fahren«, sagt sie.

Elias zögert einen Moment, doch dann nickt er, weil er einsieht, wie sinnlos es ist, ihren Aufenthalt hier in die Länge zu ziehen.

Hoffentlich weiß er auch, wie riskant es ist, denkt Ylva.

Als sie draußen sind, schließt Elias die Tür hinter ihnen

ab. Ylva wartet ungeduldig. Ist es wirklich nötig, dreißig Sekunden dafür zu opfern?

»Ich würde sagen, wir fahren in der Spur weiter«, sagt Elias, als sie auf dem Schneemobil sitzen. »Hands' Ländereien erstrecken sich von hier aus weiter in den Nordosten, vielleicht finden wir dort oben etwas, das wir bisher übersehen haben.«

»Das ist wahrscheinlich nur eine Fahrspur. Glaubst du wirklich, dass sich das lohnt? Oder es ist ein einfacher Wanderweg. Jedenfalls ist er nicht auf der Karte eingezeichnet.«

»Genau das habe ich mir auch gerade gedacht. Es ist nicht alles auf der Karte eingezeichnet.«

Elias lässt den Motor an, und der Lärm setzt der Diskussion ein Ende. Ylva macht sich Vorwürfe, weil sie ihm nicht vehement genug widersprochen hat. Sie haben nicht den weiten Weg bis hierher zurückgelegt, um jetzt etwas Halbherziges und Unüberlegtes zu tun, aber sie kann ihren Widerwillen nur mit ihrem Bauchgefühl begründen. Sie spürt mit jeder Faser ihres Körpers, dass das hier eine schlechte Idee ist.

Im fünften Obergeschoss des Punkthauses am S-Bahnhof von Kallhäll hat Karolina ein älteres Paar im Ruhestand ausfindig gemacht. Daniel und Elisabeth Lundvoll waren beide im Staatsdienst tätig, Elisabeth ist immer noch in Stockholm Landtagsabgeordnete.

Karolina zeigt den Dienstausweis vor, laut dem sie Polizistin ist, und wird in die Wohnung gebeten, um ihr Anliegen vorzubringen. Kaum ist sie eingetreten, merkt sie, dass sie hier richtig ist: Nordic-Walking-Stöcke im Schirmständer, ein Helga-Henschen-Plakat an der Wand und rings um den Garderobenspiegel Buttons von traditionellen 1.-Mai-Demos.

Das Ehepaar wird sich mit Sicherheit irgendwann auf einer Ortsversammlung der Sozialdemokraten mit diesem Vorfall brüsten, aber solange die Operation andauert, wird es keinen Mucks von sich geben.

Bevor sie sich in der Wohnung von Ehepaar Lundvoll einrichten, wiederholen sie den Trick mit dem Prospektverteiler, der bei Arnesson so gut funktioniert hat, aber auf seiner Fußmatte liegt nur ein kopierter Werbezettel von der chemischen Reinigung im Erdgeschoss.

Mit einer an einer Stange montierten Kamera haben sie einen nahezu perfekten Einblick in Kihlmans Küche und das Wohnzimmer im Kopparväg 27. Der dazugehörige Restlichtverstärker erweckt trotz winterlicher Dunkelheit auch kleinste Details zum Leben.

Kihlman ist zu Hause. Um elf Uhr wacht er auf oder zeigt sich zumindest außerhalb seines Schlafzimmers. Er isst große Mengen Cornflakes mit Milch, aber keinen Vanillejoghurt, und erledigt anschließend einige Telefonate. Alles wird genau notiert. Dann geht Kihlman mit dem Kaffeebecher in der Hand zurück ins Schlafzimmer.

Weder Arnesson noch Kihlman sind vorbestraft. Ansonsten ist es in diesen Kreisen eher die Regel als die Ausnahme, dass die Akteure schon eine Strafe abgesessen haben oder zumindest wegen Androhung, tatsächlicher Anwendung von Gewalt oder auch beidem angeklagt worden sind. Es gehört sozusagen zur Berufserfahrung. Während ihrer Arbeitszeit treiben sie Geld ein, machen illegale Geschäfte und sprengen Staatsanwälte in die Luft. In ihrer Freizeit hetzen sie im Internet gegen Menschen mit einem anderen ethnischen Hintergrund, sofern sie ihnen gegenüber nicht gleich handgreiflich werden. Und manchmal hauen sie in besoffenem Zustand auch einfach einem normalen Schweden aufs Maul. Weil er gerade im Weg steht oder schwul aussieht.

Arnesson und Kihlman scheinen die Ausnahme zu

sein. Kihlman wurde mal verdächtigt, bei der Mehrwertsteuer zu tricksen, ist aber ohne Anklage davongekommen. Offenbar sind beide Herren weder die Männer fürs Grobe noch die Vordenker im Netzwerk, sondern eher so etwas wie Verwaltungsmitarbeiter, Finanzbuchhalter oder Zwischenhändler.

Nachdem er tiefer in die Materie eingestiegen ist, hat Vendelas Kollege herausgefunden, dass die Abenteuerjagd AG der eingetragene Eigentümer des Waldgrundstücks in Jämtland ist. Es kann natürlich sein, dass die Abenteuerjagd ursprünglich auch wirklich dort stattfinden sollte, aber nicht realisiert wurde, nachdem die Ländereien gekauft worden waren. Falls die Kunden nicht schwarz zahlen oder etwas ganz anderes dahintersteckt: Geldwäsche vielleicht oder Abenteuerjagd als Deckmantel für ganz andere Geschäfte.

In einem früheren Jahresabschluss wurde dem Anlagevermögen noch eine Handelsbilanz hinzugefügt, doch auch in dem Jahr kann von nennenswerten Einnahmen nicht die Rede sein. Die Firma hat einen Kredit in der Höhe des Anlagevermögens aufgenommen. Irgendjemand hat ihr eine Million zweihunderttausend Kronen geliehen, und in Anbetracht der Tatsache, dass die Firma praktisch keinen Umsatz macht, war das mit Sicherheit keine Bank.

»Da kommt jemand«, teilt Karolinas Kollege mit, der mit dem Fernglas Wache hält. Micke ist wortkarg und redet nur, wenn es sein muss. Er hat langes, strähniges Haar, und Karolinas Mutter hätte gesagt, dass er aussieht wie ein Penner. Eine sehr überzeugende Verkleidung, wenn es denn eine gewesen wäre.

Schweigend verfolgt er die Vorgänge in der Wohnung. »Ein Mann …«

»Hat Kihlman ihm die Tür aufgemacht oder …«

»Nein. Also entweder war die Tür offen, oder er hat einen Schlüssel.«

Wenn er einfach so hineinspaziert, muss es ein Mitbewohner oder ein guter Bekannter von Kihlman sein. Karolina geht ans Fenster, wo das Fernrohr aufgestellt ist.

»Ich glaube, das ist Arnesson«, sagt Micke. »Im Gegenlicht ist er schwer zu erkennen.« Er stellt die Schärfe neu ein. »Sieht aber so aus. Willst du mal gucken?« Er tritt zur Seite und macht Karolina Platz.

Sie beugt sich vor.

»Es ist noch auf mich eingestellt.« Er streckt die Hand aus.

»Keine Sorge, ich schaffe das schon«, sagt sie.

Nachdem sie die Schärfe justiert hat, sieht sie einen Mann, der ihr frontal gegenübersteht und etwas außerhalb ihres Blickfelds betrachtet.

»Ja«, sagt sie, obwohl sie nur ein Passbild und ein paar Fotos auf Facebook von ihm gesehen hat. »Das ist er«, stellt sie fest.

Sie überlässt Micke das Fernglas und zieht das Handy aus der Tasche, um Örjan anzurufen. Sie müssen eine gründliche Hausdurchsuchung planen, die so schnell wie möglich und unbemerkt durchgeführt werden kann, sobald die beiden Männer die Wohnung verlassen haben.

Vielleicht brauchen sie die Aktion auch offiziell gar nicht als Hausdurchsuchung zu bezeichnen, denkt sie, da sie keinen Staatsanwalt, der einen Durchsuchungsbeschluss anordnen könnte, einbeziehen werden.

Das Schneemobil vibriert und ruckelt unter Elias. Es ist ein bisschen wie Motorboot fahren, aber solange sie in der Spur bleiben, fühlt er sich sicher. Es ist ein Schuss ins Blaue, aber irgendwohin muss dieser Weg ja führen, denkt er. Es gibt keine Schutzhütten und keine Skilifte in dieser Gegend, und man geht auch nicht mit einem laut knatternden Schneemobil auf die Jagd. Selbst wenn man darauf pfeift, dass es verboten ist, würde man das Wild verscheuchen.

Nach zwanzig Minuten Fahrt, als er sich schon fragt, ob Ylva nicht doch recht hatte, lichtet sich der Wald. Eine weite Ebene breitet sich vor ihnen aus, eine Art Heide oder ein Moor vielleicht, das ist schwer zu sagen, wenn die Landschaft unter mindestens einem halben Meter Schnee begraben liegt.

Am Waldrand steht ein Hochsitz. Hat Hands seine Gäste hierher mitgenommen?

Ylva umfasst seine Taille noch fester und zeigt nach links. Zwischen den Bäumen ist ein kleines Gebäude zu erkennen. Elias fährt langsamer die Spur entlang, die in einer langgestreckten Kurve am Waldrand entlangführt.

Die Farbe des ehemals roten Schuppens ist von Wind und Wetter abgeschliffen.

Sie nähern sich mit leise tuckerndem Motor und fahren bis zu einer breiten, mit einem einfachen Vorhängeschloss gesicherten Tür. Die Spur führt weiter am Waldrand entlang und auf einen etwa hundert Meter entfernten Hügel. Elias schaltet den Motor ab. Die Stille ist eine Befreiung. Kein Wind, nur Schnee, der von den sonnenbeschienenen Tannen rieselt.

»Der Schuppen ist nicht auf der Karte eingezeichnet«, sagt Ylva, nachdem sie vom Schneemobil gestiegen sind.

Der Verschlag ist ziemlich verfallen, auf der Nordseite sind die Bretter unten verrottet, und eins der Windbretter fehlt.

Sie trennen sich und gehen in jeweils entgegengesetzter Richtung um den Schuppen herum durch den tiefen Schnee. Es gibt keine Fenster, durch die man hineinschauen könnte, und durch die teilweise breiten Ritzen zwischen den Brettern fällt seltsamerweise kein Licht hinein.

»Hier«, ruft Ylva von der anderen Seite.

Elias geht zu ihr. Ylva hat die Hand in einen breiteren Spalt geschoben. An dieser Stelle fehlt ein ganzes Brett.

»Fühl mal«, sagt sie.

Elias schiebt ebenfalls die Hand hinein und stößt an eine raue Betonwand.

»Der Schuppen ist eigentlich aus Beton«, fährt Ylva

fort. »Die Holzverkleidung ist wirklich nur Fassade.« Sie klopft an die Bretter mit dem abblätternden roten Anstrich. »Könnte das was Militärisches sein?«

»Ist nicht gerade eine strategische Lage«, sagt er.

Trotzdem hat das Gebäude etwas Militärisches an sich. Er hat schon Bunker gesehen, die als Sommerhäuschen oder Scheunen getarnt waren, Hinterlassenschaften aus dem Zweiten Weltkrieg, die an der Küste lagen.

»Kriegst du das Schloss auf?«

Bevor Elias darauf antworten kann, erregt ein surrendes Geräusch in der Ferne ihre Aufmerksamkeit. Es verstummt für einen Moment, um kurz darauf noch lauter zu ertönen. Reglos stehen sie da und horchen, sehen einander an und scheinen im selben Augenblick zu begreifen, was sie hören.

»Da kommt jemand«, flüstert Ylva.

»Schnell aufsteigen«, flüstert er zurück.

Sie hasten zurück zum Schneemobil und hinterlassen tiefe, unübersehbare Spuren im Schnee. Sie setzen sich rittlings auf das Fahrzeug, Ylva schlingt die Arme um ihn. Er lässt den Motor an und spürt, während er losrast, Ylvas Haare an seiner Wange.

Das Motorengeräusch des anderen Fahrzeugs müsste ihr eigenes eigentlich übertönen. Sie müssen nur schnell hinter dem Hügel verschwinden, bevor der Fahrer sie entdeckt. Elias beschleunigt. Sie rasen mit einer Wolke aus Schnee hinter sich durch die Landschaft und fahren den kleinen Hügel hinauf. Wenn das andere Schneemobil den Waldrand erreicht, kann der Fahrer sie hier deutlich sehen. Elias spürt die eigene Verwundbarkeit im Rücken und drückt den Gashebel bis zum Anschlag durch. Das Schneemobil hebt ab und springt geradezu über die Kuppe. Sofort verlangsamt er die Geschwindigkeit, entfernt sich von der Spur und fährt stattdessen ein Stück den Bergrücken entlang, bis er das Schneemobil hinter einem Gebüsch aus jungen Tannen verstecken und den Motor ausschalten kann.

Reglos sitzen sie da und lauschen. Das andere Schneemobil ist immer noch zu hören. Sie steigen von ihrem ab, gehen gebückt zum Gipfel hinauf und schauen hinunter. Der Schnee ist in der Sonne etwas feucht geworden. Ein anderes Fahrzeug ist nicht zu sehen.

»Es ist auf dem Weg hierher«, sagt Ylva.

Das Geräusch wird immer lauter. Ein geübtes Auge erkennt vermutlich, dass kurz zuvor jemand in der Spur gefahren ist.

»Merkwürdiges Zusammentreffen«, flüstert Ylva. »Könnte in der Hütte doch eine versteckte Alarmanlage gewesen sein?«

Sie sprechen leise miteinander, obwohl derjenige, der sich nähert, sie unmöglich hören kann.

»Wir werden sehen. Vielleicht ist es ja jemand, der zufällig vorbeikommt.«

An der Stelle, wo die Spur links abbiegt, ist ein Schneemobil zu sehen. Es fährt um die Kurve und kommt direkt auf sie zu. Elias zieht einen kleinen Feldstecher aus der Vordertasche, richtet ihn auf das Schneemobil und kann, während er scharf stellt, verfolgen, wie der dunkle Fleck allmählich Gestalt annimmt. Gleichzeitig gehen ihm alle erdenklichen Möglichkeiten durch den Kopf: ein Peilsender unter Ylvas Auto oder sogar am Schneemobil, jemand aus dem Hotel oder vielleicht der Schneemobilvermieter. Alle möglichen Leute könnten sie verraten haben.

Der andere Fahrer trägt einen Overall in Wintertarnfarbe und eine weiße Pelzmütze mit Ohrenklappen.

»Es ist ein Mann«, flüstert er Ylva zu. Mehr kann er bisher nicht erkennen, schon gar keine Gesichtszüge. Hinter dem Mann ragen Stöcke oder eine Antenne auf.

Hinter dem Schneemobil fliegen Kaskaden von Schnee auf. Der Mann fährt schnell und routiniert und hält vor dem Schuppen abrupt an. Er scheint um die vierzig zu sein. Unter der Mütze blitzen dunkle Haarsträhnen hervor, das Gesicht ist breit, fast quadratisch.

Der Mann steigt von dem Schneemobil herunter, ohne den Motor auszuschalten. Auf dem Rücken trägt er ein Gewehr, dessen Lauf Elias irrtümlich für eine Antenne gehalten hat.

»Er ist bewaffnet«, zischt er.

Es ist ein Jagdgewehr Kaliber neun Millimeter mit eingebautem Schalldämpfer und Zielfernrohr. Der Mann könnte ohne Weiteres als Jäger durchgehen. Er geht zur Tür, rüttelt am Vorhängeschloss, dann senkt er den Blick, kommt ein paar Schritte auf sie zu und nimmt die Längsseite des Schuppens unter die Lupe.

»Er hat unsere Spuren entdeckt.«

Er geht zurück zum Scooter, macht den Motor aus und lässt seinen Blick am Waldrand entlang und den Hügel hinauf wandern, auf dessen Rückseite sie sich verstecken. Ylva und Elias liegen reglos da. Mit dem bloßen Auge kann er sie vermutlich nicht erkennen, aber die kleinste Bewegung würde sie verraten. Als der Mann den Kopf senkt und das geschulterte Gewehr absetzt, ziehen sie die Köpfe ein.

Elias übergibt Ylva den Feldstecher, zieht die dicken Schneemobilhandschuhe aus und schlüpft wieder in die etwas bequemeren, die er beim Verlassen des Hotels anhatte. Er nähert sich Ylvas Ohr bis auf einen Zentimeter und flüstert: »Er will das Zielfernrohr benutzen.«

Vorsichtig öffnet Elias den Reißverschluss seiner Jacke und zieht die Beretta aus dem Holster. Er signalisiert ihr, dass sie zurück zur Schneemobilspur gehen sollen. Ylva sieht ihn fragend an, aber er nickt nur beharrlich, und dann bewegen sie sich in gebückter Haltung in die von ihm angezeigte Richtung. Falls der Mann ihnen folgt, will er nah dran sein. Aus kurzer Distanz ist er ihm mit seiner Pistole überlegen, aus großer Entfernung hat er keine Chance. Eine Pistole ist keine Präzisionswaffe. Wenn man ganz sichergehen will, muss man so dicht vor seinem Opfer stehen, dass man schießen kann, ohne zu zielen.

Kurz vor ihrer eigenen Spur, wo sie sich aber immer noch hinter ein paar jungen Bäumen verstecken können, bleibt Elias stehen. Ihr Verfolger wird sie erst entdecken, wenn er die Kuppe des Hügels erreicht hat, und dann ist es für ihn zu spät. Elias muss ihn erwischen, bevor er wieder Gas geben kann. Vermutlich wird er bemerken, dass sie abgebogen sind, und entweder in ihrer Spur weiterfahren oder anhalten, das Gewehr in die Hand nehmen und sich zu Fuß zwischen die Bäume schleichen.

Elias muss das Überraschungsmoment nutzen und ohne Vorwarnung schießen.

Sie hocken sich hinter die Birken. Auf der anderen Seite der Kuppe ist es still. Was, wenn er zu Fuß kommt? Dann könnte er sie überraschen, würde sich aber auf dem Weg nach oben sehr angreifbar machen. Geht er dieses Risiko ein?

»Warte hier«, zischt er zwischen zusammengebissenen Zähnen.

Er steckt die Pistole ins Holster und steigt gebückt zum Gipfel hinauf, robbt das letzte Stück und beugt sich in einer extrem langsamen Bewegung über die Kante.

Der Mann steht mit erhobenem Gewehr da und späht durch das Zielfernrohr zum Waldrand. Dann geht er auf den Hügel zu, von dem Elias hinunterschaut. Elias weicht zurück, zieht seine Pistole heraus und bewegt sich lautlos auf Ylva zu. Schlimmstenfalls macht der Mann einen Umweg und nähert sich ihnen von hinten. Sie könnten natürlich auf ihr Schneemobil steigen und fliehen, aber sie kennen sich hier im Wald nicht aus, und mit dem Jagdgewehr, das der Mann bei sich hat, kann ein geübter Schütze ein bewegliches Ziel auf zweihundert Metern Entfernung treffen. Die Sonne scheint von einem wolkenlosen Himmel, und es ist windstill. Perfekte Bedingungen.

Sie warten. Es vergehen Sekunden, die zu einer Minute werden. Elias horcht auf Schritte. Hörte man die im Schnee überhaupt? In den dünnen Handschuhen sind seine Finger kalt geworden. Im Wald ist es still. Aus Angst vor den lauten Schneemobilen haben die Tiere sich versteckt, genau wie sie selbst.

Plötzlich röhrt der Motor auf, die Umdrehungszahl steigt und zerreißt die Stille. Elias umklammert den Pistolenkolben noch fester und macht sich bereit.

Ylva kauert dicht hinter Elias, der seine gesamte Aufmerksamkeit auf die Kerben im Schnee richtet, die das Schneemobil auf der Hügelkuppe hinterlassen hat. Ein Knie auf dem Boden, hält er mit beiden Händen die Waffe, die er auf dem anderen Knie abstützt.

Ihr widerstrebt ihre passive Rolle und sich von einem jungen Mann mit Pistole beschützen zu lassen. Aber im Moment kann sie nicht viel tun. Sie wünschte, sie hätte selbst eine Waffe, mit der sie sich verteidigen kann. Sie, die eingefleischte Pazifistin, ist über ihre eigenen Gedanken erstaunt.

Das Motorengeräusch wird stärker, verstummt abrupt, steigert sich mehrmals für einen kurzen Moment und wird dann richtig laut. Genau wie Elias starrt sie zur Kuppe des Hügels, macht sich so klein wie möglich und lauscht konzentriert. Wird das Geräusch leiser? Geht der Fahrer vom Gas? Nein, es klingt nicht so.

So kauern sie am Boden, horchen und warten. Das Geräusch verändert sich kaum noch, entfernt sich jedoch allmählich. Als nur noch ein entferntes Jaulen zu hören ist, entspannen sie sich.

»Er hat kehrtgemacht«, sagt sie.

Elias steht auf, sichert die Pistole und steckt sie zurück ins Holster. Sie sehen sich an und atmen erleichtert auf.

»Wir müssen hier weg«, sagt er.

In der Spur ihres eigenen Schneemobils kommen sie besser voran als im unberührten Schnee.

»Vielleicht sollten wir einen anderen Weg zurückfahren?«, sagt sie.

»Ja. Falls er uns auflauert.«

Bis jetzt hat sie nicht gefroren, aber seine Bemerkung lässt sie frösteln. Schweigend gehen sie zum Schneemobil, sehen sich auf dem Navi die Karte an und überlegen, in welche Richtung sie fahren sollen. Sie beschließen, ein Stück in ihrer eigenen Spur zurückzufahren und dann nach Westen abzubiegen und sich eine eigene Spur zu bahnen.

Elias lässt den Motor an, lenkt das Schneemobil aus dem Gebüsch heraus und fährt nach Norden. Ylva, die sich an ihm festhält, kann es sich nicht verkneifen, einen Blick zurückzuwerfen. Wer garantiert ihnen, dass ihnen der Mann mit dem Gewehr nicht einen Schritt voraus ist und ahnt, dass sie es nicht wagen, denselben Weg zurückzufahren. Erwartet er sie bereits auf der Strecke? Sie sieht ihn vor sich, das Gewehr in den Händen, bereit, einen tödlichen Schuss abzufeuern.

Es wird eine lange und mühsame Fahrt. Das Gelände lässt es nicht zu, an der ursprünglich geplanten Stelle abzubiegen, erst drei weitere Kilometer Richtung Norden können sie ein Stück nach Westen und schließlich wieder nach Süden fahren, wo das Auto und der Anhänger stehen.

Als sie vor der Pension in Undersåker ankommen und den Anhänger abkuppeln, ist Ylva erschöpft und steif gefroren. Es wird bereits dunkel. Sie sind den ganzen Tag unterwegs gewesen. Jedenfalls solange es hell war. Der junge Mann an der Rezeption fragt freundlich, ob alles gut geklappt hat.

»Wunderbar«, sagt Elias.

»Herrlich, draußen in der Natur zu sein«, fügt Ylva hinzu.

Sie muss etwas essen und ein paar Stunden schlafen, in welcher Reihenfolge weiß sie noch nicht genau. Sie gehen in ihr Zimmer.

»Sollen wir wegfahren?«, fragt sie. »Oder wenigstens in ein anderes Hotel gehen?«

Elias lässt sich in den einzigen Sessel im Zimmer sinken. Er ist auch müde, das sieht sie ihm an.

»Es ist nicht gesagt, dass er hinter uns her war«, sagt er. »Vielleicht wollte er ja nur bei dem Schuppen nach dem Rechten sehen.«

»Ausgerechnet in dem Moment?«

»Vielleicht war er gar nicht hinter uns persönlich her. So ein alter, einsamer Schuppen im Wald zieht eben Neugierige an. Nachdem er sich vergewissert hat, dass alles in Ordnung ist, ist er umgekehrt.«

»Weil er auf der Kuppe des Hügels keine Kugel in den Kopf bekommen wollte«, schlägt Ylva vor.

»Ich habe nur laut gedacht. Wie auch immer, wir dürfen es nicht drauf ankommen lassen.«

»Also, was machen wir?«

Er springt auf und verlässt eilig das Zimmer.

»Warte hier.«

»Aber …«

»Zwei Minuten«, ruft er, bevor die Tür hinter ihm ins Schloss fällt.

Ylva geht zum Fenster. Der Himmel hat ein kräftiges Dunkelblau angenommen, das hinter dem Hausberg von Åre rosa schimmert. Bald wird es stockdunkel sein. Sie zieht die Vorhänge zu und setzt sich auf die Bettkante. Was wäre passiert, wenn der Mann auf dem Schneemobil den Berg weiter hinaufgefahren wäre? Hätte er seine Waffe wirklich eingesetzt?

Weiter kommt sie nicht mit ihren Überlegungen, als an die Tür geklopft wird. Sie springt vom Bett auf, beruhigt sich aber sofort wieder. Trotzdem wirft sie zur Sicherheit einen Blick durch den Spion.

Elias kommt mit seiner schwarzen Reisetasche über der Schulter herein.

»Wir ziehen also um?«

»Ja, aber nur in ein anderes Zimmer.«

Elias legt die Tasche auf das Bett, holt ein Handy heraus und steckt das dazugehörige Ladegerät in die Steckdose über dem Nachttisch, einem lackierten Baumstumpf. Das Handy lehnt an einem Buch.

Dann zeigt er Ylva sein eigenes Handy. Das Display ist zweigeteilt. Auf der einen Hälfte sieht sie sich selbst und Elias, auf der anderen Elias' leeres Zimmer.

»Jetzt essen wir«, sagt er.

Während sie überraschend delikat zubereitete Tagliatelle mit Herbsttrompeten und Rentiergeschnetzeltem essen, studiert Ylva die eingespeicherte Route in der Karten-App von Elias' Handy.

»Schau mal«, sagt sie, während sie Elias das Handy zurückgibt. »Ich bin mir nicht sicher, ob der Schuppen noch auf dem Grundstück von Hands liegt. Wir waren ziemlich weit östlich.«

Das helle Rechteck wird von Elias' Augen reflektiert.

»Vielleicht waren Mitićs Angaben nicht ganz korrekt«, sagt er. »Ich finde es schon die ganze Zeit merkwürdig, dass Eric Hands Schmuggelware auf seinem eigenen Grundstück aufbewahrt. Das hat er in Bungenäs auf Gotland auch getan, als ich dort war, aber nur für eine Nacht, und es gefiel ihm gar nicht.«

»Dann hat sich der Ausflug ja doch gelohnt.«

Sie packen die wichtigsten Dinge ein, lassen aber einen ihrer Koffer und in beiden Zimmern ein paar herumliegende Kleidungsstücke zurück. Während Ylva im Flur Wache hält, verschafft sich Elias Zugang zu dem Zimmer neben seinem.

Die Zimmer sind unterschiedlich eingerichtet. Hier gibt es keine Baumstümpfe als Nachttisch, dafür einen gusseisernen Beistelltisch, der an eine Feuerschale erinnert, ein Doppelbett mit Kopf- und Fußteil aus Messing und ein paar Bücher mit Ledereinband als Dekoration.

Elias schließt sein Handy an die Steckdose an und stellt es so auf, dass sie es vom Bett aus sehen können. Die Pistole legt er direkt daneben. Es ist schwer, den Blick vom Display loszureißen, obwohl darauf außer ihrem leeren Hotelzimmer nichts zu sehen ist und beide wissen, dass dort frühestens in ein paar Stunden etwas passieren wird, wenn überhaupt.

Ylva legt sich aufs Bett, aber an Schlaf ist nicht zu denken.

»Sollten wir nicht lieber abreisen?«, fragt sie. »Können wir hier überhaupt noch viel ausrichten?«

Elias streckt sich neben ihr aus und dreht sich nach einem kurzen Blick auf das ereignislose Kontrollbild zu ihr um.

»Wir brechen morgen früh auf, sobald es hell ist. Egal was heute Nacht passiert.«

Sie schluckt ihre Einwände herunter. Um den Impuls zu unterdrücken, sich ihre Sachen zu schnappen, zum Auto zu rennen und mit Vollgas nach Hause zu fahren, geht sie auf die Homepage des Landesvermessungsamts. Es ist tatsächlich so, wie sie dachte. Der Schuppen befindet sich nicht auf Hands' Waldgrundstück, sondern einen Kilometer davon entfernt auf Ländereien, die einer gewissen Abenteuerjagd AG gehören.

»Und wem gehört die?«

»Das recherchiere ich gerade … Einem Peter Kihlman aus dem Kopparväg in Järfälla.«

»Ein Strohmann oder einer von Brinkmans Rechtsextremisten«, schlägt Elias vor.

»Sollen wir die Info ans Büro weiterleiten?«

»Ja«, sagt er, ohne zu zögern. »Alleine schaffen wir das hier nicht, wir sind auf ihre Hilfe angewiesen, sie haben bessere Ressourcen. Andererseits können wir uns nicht darauf verlassen, dass sie die Sache auch zu Ende bringen.«

Er verstummt.

»Und was sollen wir deiner Ansicht nach dagegen tun?«

Diesmal kommt seine Antwort nicht so prompt.

»Ich finde die Waffenspur interessant, die zu Eric Hands und Atlas führt. Mit den Terroristen, die die Air-France-Maschine abgeschossen haben, sollen sie von mir aus machen, was sie wollen, das geht mich nichts an. Es hängt natürlich alles zusammen, aber ich persönlich habe es nur auf Eric Hands abgesehen.«

Ist ein riesiger Gegner wie der Atlas-Konzern mit seinen Verbindungen zu Behörden und der Regierung überhaupt zu bezwingen?

»Glaubst du, wir werden jemals an ihn rankommen?«, fragt Ylva. »Ist das überhaupt möglich?«

»Der Atlas-Konzern ist vielleicht eine Nummer zu groß für uns, aber Eric Hands ist auch nur ein Mensch. Ich war schon so nah an ihm dran.« Er deutet mit Daumen und Zeigefinger einen Abstand von wenigen Zentimetern an. »So nah dran«, wiederholt er.

Seine Stimme hat einen aggressiven Ton, so als hätte sie etwas infrage gestellt, das nicht infrage gestellt werden darf.

»Ich hätte alles tun können. Natürlich kommt man an ihn heran. Er ist kein unnahbarer Gott. Ich war kurz davor, und ich werde es noch einmal schaffen. Nicht auf die gleiche Weise, aber es gibt auch andere Möglichkeiten.«

Macht er sich Vorwürfe, weil Hands immer noch auf freiem Fuß ist?

»Du hast es doch geschafft.«

»Geschafft? Was meinst du?«

»Du hattest einen Auftrag, und du hast ihn ausgeführt. Das Büro ist ins System von Atlas eingedrungen. Das war doch das Ziel.«

Er atmet schnaufend durch die Nase aus. »Und was hat es gebracht?« Er sieht jetzt eher traurig als wütend aus.

»Bereust du, dass du ihn nicht umgebracht hast?«

Er blickt zur Seite. Sie greift nach seinem Arm.

»Was?« Langsam dreht er sich wieder zu ihr um, um seine Beherrschung ringend. »Ich weiß es nicht. Ich habe mich verrannt, aber anders wäre ich nicht an ihn herangekommen. Und als ich mich erst einmal verrannt hatte, war es zu spät.«

Was er da sagt, ist alles andere als eindeutig, aber was sie in seinen Augen sieht, ist unmissverständlich. Er hat einen hohen Preis gezahlt und nicht viel dafür bekommen.

Ylva bekommt einen Stoß in die Seite, zuckt zusammen und sieht sich verwirrt in dem fremden Zimmer um. Sie streckt eine Hand aus, ertastet Elias neben sich und erblickt das helle Display auf dem Nachttisch, das ihr wieder ins Gedächtnis ruft, was sie hier machen.

Sie setzt sich auf und versucht krampfhaft, einen klaren Kopf zu bekommen, aber die Verwirrung hält an. So geht das nicht. Sie muss sich konzentrieren. Sie kneift sich, um wach zu werden.

Auf dem Display sieht sie die Tür zu Elias' Hotelzimmer einen Spalt offen stehen, vom Gang fällt ein Streifen Licht herein, davor ist ein Schatten zu erkennen.

»Ist da jemand?«, flüstert sie.

»Ja.«

»Ist er es?«

»Kann man nicht sehen.«

Die Tür fällt zu, und die Belichtung der Handykamera stellt sich automatisch neu ein. Der Schatten bewegt sich an der Badezimmertür vorbei durch den dunklen Flur und steht plötzlich im Licht, als er das Zimmer betritt, wo eine der Nachttischlampen brennt.

Es ist nicht eindeutig zu erkennen, ob der große, leicht übergewichtige Mann derjenige ist, den sie am Schuppen im Wald gesehen haben. Das dunkle Haar ist zurückgekämmt, sein Gesicht ist etwas fleischig und annähernd quadratisch, der Mund mit den schmalen dunklen Lippen ziemlich breit.

Elias nimmt das Handy und macht einen Screenshot. Als der Mann das Gesicht direkt ins Licht und zu der aufgestellten Handykamera dreht, macht er weitere Screenshots. Der rechte Arm hängt gestreckt nach unten, und als er sich umdreht, sieht Ylva die Pistole mit einem langen schwarzen Schalldämpfer in der Hand, die den Umgang mit der Waffe gewohnt zu sein scheint.

Regungslos sitzen sie da und starren auf das Display. Elias hört Ylvas flache Atemzüge und spürt die verbrauchte Luft, die sie ausatmet, auf der Haut. Der Mann in Elias' Zimmer schlägt sich verärgert die Waffe ans Bein. Sie wagen es nicht, etwas zu sagen oder auch nur zu flüstern. Er ist ihnen so nah, dass er sie durch die Wand erschießen könnte, wenn er wüsste, wohin er zielen müsste.

Er durchschreitet gemächlich das Zimmer, als hätte er alle Zeit der Welt. Er hebt die Pistole, öffnet den Kleiderschrank und dann die Badezimmertür, sieht sich auch kurz im Bad um, nimmt es aber nicht näher in Augenschein, sondern will nur sichergehen, dass sich dort niemand versteckt.

Nach einem letzten Blick auf Bett und Nachttisch verlässt er den Raum.

»Glaubst du, dass er jetzt in mein Zimmer geht?«, fragt Ylva fast unhörbar.

Ihre Lippen berühren beim Sprechen Elias' Ohr. Er wendet sich ihr zu und zieht sie an sich.

»Nur wenn er uns in Zusammenhang gebracht hat.«

Sie sitzen eng nebeneinander, warten, horchen, bewegen sich nicht. Da die Wände zwischen den Hotelzimmern eine vernünftige Schalldämpfung haben, hört man Geräusche, wenn überhaupt, vor allem aus dem Flur. Sie starren immer noch auf das Display, aber das aus Ylvas Zimmer übertragene Bild verändert sich nicht. Nach etwa einer Minute scheint die Eingangstür des Hotels ins Schloss zu fallen.

Ylva sackt in sich zusammen und stützt den Kopf mit beiden Händen ab.

»Alles okay?«, fragt er.

Sie holt tief Luft und streckt den Rücken.

»Ja, alles okay.«

Sie kneift die Augen zusammen.

»Sicher?«

»Wir müssen hier weg.«

Sie dreht sich zu ihm um. Er ist sich nicht sicher, was genau er in ihren Augen sieht, aber Panik ist es nicht und Angst auch nicht.

»Ich will das alles nicht«, sagt sie. »Die Gewalt und das Töten. Nicht noch mal.«

Sie hält den Atem an und schließt die Augen. »Wir müssen weg.«

»Ja«, sagt er. »Sobald es hell ist.«

»Das ist noch eine Ewigkeit hin.«

»Wir werden abwechselnd Wache halten«, sagt er. »Das schaffen wir.«

Sie antwortet nicht.

Er deutet das als ein Ja und streicht ihr über den Rücken. »Leg du dich als Erste hin.«

»Mach das noch mal«, bittet sie.

Er streicht ihr wieder über den Rücken. Von einem Punkt zwischen den Schulterblättern lässt er seine Hand bis ins Kreuz hinuntergleiten und dann wieder hinauf. Und wieder zurück.

Sie seufzt leise. Nach einer Weile legt sie sich hin und dreht sich auf die Seite. Elias lässt seine Hand auf ihrer Hüfte liege.

Im Morgengrauen machen sie sich auf den Weg. Mit wachsamen Blicken verlassen sie das Hotel und gehen zum Auto.

»Wir müssen einen kleinen Abstecher machen«, sagt Elias, als sie vom Parkplatz herunterfahren.

»Einen Abstecher? Wohin?«

»Zum Schuppen.«

Ylva bleibt vor dem Stoppschild an der Abzweigung zur E 14 stehen und starrt ihn an.

»Bist du wahnsinnig?«

»Wir fahren nur ein Stück in die Richtung.«

Es entspinnt sich eine kurze Diskussion. Elias versteht ihre Einwände, aber er muss wissen, ob sie auf der richtigen Spur waren oder völlig umsonst hergekommen sind.

»Ehrlich gesagt weiß ich nicht, wieso ich mich darauf einlasse.«

Sie biegt rechts ab.

Elias fragt sich allmählich, ob es eine gute Idee war,

gemeinsam hierherzukommen. Er hat die ganze Zeit gedacht, Ylva und er säßen in einem Boot nach all den beängstigenden und erschütternden Dingen, die sie zusammen durchgemacht haben. Doch die Capricorn hat ihn verändert. Er ist jetzt bereit, ein größeres Risiko einzugehen, sein Leben und das anderer aufs Spiel zu setzen und, wenn nötig, Gewalt anzuwenden.

Hätte er es ohne Ylva machen sollen? Ist es möglicherweise sogar gefährlich, sie dabeizuhaben?

Als sie nach Norden abbiegen und sich dem Grundstück von Hands nähern, sieht er plötzlich vor sich, wie der Wagen von der Fahrbahn abkommt und in den Straßengraben rutscht. Es passiert nur in seinem Kopf, aber die Vorstellung hinterlässt das beklemmende Gefühl, dass das Auto eine Falle ist und sie darin sterben könnten.

Er reißt sich zusammen, damit seine Ängste nicht die Oberhand gewinnen, und versucht gleichzeitig zu verstehen, was die Bilder in seinem Kopf zu bedeuten haben. Es hatte nichts Dramatisches, als sie vor seinem geistigen Auge ganz unschuldig in den Straßengraben rutschten. Ein harmloser Unfall, mehr nicht.

»Hier.«

Er zeigt auf einen links abzweigenden Weg. Der Waldweg ist geräumt, aber anscheinend nicht viel befahren. Die Sonne ist mittlerweile über den Horizont gestiegen. Zwischen den Bäumen ist es dunkel, aber der Himmel über ihnen ist strahlend blau.

Elias öffnet seinen Rollkoffer und holt die Drohne heraus, die er mitsamt der restlichen Ausrüstung im Zug transportiert hat.

»Scheint, als hätte Lambert dich mit einem kompletten 007-Kit ausgestattet«, sagt Ylva.

»Meinst du die hier?« Er sieht vom Koffer auf. »So eine hat doch in Stockholm jedes Mittelschichtskind in der Spielzeugkiste.«

»Wenn du das sagst.«

Er schaltet die Drohne ein und lässt sie zwischen den Tannen aufsteigen.

»Ich lasse sie zum Schuppen fliegen.« Er starrt auf den Bildschirm am Controller. »Hoffentlich hat sie genügend Reichweite.«

Man kann auf dem Bildschirm zwischen dem Kamerabild und der Karte des eingebauten Navigationsgeräts hin- und herschalten, ein Detail, das die Drohnen in den Spielzeugkisten vermutlich nicht zu bieten haben. Ohne dieses Extra wäre es schwierig, die Drohne bis zu dem Schuppen zu lenken.

Ylva schaut über das Autodach zurück zur Straße, geht dann um den Wagen herum und stellt sich neben ihn.

»Es wird eine Weile dauern«, sagt er.

»Du hättest eine schnellere verlangen sollen.«

Er steuert die Drohne mithilfe der Karte und wechselt immer wieder zum Kamerabild, um sicherzugehen, dass keine Hindernisse wie Masten oder Überlandleitungen im Weg sind. Eine ganze Zeit lang stehen sie schweigend da, während er sich konzentriert mit den beiden Hebeln abmüht. Es dauert länger, als er gedacht hat. Ylva tritt von einem Bein aufs andere. Auch er ist allmählich frustriert und vergrößert den Kartenausschnitt. Die Drohne hat erst die Hälfte der Strecke zurückgelegt.

Ylva sieht sich um. Es ist ein kalter Tag, und im Schatten der Bäume ist es noch kälter. Allmählich werden ihre Zehen steif.

»Ein paar Minuten noch«, sagt er.

Jetzt müsste er jeden Moment die Lichtung sehen. Er korrigiert den Kurs ein Stück nach rechts und kann sie erahnen, sie schimmert zwischen den Bäumen in der Morgensonne. Zuerst hält er es für eine Störung oder einen Schatten auf der Kameralinse, aber je näher er kommt, desto deutlicher ist der schmale schattige Streifen zu erkennen, und schließlich sieht er, dass es Rauch ist, der in einer dünnen Säule zwischen den Bäumen aufsteigt.

Kurz darauf erkennen sie das rostige Blechdach. Die Tür des Schuppens ist offen, schwarzer Rauch quillt heraus.

»Da brennt es«, sagt Ylva. »Sie müssen da drinnen etwas verbrannt haben.«

»Oder sie haben etwas rausgeholt und anschließend Feuer gelegt, um Fingerabdrücke und DNA-Spuren zu vernichten.«

Rings um den Schuppen sind mehrere Fahrspuren, aber kein Schneemobil zu sehen. Genau wie Ylva und Elias gestern sind sie nach Norden gefahren. Elias umkreist den Schuppen mit der Drohne und senkt sie ein wenig, damit sie auch in die andere Richtung schauen können. Aber auch dort ist niemand zu sehen.

»Verfolg die neuen Spuren«, schlägt Ylva vor.

»Das kann dauern.«

»Ein bisschen Zeit können wir noch erübrigen.«

Auf dem Bildschirm sprühen Funken, Bäume und Schnee wirbeln vorbei, und sie schauen hinauf in den Himmel.

»Was ist passiert? Bist du irgendwo angestoßen?«

»Nein«, sagt er gedehnt. »Ich glaube, die Drohne wurde abgeschossen.«

»Aber von wo?«

»Ich weiß es nicht.«

Ein Schatten fällt auf die Kameralinse. Der Bildschirm wird schwarz.

Digitaler Staub, denkt Karolina. Man hätte meinen können, dass die digitale Datenverarbeitung der stickigen und trockenen Luft auf den Gängen der Regierungskanzlei ein Ende bereitet hat, aber weit gefehlt. Kaum steigt sie im Stockwerk von Gabriel Fors aus dem Fahrstuhl, schlägt ihr der undefinierbare, aber höchst aufdringliche Geruch von staubigem Papier entgegen. Die Lüftungen der Computer scheinen ihn anzuziehen, zu erwärmen und in den Räumen zu verteilen.

Von Gabriel Fors' Zimmer kann man den Strömmen und den Reichstag sehen. Sie sind heute nur zu zweit, Örjan hat anderweitig zu tun. Fors scheint das nicht zu stören, wie sie positiv vermerkt. Viele Männer fühlen sich unwohl, wenn Örjan nicht dabei ist. Karolina geht davon aus, dass sie nicht ihre Anwesenheit, sondern Örjans Abwesenheit als störend empfinden. Sie fühlen sich degradiert, wenn sie es nur mit der Stellvertreterin des Chefs zu tun haben, noch dazu einer Frau, die sie auf der emotionalen Ebene und wider besseres Wissen als eine Assistentin von Örjan betrachten, die in die tieferen Zusammenhänge nicht eingeweiht ist.

Gabriel Fors umfasst die Armlehne und kippt seinen Stuhl nach hinten. Es ergibt sich ein widersprüchliches Bild: da will jemand einerseits einen lässigen Eindruck machen, traut sich aber nicht richtig loszulassen.

»Wenn Atlas den Bach runtergeht, hat das Folgen für das ganze Land«, sagt er.

Auch wenn alle Beweise vernichtet worden sind, deutet der ausgebrannte Schuppen in der Nähe von Eric Hands' Jagdgebiet in Jämtland, auf den sich vermutlich der serbische Agent Mitić bezogen hat, als er von einem Waldgrundstück sprach, auf dem bereits im März eine Robot 70 und andere militärische Waffen deponiert worden seien, auf höchst unwillkommene Weise auf Hands hin. Der Besitzer des Schuppens ist Kihlman beziehungsweise dessen Firma, und Kihlman stand Simon Brinkman, dem Lieblingskiller von Hands nahe.

Fors rümpft die Nase und zieht die Oberlippe hoch wie eine Maus, die in der Zimmerecke ein altes Stück Gruyère wittert.

»Wir müssen natürlich zwischen dem Atlas-Konzern und Hands unterscheiden. Aber das ist leichter gesagt als getan.«

»Rein juristisch wird es schwierig«, sagt Karolina, »zwischen dem Haupteigner und dem Unternehmen zu differenzieren.«

Gabriel Fors stimmt mit einem belustigten Schnaufen und einem gedankenverlorenen Nicken zu.

»Als Henning Eriksson von uns gegangen ist, haben wir geglaubt, es würde Gras über die Geschichte wachsen. Und jetzt das hier. Rechtsextremisten, die mit islamistischen Terroristen gemeinsame Sache machen, und dann ist schlimmstenfalls auch noch Atlas oder zumindest Hands in diese ohnehin abwegige Konstellation involviert. Und Hands ist von Atlas nicht zu trennen. Das sind höchst heikle Informationen.«

Jetzt lässt er los und streckt beide Arme zur Decke oder auch zum Himmel.

»Meine Fantasie reicht nicht aus, um mir auszumalen, was uns blüht, wenn das hier ans Licht kommt. Und wenn es mit den Spekulationen erst mal losgeht, spielt es keine Rolle mehr, wie die Dinge im eigentlichen Sinn liegen. Dann kommen wir in Teufels Küche. Nicht Atlas, sondern wir.«

Karolina kann nicht umhin, ihm recht zu geben, würde allerdings den Zusatz, wie die Dinge »im eigentlichen Sinn liegen«, in Klammern setzen. Denn in dieser Geschichte gibt es keinen eigentlichen Sinn. Vor ihnen auf dem Tisch liegen die Fakten, es gibt keine mildernden Umstände, und früher oder später werden die Spekulationen ohnehin beginnen. Die Kunst besteht darin, den Zeitpunkt so weit hinauszuzögern, bis die Enthüllungen keine politische Bedeutung mehr haben. Wenn diejenigen, die an der Macht sind, ihre Posten geräumt haben und dort neue Leute sitzen, die Kommissionen einsetzen, um die schmutzige Wäsche ihrer Vorgänger zu waschen.

Aber diese politischen Pirouetten fallen nicht in ihr Ressort. Das Büro ermittelt und leitet Informationen an ihren Auftraggeber, also die Regierung, weiter. Punkt, aus.

»So gesehen ist es schade, dass Henning nicht mehr unter uns ist«, sagt Gabriel Fors.

Seit ihrem letzten Treffen hat er seine Meinung in diesem Punkt offenbar geändert.

»Wäre er noch am Leben, könnten wir ihm jetzt empört den Rücken zukehren und ihn verstoßen, den Geiern zum Fraß vorwerfen«, fährt er fort. »Aber das wäre einerseits zu weit hergeholt, und andererseits wäre er auch einfach ein allzu bequemer Sündenbock. Opposition und Medien sind erst zufrieden, wenn sie jemanden leiden sehen. Sie wollen miterleben, wie jemand auf dem Marktplatz von vier Pferden in Stücke gerissen wird, und nicht nur eine Leiche präsentiert bekommen, der man die Schuld zuschieben kann.«

Nach dieser überraschend offenherzigen Tirade sieht Fors nachdenklich aus dem Fenster. Die Sonne fällt auf sein braun gebranntes Gesicht. Karolina hat sich schon immer gefragt, ob er eigentlich in seinem Partykeller auf Värmdö eine eigene Sonnenbank hat.

Mit ernster, fast grimmiger Miene dreht er sich wieder zu ihr um.

»Auf eine große Organisation, egal mit wie viel Geheimhaltung sie sich umgibt und wie streng die Schweigepflicht ist, die man den Mitarbeitern auferlegt, kann man sich nie verlassen. Diese Sache hier können nur Sie auf die richtige Weise erledigen.«

Es entsteht eine dramatische Pause, die Karolina das Gefühl vermitteln soll, auserwählt zu sein.

»Sie ermitteln weiter, weihen aber niemand anders ein, solange wir Sie nicht ausdrücklich dazu auffordern.«

»Das ist unsere übliche Arbeitsweise«, antwortet sie.

»Gut, gut.«

Er lächelt, wirkt fast ein wenig peinlich berührt, weil er weiß, dass der nachdrückliche Hinweis seine Nervosität verrät.

»Wir wollen auf dem Laufenden gehalten werden. Wir brauchen regelmäßig Berichte.«

»Selbstverständlich.«

»Mündliche Berichte«, spezifiziert er.

»Ja, das ist wohl am besten«, sagt Karolina.

Niemand will wegen gelöschter E-Mails an die Wand gestellt werden, obwohl er hoch und heilig geschworen hat, von nichts gewusst zu haben.

Ylva muss nicht extra dazu aufgefordert werden, Gas zu geben. Sie fährt so schnell, wie es die kurvige und vereiste Strecke erlaubt. Die Winterreifen rattern über den harten Untergrund.

Elias wirft einen Blick durch die Heckscheibe, dreht sich wieder nach vorne, behält aber den Seitenspiegel im Auge. Sie sind auf der Flucht. Wieder einmal. Es schmeckt ihm gar nicht, aber gerade haben sie keine andere Wahl. Sie wissen zu wenig. Er hat die Fotos von dem Mann im Hotelzimmer an Emmanuel Lambert geschickt. Mit ein bisschen Glück kann er ihn identifizieren. Wenn sie wissen, wer sie verfolgt, wird es leichter, sich dagegen zu wehren.

Als sie etwas mehr als eine halbe Stunde gefahren sind, erblickt Elias das, worauf er die ganze Zeit gewartet hat. Von hinten nähert sich in schnellem Tempo ein großer grauer SUV, vermutlich mit Allradantrieb. Die Wahrscheinlichkeit, dass sie es schaffen, ihm davonzufahren, ist gering, und die Gefahr, im Straßengraben zu landen, dafür umso größer. Wie in der Vorahnung, die ihm durch den Kopf gegangen ist.

»Vielleicht hat es nichts zu bedeuten«, sagt er, »aber hinter uns kommt jemand.«

Ylva sieht lange genug in den Rückspiegel, um zu erkennen, dass der andere Wagen schnell näher kommt.

Elias bemüht sich, ruhig und gefasst zu bleiben.

»Wenn er uns verfolgt, wird er wohl versuchen, uns zu stoppen.«

Ylvas Finger umklammern das Lenkrad.

»Er wird uns überholen und den Weg abschneiden, um uns zum Anhalten zu zwingen, wenn wir nicht im Straßengraben landen oder mit ihm zusammenstoßen wollen. Aber du machst etwas anderes.«

Er sitzt nach hinten gewandt auf dem Beifahrersitz, spürt Ylvas Blick auf sich und sieht sie kurz an. Sie scheint die Fassung zu wahren und konzentriert auf seine Instruktionen zu warten.

»Wenn er uns fast überholt hat, trittst du kräftig auf die Bremse. So stark wie möglich, ohne die Kontrolle über das Auto zu verlieren. Und dann gibst du sofort wieder Gas. Links von ihm ist dann eine Lücke, und durch die fährst du.«

»Und wenn er einfach die Richtung wechselt?«

»Wenn alles nach Plan läuft, bewegt er sich gar nicht mehr.« Elias zieht die Beretta aus dem Holster. »Konzentriere dich einfach aufs Fahren und mach dir über alles andere keine Gedanken. Es wird chaotisch, aber du fährst einfach.«

Ylva umklammert das Lenkrad.

»Wir schaffen das. Mach dir keine Sorgen.«

Er vermeidet es, die anderen Möglichkeiten zu erwähnen, die ihr Verfolger ergreifen könnte, um sie zu stoppen. Dinge, die nichts mit Fahrtechnik zu tun haben. Elias wiegt die Waffe in der Hand und starrt auf das Fahrzeug, das in einer aufwirbelnden Schneewolke näher kommt. Jetzt bleibt ihnen nichts anderes übrig, als zu warten. Es kommt ihnen vor wie eine Ewigkeit. Der graue SUV, ein Volvo, arbeitet sich allmählich immer näher an sie heran, bis er schließlich nur noch ein paar Wagenlängen hinter ihnen liegt. Elias öffnet das Fenster auf seiner Seite, und von dem Augenblick an scheint die Wirklichkeit plötzlich in einer anderen Geschwindigkeit abzuspielen.

»Er kommt.«

Der Verfolger fährt neben sie, und im nächsten Augenblick hat er sie überholt. Es geht so schnell, dass Elias den Mann hinterm Steuer gar nicht richtig sehen kann, aber er spürt trotzdem einen Schlag in die Magengrube, als das Gesicht an ihm vorbeiflimmert. Es ist der Mann, der in ihrem Hotelzimmer war.

Elias lehnt sich aus dem Fenster und hält den rechten Arm mit der Waffe hinaus. Der SUV schneidet ihnen den Weg ab, und Ylva tritt auf die Bremse. Das Heck ihres Wagens weicht nach rechts aus, aber sie löst gerade noch rechtzeitig die Bremse. Elias richtet die Pistole auf den linken Hinterreifen und drückt ab. Zweimal schießt er daneben, sie rollen auf den Volvo zu, und dann schießt er ein drittes Mal. Es sieht aus, als hätte er getroffen. Er gibt einen vierten und einen fünften Schuss auf denselben Reifen und dann einen sechsten auf die Fahrertür des SUV ab, um den Verfolger in Schach zu halten. Elf Kugeln hat er noch im Magazin.

Sie sind jetzt auf einer Höhe. Der Mann sitzt nicht mehr hinterm Steuer. Elias schießt auf die Vorderreifen, sieht die Beifahrertür aufgehen, hebt die Pistole und zielt auf die andere Seite des Autos. Präzision ist jetzt nicht mehr möglich, alles ist in Bewegung, und ihr eigener Wagen bricht seitwärts aus, der Abstand wird größer, er schießt jetzt nur noch, um den Mann und die tödliche Bedrohung, die jederzeit wieder aufflackern kann, auf Abstand zu halten.

Da sieht er die schallgedämpfte Pistole in dem Spalt zwischen Tür und Windschutzscheibe, er sieht den Rückstoß, als ein Schuss abgefeuert wird. Der Mann stützt die Waffe auf dem Autodach ab und nimmt sich Zeit zu zielen. Elias schießt drauflos, er hat aufgehört mitzuzählen und schießt einfach, bis das Magazin leer ist und die Pistole nur noch klickt.

Ylva löst die zitternden Hände vom Lenkrad. Der Wagen steht einige Kilometer außerhalb vor Östersund auf einem Rastplatz an der E 14, und sie hat keine Ahnung, wie sie dort hingekommen sind. Das Letzte, woran sie sich erinnert, ist das laute Knallen der Schüsse, die direkt neben ihr abgefeuert wurden. Der beißende Pulvergeruch hat sich auf ihre Schleimhäute gelegt und bereitet ihr Übelkeit, obwohl er längst ausgelüftet sein müsste. Sie spürt ein Ziehen in den Beinen und reibt sich mit beiden Händen über die Oberschenkel.

»Wie geht es dir?«

Sie spürt eine Hand auf ihrem Arm. Elias.

»Ganz okay, glaube ich.«

»Du bist gut gefahren«, sagt er.

»Wirklich? Ich kann mich kaum erinnern.«

Sie steigen aus, und als sie die kalte Luft einatmet, wird ihr Kopf klarer. Die Schneedecke ist dünner hier, hüllt aber auch die ganze Landschaft, so weit das Auge reicht, in weißen Flor.

»Was ist passiert? Sind wir in Sicherheit?«

»Er ist hinterm Auto abgetaucht«, sagt Elias. »Ich weiß nicht, ob ich ihn getroffen habe oder ob er nur in Deckung gegangen ist. Mit dem Auto kommt er jedenfalls nicht so schnell da weg.«

»Und was machen wir jetzt?«

Elias zieht die Stirn in Falten, als hätten sie das längst besprochen. Er kniet sich neben das Auto, stützt sich mit einer Hand auf dem Boden ab und schaut darunter.

»Wir müssen sichergehen, dass wir nicht mit einem Peilsender durch die Gegend fahren.«

Er zieht das Handy aus der Tasche, wischt ein paarmal über den Bildschirm und hält es unter das Auto. So macht er es von allen Seiten und schließlich auch im Kofferraum, unter der Motorhaube und im Wageninneren.

»Fantastisch, was man heutzutage mit einem Smartphone machen kann«, sagt er.

»Mit ein bisschen Unterstützung von Lambert, nehme ich an?«

Elias grinst kurz, dazu braucht er nichts zu sagen. Er steigt hinten aus und steckt das Handy wieder ein.

»Ich glaube, wir sind sauber.«

Sein dunkel entschlossener Blick überzeugt und beruhigt sie ein wenig. Sie kann es sich nicht verkneifen, an Anders zu denken, der sie auch immer so angesehen hat, wenn sie beruflich oder in sehr viel intimeren Situationen etwas miteinander zu besprechen hatten. Es ist der gleiche Blick. Bei Elias noch ein wenig dunkler, das hat er wohl von seiner Mutter, aber der Blick ist der gleiche.

»Wollen wir weiter?«

»Ja«, sagt sie heiser.

»Ich kann fahren.«

Sie nickt und geht über den knarrenden Schnee ums Auto herum. Elias lässt den Motor an und fädelt sich wieder in den Verkehr ein.

»Glaubst du, dass noch Waffen in dem Schuppen waren?«, fragt sie.

»Jetzt jedenfalls nicht mehr. Und garantiert keine DNA mehr von denjenigen, die den Schuppen genutzt haben.«

Elias zieht die Schultern hoch und starrt auf die Straße, die ihnen aus dem endlosen Weiß entgegenkommt. Ist er genauso schockiert wie sie, oder hat er damit gerechnet, dass so etwas passieren würde? Noch hat er ihr nicht gesagt, welchen Auftrag Emmanuel Lambert ihm erteilt hat.

Sie fahren ohne Unterbrechung, bis sich der Hunger meldet. Die Sonne sinkt bereits, und sie haben den ganzen Tag noch nichts gegessen. Kurz hinter Gävle fährt Elias von der Autobahn ab. Sie kaufen Mineralwasser, Orangensaft und eingeschweißte Sandwiches. Es dauert zwei Minuten, kein Anstehen an der Kasse.

Ylva geht wieder ans Steuer, sie essen während der Fahrt. Elias beißt ohne große Begeisterung in sein Sandwich, während Ylva ihrs so schnell in sich hineinstopft, dass er das Gefühl hat, sie würde die Bissen hinunterschlucken, ohne zu kauen.

Zwei Stunden später erreichen sie Farsta Strand. Ylva hält vor dem Wohnmobil des Wachmanns und klopft an seine Tür. Er schaut heraus, und die beiden wechseln ein paar Worte, die Elias nicht versteht.

»Er kommt zu uns ins Haus«, sagt Ylva, nachdem sie wieder ins Auto gestiegen ist.

Elias war seit drei Monaten nicht mehr in der großen Villa, aber es kommt ihm vor wie ein halbes Leben. Ihm graut davor, den Ort zu betreten, der mit so viel schweren und schlecht verheilten Erinnerungen verbunden ist.

Doch als er in der Garderobe seine Stiefel ausgezogen hat und vor dem hohen Kachelofen in der Bibliothek steht, übermannt ihn keins der befürchteten Gefühle, sondern überraschend gute Laune und freudige Erwartung. Da sind auch ganz andere Erinnerungen, reizvoll und spannungsgeladen, wenn auch nicht ganz unkompliziert.

»Ich bin völlig am Ende.«

Ylva geht in die Küche.

Elias folgt ihr und setzt sich an den Küchentisch. Er nimmt die Beretta aus dem Holster und legt die Waffe vor sich hin. Sie ist mit einem vollen Magazin bestückt und schussbereit. Ylva wirft einen verstohlenen Blick auf die Pistole. Es sieht so aus, als wollte sie etwas sagen, aber dann dreht sie sich um.

»Ich brauche einen Kaffee«, sagt sie. »Wobei ich eigentlich auch direkt ins Bett gehen könnte.«

Sie nimmt die Blechdose vom Küchenregal über der Arbeitsplatte und befüllt die Kanne mit Wasser.

»Solange ich Kaffee, Wein und genügend Schlaf bekomme, überstehe ich fast alles.«

»Und ein paar abgepackte Sandwiches von der Tankstelle«, sagt Elias.

»Ja, klar.«

Es klingelt an der Haustür, und Elias räumt die Beretta weg. Der Wachmann ist ein großer, kräftiger Mann mit kurzen blonden Haaren und freundlichen Augen und etwas älter als Elias. Er setzt sich, legt die kräftigen Unterarme auf die Tischplatte und hört ihnen aufmerksam zu.

Die entscheidende Frage ist, ob sie hier sicher sind. Der Mann, der in das Zimmer von Elias oder Patrick Veaux eingedrungen ist, war nicht in Ylvas Zimmer, hat es also wahrscheinlich nicht auf sie abgesehen und wusste vielleicht nicht einmal, dass sie Elias begleitet hat. Eingecheckt hat schließlich nur Patrick Veaux.

Der Wachmann sagt, er werde das mit dem Büro besprechen.

Als er gegangen ist, stellt Ylva zwei große Kaffeebecher auf den Tisch.

»Du wolltest doch auch, oder?«

»Ja, gerne.«

Sie trinken Kaffee. Die Müdigkeit nach Hunderten von Autobahnkilometern und vor allem diesem nervenzerfetzenden Erlebnis am frühen Morgen lässt mit jedem Schluck ein wenig nach. Der Kopf wird klar.

»Ich frage mich, ob er auf uns geschossen hat, weil wir auf ihn geschossen haben, oder ob er sowieso geschossen hätte.«

Ylvas Antwort lässt auf sich warten. Er bemerkt eine Veränderung in ihrem Blick, als müsste sie die scheinbar einfache Frage erst verarbeiten und würde versuchen zu verstehen, warum er sie gestellt hat.

»Er war mit einer Pistole bewaffnet in deinem Zimmer«, sagt sie nach längerem Nachdenken. »Du hast es mit eigenen Augen gesehen.«

Er hat es gesehen. Aber Interpretationsspielraum gibt es trotzdem. Wollte der Mann ihn hinrichten oder sich nur, falls nötig, verteidigen? Solche Fragen beschäftigen ihn, obwohl das niemanden weiterbringt. Wann weiß man schon genau, ob jemand aus Notwehr handelt oder einfach tötet?

Lambert vertritt die Meinung, dass für solche moralischen Fragestellungen selten Zeit bleibt. Manchmal ist es besser, erst zu schießen und dann zu fragen, wenn man überleben will. Elias versteht das, aber die Fragen stellt er sich trotzdem.

Ylvas Blick ruht noch immer auf ihm.

»Ich weiß«, sagt er.

Sie begreift, dass er nicht mehr sagen wird, steht auf und stellt ihren Kaffeebecher auf die Spüle.

»So, das war der Kaffee, jetzt ist es Zeit für den Wein.« Sie streckt sich und gähnt mit hoch erhobenen Armen. »Und was zu essen wäre auch nicht verkehrt, oder?«

Er kann den Blick nicht von ihr losreißen. Er ist wie verhext von der kleinen Mulde zwischen Hals und Schulter. Von der Vorwitzigkeit, mit der die aschblonden Locken über das Schlüsselbein fallen. Von einem Moment auf den anderen gewinnt etwas vollkommen anderes die Oberhand, das nicht weiter von der Jagd und den Schüssen entfernt sein könnte.

»Äh ... ja, klar. Kann ich irgendwas tun?«

»Du könntest schon mal den Wein öffnen. Es gibt ein einfaches Essen.«

Ylva findet zwei Portionen Coq au Vin im Eisfach und macht dazu einen grünen Salat. Elias entkorkt die Rotweinflasche, die Ylva aus dem Keller geholt hat, ein Crozes-Hermitage von der Rhône.

Der kräftige Rotwein macht seine Glieder schwer und den Kopf leicht.

»Das tut gut«, sagt er.

Der Appetit kehrt mit voller Kraft zurück. Es ist erstaunlich, fast pervers, wie eine lebensbedrohliche Situation mit ein paar Stunden Verzögerung die Gefühle und Triebe ankurbelt. Und die Geschmacksknospen.

Gegen Abend setzen sich Kihlman und Arnesson ins Wohnzimmer und machen sich ein Bier auf. Karolina würde lieber hören, worüber sie reden, statt den Rechtsextremisten beim Biertrinken zuzuschauen.

Sie trinken Singha. Sie hätte eher Åbro mit 7,3 Umdrehungen oder wenigstens eine schwedische Sorte erwartet, aber so einfach ist es vermutlich nie. Vielleicht weckt das Bier gute Erinnerungen an herrliche Wochen als Sextouristen in Thailand, oder es schmeckt ihnen einfach, wer weiß.

Aus einem Bier werden zwei und dann drei, und aus Minuten werden Stunden. Es ist aufwendig, Kollegen in Bereitschaft zu halten, die jederzeit in die Wohnung hineingehen können. Diese Art von Operation geht eigentlich über den üblichen Einsatzbereich des Büros hinaus, aber ihre Auftraggeber sind einverstanden, weil sie nicht wollen, dass die Säpo oder irgendeine andere Behörde involviert wird. Sie wollen das Ganze im engsten Kreis und möglichst niedrigschwellig halten.

Als Karolina die Hoffnung, heute noch in die Wohnung zu gelangen, bereits aufgegeben hat, stehen Kihlman und Andersson vom Sofa auf. Nachdem sie ein paar Sachen zusammengesucht und hektisch herumgelaufen sind, ziehen sie ihre Jacken an, machen das Licht aus und verlassen die Wohnung.

Sie kommen aus dem Haus und gehen in zügigem Tempo Richtung Zentrum, ohne ihr offenbar intensives Gespräch zu unterbrechen. Etwas später verschwinden sie hinter dem Coop. Kurz darauf tauchen sie wieder auf und bewegen sich nun im Laufschritt vorwärts. Karolina sieht die S-Bahn näher kommen. Sie rennen das letzte Stück zum S-Bahnhof und erreichen den Bahnsteig in dem Moment, als der Zug einfährt.

Karolina wartet mit dem Handy in der Hand, bis die S-Bahn weg ist, und gibt, sobald sie sicher ist, dass sich die beiden nicht mehr auf dem Bahnsteig befinden, den Befehl: »Wir gehen rein.«

Sie gehen zu sechst rein. Karolina verdeckt den Türspion der Nachbarwohnung, während sie das Schloss von Kihlmans Wohnung öffnen. Diesmal holen sie keinen Schlosser wie bei Amin und Arnesson und verzichten auf alle Formalitäten.

In Kihlmans Wohnung herrscht eine Art von sortiertem Chaos der Dinge: Kleidungsstücke für verschiedene Freizeitaktivitäten, Tennisschläger, Rucksäcke, Hanteln und Kettlebells, Abfahrtsski, eine große alte Stereoanlage und ein Regal voller CDs und Schallplatten.

»Aber es ist sauber«, stellt Vendela fest. »Es liegen nicht einmal Krümel auf dem Küchentisch.«

Sie blättert in einem übersichtlichen Stapel geöffneter Post neben dem Kühlschrank.

Karolina bleibt vor einem Sticker am Kühlschrank stehen. »Bete dein letztes Freitagsgebet« steht über der rot durchgestrichenen Karikatur eines Mannes mit Turban, das aussieht wie ein Verbotsschild.

Sie macht ein Foto mit dem Handy. Hier scheint die Chance, etwas Relevantes zu finden, sehr viel größer zu sein als bei Arnesson zu Hause, der gründlich aufgeräumt und seine Sachen gepackt hatte. Hier findet Leben statt.

Karolina, Vendela und ihre Kollegen, darunter zwei Techniker, arbeiten intensiv in verschiedenen Räumen. Auf dem Wohnzimmertisch steht ein Laptop, aber da sie nicht auffliegen wollen, können sie es nicht beschlagnahmen. Vendela muss versuchen, die Daten zu kopieren.

Karolina ist unbesorgt. Vendela ist jedem durchschnittlichen Amateur überlegen, so viel Mühe er sich auch gegeben haben mag. Wenn sich auf dieser Festplatte etwas Interessantes befindet, wird sie es entdecken.

Karolina untersucht den Schreibtisch im Schlafzimmer. Der Standort des Tisches könnte die Erklärung dafür sein, dass Kihlman den Tag größtenteils im Schlafzimmer verbracht hat. Es ist ein massives Möbelstück aus schwarz gebeizter Eiche mit grüner Lederintarsie und drei Schubladen nebeneinander unter der Platte. In der mittleren Lade findet sie unter einem unbenutzten Collegeblock ein fast vollgeschriebenes Notizbuch, einige Kontoauszüge und eine Versicherungspolice von der Versicherungsgesellschaft Folksam. Ein Rechtsextremer, der bei Folksam eine Versicherung abschließt? Entweder hat er unheimlich gute Konditionen bekommen oder war schlecht informiert. Aber, ruft sie sich ins Gedächtnis, so einfach ist es ja selten.

Sie blättert in dem Notizbuch. Die unleserliche Handschrift erschwert ein Querlesen, aber ihr fällt auf Anhieb mehrmals der Begriff »Freitagsgebet« ins Auge. Kihlman scheint aus irgendeinem Grund darauf fixiert gewesen zu sein. Sie fotografiert diese Seiten und auch die letzten zehn Doppelseiten ab, für das ganze Buch reicht die Zeit nicht. Dann legt sie es genau so wieder hin, wie sie es vorgefunden hat.

Karolina kniet sich hin und betrachtet die Tischunterseite, ehe sie ihn ein Stück vom Fenster abrückt und dahinter schaut. An der Rückseite des Tisches verbergen sich keine Geheimnisse, dort wurde nichts dazwischengeschoben oder festgeklebt. Aber auf dem staubigen Boden zwischen Tisch und Heizkörper liegt eine Plastikkarte.

Sie hebt die Karte auf und dreht sie um. Es ist eine aufladbare Karte von den Stockholmer Verkehrsbetrieben SL. In dem Moment erhält sie über Kopfhörer den Bescheid: »Kihlman kommt.«

Das war ein kurzer Ausflug. Sie hatte angenommen, die beiden würden in die Stadt fahren, um dort weiterzufeiern, und erst spät in der Nacht zurückkommen. Es muss etwas passiert sein.

»Alle mal herhören«, ruft sie. »Wir brechen ab. Er kommt zurück.«

Sie wirft einen Blick auf die dunkelblaue SL-Karte.

Kihlman denkt wahrscheinlich, er hätte sie verloren. Sie steckt sie ein und schiebt den Schreibtisch schnell an den ursprünglichen Standort. Vendela und die anderen brechen die Arbeit ebenfalls ab und eilen zur Tür. Unten an der Tür ist ein Kollege postiert, der Kihlman notfalls aufhalten würde, aber sie haben die Wohnung verlassen und abgeschlossen, bevor Kihlman den Hauseingang erreicht. Karolina gibt Entwarnung. Als sie die Treppe ein Stockwerk hinaufgehen, hören sie über sich die Fahrstuhlmaschinerie anspringen.

Ylva ist froh, Elias wieder bei sich zu Hause zu haben. Ihre Gefühle für ihn sind stark und komplex. Die Angst, die sie seit Sorrent nicht losgelassen und die sich auf der Rückfahrt von Undersåker ins Unermessliche gesteigert hat, wurde in dem Moment erträglicher, als sie gemeinsam mit Elias das Haus betreten hat.

Doch sie empfindet nicht nur Ruhe, da ist auch noch eine andere Art von Unruhe, die ihren Körper durchströmt, eine positive und fieberhafte Aufgeregtheit, mit der sie nicht richtig umgehen kann.

Patrick Veaux. Sie hofft, dass Elias und seine neue Identität eine einfachere und ungefährlichere Aufgabe erwartet. Oder, besser gesagt, vor allem eine etwas humanere. Doch der Anfang in Sorrent hat eher in eine andere Richtung gedeutet.

Elias hebt sein Glas, um sie auf sich aufmerksam zu machen, er hat gemerkt, dass sie mit ihren Gedanken ganz woanders ist. Sie hat noch eine Flasche geholt, diesmal einen Pinot Noir aus Österreich. Der Wein belebt sie auf angenehme Weise, betäubt die Gefühle, die sie gerne unterdrücken möchte, und verstärkt andere.

»Wie kam es eigentlich dazu, dass du das Auto in den See gefahren hast?«, fragt er, nachdem er sein Glas abgestellt hat.

An diese Sache zum Beispiel wollte sie jetzt eigentlich lieber nicht erinnert werden.

»Woran hast du dabei gedacht?«, fragt er.

»Willst du wirklich so tief eintauchen?«

Ein Lächeln zuckt zaghaft in seinem Mundwinkel.

»Ich will mich nur ein paar Meter vom Ufer entfernen.«

»Ich werde es dir erzählen«, sagt sie. »Es ist kein Problem, nicht mehr, die Wunden sind verheilt…«

Sie würde es lieber auf sich beruhen lassen, aber ein Problem ist es tatsächlich nicht mehr für sie. Zumindest kein großes. Sie greift nach der Flasche und schenkt ihr Glas voll. Vielleicht soll es ja so sein, dass sie ihm erzählt, was sie noch nie jemandem in aller Ausführlichkeit erzählt hat. Außer dem Arzt im Krankenhaus, der sie damals als Erster behandelt hat.

»Ich war in Georgien und kam früher als geplant nach Hause. Ich hatte auf einen früheren Flug umgebucht, und nachdem ich in Arlanda gelandet war, beschloss ich spontan, nicht mehr ins Büro, sondern direkt nach Hause zu fahren.« Sie dreht ihr Glas, streckt den Rücken und fährt fort: »Ich hab sie bis in die Garderobe gehört. Im ersten Moment war ich erschrocken und dachte… tja, ich weiß gar nicht genau, was ich gedacht habe, wahrscheinlich, dass da jemand leidet, weil ihm Gewalt angetan wird …«

Elias schlingt die Arme um den Oberkörper. Er scheint sich ein wenig unwohl zu fühlen. Bereut er seine Frage?

»Nach wenigen Sekunden wird mir klar, was es ist. Was sollte es auch sonst sein? Ich renne die Treppe hinauf. Als ich ins Schlafzimmer komme, haben sie mich bereits gehört. Sie drückt sich, in eine Bettdecke gewickelt, an die Wand, Johan unternimmt einen lächerlichen Versuch, sich anzuziehen.«

Sie erzählt die Geschichte ganz sachlich und sieht Elias hin und wieder an, aber nie lange.

»Um deine Frage zu beantworten: Was ich mir dabei gedacht habe, weiß ich nicht. Ich habe es einfach getan. Wenn man es analysieren wollte, könnte man vielleicht sagen, dass ich etwas zerstören wollte, das ihm sehr am Herzen lag. Ich bin mir sicher, dass ihm das Auto mehr bedeutete als die Frau, mit der er geschlafen hat. Ich koche vor Wut, bin völlig außer mir, tue es einfach. Ich hätte ihm auch den Schädel einschlagen können oder vielleicht ihr, also war es wohl besser, dass es nur das Auto getroffen hat.«

Ein gequältes Grinsen huscht über Elias' Gesicht. Ylva trinkt einen Schluck Wein, um ihre Lippen zu befeuchten, nicht, um sich zu betäuben.

»Eh ich mich versah, saß ich im Auto, ließ den Motor an und …« Jetzt sieht sie ihn an. »Ich musste durch das Wohngebiet zur Strandpromenade fahren, hier geht es ja nicht …« Sie deutet auf die steile Böschung hinter dem Haus, wo zwischen Gestrüpp und Bäumen nur eine schmale Treppe zum Wasser hinunterführt.

»Ich hatte also reichlich Zeit, es mir anders zu überlegen und zur Besinnung zu kommen, aber ich hatte nur ein Ziel vor Augen. Ich wollte den Wagen in den See fahren, sonst nichts. An der Strandpromenade habe ich direkt auf den See zugesteuert und Gas gegeben, und dann bin ich gefahren, bis es nicht mehr weiterging und ich feststeckte.«

»Wie konnte das passieren?«

»Ich weiß es nicht genau. Die Türen müssen irgendwie blockiert gewesen sein, vielleicht waren sie auch verzogen. Ich konnte mich nicht einmal vom Gurt befreien. Ich bekam Panik, aber wahrscheinlich stand ich auch schon vorher unter Schock, bevor ich ins Auto stieg. Das Wasser, das ins Auto eindrang, war eiskalt und ging mir schnell bis zur Brust.«

»Ich hatte das Gefühl, das Auto würde in die Tiefe gezogen, was vermutlich nicht stimmte. Fünf Minuten später kam ein junges Pärchen vorbei und hat mich irgendwie rausgeholt.«

»Und Johann?«

»Was er gemacht hat, weiß ich nicht, möglicherweise hat er nach der nächsten Porsche-Werkstatt gegoogelt, jedenfalls hat er mir nicht geholfen, aus dem Wasser zu kommen.«

Ylva sieht nachdenklich hinaus auf den Magelungensee.

»Ich war schwanger. Ein paar Stunden später, im Krankenhaus, hatte ich eine Fehlgeburt.«

In dem großen Haus ist es still. Kein Verkehrslärm, keine Nachbarn im Stockwerk über ihnen, die plötzlich herumtrampeln, kein Wasser, das durch die Rohre rauscht.

»Der Arzt meinte, es müsse nicht unbedingt etwas damit zu tun haben, dass ich das Auto in den eiskalten See gefahren hatte. Es sei sogar unwahrscheinlich. Vermutlich hing es eher mit der ganzen Situation und dem Schock zusammen. Aber es hätte so oder so passieren können. Es war noch früh, und ich hatte vorher schon eine Fehlgeburt gehabt.«

Elias sitzt wie gelähmt auf dem Sofa. Schließlich streckt er die Hand aus und streicht ihr vorsichtig über den Rücken. Was denkt er? Sieht er sie jetzt mit anderen Augen? Ist sie in seinen Augen jetzt eine Irre?

Sie versucht, nicht darüber nachzudenken, und konzentriert sich auf seine Hand an ihrem Rücken, von der eine starke Wärme ausgeht, die in ihren ganzen Körper ausstrahlt.

Sie haben die zweite Flasche noch nicht ganz ausgetrunken, sind aber trotzdem betrunken, als sie eine Weile später die Treppe hinaufgehen, um sich schlafen zu legen. Der lange Tag und die extremen Gefühle haben sie höchst empfänglich für die Wirkung des Weins gemacht.

Ylva holt Bettwäsche aus dem Schrank und geht ins Gästezimmer, wo Elias im Januar auf der Flucht vor seinen Verfolgern und, weil sie nicht wussten, wer diese Verfolger waren, gefühlt auf der Flucht vor der ganzen Welt eine dramatische Woche lang untergetaucht war.

»Das kann ich doch machen«, sagt Elias.

»Ach was, ich mache das schon. Kein Problem.«

Sie legt die Bettdecke und das Kissen auf einen Stuhl und schüttelt das Bettlaken.

»Nein, Quatsch. Natürlich mache ich mein Bett selber.« Er umfasst ihre Handgelenke, um sie zu stoppen, und sie ist kurz davor nachzugeben. Wenn er sein Bett unbedingt selbst beziehen möchte, will sie ihn nicht davon abhalten, aber seine Finger bleiben liegen, üben jetzt keinen Druck mehr aus, sondern gleiten ganz sanft an ihrem Arm hinunter und verflechten sich mit ihren Fingern.

Sie sehen sich an, ohne sich zu bewegen, spüren die Kraft, die von ihren Händen ausgeht und sich mit Lichtgeschwindigkeit in ihren Körpern ausdehnt. Das Gefühl ist so intensiv, dass sie keucht. Sie fühlt sich wie eine Vierzehnjährige, der die Berührung zweier Hände den Verstand raubt, als er sie an sich zieht und nach einem winzigen Zögern küsst.

Die Wärme strömt jetzt aus seinem Mund, flammt auf, ergreift Besitz von ihr und vermischt sich mit den Empfindungen, die von der Berührung seiner Hand ausgehen. Sie lässt sich fallen und hat keinen Willen mehr, der Widerstand leisten könnte. Sie ist eine Irre, die Autos in Seen fährt und mit dem Sohn ihres toten Geliebten schläft. So eine Frau ist sie, und genau so will sie sein. Der Einzige, der sie jetzt noch stoppen könnte, ist Elias.

Sie versteht selbst nicht, wie sie es immer noch schafft, sich auf den Beinen zu halten, hat das Gefühl zu zerfließen. Das Herz schlägt in ihrer Brust, aber es vermag die ekstatischen Prozesse in ihrem Körper nicht mehr mit genügend Sauerstoff zu versorgen. Sie weiß nicht, ob sie kurz davor ist, zu explodieren oder in sich zusammenzusacken.

Elias schiebt ihr Haar zur Seite und küsst sie am Hals. Ylva will sich in dem wohligen Schauer zusammenrollen. Er zieht ihr den himbeerroten Wollpullover über den Kopf, öffnet ihren BH und streift die Träger von den Schultern. Plötzlich sieht sie ihren eigenen Körper wie in einem gnadenlosen Blitzlichtgewitter. Sie ist dreiundvierzig Jahre alt, keine alte Frau, aber die Brustwarzen ihrer prallen Brüste ragen nicht mehr keck nach oben, und die Haut über ihrem Bauch ist nicht mehr so straff wie vor zehn Jahren. Sie hat eigentlich keine Komplexe, aber wer weiß, wie sie aus der Perspektive eines Fünfundzwanzigjährigen aussieht. Weiß er wirklich, worauf er sich einlässt?

Elias Lippen tasten sich über ihre Brust, finden den Nippel, saugen ihn in einen weichen nassen Mund ein, und sie vergisst den kurzen Anflug von schlechtem Selbstvertrauen so schnell, wie er gekommen ist.

Seine Hände gleiten an ihrem Bauch hinunter, und er fummelt an ihrem Hosenknopf herum, während sie sein Hemd aufknöpft und es ihm auszieht. Die restlichen Kleidungsstücke fallen von ihnen ab, ohne dass sie es richtig mitbekommen. Zwei Finger hier, ein Reißverschluss, ein festes Rucken an den Hosenbeinen und eine große warme Hand, die sich in den seidigen Slip schiebt.

Er legt sie auf das ungemachte Bett, küsst sie auf die Innenseite ihres Knies und wandert langsam am Bein hinauf. Sie zuckt bei jeder Berührung zusammen und lässt die Beine noch ein bisschen weiter auseinanderfallen. Als er oben ankommt, umschließt er ihr Geschlecht mit seinem Mund, sie stöhnt laut und fängt in dem Moment, als er mit seiner Zunge die richtige Stelle findet, an zu wimmern.

Sie schließt die Augen, denkt, dass dies einer der unglaublich erotischen Träume ist, aus denen man mit einer bitteren Enttäuschung erwacht, die noch lange nachklingt. Aber das hier ist die Wirklichkeit. Als sie die Augen aufmacht, ist er immer noch bei ihr, und die starke Erregung zieht sich nicht enttäuscht zurück, sondern steigert sich sogar noch und bringt jede Zelle ihres Körpers zum Kochen.

Dann kommt sie. Zwei Minuten, fünf Minuten oder zehn Minuten lang? Sie hat keine Ahnung. Glücklich und befreit lacht sie laut auf.

Es ist weit nach Mitternacht, als Vendelas Handy auf dem Schreibtisch vibriert.

Was machst du?

Die Nachricht ist von Jesper. Um zwei Uhr nachts denkt er plötzlich an sie und hält es für eine gute Idee, sich mal zu melden. Sie kann nicht bestreiten, dass sie sich geschmeichelt fühlt, aber kann er nicht ein bisschen konkreter werden, wenn er sie mitten in der Nacht kontaktiert?

Sie legt das Handy wieder weg und dreht sich zu Karolina um.

»Ich habe mir die Daten der SL-Karte angesehen«, sagt sie. »Alle Fahrten der vergangenen zwei Monate. In den letzten zwölf Tagen hatte er sie nicht benutzt, so lange lag sie wahrscheinlich schon hinter dem Schreibtisch. Die Karte ist eine richtige Goldgrube. Kihlman, falls er sie selbst benutzt hat, ist wiederholt zum Medborgarplatsen gefahren.«

Karolina blickt auf. Am Medborgarplatsen befindet sich Stockholms Moschee. Zum Freitagsgebet versammeln sich dort oft Hunderte von Menschen. Seit dem Anschlag auf die Air-France-Maschine steht vierundzwanzig Stunden am Tag Security davor, aber wenn jemand die Moschee beispielsweise mit einer ferngesteuerten Lenkwaffe angreift oder ein paar Scheiben kaputt schlägt und Granaten hineinwirft, kann ein einzelner Wachposten auch nicht viel dagegen ausrichten.

»Wir sehen auf der Karte natürlich nur seine Fahrten vom Medborgarplatsen aus«, fährt Vendela fort. »Manchmal ist er auch an der Södra Station losgefahren. Insgesamt hat er vom Medborgarplatsen oder der Södra-Station aus in den vergangenen zwei Monaten zwölf Fahrten unternommen. Alle tagsüber, er wird also nicht in die Kneipe gegangen sein. Wenn man sich die Zeiten anschaut, zu denen er in Kallhäll die Schranke passiert hat, dann hat er sich, falls er nicht andere Dinge in der Stadt zu erledigen hatte, jeweils zwischen dreißig Minuten und zwei Stunden am Medborgarplatsen aufgehalten.«

»Wir sollten keine voreiligen Schlüsse ziehen«, sagt Örjan. »Aber das hört sich an, als hätte er die Umgebung der Moschee ausgekundschaftet.«

»Mit Sicherheit«, sagt Vendela. »Sieben der elf Fahrten fanden an Freitagen statt.«

Örjan hält sich die geballte Faust vor den Mund, als wäre ihm plötzlich schlecht geworden.

»Ja, das lässt nicht darauf schließen, dass er dort seine Freundin oder einen Bekannten besucht hat. Prüf die Sache auf Herz und Nieren, wir müssen alle anderen Möglichkeiten ausschließen.«

»Eine Racheaktion für den Anschlag auf die AF1562«, sagt Karolina. »Sie werden die öffentliche Meinung, aber vor allem ihre eigenen Leute auf ihrer Seite haben, und darüber hinaus werden viele denken, die Muslime hätten es nicht anders verdient. Der Zeitpunkt könnte gar nicht geschickter gewählt sein.« Örjan legt die Fäuste an die Tischkante. »Werden diese Fahrten in den E-Mails erwähnt?«

»Bislang habe ich nichts gefunden, aber ich habe noch eine Menge Material auf dem Tisch. Der Begriff Freitagsgebet kommt immer wieder vor, aber ich habe eher das Gefühl, dass der für alles Mögliche steht. Ich kann jedenfalls kein konkretes Ereignis damit in Verbindung bringen.«

»Okay, dann musst du weitersuchen.«

»Auf der Karte sind nicht nur Hinweise auf den Medborgarplatsen«, sagt Vendela. »Ich bin alle Fahrten systematisch durchgegangen und habe vier Orte gefunden, die er regelmäßig besucht. Ich habe sie mit den Adressen von Personen abgeglichen, die wir aus der Brinkman-Gruppe kennen. Die Orte stimmten mit zwei dieser Adressen überein.«

»Sind das dieselben, die …«

»Nein, es sind andere. Und vielleicht gibt es an den beiden anderen Orten noch zwei uns bisher unbekannte Mitglieder des Netzwerks.«

»Das ist nicht gut. Wir wissen, dass diese Leute möglicherweise über sehr leistungsstarke militärische Waffen verfügen, aber was haben sie damit vor? Und wann?«

Örjan hält einen Moment inne und fügt nach kurzem Schweigen hinzu: »Gute Arbeit. Da sind wir ja schon ein ganzes Stück vorangekommen.« Er sieht auf die Uhr. Örjan ist vermutlich der einzige Mitarbeiter des Büros, der eine Armbanduhr besitzt. »Wir machen morgen weiter. Stellt euch auf einen langen Arbeitstag ein.«

Mit diesen Worten verlässt er hastig den Raum. Kurz darauf hören sie das Piepen der Sicherheitstür.

Vendela packt ihre Sachen zusammen. Es ist fünf nach zwei. Vielleicht noch nicht zu spät, um auf die SMS zu antworten.

Elias schlägt im Dunkeln die Augen auf. Von den Straßenlaternen an der Strandpromenade scheint spärliches Licht ins Schlafzimmer und lässt allmählich den Stuck an der Decke hervortreten. Er befindet sich immer noch in einer Blase aus leichtem Rausch und sexueller Befriedigung. Ylva schläft neben ihm, sie atmet ruhig, aber hörbar, die Bettdecke ist von ihrem nackten Rücken gerutscht. Er blickt an den einzelnen Wirbeln hinunter und spürt wieder die unfassbar weiche Haut unter seinen Fingerspitzen. Zum ersten Mal seit fast einem Jahr hat er nicht das Bedürfnis, sich besorgt umzuschauen, sondern kommt zur Ruhe.

Ein Hauch von Ernüchterung ruft in ihm die Frage wach, ob er morgen früh noch genauso zufrieden sein wird, aber bevor er dem Gedanken nachgehen kann, ist er wieder eingeschlafen.

Dann ist der Morgen, den er in seiner Vorstellung schon vorweggenommen hat, auf einmal da. Ylva sitzt im Bett und sieht ihn versonnen an. Er streckt eine Hand aus, eine spontane Geste, über die er nicht nachzudenken braucht, und genauso spontan greift sie nach seiner Hand. Noch haben sich die Zweifel, die in der Nacht kurz aufgeflackert sind, nicht eingeschlichen.

Er dreht sich zu ihr. Das Gefühl, als sich ihre Hand zwischen seine Beine schiebt, hat etwas Verbotenes und lässt ihn augenblicklich extrem hart werden, aber seine Gedanken sind kurze Zeit später so vernebelt, dass alle eventuellen Verbote sich in Luft auflösen wie Wassertropfen auf sonnendurchglühten Felsen.

Ylva setzt sich rittlings auf ihn mit sanften und langsamen Bewegungen. Es ist überwältigend, er ist mit seinen Gedanken an keinem anderen Ort, sondern ganz und gar hier, gibt sich dem Gefühl hin und ist so präsent, dass alles andere zu verschwinden scheint.

Hinterher beschließt er, es nicht infrage zu stellen. Nicht jetzt. Er wird es einfach geschehen lassen.

»Frühstück«, sagt Ylva.

Es ist keine Frage, sondern eine Ansage. Sie gehen hinunter in die Küche mit dem kalten Steinfußboden, setzen Kaffee auf und heizen den Kachelofen an. Auf dem Sofa vor dem flackernden Feuer und mit Ylva an seiner Seite – sie streicht mit den Fingern über seinen Arm, legt den Kopf an seine Schulter, kitzelt ihn mit ihren Locken im Gesicht – spürt er, dass er sie schon wieder will. Sein Puls steigt, und alles in ihm schreit Ja. Dann klingelt sein Handy.

Widerwillig schaut er auf das Display und sieht, dass der Anruf von Lambert ist. Er muss drangehen.

»Ich habe neue Informationen über den Mann, der Sie verfolgt hat«, sagt er ohne einleitende Floskeln. »Er heißt Terje Wallberg und ist Schwede, wohnt aber in Genf. Er ist eins von Hands' Mädchen für alles.«

Elias erstarrt, der Name Hands ist Gift für ihn.

»Er hat also nichts mit der Brinkman-Gruppe zu tun?«

»Nein, nichts. Es wundert mich, dass Wallberg in Nordschweden auftaucht. Meistens regelt er die Dinge vom Schreibtisch aus.«

»Heißt das, Hands hat das Gefühl, sich nicht mehr auf seine üblichen Handlanger verlassen zu können?«

Er sieht, dass Ylva ebenfalls auf den Namen reagiert hat und mitten in einer Bewegung innehält.

»Offenbar ist er der Meinung, sich an Brinkman um ein Haar die Finger verbrannt zu haben«, sagt Lambert. »Jetzt geht er auf Distanz. Weil die Lage sich zuspitzt. Und dass Wallberg sein Büro verlässt und ... Hands beschränkt sich inzwischen auf einen extrem engen Kreis und arbeitet nur noch mit Leuten zusammen, denen er hundertprozentig vertraut. Brinkmans Leute sind zufrieden, solange sie ihr Geld und die Waffen bekommen, aber im Grunde sind sie nur Kriminelle und fühlen sich niemandem gegenüber zur Loyalität verpflichtet.«

Die tief hängende Wintersonne trifft auf die Wand direkt gegenüber vom Kachelofen und lässt sie in einem genauso intensiven Licht erstrahlen wie das Feuer hinter der offenen Ofenklappe.

»Haben Sie noch mehr Informationen über Wallberg? Irgendwas, das für mich von Nutzen wäre?«

»Im Moment nicht, aber ich kann definitiv noch mehr herausfinden.«

»Und Hands?«

»Das dauert.«

Elias bedankt sich für den Anruf und legt auf.

»Terje Wallberg«, sagt er laut.

Ylva, die sich auf dem Sofa ausgestreckt hat, sieht ihn fragend an.

»So heißt der Mann, der versucht hat, uns von der Fahrbahn zu drängen. Er arbeitet für Hands.«

Ylva schlägt die Wolldecke zurück.

»Mehr weiß ich nicht.«

»Ich kann das Büro nach ihm fragen«, sagt sie. »Vielleicht können die uns weiterhelfen.«

»Tu das.«

Ylva holt ihr Handy, und Elias trägt die Kaffeetassen und das restliche Frühstücksgeschirr in die Küche. Seine Lust ist abgekühlt, aber ein wenig Glut glimmt noch in ihm.

Elias sieht zu dem Wachmann in dem Wohnmobil hinaus. Weiß Terje Wallberg, dass Elias hier ist? Sind sie hier sicher? Ist Ylva sicher? Beim Gedanken an Hands verfinstern sich seine Gedanken. Dieser Mann ist omnipräsent, aber nie nah genug, um ihn zu fassen zu kriegen.

»Karolina hat auf die Schnelle ein paar Recherchen angestellt«, ruft Ylva aus dem Obergeschoss.

Sollte er überhaupt hier sein? Hat er etwas an sich, dass ihr zum Verhängnis werden könnte?

Sie kommt wieder herunter.

»Wallberg wohnt seit 2012 nicht mehr in Schweden«, fährt sie fort, »besitzt aber ein in Schweden registriertes Auto, einen grauen Volvo XC90.«

»Genau damit war er da oben unterwegs.«

»Sie haben auch einen Eintrag bei der Rechtsanwaltskammer gefunden. Wallberg soll versucht haben, im Zuge eines großen Prozesses, bei dem er ein Versicherungsunternehmen vertreten hat, Zeugen zu beeinflussen, aber es konnte nie bewiesen werden.«

Elias hat bis jetzt im Türrahmen gestanden und von dort aus zum Wohnmobil hinausgeschaut. Als Ylva auch in die Küche kommt, geht er ein Stück zur Seite.

»Wann war das?«

»2011. In welchem Monat, hat sie nicht gesagt.«

Sobald Ylva wieder da ist, passiert etwas mit dem Raum. Die Luft bekommt etwas Berauschendes. Er will Eric Hands und Terje Wallberg vergessen, will alles vergessen und nur noch sie inhalieren.

»Also in dem Jahr, bevor er sich in die Schweiz abgesetzt hat.« Er bemüht sich um einen klaren Kopf. »Der Eintrag bei der Anwaltskammer ist offenbar nicht spurlos an ihm vorübergegangen, auch wenn er nicht verurteilt wurde.«

Er will sie an sich ziehen, das Gesicht in ihrem Haar vergraben, will sie riechen und ihren Kopf, dessen Form wie für ihn geschaffen zu sein scheint, in die Hände nehmen.

»Karolina sagt, dass Wallbergs Wagen vor drei Tagen

die Mautstation Norrtull passiert hat, seitdem ist er nirgendwo mehr von einer Kamera erfasst worden.«

An dem Tag sind Elias und Ylva nach Jämtland gefahren. Ist er ihnen gefolgt? Oder hat er sich, genau wie sie, auf den Weg gemacht, weil Obrad Mitić ausgeplaudert hat, wo die Waffen versteckt sind? Wenn dem so war, hatte Wallberg den Wettlauf gewonnen.

»Solange wir nicht wissen, wo wir ihn finden, können wir nicht viel tun.«

Die Frage ist, ob sie sich überhaupt weiter mit Mitić beschäftigen sollten. Mitić hat ihnen einen Hinweis gegeben, aber Wallberg ist ihnen zuvorgekommen und hat alle Spuren vernichtet. Es ist vorbei. Vielleicht war tatsächlich etwas in dem Schuppen, und Wallberg hat es abtransportiert, bevor er das Feuer gelegt hat. Aber das herauszufinden, ist nicht ihre Aufgabe. Elias müsste eigentlich in die Wüste zurückkehren und seine Ausbildung abschließen, aber am allerliebsten will er genau dort bleiben, wo er gerade ist, oder diesen Aufenthalt zumindest so lange wie möglich in die Länge ziehen.

Ylva streicht sanft eine Falte auf seiner Stirn glatt.

»Worüber denkst du nach?«

Er muss lächeln. »Darüber, dass ich lieber hierbleiben würde.«

»Kannst du das denn nicht? Oder hast du es sehr eilig?«

»Nein.« Lachend zieht er sie an sich. »Wir haben alle Zeit der Welt.«

Vendela liegt mit dem Kopf auf Jespers kräftigem Brustkorb und spielt an seiner Brustwarze. Es riecht intensiv nach Sex.

»Wer von uns wohl die größere Brust hat?«, fragt sie.

Er muss laut lachen, und das Beben seines Körpers überträgt sich auf ihren.

»Ganz bestimmt ich. So viele Stunden, wie ich im Fitnessstudio in meine Brust investiert habe.«

Sein Humor gefällt ihr. Manche Männer glauben, Frauen wünschten sich einen Comedian, der einen witzigen Spruch nach dem anderen raushaut, wenn sie sagen, dass sie Männer mit Humor schätzen. In Wirklichkeit meinen sie damit Männer, die nicht beleidigt sind, wenn man sich über ihre Brustmuskeln lustig macht. Und wenn sie sogar über sich selbst lachen können, finden Frauen das richtig gut.

Jesper wohnt in einer Zwei-Zimmer-Wohnung in Lilla Essingen. Ordentlich, aber typisch männlich eingerichtet. Nicht viel Zeug, nicht viel Farbe, großer Fernseher, keine

Pflanzen. Es ist ihre erste Nacht hier. Für diese Runde, um genauer zu sein.

Er ist Sozialwissenschaftler, Analyst beim FRA und Küstenjäger, sie ist ein Computernerd. Was verbindet sie überhaupt? Der FRA? Afghanistan? Sie sind beide dort gewesen, allerdings nicht zur selben Zeit. Er als Soldat, sie als Technikerin. Und Jesper sieht extrem gut aus. Er ist ein richtig schöner Mann und noch dazu ein einfühlsamer Politologe. Das macht einiges an Unterschieden wett.

Vendela sagt oft, dass sie nicht an Recycling glaubt, und dennoch ist sie zum zweiten Mal hier. Heißt das, dass mehr an der Sache dran ist, oder ist es tatsächlich nur »Schwanz in Muschi«, wie eine ihrer Freundinnen zu sagen pflegt, um Boyfriend-Material von geilem Zeitvertreib zu unterscheiden?

Jesper streicht mit den Fingerspitzen über ihre Brustwarze und imitiert ihre Bewegung. Sie erschauert und bekommt eine Gänsehaut.

»Bleibst du?«, fragt er.

»Ich weiß nicht«, sagt sie.

»Warum nicht?«

Weil seine Unbestimmtheit nichts anderes verdient hat.

Seine Hand gleitet sanft über ihren Bauch.

»Ich weiß nicht mal, ob ich bleiben darf«, sagt sie.

»Ist Karolina so streng?«

»Ja, sie ist schlimm.«

Jespers Hand arbeitet sich kreisend nach unten.

»Nein, stimmt gar nicht, aber bei uns ist im Moment viel los, und außerdem haben wir eine verschärfte Sicherheitslage. Das weißt du ja. Ich glaube, ich würde lieber zu Hause aufwachen.« Sie rollt sich langsam unter seiner Hand weg. »Ich sollte lieber gehen, bevor du mich zu weiteren Schandtaten überredest.«

Sie muss husten. Das, was er in ihr in Gang gesetzt hat, schnürt ihr bereits den Hals zusammen.

»Schandtaten? Es ist doch keine Schande.«

»Nein, allerdings nicht.«

Sie stellt einen Fuß auf den Boden. Halt mich auf, denkt sie, lass mich nicht gehen, lass mich doch nicht so schrecklich vernünftig sein.

Er setzt sich hinter sie, zieht sie an sich und beißt sanft in ihre Schulter.

»Nächstes Mal entkommst du mir nicht, dann bleibst du die ganze Nacht, okay?«

Das ist der Nachteil an einem Mann, der unter genauso krassen Bedingungen arbeitet wie sie. Wenn sie sagt, dass die Arbeit ruft, dann gibt er sich damit zufrieden und stellt keine Fragen. Enttäuscht zieht sie sich an und begibt sich hinaus in die Kälte.

Elias kämpft sich hoch bis an die Wasseroberfläche, über sich sieht er die Flammen des brennenden Schiffs. Er ist nah, ganz nah dran, gleich kann er wieder frischen Sauerstoff einatmen. Er schwimmt nach oben, bewegt Arme und Beine, stößt sich kräftig ab. Es ist, als würde er auf der Stelle treten, so fürchterlich schwer, nach oben zu kommen, und in diesem Moment kippt das Schiff direkt auf ihn zu, drückt ihn nach unten und zieht ihn mit sich, immer weiter in die Tiefe.

Er erwacht mit dem Gefühl, keine Luft zu bekommen. Seine Hände bewegen sich rudernd über das Laken. Er bekommt den Rand der Matratze zu fassen, ringt nach Luft, aber es ist, als könnte die Lunge keinen Sauerstoff aufnehmen, als würde er Wasser einatmen. Er setzt sich auf, erahnt im Dunkeln Ylvas Gegenwart, sein Herz hämmert immer noch in der Brust.

Ihm ist schlecht.

Die Nacht ist undurchdringlich. Mit schweren Beinen kämpft er sich vom Bett hoch, tastet sich an der Bettkante entlang und peilt die Tür an. Sein Mund ist klebrig, er registriert einen fremdartigen Geruch, eine Mischung aus Plastik und Benzin, der wie aus weiter Ferne herüberweht. Kommt das von ihm, ist das sein eigener Atem?

Als er die Schlafzimmertür öffnet, wird ihm schwindlig. Er bleibt stehen und hält sich mit beiden Händen am Türrahmen fest. Er ist noch gar nicht richtig wach, vielleicht träumt er.

Ein frischer Luftzug macht ihn etwas munterer, und ohne nachzudenken, steuert er die Küchentreppe an. Die schmale Spiegeltür steht einen Spalt offen. Er stößt sie mit dem Fuß auf, hält sich am Geländer fest und steigt die schmale, knarrende Treppe hinauf. Beinahe fällt er rückwärts hinunter, weil die Stufen sich nach oben zu bewegen scheinen wie die Stufen im Lustigen Haus im Vergnügungspark Gröna Lund.

Er zieht sich am Geländer vorwärts, schleift die Füße hinter sich her, erahnt wieder einen Hauch von frischer Luft, stemmt seine Füße gegen die durchgetretenen Stufen und kämpft. Der Benzingeruch ist jetzt überall, nicht mehr nur in der Nase, überall, im ganzen Körper und zersetzt seine Muskeln und Organe.

Dann reißt eine Verbindung, und er klettert weiter, ja, steigt fast nach oben, wie ein Ballon oder ein fremdartiges, übermenschliches Wesen. Ein Engel?

Er ist oben im nächsten Stockwerk angekommen, öffnet die Klotür, schaltet das Licht ein und geht ein paar Schritte über den eiskalten Fliesenboden. Jetzt sieht er, was ihn hierhergelockt hat. Das Fenster steht einen Spalt offen, es ist mit einem Haken befestigt, und durch diesen Spalt strömt kalte, frische Luft herein, Luft, die er atmen kann, Luft, die ihn endlich aus diesem Traum aufweckt. Er geht zum Fenster, um es weit zu öffnen. Als er die Hand nach dem Haken ausstreckt, geben die Beine unter ihm nach und er bricht zusammen.

Sie ist mit Anders auf einem Berg hoch über Sarajevo, und es gibt keinen Weg zurück. Die Stadt unter ihnen erstickt unter graubraunem Nebel. Oder ist sie diejenige, die nicht atmen kann?

Wie kommen sie von hier aus weiter? Einfach loslassen und sich ins Ungewisse stürzen? Werden sie fallen oder aufsteigen oder davonfliegen wie Wolken? Merkt man den Übergang oder haben sie den schon hinter sich?

Ist das überhaupt Sarajevo? Nein. Da unten ist das Rathaus mit den goldenen Kronen, und dort drüben ist der Kaknästurm. Sie ist zu Hause in Stockholm, befindet sich aber in einer Höhe, die es hier eigentlich nicht gibt. Anders sieht sie an, aber sein Gesicht ist nicht mehr da, alles, was er ihr zuwendet, ist ein mattschwarzes Nichts.

Sie wacht auf, weil sie sich übergeben hat und dabei ist, das Erbrochene einzuatmen. Sie öffnet die Augen, sieht aber nichts, wälzt sich auf die Seite, lehnt sich würgend über die Bettkante, jeder Krampf ein brennender Schmerz in der Brust. Ihre Gedanken sind ein einziges Chaos, die ruckartig durch die kompakte Dunkelheit schaukeln, blaue und rote Lampen gehen an und aus, ohne dass sie die geringste Ahnung hätte, was das zu bedeuten hat.

Langsam kämpft sie sich durch zu immer klareren Bildern, bis diese schließlich völlig verschwinden und nur noch Dunkelheit übrig ist. Sie tastet mit den Fingern den Fußboden ab, spürt Krümel und Dreck auf lackiertem Estrich. Sie liegt nicht mehr in ihrem Bett, aber auch nicht auf dem Boden im Schlafzimmer. Ist sie im Keller? Sie robbt bis an eine Wand und wandert mit ängstlichen Fingern daran hinauf. Nichts in ihrem eigenen Haus hat Ähnlichkeit mit den Dingen, die sie fühlt. Aber wo ist sie dann?

Träumt sie noch?

Sie muss sich zusammenreißen und sich konzentrieren. Sie hält die Hände vor sich und bewegt sich langsam vorwärts, stößt an eine Art Schrank aus Metall, ein Kühlschrank vielleicht. Vorsichtig tastet sie ihn ab. Oben ragt ein Rohr, nein, mehrere Rohre aus dem Schrank, der kein Schrank sein kann, sondern möglicherweise ein Heizkessel ist, aber wenn, dann ein kalter. Sie steht regungslos da, bemüht sich, ruhig und entspannt zu atmen, und konzentriert sich darauf, ihre Sinne einzeln wahrzunehmen. Wonach riecht es? Nach Feuchtigkeit? Kann man Feuchtigkeit überhaupt riechen? Egal. Ja, es riecht feucht. Und ein wenig nach Ruß und Diesel.

Sie ist in einem alten Heizungsraum, aber nicht in ihrem eigenen. Der Kessel ist kalt, das Haus ist unbewohnt. Draußen friert es. Müsste es nicht noch kälter in diesem Raum sein, wenn das Haus nicht geheizt ist? Das kann nicht sein. Man geht nicht ins Bett und wacht in einem Heizungsraum wieder auf. Sie muss richtig wach werden. Sie muss sich nur dazu entschließen. Es muss einfach gehen.

Es scheppert laut, dann richtet sich ein heller Strahl auf sie. Ein stechender Schmerz. Sie muss die Augen schließen. Eine Stimme, die nicht zu ihr spricht: »Sie lebt. Was habe ich gesagt?«

Die Tür fällt zu, und es wird wieder dunkel.

Mit schwerem Kopf und einem bitteren Geschmack im Mund wacht Elias auf dem kalten Steinfußboden auf. Vorsichtig rappelt er sich hoch, kniet sich hin, bevor er sich auf das Klo setzt und es schließlich wagt, mit einer Hand an der Wand abgestützt, aufzustehen.

Er drückt das Fenster auf und atmet gierig die feuchtkalte Luft ein.

Was ist passiert? Spinnt sein Kopf wieder? Ist der Tumor zurück? Aber selbst wenn er wieder wächst, kann er noch nicht so groß sein, dass er bewusstlos wird. Bei der letzten Kontrolle sah alles gut aus.

Er betrachtet sein Gesicht im Spiegel über dem Handwaschbecken. An der einen Augenbraue hat er eine Platzwunde, und auf der Stirn klebt ein Batzen geronnenes Blut. Er beugt sich nach vorn, um es abzuwaschen, hält aber mitten in der Bewegung inne. Der Himmel ist noch immer pechschwarz, er hat keine Ahnung, wie spät es ist, aber er hat das Gefühl, lange hier gelegen zu haben.

Er macht Licht im Flur und auf der Küchentreppe und steigt hastig wieder hinunter. Es donnert und knarzt in dem engen Schacht, die Treppe ist ein seltsames Instrument mit Stufen als Tasten.

Da ist er wieder, der Geruch nach Plastik und Benzin, aber sehr viel schwächer jetzt und fast verflogen. Er rennt ins Schlafzimmer. Das Bett ist leer, die Bettdecke liegt daneben.

Mit angehaltener Luft läuft er weiter zum Fenster, zerrt die Haken aus den Ösen und stößt die Flügel weit auf in die Winternacht. Eine Weile bleibt er im Windzug stehen, dann bemerkt er Ylvas Handy auf dem Nachttisch.

Erneut wird ihm schwindlig, aber diesmal ist es keine Benommenheit. Er hat das Gefühl, an einem Abgrund zu stehen, zu feige, den entscheidenden Schritt nach vorn zu machen und hinunterzuschauen, aus Angst vor dem Anblick, der sich ihm dort bieten wird. Er steht in Ylvas Schlafzimmer und hält Ausschau nach Spuren von Gewalt, zugleich fühlt er sich ein Jahr zurückversetzt in die Hütte in Grisslehamn mit dem blutigen Haarbüschel seiner Stiefmutter in der Hand.

Er schüttelt die Bettdecke auf, hebt die Kissen an, kniet sich hin und schaut unter das Bett. Ist hier etwas passiert, oder gehen seine Gefühle mit ihm durch?

Eilig zieht er sich an und geht die große Treppe hinunter ins Erdgeschoss.

»Ylva?«

Er geht am Wohnzimmer vorbei, durchquert den Wintergarten und geht weiter in die Küche. Leer. Er rüttelt an den Haustüren, die alle abgeschlossen sind, geht in den Keller hinunter, ruft nach ihr und rüttelt auch an der Klinke der Tür zum Tunnel.

Als er wieder oben ist, sucht er alle Räume noch einmal ab, das Gästezimmer, in dem sie in der ersten Nacht geschlafen haben, die vier Zimmer ganz oben, die Kleiderschränke, die Flure, die schmalen versteckten Durchgänge und die Nischen. Sie ist nirgendwo zu finden, sie ist weg.

Er geht in den Tunnel hinein und auf den Dachboden. Ruft auf der Treppe: »Ylva, wo bist du?« Doch da glaubt er schon nicht mehr, dass sie antworten wird. Er versucht, rein rational vorzugehen, durchsucht systematisch ihre Mäntel und Jacken, kann aber nicht erkennen, ob ein Kleidungsstück fehlt. Ihr Auto steht vor dem Haus, vielleicht ist sie im Gästehaus, ehe ihm schlagartig klar wird: Der Wachmann müsste Ylva doch aus dem Haus kommen gesehen haben. Soll er den Alarmknopf drücken? Aber vielleicht ist die Lage dafür nicht alarmierend genug. Noch nicht.

Elias zieht seine Jacke über und schaltet die Taschenlampe am Handy ein. Die Kälte schlägt ihm schon im Hausflur entgegen. Es ist nicht so kalt wie oben in Jämtland, aber feuchter und unangenehmer. Kaum ist er draußen, kriecht ihm die Kälte in den Kragen und verwandelt seine Finger in Eiszapfen.

Er geht zur Einfahrt, wo das Wohnmobil des Wachmanns steht. Ein Stromkabel läuft von dem Fahrzeug zum gelben Gästehaus. Er klopft an. Die Tür gibt ein klappriges Kunststoffscheppern von sich. Er wartet kurz ab, dann klopft er noch einmal.

»Hallo?«

Von drinnen ist kein Geräusch zu hören. Er fasst an den Türgriff, die Tür ist abgeschlossen. Er stellt sich ganz nah an eine der Scheiben, leuchtet mit dem Handy hinein, kann aber niemanden im Schein der Taschenlampe erkennen. Der Wachmann wird gerade eine seiner Runden drehen.

Er geht zurück zum Hauseingang und weiter zu der Treppe seitlich vom Haus, die hinunter zum See führt. Sie ist fast eingewachsen von dichtem Gestrüpp und verwilderten Beeten. Gartenarbeit ist nicht Ylvas Stärke.

»Hallo«, ruft er.

Sein Ruf verhallt über dem See. Er geht weiter zur Terrasse hinter dem Wintergarten, ist sich nicht sicher, ob der Wachmann immer nur das Haus umrundet oder auch hinunter zum See und hoch zur Straße geht.

»Hallo«, ruft er erneut.

Von der Terrasse aus ruft er in Richtung Straße. Der Lichtfleck der Handytaschenlampe wird von den Sprossenfenstern des Wintergartens reflektiert, und er erahnt schemenhaft sein Spiegelbild, das ihn an eine vergilbte Fotografie erinnert. Soll er zurück zum Wohnmobil gehen und dort warten, oder soll er ins Haus gehen und den Alarmknopf drücken?

Da entdeckt er den Wachmann. Er liegt bäuchlings hinter der Terrasse, vor dem Küchenfenster, das Gesicht in die Erde gedrückt. Elias lässt den Lichtkegel einmal durch diesen Teil des Gartens schweifen, dann hockt er sich neben den lang ausgestreckten Mann. Er legt ihm eine Hand auf die Schulter und schüttelt ihn ein wenig. Er bewegt sich nicht und gibt keinen Mucks von sich. Elias packt den Mann, um ihn umzudrehen und nach dem Puls zu tasten und, falls nötig, eine Herz-Lungen-Wiederbelebung zu geben. Er wuchtet ihn auf die Seite, und da kippt der Mann von allein auf den Rücken. Die gefrorenen Blätter und Halme unter ihm rascheln leise.

An der linken Halsseite hat er eine zehn Zentimeter lange Wunde. Das Blut, das auf die Jacke geflossen ist, ist mittlerweile gestockt und gefroren. Das Gesicht ist blassgrau, und der leere Blick starrt hinauf in den schwarzen Himmel.

Karolina Möller wird von einer SMS geweckt. Es sind sogar zwei gekommen, sieht sie, als sie auf das Display schaut. Sie hat einen leichten Schlaf, aber wach geworden ist sie anscheinend erst von der zweiten.

Ruf mich an!, lautet die erste. *Ruf mich sofort an! Der Prophet*, die zweite. Karolina setzt sich auf die Bettkante.

Der Prophet.

Sie knipst die Nachttischlampe an und wendet sich von dem grellen Licht ab, das auf das Bett und die trostlose Auslegeware fällt.

Der Prophet scheint sich in einer verzweifelten Lage zu befinden, sonst hätte er sich nicht bei ihr gemeldet. Das Handy vibriert, als eine weitere SMS kommt: *YG verschwunden*.

Karolina ruft ihn an.

»Ylva ist weg«, sagt er, ohne Zeit auf eine Begrüßung zu verschwenden.

»Und das bedeutet?«, erkundigt sich Karolina genauso knapp und effizient.

»Sie ist verschwunden. Ich bin im Haus. Wir sind gegen Mitternacht ins Bett gegangen, und als ich vor zehn Minuten aufgewacht bin, war sie weg. Der Wachmann ist tot.«

Sie hört seinen hektischen, aufgeregten Atem. Kann sich genau vorstellen, in was für einer Verfassung er ist.

»Umgebracht«, sagt er. »Hals aufgeschlitzt.«

»Und im Haus?«, fragt sie. »Irgendwelche Kampfspuren?«

»Nein, nichts.«

»Und du hast nichts gemerkt?«

Er antwortet erst nach einer kurzen Pause, spricht jetzt in schärferem Ton, als fühlte er sich angegriffen. »Nein, was mir ein Rätsel ist, weil wir …« Er verstummt.

»Weil ihr was?«, bohrt sie nach.

»Wir könnten betäubt worden sein oder auf irgendeine andere Weise … Ich weiß nicht … Ich bin aufgewacht und aufgestanden, aber dann bin ich ohnmächtig geworden und einfach zusammengeklappt.«

Sie hört sein panisches Atmen.

»Ich weiß nicht, wann es passiert ist, wann sie sie geholt haben. Wir müssen etwas unternehmen, bevor sie einen zu großen Vorsprung haben.«

Es ist ein merkwürdiges Gefühl, seine Stimme zu hören, und es löst widersprüchliche Gefühle in ihr aus.

»Ich komme«, sagt sie. »Gib mir zwanzig Minuten. Und schließ die Türen ab, falls du das noch nicht gemacht hast. Sei vorsichtig. Bleib im Haus. Ruf mich sofort an, wenn dir irgendetwas auffällt oder etwas passiert. Okay?«

»Okay.«

Sie legt auf.

Jetzt passt es, denkt sie, während sie sich anzieht. Lambert hätte mit Sicherheit größere Schwierigkeiten als das Büro, Ylva Grey zu finden. Sie holt ihre Pistole aus dem Versteck unter dem Bett und steckt sie ins Holster.

Sie will gerade bei Vendela anklopfen, als die Wohnungstür aufgeht. Neugierig schaut sie in den Flur.

»Bist du noch auf?«, fragt Vendela mit von der Kälte geröteten Wangen.

»Und selber?«, erwidert Karolina.

Vendela grinst zufrieden, stützt sich mit einer Hand an der Wand ab und zieht sich die Schuhe aus.

»Ich hoffe, du bist nüchtern.«

»Ich war noch nie nüchterner. Was ist los?«

»Der Prophet ist wieder in Schweden.«

Vendelas Lächeln erstirbt, ihre Augen weiten sich.

»Und Ylva Grey ist verschwunden.«

»Hat er das gesagt?«

»Ja. Sie ist tatsächlich weg. Dem Wachmann die Kehle aufgeschlitzt. Der Prophet hat keine Ahnung, was passiert ist. Ich tippe auf Gas.«

Vendela schlüpft wieder in ihre Schuhe und hält sich mit beiden Händen am Türrahmen fest.

»Wir fahren doch zusammen?«

Karolina überlegt kurz, was aus taktischer Hinsicht am sinnvollsten ist, aber vor allem denkt sie an das, was passiert ist, als sie vor fast einem Jahr mit Ylva und Elias zusammen zum Haus kam. Es war reines Glück, dass sie diesen Tag überlebt hat.

»Ja«, sagt sie, »wir fahren sofort los.«

Elias wartet ungeduldig, er hat sich auf die Treppe ins Obergeschoss verkrochen, von wo er durch ein Fenster zur Einfahrt hinausspäht und auf das leiseste Knacken lauscht, als plötzlich das Handy in seiner Hosentasche vibriert. Endlich ruft Lambert zurück. Elias erzählt ihm, was passiert ist, er erzählt von Ylva, dem Wachmann und seiner Verbindung zu Karolina.

»Es ist gut, wenn Sie mit denen zusammenarbeiten«, sagt Lambert. »Sie können mehr für Ylva tun als ich.«

»Aber irgendwas müssen Sie doch auch tun können?«

»Mal sehen.«

»Sie haben sie hier weggebracht«, sagt Elias, der sich über Lamberts indifferente Antwort ärgert. »Können Sie denn nicht irgendwelche Satellitenkameras einsetzen oder …«

Er denkt daran, wie er selbst von Eric Hands aufgespürt wurde.

»Vermutlich eher nicht«, lautet die Antwort.

Er hat Lust, ihn zu fragen, wieso Frankreichs Geheimdienst keine Satellitenbilder einsetzen kann, um einen seiner Mitarbeiter zu unterstützen, wenn sogar ein schwedischer Geschäftsmann sie zu seinem persönlichen Schutz verwendet.

»Ich werde sehen, was ich machen kann«, sagt Lambert, »aber ich verspreche mir mehr von Karolina Möller als von Satellitenbildern aus Überwachungskameras.«

Elias hört ein Auto von der Straße herunterkommen. Unter den Reifen knirscht der Schotter.

»Sie ist jetzt da«, sagt Elias. »Was darf ich sagen?«

»Alle Informationen über Sorrent und Fäviken können Sie dem Büro mitteilen. Aber kein Wort über das Ausbildungszentrum und Ihren Auftrag. Verstanden?«

»Selbstverständlich.«

»Ich hoffe, dieser Vorfall lenkt Sie nicht allzu sehr ab«, sagt Lambert trocken.

»Was bezwecken diese Leute?«, fragt Elias, ohne auf Lamberts Bemerkung einzugehen.

»Sie werden sich melden.«

»Bei mir?«

»Bei Ihnen oder beim Büro. Machen Sie sich auf das Schlimmste gefasst.«

Das Schlimmste. Für ihn oder für Ylva?

Elias sieht hinaus zu dem Fahrzeug, das hinter dem Haus gehalten hat, und glaubt, hinter den Lichtreflexen von der Außenlampe Karolina zu erkennen.

»Ich muss auflegen.«

Elias schließt die Tür auf und wartet im Hausflur auf Karolina. Die Autotüren öffnen sich, und er sieht, dass sie

Vendela mitgebracht hat. Sein Magen verkrampft sich, als er die große schlanke Gestalt mit dem roten Haar aufs Haus zukommen sieht. Es gibt so viele unausgesprochene Dinge zwischen ihnen. Er hat die Seite gewechselt und ist untergetaucht, bevor sie es gemerkt haben. Aus Karolinas Sicht ist er vermutlich ein Verräter, vielleicht auch aus Vendelas, aber aus irgendeinem Grund hat er das Gefühl, dass sie mehr Verständnis für ihn hat.

»Wo liegt der Wachmann?«, fragt Karolina nach einer kurzen Begrüßung.

»Da drüben.«

Elias geht voraus und spürt auf dem Weg zur Terrasse Karolinas verurteilenden Blick im Rücken. Als der Schein der Außenlampe über dem Eingang hinter der Hausecke zurückbleibt, schaltet er seine Handytaschenlampe ein, macht sie aber sofort wieder aus, als hinter ihm eine sehr viel stärkere Taschenlampe angeht.

Sie bleiben vor der Leiche stehen.

»Er lag auf dem Bauch, als ich ihn gefunden habe. Ich habe ihn umgedreht, um zu schauen, ob er noch lebt.«

Vendela lässt den Lichtkegel über den Wachmann schweifen. Die Schnittwunde am Hals klafft ihnen fast schwarz entgegen. Karolina geht um die Leiche herum, damit sie keinen Schatten auf die Leiche wirft, hockt sich auf die Erde und inspiziert die Wunde.

»Er hätte sich nicht einfach überrumpeln lassen dürfen«, sagt sie, ohne aufzublicken.

Elias betrachtet das kreidebleiche Gesicht. Würde sie das auch sagen, wenn sie ihn mit aufgeschlitztem Hals auffände? Dass mangelnde Kompetenz ihn das Leben gekostet hat?

Es ist noch nicht mal ein Jahr her, dass sie selbst hier überrumpelt wurde und einen Schuss abbekam, den zum Glück die schusssichere Weste abgehalten hat. Hat sie das schon vergessen?

»Rufst du Örjan an?« Sie sieht zu Vendela und fügt an Elias gewandt hinzu: »Wollen wir reingehen?«

Ohne seine Antwort abzuwarten, dreht sie sich zu Vendela um. »Du bleibst am besten hier und passt auf, dass keine Tiere kommen.«

Karolina fährt mit den Schuhsohlen ein paarmal über die Fußmatte im Hausflur und geht weiter zur Garderobe. Elias macht die Tür hinter sich zu.

»Setzen wir uns und gehen alles in Ruhe von Anfang an durch«, sagt sie.

»Ich habe es gemerkt, als ich aufgewacht bin«, beginnt er zu erzählen und ignoriert ihre Aufforderung. »Da war dieser Geruch, nicht stark, aber deutlich wahrnehmbar, nach Plastik und Benzin. Mir war schlecht.«

»Gas?«, fragt Karolina. »Ist das deine Vermutung?«

»Ja.«

Er deutet auf die Tür zur Küche, sie gehen hinein und setzen sich dort an den Tisch. Eigentlich gibt es nicht viel mehr zu sagen. Er ist aufgewacht, es roch komisch, er ist aufgestanden, umgekippt, und als er wieder zu Bewusstsein kam, war Ylva weg.

»Du hast gelüftet, nehme ich an.«

»Ja.«

»Wir müssen dich zu einem Arzt bringen und dich untersuchen lassen.«

»Geht Ylva nicht vor?«

»Hast du irgendwelche Schäden an Fenstern oder Türen bemerkt?«

Er schüttelt den Kopf. »Ich habe aber auch nicht direkt danach gesucht.«

»Ist dir sonst noch etwas aufgefallen?«

»Nein.« Er blickt rastlos zur Seite, aber dann fällt ihm doch noch etwas ein. »Eine der Straßenlaternen an der Strandpromenade ist kaputt, direkt unterhalb des Hauses. Ich habe es bei unserer Ankunft bemerkt, es dann aber wieder vergessen.«

Wie konnte ihm das entgehen? Sie war natürlich nicht kaputt. Jemand hatte die Glühlampe herausgeschraubt, damit der Teil des Hauses, der wie Ylvas Schlafzimmer zum Wasser zeigt, nicht beleuchtet ist. Und dass die Lampe schon nicht mehr funktionierte, als er wiederkam, heißt, dass sie schon vorher hier gewesen sind, um alles vorzubereiten.

»Ich rufe einen Techniker«, sagt Karolina. »Können wir in ihr Zimmer hinaufgehen?«

Oben an der Treppe bleibt Elias stehen, weil ihm auffällt, dass das Bett im Gästezimmer ordentlich gemacht ist. Selbst wenn er vorhätte, die eigenen intimen Verhältnisse zu verschweigen, stehen seine Chancen schlecht.

Karolina zeigt auf das Gästezimmer. »Und da hast du geschlafen?«

»Nein, wir haben beide in ihrem Zimmer geschlafen.«

Karolinas Augenbraue zuckt kaum sichtbar, das ist alles.

»Und als du aufgewacht bist, war sie noch da?«

»Ich glaube schon, jedenfalls hatte ich das Gefühl, aber sicher bin ich mir nicht. Es war stockdunkel, ich habe sie nicht gesehen, aber ich nehme an, dass ich unbewusst etwas gespürt habe, ihren Atem oder die Wärme, die von ihrem Körper ausging.«

Es ist eiskalt im Schlafzimmer. Karolina schließt das Fenster, das Elias weit geöffnet hat. Schnell geht sie einmal um das Bett herum, hebt die Decke an, wie er es getan hat, und schüttelt sie vorsichtig. Es kommt ihm übergriffig vor, aber er weiß, dass für solche Gefühle jetzt kein Platz ist.

Sie holt eine kleine Taschenlampe hervor und sucht die Fensterrahmen ab.

»Hier.« Sie hockt vor dem Fensterbrett und pult mit dem Finger daran herum. »Fünf Millimeter, das reicht.«

Elias beugt sich zu Karolina hinunter. In den unteren Teil des Rahmens ist ein Loch gebohrt worden, das kaum auffällt, wenn man nicht danach sucht. Sie richtet den Lichtstrahl auf das Fensterbrett und streicht mit dem Finger darüber. »Gute Arbeit, kaum Bohrspäne.«

Karolina steht auf, und Elias zieht sich mühsam am Fensterbrett hoch. Sein Kopf dreht sich. Das Zeug, was immer es war, wirkt noch immer. Sie sieht ihn mit überraschend besorgtem Blick an.

»Leute mit Gas auszuknocken, ist ein Vabanquespiel«, sagt sie. »Du kannst froh sein, dass du noch lebst.«

Er denkt an Ylva. Lebt sie noch?

»Hast du irgendeine Idee, was das zu bedeuten haben könnte?«, fragt Karolina.

Er zögert.

»Hat Ylva euch erzählt, dass wir uns in Sorrent getroffen haben?«

»Ja.«

»Ich glaube, Mitić hat das bewusst eingefädelt. Er wollte uns beide sehen, hat uns aber einzeln kontaktiert und vom anderen nichts gesagt. Vielleicht hat er befürchtet, wir wären nicht gekommen, wenn wir davon gewusst hätten.«

»Mitić hat dich kontaktiert?«

»Ja.«

Im Prinzip hat er das getan. Dass Lambert ihm als Vermittler gedient hat, braucht Elias nicht zu erwähnen.

»Aber du hast ihn allein getroffen. Wie kam das?«

»Glaubst du, ich habe ihn geschubst?«

Sie sieht ihn eisig an. »Ich muss es zumindest in Erwägung ziehen.«

Er kann sich das Lachen nicht verkneifen.

»In Erwägung ziehen? Was ist denn das für eine beschissene Formulierung? Glaubst du wirklich, ich hätte ihn getötet und würde jetzt irgendwelche Dinge für mich behalten, die er mir verraten hat, bevor ich ihn die Treppe hinuntergestoßen habe?«

»Nein, aber ich ziehe die *Möglichkeit* in Betracht, falls dir diese Formulierung besser gefällt, dass du ihn umgebracht hast, um dich für den Tod deines Vaters zu rächen, weil du Mitić für mitschuldig an dem Mord hältst. Du an meiner Stelle würdest dich das auch fragen.«

Es fällt ihm nicht leicht, sich in ihre Rolle hineinzuversetzen, aber vielleicht hat sie recht.

»Wenn du mir sagst, dass du es nicht warst, glaube ich dir«, versichert sie ihm.

Auch das ist gelogen, aber das kann er leichter nachvollziehen. Warum sollte sie ihm glauben? Und er ihr?

»Du musst mir detailliert über die Ereignisse in Jämtland Bericht erstatten. Es reicht jetzt. Kein doppeltes Spiel und keine freiberuflichen Nebentätigkeiten mehr, kapiert? Du musst mir alles erzählen.«

Was ist das Geheimnis dieses Autos?«, fragt Elias. Sie fahren im zweiten Gang in Vendelas Toyota das steile Stück zum Magelungensväg hinauf. Der Motor röchelt, die Sitze knarren und das Armaturenbrett ist hoffnungslos verdreckt und gammelig.

»Der Minimalismus«, sagt Vendela.

»Extremer Minimalismus.«

»Du glaubst es nicht, aber er geht ab wie eine Rakete.«

Er ist froh, dass er bei Vendela mitfährt und nicht bei Karolina. Zu Vendela hatte er von Anfang an den besseren Draht. Es ist immer noch dunkel, bis zur Dämmerung wird es noch eine Stunde dauern.

»Wir wohnen vorläufig in einer sicheren Wohnung. Das Auto gehört sozusagen zur Ausstattung.«

»Ihr wohnt zusammen? Karolina und du?«

Sie nickt.

»Nicht ideal, aber es ist, wie es ist.«

»Darf man fragen, warum?«

Lächelnd blickt sie hinaus in die Nacht und auf den

Verkehr, der dichter wird, je näher sie dem Nynäsväg kommen.

»Es gibt viele Dinge, die du nicht weißt.«

»Das wird langsam zur Normalität.«

Sie fahren unter der Autobahn hindurch und die geschwungene Auffahrt in Richtung Innenstadt hinauf.

»Im letzten Herbst hätte es Karolina um ein Haar erwischt. Das war in der Zeit, als du dich mit Familie Hands angefreundet hast. Jemand ist in ihre Wohnung eingedrungen und hat versucht, sie umzubringen. Noch in derselben Nacht wurden wir evakuiert.«

»Und wie ist es …«

»Keine Sorge, es ist alles gut gegangen.«

Vendela tritt aufs Gaspedal, wechselt die Spur und überholt einen Sattelschlepper mit blinkenden Leuchten an der Seite.

»Du bist eben nicht der Einzige, der riskant lebt.«

Es ist alles gut gegangen. Das Messer dringt in den Rücken ein, etwas leichter im Fleisch, bei den Sehnen muss er kräftiger drücken, Brinkmans Griff lockert sich zunehmend, und dann sackt er über die Reling und verschwindet in der Tiefe.

»Tragische Geschichte eigentlich, es war kein Profi. Der Mann wurde erpresst. Es könnte etwas mit dem Anschlag auf die Air-France-Maschine zu tun haben. Vermutlich war der Mordversuch ein Racheakt für die Vereinbarung mit Atlas und Frankreich, die ja letztendlich der Türkei geschadet hat. Es steckte dasselbe Terroristennetzwerk dahinter, aber mehr kann ich definitiv nicht sagen.«

Plaudert sie unbedacht aus dem Nähkästchen, oder hat sie die Erlaubnis bekommen, ihm diese Informationen zukommen zu lassen, damit er sich ebenfalls öffnet und ihr erzählt, was er gemacht hat, seit er aus dem Krankenhaus abgehauen ist? In den sieben Wochen, über die er nicht sprechen darf.

»Du hast Karolina eine Menge zu verdanken«, sagt Vendela, weil Elias beharrlich schweigt. »Wäre sie nicht im Haus gewesen, hätten Ylva und du letzten Winter bestimmt nicht überlebt.«

»Ich weiß.«

»Und ohne Karolina hättest du wegen der Sache mit Lambert viel größere Schwierigkeiten bekommen können. Sie hat dich in Schutz genommen.«

Er sieht sie an, und Vendela erwidert seinen Blick lange genug, um zu registrieren, dass er nachdenklich geworden ist.

»Nicht vorbehaltlos. Sie war unheimlich wütend auf dich. Du hättest uns sagen müssen, dass Lambert Kontakt zu dir aufgenommen hat. Dann hättest du die Zusammenarbeit mit ihm fortgesetzt und uns ständig auf dem Laufenden gehalten. So macht man das, denn sonst ist man…« Sie überlegt angestrengt, wie sie den Satz zu Ende bringen soll.

»Ein Verräter?«, schlägt er vor.

»Das ist ein hartes Wort, aber im Prinzip schon. Karolina ist allerdings nie so weit gegangen, dich so zu nennen, auch wenn sie es insgeheim vielleicht gedacht hat. Sie ist nicht von der Überzeugung abgerückt, dass du zwar einen hirnverbrannten Fehler begangen hast, im Grunde deines Herzens aber loyal bist. Ich hoffe, sie hatte recht.«

Sie haben bereits die Mauer des Waldfriedhofs hinter sich gelassen, fahren in hohem Tempo am Ericsson Globe vorbei und sind jetzt auf der Johanneshovsbrücke.

»Entweder hirnverbrannt oder ein Verräter. Klingt beides nicht verlockend.«

»In dieser Branche darf man nicht eitel sein.«

Auf der linken Seite ragt das Söder-Krankenhaus auf, rechts stößt das Heizkraftwerk von Hammarby Sjöstad eine längliche Dampfwolke aus.

»Wo fahren wir hin?«

Offensichtlich nicht ins Söder-Krankenhaus.

»Wir haben unsere Ärzte im Sophiahem«, sagt Vendela. »Mit denen arbeiten wir seit Ewigkeiten zusammen. Ärzte unterliegen zwar der Schweigepflicht, aber man weiß ja nie...«

Er wusste, was sie meinte. Auch Ärzte wurden manchmal neugierig, und außerdem waren sie verpflichtet, bestimmte Verletzungen zu melden.

Sie tauchen in den Söderledstunnel ein und beenden den viel zu gehaltvollen Small Talk. Elias ist wieder mit Ylva in dem Haus am Magelungensee. Seit sie der Spannung, die schon so lange zwischen ihnen vibriert, nachgegeben haben, sind sie vertraut und auf fast übermütige Weise entspannt miteinander umgegangen. Er schließt die Augen und kämpft gegen die Gefühle an, die an ihm zerren.

War es Wallberg? Hat er sie gefunden? Oder sind da draußen noch mehr Leute im Auftrag von Eric Hands oder jemand anderem unterwegs? Aber wer sollte dahinterstecken, wenn nicht Hands?

Die Akustik verändert sich, als sie den Tunnel verlassen. Er öffnet die Augen und schaut in das spätmittelalterliche Durcheinander von Gamla Stan. Rechts von ihnen rattert eine U-Bahn über die Brücke. Sie schweben am schwarzen Eisenturm der Riddarholmskyrka vorbei, bevor sie im nächsten Tunnel verschwinden, der sie in die Innenstadt bringt.

Gleich hinter der Backsteinfassade des Stadions fährt Vendela auf den Parkplatz des Sophiahem-Krankenhauses. Sie geht auf eins der mehrstöckigen Gebäude zu, die über das Gelände verstreut sind.

Sie werden ohne Wartezeit zu einem etwa sechzigjährigen Arzt mit Dreitagebart und offenem Kittel über einer dunkelblauen Cordhose und einem hellblauen Hemd vorgelassen. Es ist nicht zu übersehen, dass er geweckt werden musste, damit er Elias behandeln kann. Vermutlich ist er aus einer Wohnung zwischen dem Karlaväg und Valhallaväg hierhergeeilt oder mit dem Auto aus seinem Einfamilienhaus auf Lidingö.

Er fragt Elias nicht nach seinem Namen, verlangt keinen Ausweis und stellt sich selbst auch nicht vor. Es ist einfacher so.

Auf einer Untersuchungsliege sitzend, beschreibt Elias das Gefühl zu ersticken, den Schwindel, die Ohnmacht und die Übelkeit. Der Arzt nimmt ihm Blut ab, füllt es in zwei verschiedene Röhrchen, die er in einem Ständer platziert, misst seinen Blutdruck, fühlt seinen Puls, hört das Herz ab und leuchtet ihm mit einer kleinen Taschenlampe in die Pupillen. Am Ende überprüft er die Beweglichkeit seiner Arme und Beine.

»Danke, Sie können sich Ihr Oberteil wieder anziehen.«

Unter dem blonden Pony, der die halbe Stirn verdeckt, sieht er Elias aus blassblauen Augen an.

»Das Ganze scheint nicht weiter schlimm zu sein. Wenn Sie tatsächlich mit einem Schlafmittel betäubt worden sind, was die Laboranalyse zeigen wird, werden Sie heute vermutlich noch leichte Übelkeit und Kopfschmerzen verspüren, das ist alles.«

»Dann ist also alles in Ordnung?«, fragt Elias vor allem aus Höflichkeit, weil der Arzt nur seinetwegen zur Unzeit aus dem Schlaf gerissen wurde.

»Ruhen Sie sich heute lieber aus, unternehmen Sie nichts Anstrengendes, und gehen Sie es auch morgen langsam an, dann wird alles wieder gut. Sollten sich die Beschwerden allerdings verstärken und in ein paar Tagen nicht vollständig abgeklungen sein, müssen Sie sich noch mal melden.«

»Das übernehme ich«, betont Vendela.

»Ach ja, genau«, bestätigt der Arzt.

Elias gibt dem Arzt zum Abschied die Hand. Der Tumor und die Operation sowie die Frage, ob sie etwas mit seinem Gesundheitszustand zu tun haben, sind mit keinem Wort erwähnt worden, aber er nimmt an, dass der Arzt seine Krankenakte kennt. Er will schnellstens hier weg. Er hat im vergangenen Jahr genug Zeit in Krankenhäusern und Untersuchungszimmern verbracht.

Eingewickelt in die Wolldecke, die sie ihr gegeben haben, liegt Ylva auf dem nackten Beton. Der Raum hat keine Fenster, aber die kugelförmige Lampe unter der Decke ist eingeschaltet. Sie selbst kann das Licht nicht an- und ausmachen, da der Schalter auf der anderen Seite der Tür ist. Sie hat der Lampe, die ein schmutzig graues Dämmerlicht verbreitet, den Rücken zugewandt und liegt reglos da. Bei der kleinsten Bewegung spürt sie die Kälte und den Hunger. Sie haben ihr Wasser und einen matschigen Apfel gegeben, mehr nicht. In der Ecke steht ein roter Eimer für dringende Bedürfnisse. Bis jetzt hat sie ihn nicht gebraucht. Einmal haben sie ihr erlaubt, die Toilette gleich nebenan zu benutzen, aber sie weiß nicht, was passiert, wenn sie fragt, ob sie noch einmal hingehen darf. Vielleicht ist sie von nun an auf den Eimer angewiesen.

Als sie auf dem Klo saß, musste die Tür offen bleiben. Warum, ist ihr nicht ganz klar. Es gab kein Fenster, durch das sie hätte hinausklettern können. Dachten sie,

sie würde die Gelegenheit nutzen, um sich das Leben zu nehmen? Irgendwie hat die offene Tür sie aber auch mit Hoffnung erfüllt. Das deutet doch irgendwie auf ein gewisses Maß an Fürsorglichkeit hin. Hätten sie die Absicht gehabt, sie zu demütigen, hätten sie ihr beim Verrichten ihres Bedürfnisses zugeschaut, aber ihre Gefängniswärter haben sich diskret zurückgezogen.

Die offene Tür und die Wolldecke machen ihr Hoffnung. Da sie bis jetzt nicht getötet wurde, will man sie offenbar am Leben halten. Und verhindern, dass sie an einer Lungenentzündung stirbt. Der Mann, der ihr die Decke gebracht und auf sie gewartet hat, während sie auf dem Klo war, ist klein und stämmig und trägt eine schwarze Sturmhaube.

Auch die Sturmhaube macht ihr Mut. Was immer hier vor sich ging, es würde ein Danach geben, und dann würde sie ihre Entführer nicht beschreiben können. Daran klammert sie sich wie an einen Strohhalm.

Neben ihr auf dem Fußboden liegen Sandkörner, eine Kellerassel läuft an der Wand entlang. Sie schließt die Augen, versucht, sich wegzuträumen, und wandert in Gedanken zurück zum gestrigen Tag, zu Elias, zur Wärme seines Körpers. Sie stellt fest, dass das die falsche Strategie ist. Der Kontrast ist zu stark und seine Abwesenheit zu schwer zu ertragen. Sie muss sich innerlich abhärten, wenn sie das hier durchhalten will, kann sich keine Nostalgie erlauben, darf sich nicht sehnen, weder zurück noch in die Zukunft.

Sie entspannt ihren Körper, so gut es geht, macht ihr

Gesicht ganz weich und versinkt in ihrem Kokon. Sie hat eine Weile geschlafen und könnte wieder einschlafen. In der Magengegend macht sich ein leichter Hungerschmerz bemerkbar, aber sie hat nicht vor, ihm viel Beachtung zu schenken.

Ein Schlüssel wird ins Schloss gesteckt. Die Tür geht auf, und zwei ihrer Wärter kommen herein. Der kleine, gedrungene und einer mit etwas durchschnittlicherem Körperbau. Irgendetwas wird passieren. Die Männer bewegen sich zielstrebiger und schneller als zuvor.

Sie kommen zu ihr und helfen ihr auf oder ziehen sie hoch, je nachdem, wie man es sieht. Glauben sie, dass sie nicht alleine aufstehen kann oder dass sie es freiwillig nicht tun würde?

Der kleinere von beiden verlässt den Raum und kehrt mit einem Lehnstuhl zurück, den er an die Wand stellt. Sie schubsen sie vor sich her und drücken sie auf den Sitz. Es ärgert sie, aber es macht ihr auch Angst. Warum lassen sie sie nicht alleine gehen? Was kommt als Nächstes? Etwas, das man nur mit sich geschehen lässt, wenn man gefesselt ist?

Wieder verlässt der kleine Kräftige den Raum und bleibt diesmal etwas länger weg, bevor er mit einer Kamera auf einem Stativ zurückkommt. Er platziert sie vor dem Stuhl und stellt die Höhe richtig ein. Über der Kamera ist eine LED-Leiste mit etwa zehn Leuchtdioden montiert. Er steckt das Kabel in die Steckdose und schaltet sie ein. Ylva schließt automatisch die Augen, als das grelle Licht auf ihr Gesicht trifft.

Eric Hands, wer sonst sollte dahinterstecken?, denkt sie. Eric Hands muss für das hier verantwortlich sein. Aber was will er von ihr?

Der Kleine am Stativ beugt sich vor und winkelt das Display der Kamera an. Sie sieht seine graublauen Augen aufleuchten und wendet sich ab, weil das Licht sie blendet.

»In die Kamera gucken«, sagt der Große.

Ylva gehorcht und schaut direkt in das Objektiv, das nur einen Meter vor ihr steht und sie kalt anstarrt. Sie sieht, wie sich im Inneren der Optik etwas verschiebt, dann stürzt der größere Mann zu ihr und schlägt ihr mit dem Handrücken ins Gesicht.

»In die Kamera gucken, habe ich gesagt.«

Ihre Wange brennt, aber das Lähmende daran ist nicht der Schmerz, sondern dass sie so überrascht ist. Und es nicht versteht. Das macht ihr wirklich Angst. Sie hat doch genau das getan, was er von ihr verlangt hat. Das muss er doch gesehen haben.

Sie starrt stur geradeaus und weicht mit dem Blick nicht einen Millimeter zur Seite aus, obwohl sie denjenigen, der sie geschlagen hat, unglaublich gerne beobachten würde. Sie muss sich sehr zusammenreißen, um nicht in seine Richtung zu schauen.

Er drückt einen Schalter an der Kamera und stellt noch einmal scharf. Diesmal passiert es ganz ohne Vorwarnung. Diesmal schlägt der andere Mann sie, der gedrungene, und er schlägt sehr viel fester zu.

»In die Kamera gucken«, sagt er.

Ylva fällt fast vom Stuhl. Ein heftiger Schmerz strahlt vom Kiefer in den ganzen Kopf aus. Ihre Augen tränen, und ihr Kinn zittert, als sie fast flehentlich wimmert: »Ich habe doch geguckt…«

»In die Kamera gucken!«

Er brüllt so laut, dass sie den Kopf einzieht. Sie schaut in die Kamera, schaut und schaut, am ganzen Körper zitternd.

Als sie fertig sind, bekommt sie einen Kaffee im Plastikbecher und ein in der Mikrowelle aufgewärmtes Tellergericht der Marke Findus. Mit Herzoginkartoffeln, Erbsen und allem Drum und Dran.

Patrick Veaux lebt ein vollkommen anderes Leben als Elias' ehemalige Deckidentität Tom White. Die Ein-Zimmer-Wohnung zur Untermiete in Midsommarkransen ist so ziemlich das totale Gegenteil von der großen Drei-Zimmer-Wohnung mit breitem Balkon im Karlaväg.

Die Tür ist nicht abgeschlossen, als Elias kurz nach acht Uhr morgens dort ankommt, eine einfache Lösung, die ihnen eine komplizierte Übergabe erspart. Der Schlüssel ist, wie vereinbart, in einer Kaffeedose im Küchenschrank versteckt. Er hat Vendelas Angebot, ihn mit dem Auto hinzubringen, ausgeschlagen und ist stattdessen am Stadion in die U-Bahn gestiegen. Das Büro muss nicht wissen, wo er jetzt wohnt.

Er sieht sich in der funktionalistischen kleinen Wohnung um. Die Küche ist kaum mehr als ein schmaler Gang mit einer Spüle und rechts und links davon ein wenig Arbeitsfläche, von der winzigen Essecke durch eine Glaswand abgeschirmt. Im hellen und relativ großen

Wohnraum mit den Fenstern in zwei verschiedene Richtungen stehen ein neues, mit Schaumgummi gepolstertes IKEA-Sofa vor einem älteren Flachbildschirm und eine etwas aus der Form geratene Monstera.

Elias öffnet den Kleiderschrank, schiebt die Hemden von Patrick Veaux zur Seite und nimmt die Rückwand heraus. Dann tippt er den Code in den Safe ein. Das Gerät gibt einen Piepton von sich, und auf dem Display erscheint ein blinkendes »open«.

Er weiß bereits, was er vorfinden wird, und vergewissert sich nur, dass alles so ist wie abgesprochen. In dem Safe sind mehrere Patronen für die Beretta und die restliche Ausrüstung, die er braucht, um seinen Auftrag zu Ende zu bringen. Er überlegt, ob er seine Pistole einschließen soll, beschließt aber, sie bei sich zu behalten. Er packt nur die Ersatzmagazine weg, schließt den Safe ab und setzt die Rückwand des Schranks wieder ein.

Was ist er jetzt? Ein Agent oder Spion? Inoffizieller Mitarbeiter einer fremden Staatsmacht? Terrorist? Potenzieller Auftragsmörder?

Er geht in die Küche und setzt sich auf einen der beiden Stühle an dem kleinen beschichteten Küchentisch. Er ist Student, aufgewachsen in einer fleißigen Mittelschichtfamilie im südfranzösischen Montpellier, und nach Neujahr wird er ein Jahr lang als Austauschstudent an der Hochschule Södertörn studieren. Schwedisch hat er gelernt, weil sein Vater mal drei Jahre in Stockholm gearbeitet hat. Zehn Jahre ist das jetzt her. Er hat immer ein Talent für Sprachen gehabt. Seine Eltern existieren wirklich, man kann sie anrufen und sogar besuchen, und natürlich findet man sie in jedem französischen Melderegister. Diese Identität ist nicht ganz so ausgefeilt wie Tom White, aber er soll ja diesmal auch keine Familie infiltrieren, sondern nur zur Stelle sein, wenn man ihn braucht. Und sich anschließend in Luft auflösen.

Elias schaut zu dem Hipster-Restaurant gegenüber. Schlichte Sperrholzeinrichtung, vegetarisches Essen und Naturweinflaschen im Schaufenster.

Das Handy klingelt. Lamberts Nummer auf dem Display versetzt ihn nicht gerade in Euphorie. Bei ihrem letzten Gespräch hat er sich nicht als übermäßig hilfsbereit erwiesen.

»Ich habe neue Informationen über Wallberg.« Lambert kommt direkt zur Sache.

»Ich höre«, sagt Elias.

Er sieht sich nach einem Stift um, entdeckt in der Küche einen Bleistift und geht ihn holen.

»Wie Sie bereits herausgefunden haben, ist er nicht in Schweden gemeldet, aber eine seiner Schweizer Firmen besitzt in Stockholm eine Wohnung, und östlich von Stockholm, und zwar auf einer kleinen Insel, wenn mich nicht alles täuscht, ein Grundstück.«

Ein Wochenenddomizil auf einer Schäreninsel und eine Wohnung oder ein Büro in der Stadt, wo man auch übernachten kann. Die Nachricht weckt Hoffnung in ihm.

»Die Adressen schicke ich Ihnen«, sagt Lambert, »damit ich sie nicht umständlich buchstabieren muss. Absolut unaussprechlich.«

Lambert berichtet, was er sonst noch über Terje Wallberg in Erfahrung gebracht hat, der eine chaotische Laufbahn hinter sich zu haben scheint. Er hat als Berufssoldat begonnen, war kurze Zeit auf einem Auslandseinsatz, verließ dann die Armee und wurde von einer großen amerikanischen Firma eingestellt, deren Auftraggeber die US-Marine ist. Wallberg soll während der Invasion des Iraks in der Logistikabteilung gearbeitet haben. Was das konkret zu bedeuten hat, ist unklar. Nach ein paar Jahren kehrte er nach Schweden zurück, studierte Jura und fing an, als Anwalt größere Unternehmen zu vertreten. Dann kamen der Eintrag bei der Rechtsanwaltskammer und der Umzug in die Schweiz. Für Eric Hands und die Atlas-Gruppe ist er als juristischer Berater und Sicherheitsexperte tätig. Entführungen und Mordversuche fallen wahrscheinlich in die zweite Kategorie.

»Die Leute, die Ylva Grey entführt haben, geben keinen Ton von sich«, sagt Elias. »Wie können wir uns überhaupt sicher sein, dass sie noch lebt?«

»Sie müssen Geduld haben«, sagt Lambert. »Diese Leute werden Kontakt zu Ihnen aufnehmen. Je länger sie damit warten, desto geschwächter sind Sie. Und am Ende sind Sie regelrecht dankbar, von denen zu hören.«

Was soll er bis dahin tun? Däumchen drehen? Er muss das Büro dazu bringen, ihm zu verraten, was die Laboranalysen ergeben haben. Das, was noch in seinem Blutkreislauf herumschwimmt, ist vermutlich die beste Spur.

»Melden Sie sich, wenn Sie Unterstützung brauchen«, sagt Lambert.

»Danke.«

»Also Hintergrundinformationen, meine ich«, fügt Lambert hinzu, bevor er auflegt.

Klar. Während der operativen Phase ist er auf sich allein gestellt.

Elias sinkt auf einen Stuhl, sucht die verschlüsselte App heraus und wartet auf Lamberts Nachricht. Als sie eine Weile später eintrifft und er die Adressen liest, eine auf Djurö und eine in der Linnégata in Östermalm, wird ihm schlagartig bewusst, was daran so merkwürdig ist. Wieso bekommt er diese Informationen von Lambert und nicht vom Büro? Wieso hat Lambert Wallbergs Adressen in Schweden ermittelt und nicht die Leute aus der Floragata?

Wallbergs Firmensitz liegt nicht in Schweden, und das macht es natürlich schwieriger, aber trotzdem. Karolina Möllers Arbeitsplatz liegt einen Steinwurf von Wallbergs Haustür entfernt.

Ist er auf dem Holzweg? Das nur allzu bekannte Gefühl, sich auf niemanden wirklich verlassen zu können, stellt sich wieder ein. Er hat das Gefühl, sich durch ein Schattenreich zu bewegen. Er wird nicht offen hintergangen und komplett verarscht, aber irgendetwas enthalten sie ihm immer vor, ständig behalten sie irgendetwas für sich.

Elias fährt sich mit beiden Händen durchs Haar und nimmt Ylvas Parfum wahr. Er spürt ein schmerzhaftes Ziehen im Inneren und streckt sich, um diesem Gefühl, das ihn zu übermannen droht, entgegenzuwirken. Einen

Moment lang kämpft er dagegen an, aber dann gibt er sich der Erinnerung an den gestrigen Abend hin. Es ist herrlich und überwältigend, und es zerreißt ihn fast.

Abrupt steht er auf und trinkt ein Glas eiskaltes Leitungswasser in einem Zug, um die Gedanken hinunterzuspülen und sich von allem zu reinigen, das ihn quält. Er geht in den Wohnraum, um seine Routineaufgaben zu erledigen. Er muss seinen studentischen E-Mail-Account checken. Er klappt das Laptop auf und loggt sich bei der Elliott School of International Affairs ein. Zwei E-Mails sind gekommen. Eine von seinem ehemaligen Fachbereich in Uppsala, der ihn auf freie Doktorandenstellen hinweist, und die andere von einem unbekannten Absender mit nichtssagender E-Mail-Adresse. Außer einem Link zu einem Dateiserver ist sie leer. Die Betreffzeile macht ihn nervös: *Someone you know?* Die E-Mail ist um zwei Minuten nach neun abgeschickt worden, also vor anderthalb Stunden.

Er klickt den Link an, gibt seine Zustimmung zum Herunterladen und sieht sich im Zimmer um, während der Server arbeitet. Die tief stehende Sonne trifft waagerecht auf eins der Fenster. Die Scheiben sind grau vor Schmutz, den Regen und Schnee mit Streifen durchzogen haben.

Die schwammige Betreffzeile hat etwas Anrüchiges an sich. Ist es vielleicht doch Spam? Eine gefakte Kontaktanzeige, mit der ihm ein paar Dollar aus der Tasche gezogen werden sollen? Elias Ferreira Krantz, ein ganz normaler Austauschstudent in Washington, hätte die E-Mail wahrscheinlich gelöscht. Aber nun befürchtet er, etwas Wichtiges zu verpassen, und öffnet die Datei, sobald sie vollständig heruntergeladen ist. Das Video öffnet sich und startet von allein.

Mit Augen voller Tränen starrt Ylva ihm in panischer Angst entgegen. So niedergeschlagen, gedemütigt und durcheinander hat er sie noch nie gesehen, wenn er es sich genau überlegt, hat er sie noch nie niedergeschlagen erlebt. Das ist nicht die Ylva, die er kennt.

Was haben sie mit ihr gemacht?

Die Qualität ist schlecht und das Bild grobkörnig, aber sie ist es. Kein Zweifel. Sie sagt nichts, sitzt nur da und fixiert ihn mit diesem panischen Blick, als wäre er derjenige, der ihr Angst macht. Sie wird nicht gezwungen, eine Tageszeitung mit dem Datum in die Kamera zu halten, weil das nicht nötig ist. Sie hält sich auch kein beschriftetes Blatt vor die Brust, hat keine Nachricht für ihn, nennt kein Ultimatum. Zitternd kämpft sie gegen den Zusammenbruch an, hat aber bereits eine Grenze überschritten.

Beinahe zusammenhangslos strömen die Worte aus ihm heraus. So hat Karolina Elias noch nie gesehen, und dabei hat sie ihn schon in den verschiedensten Zuständen und Stimmungen erlebt. Sie muss ihn bremsen.

»Jetzt noch mal von vorne, eins nach dem anderen«, sagt sie, während sie sich die Kopfhörer in die Ohren steckt und das Handy zur Seite legt. »Was genau hast du bekommen? Eine Datei, einen Link oder ein gestreamtes Video?«

»Eine Datei«, sagt er.

»Kannst du sie mir schicken, damit ich sie mir selbst angucken kann?«

Sie versteht nicht ganz, warum er einen Augenblick zögert, ehe er antwortet.

»Ja, ich schicke sie dir.«

Sie hört den Ton, mit dem sein Computer das Versenden der E-Mail signalisiert.

»Die E-Mail enthält keine Botschaft, kein Wort, nicht

einmal einen Buchstaben, das ist es, was ich einfach nicht verstehe«, sagt er in der Pause, die entsteht, weil die Datei vorübergehend auf irgendeinem Server geparkt wird.

»Die Botschaft lautet *Wir haben Ylva Grey in unserer Gewalt*«, sagt sie und fügt hinzu: »Tut mir leid.«

»Schon gut.«

Es klingt nicht wie eine Antwort, sondern als würde er es sich selbst zuflüstern.

»Wir sollten keine Spekulationen anstellen, bevor ich mir das Video nicht angesehen habe«, sagt sie. Dann gibt ihr Posteingang ein Pling von sich. Karolina öffnet die E-Mail und gesteht sich ein, dass sie mit dem vorangegangenen Satz vor allem sich selbst ermahnt hat.

»Habe ich schon gesagt, dass die E-Mail an meinen Account in Washington geschickt wurde?«

»Nein.«

Der Entführer wendet sich also an Elias Krantz und nicht an Tom White oder seine gegenwärtige Deckidentität. Das ist beunruhigend, aber was hat es noch zu bedeuten?

Karolina lässt das Video laufen. Es ist nicht lang und es passt zu dem, was Elias ihr eben erzählt hat. Das Video enthält keine versteckten Botschaften, man sieht nur Ylva, eine Frau, die Angst hat und irgendwie gebrochen wirkt. Karolina wird eiskalt, als sie in ihre mit Tränen gefüllten Augen sieht.

Elias redet weiter.

»Sie müssen sie in einem Auto entführt haben, das ist die einzige Erklärung. Irgendwann zwischen zwei und vier Uhr morgens, eher gegen vier als gegen zwei. Es muss doch irgendwelche Aufnahmen aus einer Überwachungskamera in der Nähe geben. Vielleicht am U-Bahnhof oder bei der Auffahrt zum Nynäsväg oder wo auch immer sie langgefahren sind. Wir wissen natürlich nicht, wonach wir suchen, aber wie viele Leute sind schon um vier Uhr in einer Winternacht mit dem Auto unterwegs? Es muss doch möglich sein, ein Fahrzeug aus den Überwachungsbildern herauszufiltern, und wenn man das erst geschafft hat, könnten wir es verfolgen und mit etwas Glück …«

Er sagt ziemlich oft *wir*, denkt Karolina.

»Ich werde es mir ansehen, versprochen.«

»*Ansehen*?«, echot er empört.

»Dreh mir nicht die Worte im Mund um«, unterbricht sie ihn. »Ich werde tun, was ich kann. Wenn es etwas zu finden gibt, werden wir es finden.«

Er beruhigt sich ein wenig, aber seine Atemzüge sind deutlich zu hören.

»Falls es dich interessiert, wir haben die Laborergebnisse deiner Blutproben bekommen.«

Sie wartet auf eine Reaktion.

»Ja, klar«, sagt er.

Wieder reagiert er mit auffälliger Verzögerung, als müsste er erst aus einem anderen Zustand erwachen. Er wirkt jetzt ausgeglichener, geradezu höflich.

»Du bist mit einem Mittel betäubt worden, das Fentanyl enthält. Der Arzt sagt, du hast Glück gehabt, dass du überlebt hast. In dieser Dosierung ist mit dem Zeug nicht zu spaßen.«

»Und etwas Konkreteres konnte er nicht sagen?«, fragt Elias.

»Er hat die Substanzen zur näheren Untersuchung an ein weiteres Labor geschickt, bezweifelt aber, dass dabei viel herauskommt. Fentanyl ist ja sehr verbreitet. Wir werden sehen. Möglicherweise ergibt sich für uns ein Anhaltspunkt.«

»Gibt es sonst noch was Neues?«

»Die Techniker sind fertig. Es sind zwei Personen dort gewesen. In Anbetracht der Schuhgrößen können wir wohl davon ausgehen, dass es zwei Männer waren. Sie haben den Wachmann getötet, während er seine Runde drehte, dann haben sie eine Leiter ans Haus gelehnt, ein Loch in den Fensterrahmen gebohrt und mithilfe eines dünnen Schlauchs das Gas eingeführt.«

»Aber wieso haben sie mich dort gelassen? Warum haben sie nur Ylva mitgenommen und mir dann dieses Video geschickt? Sie hätten mich doch schon gehabt.«

»Vielleicht haben sie dich übersehen. Du lagst doch ein Stockwerk höher. Oder ihnen ist etwas dazwischengekommen. Ich schätze, sie werden sich noch mal melden. Und dann wird bestimmt auch klarer, was sie bezwecken.«

Er stöhnt auf.

»Mehr Anhaltspunkte gibt es also momentan nicht? Zwei Männer, Fentanyl, irgendein Keller. Ist das alles?«

»Ich werde Vendela auf das Video ansetzen«, sagt Karolina, ohne auf seine Frage einzugehen. »Möglicherweise ist in den Metadaten eine Botschaft versteckt, oder sie findet irgendetwas anderes, das uns weiterhilft. Das Kameramodell, vielleicht eine Herstellungsnummer oder auch irgendein Detail im Bild.«

»Zwischen Ylvas Entführung und dem Versenden des Videos liegen fünf bis sieben Stunden. Das heißt, sie könnten von Kopenhagen bis Umeå eigentlich überall sein, sogar in Norwegen.«

Jetzt erkennt Karolina ihn wieder, nüchtern und sachlich.

»Ja, das ist korrekt«, sagt sie. »Aber wenn ich jemanden entführen würde, würde ich nicht so einen weiten Transport riskieren. Ich würde an einem sicheren Ort das Fahrzeug wechseln und die entführte Person dann so schnell wie möglich verstecken.«

Ihr ist klar, dass Elias nicht untätig herumsitzen wird. Die Frage ist nur, ob sie ihn in ihre Arbeit mit einbeziehen soll, um ihn unter Kontrolle zu haben, oder ob sie ihn besser auf eigene Faust lospreschen lässt.

»Nach dem, was euch in Jämtland zugestoßen ist, müssen wir Wallberg wohl tatsächlich als Täter in Erwägung ziehen. Ich werde mal sehen, ob ich noch mehr herausfinde.«

Er nennt Karolina Wallbergs Adressen auf Djurö und in Östermalm. Sie fragt ihn nicht, wo er sie herhat.

»Gibt es noch etwas, das ich wissen sollte?«, fragt sie stattdessen.

»Nein, mehr Informationen habe ich nicht.«

»Okay. Danke, damit kann ich einiges anfangen.«

»Vergiss die Überwachungskameras nicht«, sagt er.

»Das habe ich schon in die Wege geleitet, keine Sorge.«

Karolina beendet das Gespräch. Sie fühlt sich in die Enge getrieben. Diese Entführung kommt extrem ungelegen. Ist es wirklich das Richtige, sich auch noch diese Bürde aufzuerlegen? Sie hat das Gefühl, Ylva im Stich zu lassen, wenn sie den Fall nicht der Polizei übergibt, die viel mehr Möglichkeiten hat, nach einer Person zu suchen, die sich überall im ganzen Land befinden könnte. Denn natürlich wäre das denkbar, auch wenn sie Elias gegenüber das Best-Case-Szenario als wahrscheinlicher dargestellt hat.

Örjan sieht müde aus, seine Augen sind rotgerändert, und seine Züge hängen schlaff herunter, als hätten die Wülste und Falten, die das Alter üblicherweise mit sich bringt, es noch schwerer, der Schwerkraft zu widerstehen.

»Wenn wir das hier bewältigen wollen, brauchen wir mehr Leute«, sagt sie.

Es brachte nichts, es zu beschönigen. Örjans Blick sackt für einen Moment auf das Laminat. Es ist nicht einfach, auf die Schnelle Verstärkung für eine geheime Organisation zu rekrutieren, aber unmöglich ist es auch nicht.

»Ich muss mit Fors sprechen«, murmelt er.

Er hört sich an wie jemand, der ein unliebsames Dokument in die Schreibtischschublade stopft und am liebsten darin vergessen würde.

»Gibt es was Neues von Arnesson und Kihlman?«

»Das Netzwerk wächst«, sagt sie. »Im Moment folgen wir ihnen auf Schritt und Tritt, identifizieren all ihre Kontakte und verfolgen diese ebenfalls.«

»Und sie tauschen keine Nachrichten aus, die unseren Verdacht erhärten?«

»Bis jetzt nicht.«

»Okay, gut«, sagt er, klingt aber ein wenig enttäuscht. »Terrorangriffe zu verhindern, hat allerhöchste Priorität, aber wir wollen diesen Kerlen auch an den Kragen. Es darf uns keiner entkommen. Verstehst du das?«

Ja, das versteht sie. Sie müssen zwar eine nahende Katastrophe abwenden, lassen aber gleichzeitig eine Gruppe von Rechtsextremen, die in der Vergangenheit terroristische Machenschaften unterstützt haben, so lange wie möglich frei herumlaufen, damit sie herausfinden, wer genau diese Leute sind und wo sie sich verstecken. Es ist, als würden sie zwischen den Wolkenkratzern des World Trade Centers auf einem Drahtseil tanzen.

Elias hat schlecht geschlafen. Das passiert ihm selten. Gegen Mitternacht ist er ohne Probleme eingeschlummert, gegen drei aufgewacht und zum Glück erneut eingeschlafen, aber als er um vier noch einmal wach wurde, war Schluss. Ungefähr vierundzwanzig Stunden zuvor war er bei Ylva auf dem Fußboden der Toilette aufgewacht.

Die stecknadelkopfgroße Leuchtdiode am Ladegerät seines Laptops ist ein kleiner grüner Punkt im Dunkeln. Er hat den Laptop so eingestellt, dass es alle fünf Minuten die E-Mails von seinem studentischen Account in Washington abruft.

Mehr Schlaf als die vier Stunden sind ihm nicht vergönnt, und viel mehr hat er in der Nacht davor trotz des Fentanylgases auch nicht bekommen. Seine Augen sind verklebt und sein Kopf auf unangenehme Weise schwerelos. Er versucht, den leichten Schwindel mit Kaffee zu vertreiben, aber davon wird er noch nervöser und unkonzentrierter.

Um vier Minuten nach neun gibt der Laptop ein durchdringendes *Pling* von sich. Er liest die oberste E-Mail im Posteingang. Unbekannter Absender mit nichtssagendem Namen, nicht der gleiche wie beim letzten Mal, aber Elias ist sich trotzdem sicher und auf einen Schlag klar im Kopf. Er klickt den Link an und starrt ungeduldig auf den Bildschirm, während die Datei heruntergeladen wird. Zuerst sieht er ein unscharfes Standbild, das dem vorherigen Video ähnelt. Ylva auf einem Stuhl vor einer Betonwand. Nach einem weiteren Klick wird das Video abgespielt.

Er will den Ton einschalten, bis er begreift, dass es keinen gibt. Verängstigt und gedemütigt sieht Ylva in die Kamera. Der Bildausschnitt ist kleiner als beim letzten Mal, vergrößert sich aber schlagartig, als ein Mann von rechts ins Bild kommt. Er trägt eine schwarze Sportjacke und hat sich eine schwarze Haube über den Kopf gezogen. Der Mann geht mit schnellen Schritten auf Ylva zu, die am Stuhl festgebunden und mit den Armen an die Lehnen gefesselt ist.

Er hat etwas in der Hand, etwas Rotes. Eine Schere oder eine Zange? Nein, es ist eine Rosenschere mit gebogenen Griffen. Elias bekommt Herzrasen und einen trockenen Mund. Seine Hand zuckt, am liebsten würde er auf Pause drücken, aber das würde nicht viel bringen. Gar nichts.

Mit einem eisigen Gefühl im Hinterkopf starrt er auf den Bildschirm, auf dem der Mann nun bei Ylva angekommen ist. Er greift nach ihrer linken Hand, und dann füllt sein Rücken fast das ganze Bild aus, aber man braucht nicht viel Fantasie, um sich auszumalen, was vor sich geht. Elias muss sich bewusst beherrschen, damit das Bild in seinem Kopf nicht zu deutlich hervortritt. Kein Geräusch, keine Ylva, nur der Mann, dessen Rücken leicht hin- und herschwingt, während er mit der Rosenschere tut, was er tut.

Als er sich hastig umdreht, kann Elias Ylva für einen winzigen Moment sehen, ihr Gesicht ist voller roter Flecke, ihre Augen sind tränennass und der Blick… Er kann nicht in Worte fassen, was der Blick außer Schmerz zum Ausdruck bringt, und das liegt vielleicht daran, dass für alles andere kein Platz mehr ist, weil dieser vernichtende Schmerz alles andere auslöscht.

Der Mann macht einen Schritt auf die Kamera zu, die sich nach vorne neigt und seine ausgestreckte Hand fokussiert. In seiner Handfläche liegt ein abgeschnittener Finger, direkt unterhalb des Knöchels abgetrennt, an der Schnittkante klebt ein Hauch Blut, ansonsten ist er sauber und vollständig.

Elias streckt die Hand aus, um das Video anzuhalten, aber bevor sein Finger das Touchpad erreicht hat, endet das Video von alleine. Erst jetzt merkt er, dass er keucht wie nach einem Spurt.

Es ist die Hölle. Die Worte sind plötzlich in seinem Kopf, sie kommen aus dem Nichts. Das hier ist die Hölle.

Als er sich so weit beruhigt hat, dass er wieder denken kann, zwingt er sich, das Video noch einmal anzuschauen. Es kommt ihm pervers vor, es noch einmal anzuklicken, aber was soll er sonst tun? Er muss einen Hinweis finden, irgendeinen Zusammenhang entdecken.

Der Raum sieht genauso aus wie in dem ersten Video, und auch aus der anonymen Kleidung des Mannes lassen sich keine Schlüsse ziehen. Er sieht ihn zuerst von schräg hinten, und als er sich umdreht, wird die Kamera leicht nach unten gekippt, bevor sein Gesicht ins Bild kommt, von dem wegen der Haube außer den Augäpfeln ohnehin nichts zu sehen war.

Merkwürdige Gedanken gehen ihm in rascher Folge durch den Kopf. Zum Beispiel, dass er nicht genau weiß, wie Ylvas Finger aussehen. Der abgeschnittene Finger ist schmal, der Nagel nicht übertrieben lang. Ein typischer Frauenfinger. Aber in dem Video ist nicht zu sehen, wie der Finger abgetrennt wird. Ist es schlechte Vorbereitung, Zufall oder ist das Ganze nur ein Bluff? Andererseits sieht der Finger echt aus.

Er verflucht Mitić, der sie wieder zusammengeführt hat. Hat er sich nie gefragt, in welche Gefahr er sie damit bringt? Oder, besser gesagt, in welche Gefahr er Ylva gebracht hat.

Aus den Umständen seines eigenen Todes konnte man den Schluss ziehen, dass Mitić ein erhebliches Problem mit Risikoabwägung hatte.

Doch den größten Zorn hat Elias auf sich selbst. Zorn ist genau der richtige Ausdruck. Alles, was er anfasst, stirbt oder geht kaputt. Und der einzige Ausweg aus dem Ganzen, falls es überhaupt einen Ausweg gibt, scheint noch mehr Tod mit sich zu bringen.

Er beruhigt sich zumindest so weit, dass er in der Lage ist, die Datei an Lambert weiterzuleiten. Mit einem einzigen Kommentar: »Das hier ist die Hölle.« *L'enfer.*

Graubrauner Schneematsch spritzt von den Reifen auf, als Karolina mit Örjan zur Regierungskanzlei fährt.

Das kurze, erschütternde Video lässt sie nicht los. Die Rosenschere, der Finger. Fleisch, Knochen und Blut. Sie denkt an den Kraftaufwand, der nötig ist, um ein Stück Fingerskelett im Gelenk zu durchtrennen, und fragt sich, wie der Widerstand sich für denjenigen anfühlt, der das Werkzeug in der Hand hält. Sie denkt an die Geräusche. Der Schere, des Knochens und des Schreis, der durch den Raum geschallt sein muss.

Der Prophet hat recht, das Video wirft eine Menge Fragen auf. Warum wurde es ohne Ton aufgenommen? Warum sieht man nicht, wie der Finger abgetrennt wird? Wie kommt es, dass sie darauf verzichtet haben, Ylvas Martyrium zu zeigen? Ist es Schlampigkeit oder ganz bewusst?

Sie parken wie üblich in der Fredsgata. Örjan flucht laut, als sich seine schwarzen Kalbslederschuhe bei einem unbedachten Schritt zur Seite mit eiskaltem Wasser füllen.

»Pass auf, wo du hintrittst«, sagt er.

Sie sind in diesem Herbst oft in Rosenbad gewesen, dem schwedischen Regierungssitz. Anscheinend ist man dort nervös. Noch hat das nicht zu überraschenden Beschlüssen geführt. Gabriel Fors oder, besser gesagt, die Regierung, die er vertritt, ist einen klaren Kurs gefahren. Aber jetzt müssen sie sich auf jähe Kehrtwenden gefasst machen.

Der engelsgleiche Gabriel Fors sieht heute nicht ganz so engelsgleich aus. Was nicht weiter verwunderlich ist. Es ist nicht so einfach, zu strahlen wie die Sonne selbst, wenn ein bleigrauer Himmel über den Dächern hängt und die feuchte Kälte vom Strömmen bis in die klimatisierten Räume der Regierungskanzlei kriecht.

Gabriels Blick bleibt einen Moment lang an einem Rosenstrauß hängen, der in einer Keramikvase auf dem Sideboard steht, bevor er sich zu Karolina und Örjan umdreht.

»Zunächst einmal möchte ich Ihnen sagen, dass Sie, was die Brinkman-Gruppe betrifft, hervorragende Arbeit leisten. Nachdem die Ermittlungen eine Zeit lang nicht vom Fleck gekommen sind, geht es nun mit großen Schritten voran, und das ist ausschließlich Ihr Verdienst. Leider haben sich jedoch neue Abgründe aufgetan, muss ich hinzufügen.«

Mit positivem Feedback zu beginnen, ist ungeheuer

wichtig, um die Akzeptanz von Kritik zu vergrößern und einen konstruktiven Dialog zu erleichtern, ruft sich Karolina ins Gedächtnis, die vor ein paar Jahren einen Kurs in Leadership besucht hat.

»Das kommt direkt vom Minister«, fügt er mit begütigendem Lächeln hinzu und schlägt ein Bein über das andere. »Was nun allerdings Ylva Grey angeht…« Er macht eine kurze Pause und hebt eine Hand, als würde er ein Beil schwingen. »Da sind wir der Ansicht, dass Sie sich lieber voll und ganz auf die Brinkman-Gruppe konzentrieren sollten.«

Aufmerksam beobachtet er ihre Mimik. Es ist nicht auf Anhieb zu erkennen, was er in ihren neutralen Gesichtern zu entdecken hofft – Widerspruch, Zustimmung oder Jubel?

»Ich brauche wohl nicht zu betonen, wie wichtig es ist, dieser Sache auf den Grund zu gehen.«

»Natürlich nicht«, sagt Karolina. »Aber Ylva Grey hat in unserem Auftrag gehandelt. Sie hat in der kurzen Zeit, die sie für uns tätig war, eine wichtige und heikle Operation durchgeführt, und wir glauben, dass diese sie in Gefahr gebracht haben könnte. Wir sind es ihr einfach schuldig.«

»Da bin ich ganz bei Ihnen«, sagt Fors schnell. »Ganz bei Ihnen.«

Er ist vom *Wir* zum *Ich* gewechselt, stellt sie fest. War das unbewusst, oder hat er soeben eine persönliche, von der offiziellen Haltung unabhängige Meinung geäußert?

Blödsinn. Er schmiert uns nur Honig ums Maul.

»Wie schön«, erwidert sie schnell.

Fors lächelt angestrengt. Mal schauen, wie er sich aus der Affäre zieht.

»Wir haben Ylva Grey gegenüber natürlich eine Verpflichtung, aber wir sind der Meinung, dass es dafür andere Instanzen gibt. Die Polizei …«

»Sie meinen, wir sollten uns direkt an die Zentrale Polizeiverwaltung wenden?«, fragt Örjan geschäftsmäßig.

»Nein, ich meine, Sie sollten Anzeige bei der Polizei erstatten.«

Karolina sieht Örjan an, rechnet mit einem komplizenhaften Augenrollen, aber Örjan starrt unverwandt Fors an, der sich auf seinem Sessel windet.

Schweigend fahren sie mit dem Aufzug nach unten. In der Drottninggata bleiben sie stehen.

»Das kann er doch nicht ernst meinen«, entfährt es Karolina.

»Nein, im Grunde tut er das auch nicht«, sagt Örjan.

»Was will er uns dann damit sagen?«

Vor ihrem Gesicht bildet sich eine Atemwolke. Örjan sieht sich um.

»Das besprechen wir im Auto.«

Sie gehen zu Fuß zur Fredsgata, und Karolina sperrt den feuchtkalten Wintertag mit einem lauten Knallen der Autotür aus.

»Die können doch nicht ernsthaft wollen, dass wir bei der Polizei Anzeige erstatten!«, sagt sie.

»Nein«, erwidert Örjan. »Das ist nur ihre Art, uns mitzuteilen, dass sie nicht in die Sache involviert werden wollen.«

Karolina ist normalerweise die Ruhe selbst, aber im Dienstzimmer von Gabriel Fors hat sie sich extrem beherrschen müssen, und nun platzt ihr der Kragen.

»Involviert? Sie haben das ganze Schlamassel doch verursacht, indem sie ausgerechnet Henning Eriksson damit beauftragt haben, zwischen Atlas und den Franzosen zu vermitteln…« Sie schnappt nach Luft, bevor sie fortfährt. »Das ganze Gerede von unserem Auftrag und unserer Verpflichtung gegenüber Ylva Grey war Unsinn. In Wirklichkeit sind sie die Schuldigen und müssten jetzt dafür geradestehen.«

»Ja, aber dummerweise ist Henning Eriksson tot, und es will niemand mehr was von der Sache wissen«, sagt Örjan gefasst.

Karolina begreift nicht, wie er es schafft, so ruhig zu bleiben.

»Außerdem ist Eric Hands viel zu wichtig für die schwedische Industrie«, sagt Örjan. »Viel zu wichtig für die schwedische Verteidigung und viel zu verbandelt mit Politikern und Behörden. Ein viel zu heißes Eisen. Da richtet man seine Aufmerksamkeit doch lieber auf ausländische Salafisten, die Flugzeuge abschießen, und einheimische Rechtsextremisten, die Terroranschläge planen.«

»Aber das hängt doch alles zusammen«, sagt Karolina.

Ein matschiges Rinnsal läuft über die Windschutzscheibe. Örjan lässt den Motor an und wischt den geschmolzenen Schnee mit dem Scheibenwischer weg.

»Klar, aber was willst du dagegen machen? Willst du dich mit einem Plakat auf einen Marktplatz stellen und laut schreien? Wir sind nur das Büro.«

»Das Regierungsbüro.«

»Ja.«

»Was schlägst du also vor? Was machen wir?«

Sie hat sich wieder beruhigt. Sie ist immer noch wütend, aber sie hat sich wieder im Griff.

»Wir müssen uns warm anziehen.«

»Und Ylva Grey sich selbst überlassen?«, gibt sie scharf zurück und droht schon wieder die Fassung zu verlieren.

»Nein. Wir tun, was wir können, konzentrieren uns aber auf die Brinkman-Gruppe. Wir haben ja auch noch den Propheten.«

»Der arbeitet nicht für uns.«

»Umso besser. Wir unterstützen ihn. In dieser Angelegenheit ist er zu allem entschlossen.«

Das ist natürlich praktisch. Und Gabriel Fors oder anderen gegenüber kann man, falls nötig, problemlos abstreiten, dass man mit ihm zusammenarbeitet.

Örjan wühlt etwas ungeschickt in seiner Innentasche. Karolina nimmt an, dass dort sein Handy vibriert, und sie behält recht. Er fischt das Telefon schließlich heraus, wechselt ein paar Worte und legt wieder auf.

»Vendela«, sagt er. »Sie glaubt, dass sie ein Datum ermittelt hat.«

Das mit der Hölle war möglicherweise etwas voreilig. Es könnte einen labilen Eindruck machen. Aber das ist ihm egal. Er ist tatsächlich labil, und das ist ihm auch bewusst, aber hier geht es nicht mehr um einen Auftrag und ein gewisses Maß an Professionalität.

Das, was passiert, ist persönlich, privat, abscheulich, widerwärtig und furchtbar. Er kann keine professionelle Distanz mehr dazu wahren, und vielleicht hat er das noch nie gekonnt. Aber möglicherweise war das auch gar nicht der Sinn der Sache. Es ging um seinen Vater, um Ulrika und nun um Ylva. Um enge Bindungen und starke Gefühle. Vielleicht ist er ausgenutzt worden, aber jetzt ist es zu spät, sich darüber den Kopf zu zerbrechen. Er braucht Lambert, und er braucht das Büro, und hoffentlich brauchen sie ihn auch.

Elias entfernt die Rückwand des Kleiderschranks, nimmt ein zusätzliches Magazin für die Beretta und eine Schachtel Munition aus dem Safe und legt alles aufs Bett. Daneben platziert er das auseinandergenommene und auf hundert

Meter eingeschossene Gewehr in der Schutzhülle, zwei Magazine und eine Schachtel 7,62-mm-Nato-Hohlspitzmunition, zwei Blendgranaten, vier 250-Gramm-Packungen Plastiksprengstoff der Marke Semtex und nicht näher bezeichnete Sprengkapseln.

Er betrachtet die Gegenstände, die er auf der Decke ausgebreitet hat. Schlagartig wird ihm bewusst, dass seine Gegner Verbindungen zur globalen Waffenindustrie haben und möglicherweise Terroristen mit Waffen ausgestattet haben, mit deren Hilfe man ein großes Passagierflugzeug abschießen kann. So gesehen macht sich sein eigenes Waffenarsenal geradezu lächerlich aus.

So darf er nicht denken. Er will keinen Krieg gewinnen und kein Land befreien, sondern nur ein einziges Individuum töten, das sich vermutlich irgendwo in Schweden versteckt. Und er kämpft auch nicht gegen eine Armee, sondern gegen zwei, drei Individuen.

Er verstaut Gewehr, Munition und Sprengstoff in einer Sporttasche, stopft das Ganze mit Kleidungsstücken aus, damit es nicht in der Tasche herumfliegt, und legt noch eine Schicht Kleidung obendrauf. Dann ruft er QKQ8 in Västberga an, die nächste Autovermietung im Umkreis, und bucht zwecks größerer Motorleistung einen Mietwagen der Premiumklasse. Erst danach ruft er Karolina an.

»Habt ihr Neuigkeiten über Wallberg?«

Er bemerkt ein Zögern am anderen Ende der Leitung.

»Es gibt etwas, das du wissen musst«, sagt sie. Ihre Stimme klingt ungewöhnlich ernst.

»Ja?«

»Unsere Ressourcen waren bereits am Limit, bevor das hier passiert ist, und ...« Ein kurzes, aber vielsagendes Zögern.

»Ihr könnt mir nicht helfen?«

»Doch, natürlich können wir das«, protestiert sie. »Aber nicht in dem Ausmaß, wie wir das gerne tun würden. Wir können dich bei der Recherche unterstützen, die elektronische Aufklärung und die Traffic-Analyse übernehmen, aber die operative Arbeit musst du alleine machen. Wir haben es versucht, aber mehr ist nicht drin.«

Der bleigraue Tag hellt sich ein wenig auf, die Luft wird kälter und klarer. Da draußen ist er auf sich allein gestellt.

»Was habt ihr rausgefunden?«

»Wallberg hat keinen Handyvertrag«, sagt Karolina. »Auf diesem Weg kommen wir also nicht an ihn heran, aber wir behalten sein Auto im Auge. Es hat gestern Nachmittag gegen sechzehn Uhr die Mautstation Norrtull in Richtung Innenstadt passiert.«

Elias hat also nur die Autoreifen zerschossen.

»Wir könnten uns den Stromverbrauch der beiden Wohnsitze anschauen«, fährt Karolina fort. »Vielleicht ist der plötzlich angestiegen.«

»Tut, was ihr könnt«, sagt er so dankbar wie möglich. »Und melde dich, sobald ihr Neues erfahrt. Egal was es ist.«

»Das mache ich.«

Er schultert die Sporttasche, schließt hinter sich die Tür ab und geht den halben Kilometer bis zu der Tankstelle, wo er das Auto gemietet hat, zu Fuß.

Am Tresen muss Elias warten, bis er an der Reihe ist. Nachdem man ihm umständlich jeden einzelnen Kratzer im Lack präsentiert hat, darf er die Papiere unterschreiben und endlich losfahren.

Nun stellt sich die Frage, ob Linnégata oder Djurö? Die einfache Antwort wäre Linnégata, weil die nicht weit weg und heute ein nasskalter Dezembertag ist. Also entscheidet er sich für Djurö.

Kaum fährt er in den dunklen Årsta-Tunnel hinein, sieht er wieder das Video vor sich. Sein einziger Schutz vor den Bildern besteht darin, sie auf genau das zu reduzieren, was sie sind, nämlich nur Bilder und keine Wirklichkeit, die echte Schmerzen verursacht und ihm das Herz bricht. Das funktioniert natürlich nur bis zu einem gewissen Grad, aber es hilft.

Bei Södra Hammarbyhamn gelangt er wieder an die fahle Oberfläche, taucht bei Sickla in einen weiteren Tunnel ein und erreicht danach Värmdöled. Er schätzt, dass er bis zu Wallbergs Häuschen auf Djurö eine knappe Stunde braucht. Es ist warm im Auto geworden, das neu und nach Kunststoff riecht. Er dreht die Heizung ein wenig runter und öffnet die Jacke.

Zwanzig Minuten später, mitten auf der Skurubro über den normalerweise so schönen und nun bleiern und unwirtlich daliegenden Sund, ruft Karolina an.

»Wallberg hat vor drei Minuten Danvikstull passiert«, sagt sie.

»In welcher Richtung?«

»Stadtauswärts.«

Elias bedankt sich für die Information und bekommt aus den Augenwinkeln mit, dass das Gespräch beendet wird. Er gibt Gas. Er hat siebzehn Minuten Vorsprung.

Verwandeln wir den dunkelsten Tag des Jahres in ein Leuchtfeuer, das uns den Weg in die Zukunft weist.

Vendela liest laut von ihrem iPad vor, das über das interne Netzwerk mit ihrem Computer verbunden ist, aber keinen eigenen Internetanschluss hat. Es ist nach halb eins, und Karolina knurrt der Magen. Sie ist am Morgen zehn Kilometer gelaufen, hat zwischendurch nichts gegessen und sich anstelle eines Mittagessens nur schnell eine Banane hineingestopft. Trotzdem kann sie sich ausgezeichnet konzentrieren.

»Herrliche Kreuzzugsrhetorik«, ruft Örjan von seinem Schreibtisch herüber. »Falls das mit dem dunkelsten Tag des Jahres nicht symbolisch gemeint ist, steht das Datum schon mal fest.«

»Der einundzwanzigste Dezember«, sagt Karolina.

»Ist das die einzige E-Mail, in der der Satz vorkommt?«, fragt er.

Vendela schüttelt energisch den Kopf.

»Nein, er kommt fünfmal vor, allerdings nicht in Verbindung mit konkreten Plänen. Es scheint sich um eine Art internen Schlachtruf zu handeln, den man immer mal wieder fallen lässt, so was wie: *Auf in den Kampf!*«

»Warte mal.« Örjan hebt die Hand. »Meinst du den ganzen Satz oder nur das mit dem dunkelsten Tag des Jahres?«

»Letzteres.«

»Das Leuchtfeuer kommt also nur hier vor?«

»Ja.«

Örjan blickt von Vendela zu Karolina.

»Ganz eindeutig ist es nicht.«

»Aber deutlich genug, um der Sache nachzugehen«, sagt Karolina. »Möglicherweise ist am einundzwanzigsten Dezember ein Terroranschlag auf die Moschee am Medborgarplatsen geplant. Das ist in drei Tagen.«

»Ja.« Örjan gibt ein Stöhnen von sich.

»Ist das nicht ein bisschen zu einfach?«, fragt Vendela.

»Wie meinst du das?«

»Gehen wir mal davon aus, dass die Brinkman-Gruppe in irgendeiner Weise in den Abschuss der AF1562 involviert war, wenn auch nur, indem sie die Waffe organisiert hat und möglicherweise auch bei der Logistik behilflich war, dann war allein das eine ziemlich aufwendige Operation. Vor allem, wenn man bedenkt, dass praktisch keine Spuren hinterlassen wurden. Wenn Amin nicht private Ermittlungen angestellt hätte, wären wir vielleicht nie auf den Mietwagen gestoßen, der uns auf die entscheidende Fährte geführt hat.«

Örjan hustet und trommelt mit den Fingern auf die Tischplatte. Sollte sie sich kürzerfassen?

»Jetzt frage ich mich, ob das hier nicht zu offensichtlich ist«, sagt sie. »Das mit dem einundzwanzigsten Dezember kommt mir fast so vor, als würde es uns auf einem Silbertablett serviert. Vielleicht ist es symbolisch gemeint, aber es könnte auch ein Code sein. Wir benutzen ständig solche Codes, wenn es um Orte und Zeiten geht. Hötorg bedeutet Sergels torg, drei Uhr heißt elf Uhr. Es ist so simpel, dass man es eigentlich gar nicht als Code bezeichnen kann, und da kein System zugrunde liegt, kann man den Code auch nicht knacken. Es ist nahezu idiotensicher.«

»Wir haben auf jeden Fall den Medborgarplatsen«, sagt Karolina.

Vendela zieht die Augenbrauen zusammen, als würde ihr auch dieser Punkt Kummer machen.

»Klar, Kihlman und Arnesson haben die Umgebung der Moschee ausgekundschaftet, aber das muss nicht heißen, dass sie das Ziel ist. Vielleicht haben sie von dort aus andere Ziele ins Visier genommen, die wir gar nicht kennen. Das Robotsystem 70, wenn sie denn über eins verfügen, ist keine ballistische Waffe. Um das Ziel mit der Rakete auch wirklich zu treffen, müssen sie so nah dran sein, dass sie es sehen können.«

Sie wirft Örjan einen Blick zu, er nickt zustimmend.

»Die Moschee ist bei Weitem kein ideales Ziel«, fährt sie fort. »In der Gegend ist viel los, es herrscht Gedränge, eine Polizeistreife ist dort unterwegs, und das Risiko, vorzeitig aufzufliegen und das Attentat zu vereiteln, ist hoch.«

Örjans Schreibtischstuhl scharrt über den Fußboden, als er aufsteht.

»Wie viele Mitglieder der Brinkman-Gruppe sind uns bisher bekannt?«

»Außer Kihlman und Arnesson beschatten wir noch drei weitere Personen«, sagt Karolina. »Ansonsten gibt es fünf mehr oder weniger aktive Mitglieder, die wir schon von früher kennen, wobei einer nur ein mutmaßliches Mitglied ist. In unserem konkreten Zusammenhang sind jedoch nur zwei dieser fünf Personen aktiv in Erscheinung getreten. Außerdem gibt es noch ein potenzielles Mitglied, bei dem wir uns allerdings nicht ganz sicher sind.«

»Es gibt also …«, Örjan schweigt einen Augenblick und zählt nach, »… sieben eurer Ansicht nach aktive Mitglieder und vier weitere, die in dem Netzwerk eine passive Rolle spielen.«

»Korrekt«, sagt Vendela.

Örjan scheint im Kopf noch etwas anderes zu überschlagen. Vielleicht rechnet er aus, wie viel Personal oder andere Ressourcen sie benötigen.

»Wir legen den Schwerpunkt auf den einundzwanzigsten Dezember, ziehen aber außer der Moschee auch andere Ziele in Betracht. Überprüft alle Veranstaltungen in der Nähe, die viele Leute anziehen und Rechtsextremen ein Dorn im Auge sein könnten. Darüber hinaus schauen wir uns erst mal alle Daten von heute bis zum fünfzehnten Januar an.«

Er setzt sich wieder und schaut auf seinen Bildschirm, als wäre die Besprechung beendet.

»Eine Sache noch«, sagt Vendela. »Ich denke, wir sollten sicherheitshalber auch in die andere Richtung denken und nicht nur die potenziellen Ziele eines Rechtsextremisten in Betracht ziehen, sondern auch die eines gewaltbereiten Salafisten.«

Sie dürfen nicht vergessen, dass dieses Netzwerk höchstwahrscheinlich einen grauenhaften Terroranschlag einer solchen Gruppe unterstützt hat. Es ist nicht auszuschließen, dass so etwas noch mal passiert.

»Es mag nicht sehr wahrscheinlich sein, aber wir können es uns nicht erlauben, es nicht in Erwägung zu ziehen«, fügt sie hinzu.

»Wunderbar«, sagt Örjan. »Wie man es immer wieder schafft, in nur fünf Minuten von einer handfesten Arbeitshypothese in ein undurchdringliches Dickicht zu geraten. Und wir haben genau drei Tage Zeit, um da wieder rauszufinden.«

Mit diesen Worten scheucht er sie aus dem Zimmer. Karolina kann den Gedanken nicht vertreiben, was für ein riskantes Spiel sie da spielen. Sie lassen eine Gruppe lebensgefährlicher Terroristen gewähren, weil sie erst zuschlagen wollen, wenn sie so viel wie möglich über deren Pläne wissen. Eine andere Strategie wäre, jetzt schon einzugreifen und auf diese Weise vermutlich einen schweren Terroranschlag zu verhindern. Aber dann würden sie nie erfahren, welches Ziel die Attentäter im Sinn hatten. Ab wann wird das Spiel zu riskant und der Einsatz zu hoch?

Als er sich Djurö nähert, bekommt Elias eine Nachricht. Er wirft einen Blick auf das Handydisplay und fährt auf die Brücke über der unruhigen See.

Wallbergs Wagen hat Danvikstull um 13:42 Uhr in Richtung Stadt passiert.

Wallberg ist umgekehrt. Irgendetwas muss unterwegs passiert sein. Elias biegt in eine Parkbucht gleich hinter der Brücke ein. Im Straßengraben liegt noch haufenweise Schnee. Soll er weiterfahren oder auch umdrehen?

Könnte Wallberg mitbekommen haben, dass Elias auf dem Weg nach Djurö ist? Äußerst unwahrscheinlich. Er hatte vermutlich etwas in der Gegend von Nacka zu erledigen, das nicht viel Zeit in Anspruch genommen hat.

Der Motor des Mietwagens geht von alleine aus, und es wird still in dem warmen und nach Kunststoff riechenden Innenraum. Der Wind und der Schneematsch hinter den Scheiben wirken aus dieser Perspektive wie ein surrealer Stummfilm. Plötzlich wird ihm klar, was Wallberg mit seinem Manöver bezweckt: Er will eventuelle Verfolger abschütteln. Vermutlich wird er noch einige Umwege machen, bevor er erneut umkehrt. Zum Beispiel das Auto abstellen und ein Taxi nehmen oder ein Stück mit der S-Bahn und dann mit einem anderen Wagen weiterfahren.

Elias schaut auf die Uhr. 13:47 Uhr. Ihm bleiben mindestens fünfundvierzig Minuten, wenn nicht mehr, bis Wallberg bei seinem Haus ankommt. Er sieht sich die Karte genauer an. Wallbergs Grundstück liegt etwa fünf Kilometer von hier direkt am Wasser.

Er fährt auf dem Sollenkrokaväg weiter nach Norden. Um diese Jahreszeit ist die Gegend ziemlich verlassen. Die Einheimischen bleiben bei so einem Wetter entweder zu Hause oder sind schon vor Stunden zur Arbeit gefahren. Der Schnee fällt jetzt diagonal auf die graugrünen, fast schwarzen Tannen. Nach einigen Minuten kommt ihm der Bus 433 entgegen. Er kann keine Fahrgäste hinter den beschlagenen Scheiben entdecken.

Um 13:58 Uhr erreicht er die Abzweigung zu Wallbergs Grundstück. Er fährt langsamer und hält schließlich ganz an. Am Ufer stehen die Tannen nicht ganz so dicht. Das Sommerhäuschen, das über hundert Jahre alt sein muss, ist in blassem Grün gestrichen und liegt auf einem kleinen Hügel. Unten am Wasser ist ein langer Bootssteg mit einem roten Bootshaus, und direkt oberhalb des Bootshauses steht noch ein etwas kleineres Haus mit einer verglasten Veranda.

Einfach ins Haus einzudringen und dort auf Wallberg zu warten, ist keine Option. Er bräuchte nur irgendwo eine Kamera mit Bewegungsmelder installiert zu haben, um Elias zu bemerken, sobald er sich dem Gebäude nähert. Den Strom abzuschalten kommt auch nicht infrage, da es vermutlich ein batteriebetriebenes Kontrollsystem gibt, das eine Fehlermeldung verschickt, sobald die Anlage nicht mehr mit Strom versorgt wird. Das Sicherste ist, Wallberg draußen aufzulauern, am besten zwischen Straße und Haus.

Er fährt an der Abzweigung vorbei und hält erst an, als er sie im Rückspiegel nicht mehr sieht. Er beschließt, noch eine halbe Stunde im warmen Auto zu warten und dann zu Fuß zurück zum Grundstück zu gehen. Elias lehnt sich zurück und hört dicke Tropfen geschmolzenen Schnees aufs Autodach fallen.

Die Kleidungsstücke, die er in die Sporttasche gepackt hat, um sein Waffenarsenal zu kaschieren, erfüllen jetzt noch einen anderen Nutzen. Er zieht sich einen zusätzlichen Pullover über, schnallt das Holster darüber fest und knöpft die Jacke zu. Wenn Wallberg noch lange auf sich warten lässt, wird es kalt werden. Bevor er aus dem Auto steigt, überprüft er ein letztes Mal seinen studentischen E-Mail-Account. Obwohl es ihm zutiefst widerstrebt, checkt er seine E-Mails geradezu zwanghaft. Er will nicht noch ein abscheuliches Video sehen, will aber sofort wissen, wenn ein neues kommt. Das ist er Ylva schuldig.

Nichts. Der Posteingang ist leer.

Er geht hinaus in die feuchte Kälte und drückt vorsichtig die Autotür hinter sich zu. Die Beretta steckt im Holster, und er hat eine der Blendgranaten in der Hosentasche. Seine Notlösung, wenn gar nichts anderes mehr geht. Eigentlich sind sie viel zu laut. Wenn Leute in der Gegend sind, kämen sie sofort angerannt, falls sie sich nicht in ihren Häusern verbarrikadieren und die Polizei rufen.

Elias geht ein Stück die Straße entlang und sucht sich dann ein Versteck zwischen den Bäumen. Ganz in der Nähe der Zufahrt zum Haus liegt ein fast mannshoher Findling. Dort wartet er.

Minuten vergehen und werden zu einer ganzen Stunde, ohne dass auf der Straße ein Auto zu sehen wäre. Es hört auf zu schneien, aber der feuchtkalte Wind lässt nicht nach. Elias wartet weitere zwanzig Minuten, aber als die Dunkelheit einsetzt, geht er zurück zum Auto, um nicht vollends auszukühlen. Eine Zeit lang lässt er bei ausgeschaltetem Licht den Motor laufen. Die Dunkelheit kommt ihm insofern zugute, dass er, sollte ein Auto kommen, die Scheinwerfer so frühzeitig sieht und zum Haus laufen kann, bevor Wallberg den Motor ausgeschaltet hat.

Soll er noch länger warten oder zurück in die Stadt fahren? Egal was er tut, er muss sich auf sein Bauchgefühl verlassen. Aber er ahnt instinktiv, dass seine Vermutung, Wallbergs Umweg könnte ein Ablenkungsmanöver sein, richtig ist.

Weitere zwei Stunden später kommen ihm allmählich Zweifel. Es ist feucht im Auto, und obwohl er den Motor hin und wieder laufen lässt, wird es immer kälter. Er checkt sein Handy. Nichts Neues vom Büro und kein neues Video von den Entführern. Es ist 18:07 Uhr. Wie lange will er noch wie ein Idiot in die Dunkelheit starren, während Ylva die Zeit wegläuft?

Er kämpft gegen den Impuls an, seine Zelte abzubrechen und in die Linnégata zu fahren. Warum hat er keinen Schlafsack mitgenommen? Ob er vielleicht das Büro überreden könnte, sich doch mal in der Nähe der Linnégata umzusehen? Was ist denn eigentlich mit dem Stromverbrauch? Davon hat er gar nichts mehr gehört. Elias schickt eine Nachricht, bekommt aber keine Antwort.

Waffen und Sprengstoff hat er, aber für eine Observierung ist er schlecht ausgerüstet. Er hat nichts zu essen dabei, nicht genug anzuziehen und nur eine Halbliterflasche norwegisches Mineralwasser, die bei der Abholung im Auto lag. Am Flaschenhals ist ein Werbezettel befestigt, auf dem steht, dass er sich auserwählt fühlen darf, das Schmelzwasser eines Gletschers zu trinken, auf dem schon Wikinger herumgetrampelt sind.

Elias nimmt noch einen Pullover aus der Sporttasche, setzt sich drauf und legt die Beretta, mit einem T-Shirt bedeckt, auf den Beifahrersitz. Er trinkt ein paar Schlucke Wikingerwasser, stellt den Sitz ein Stück nach hinten und schließt die Augen.

Er schreckt jäh aus dem Schlaf hoch und starrt in die kompakte Dunkelheit hinaus. Hat er Wallberg verpasst? Ist Wallberg bereits im Haus? Elias greift zum Handy, 05:12 Uhr. Keine Nachrichten.

Sein Körper ist steif gefroren. Es ist kalt im Auto, seine Füße sind Eiszapfen, aber den Händen geht es in den warmen Handschuhen gut. Solange er nicht weiß, ob Wallberg gekommen ist, wagt er es nicht, den Motor anzulassen. Er nimmt das Nachtsichtgerät aus der Tasche und richtet es auf die Auffahrt. Das Bild ist grünlich und unscharf. Es ist zu wenig Licht vorhanden, das sich verstärken ließe, die Voraussetzungen sind schlecht, aber er ist sich trotzdem ziemlich sicher, dass kein Auto gekommen ist.

Er schaltet das Nachtsichtgerät aus, lässt den Motor an und dreht die Heizung auf. Zuerst strömt nur kalte Luft aus den Lüftungsschlitzen, aber nach einer Weile wird es wärmer. 05:17 leuchtet es ihm in türkisfarbenen Ziffern vom Armaturenbrett entgegen. Die Uhr im Auto geht zwei Minuten vor.

In dem Moment blitzt ein Licht zwischen den Bäumen auf. Sofort schaltet er den Motor aus und starrt in die Dunkelheit. Es sind die Scheinwerfer eines Autos. Er steckt die Pistole ins Holster und wartet, während die leicht auf- und abfedernden Lichtpunkte näher kommen.

Bei der Abzweigung wird der Wagen langsamer und biegt ab. Elias steigt aus und drückt leise die Tür hinter sich ins Schloss. So schnell, wie es im Dunkeln möglich ist, geht er auf direktem Weg zur Auffahrt. Der Boden ist uneben, er sieht so gut wie nichts und muss die linke Hand ausgestreckt vor sich halten, um nicht gegen einen Baum zu laufen. In regelmäßigen Abständen bleibt er stehen und schaut sich im Nachtsichtgerät das nächste Wegstück an.

Der Wagen, ein Volvo-SUV, wie ihn Wallberg in Jämtland gefahren hat, rollt langsam den flachen Abhang hinunter. Elias hört ein entferntes Dröhnen, das ihn zunächst verwirrt, doch nach ein paar Sekunden begreift er, dass es Musik ist. Wallberg, oder wer auch immer hinterm Steuer sitzt, hat seine Stereoanlage voll aufgedreht. Als das Auto vor der Einfahrt stehen bleibt und das Knirschen des Schotters unter den Reifen verstummt, ist er sich ziemlich sicher, dass da »California Gurls« von Katy Perry aus den Boxen dröhnt. Noch einmal brummt der Motor, als der Fahrer die letzten Meter bis zum Haus fährt, dann geht er aus… *sunkissed skin so hot*… und schließlich verstummt auch die kindische Stimme. Elias rennt gebückt von hinten auf das Auto zu und versteckt sich hinter einer Fliederhecke. Da Wallberg als jemand gilt, der gerne allein operiert und weil er in Jämtland allein unterwegs war, hat Elias sich die ganze Zeit vorgestellt, Wallberg würde allein kommen, aber nun bereitet er sich innerlich darauf vor, dass möglicherweise sogar vier Personen im Auto sitzen. In dem Fall müsste er sich zurückziehen und umplanen. Vielleicht würde er mit ihnen fertig werden, aber nicht unter diesen Umständen, nicht jetzt.

Der Fahrer steigt aus, er hält etwas in der Hand. Nach einem Moment Stille schlägt die Tür zu. Elias wartet ab, aber es werden keine weiteren Türen geöffnet. Er hat die Waffe bereits gezogen, und als sich der Mann vor ihm drei, vier Schritte vom Auto entfernt hat, schaltet er die Taschenlampe ein, die er in der linken Hand hält.

»Stehen bleiben!«

Der Mann im Lichtkegel bleibt wie angewurzelt stehen. Das Licht scheint ihn mehr zu überraschen als das Kommando. Federnd verlagert er sein Gewicht von einem Fuß auf den anderen.

»Stillstehen!«, brüllt Elias. »Tasche fallen lassen und die Hände hinter den Kopf.«

Langsam bückt sich der Mann zur Seite und stellt die Tasche ab.

»Einfach fallen lassen. Noch eine Bewegung, und ich schieße.«

Elias klopft das Herz buchstäblich bis zum Hals. Er meint es ernst, aber versteht der Mann das auch, oder wird er irgendetwas unternehmen? Wenn es Wallberg ist, muss er mit allem rechnen. Wallberg ist ein gefährlicher Gegner, und Elias hat nicht vor, ein Risiko einzugehen. Wenn es sein muss, ist er bereit zu töten.

Der Mann lässt die Tasche los und richtet sich wieder auf. Die Tasche landet mit einem dumpfen Knall auf dem Schotter.

»Hände hinter den Kopf«, wiederholt Elias.

Der Mann tut, was ihm gesagt wird. Elias sieht sein Gesicht nur schräg von hinten, aber er ist sich fast sicher, dass es Wallberg ist. Die Größe und auch die Farbe des kurzen, drahtigen Haars und die eckige Kopfform stimmen.

»Auf die Knie«, befiehlt er.

Wallberg beugt ein Bein nach dem anderen und kniet sich langsam hin.

»Was wollen Sie von mir? Falls das ein Raubüberfall ist …«

»Sie wissen ganz genau, dass dies kein Raubüberfall ist.«

»Ich habe nichts Wertvolles im Haus.«

»Seien Sie still.«

»Weder Schmuck noch wertvolle Kunstwerke«, insistiert er.

Es ist völlig absurd, wenn jemand neben einem Auto, das fast eine Million Kronen gekostet hat, darauf beharrt, nichts Wertvolles zu besitzen. Elias hört ihm nicht weiter zu, sondern lässt ihn reden, weil ihm klar wird, dass es dem Mann nur darum geht, ihn abzulenken. Er konzentriert sich stattdessen auf das, was der Mann tut.

Bei der kleinsten Bewegung schieße ich, denkt er.

»Hinlegen.«

»Dann muss ich mich abstützen.«

»Lassen Sie sich mit ausgestreckten Armen nach vorne fallen«, kommandiert Elias.

Wallberg, es besteht nun kein Zweifel mehr daran, dass er es ist, sackt nach vorn wie ein tollpatschiges Kamel, das sich im Wüstensand niederlässt.

»Ganz runter.«

Als Wallberg auf dem Bauch liegt, die Arme nach vorne ausgestreckt, geht Elias mit schnellen Schritten zu ihm und stellt einen Fuß in seinen Nacken. Wallberg röchelt.

»Hände auf den Rücken. Ich nehme den Fuß gleich weg«, sagt er und verlagert sein Gewicht gleichzeitig noch mehr auf diesen Fuß.

Er zieht einen Kabelbinder aus der Hosentasche und schlingt ihn um Wallbergs Handgelenke. Da er die Pistole nicht loslassen will, muss er die Taschenlampe weglegen, aber ein Fuß im Nacken müsste ausreichen, wahrscheinlich bekommt Wallberg gar nicht genug Luft, um sich ernsthaft zu wehren.

Der Kabelbinder zieht sich mit leisem Ratschen zu und sitzt genau an der richtigen Stelle. Elias zieht ihn noch ein bisschen fester, bevor er den Fuß wegnimmt und sich ein paar Schritte von dem auf der Erde liegenden Körper entfernt.

Er fühlt sich gleich ein wenig sicherer und nimmt Wallberg einen Schlüsselbund und eine Waffe ab, die mit einem Gürtelclip an seinem Hosenbund befestigt ist.

»Hat das Haus eine Alarmanlage?«

Wallberg antwortet nicht. Elias seufzt demonstrativ und drückt ihm seine Pistole in die eine Pobacke.

»Ich habe es nicht auf Sie abgesehen, ich habe keinen Grund, Ihnen etwas anzutun, aber es ist mir scheißegal, ob ich Sie töten oder ob ich Ihnen irgendwelche Körperteile wegschießen muss, um mein Ziel zu erreichen.«

»Sechzehn elf neunundvierzig.«

Die Stimme klingt heiser.

Elias hat mit seinem Fuß ziemlich viel Druck auf den Hals ausgeübt.

»Liegen bleiben«, sagt er und geht zur Haustür.

Er probiert es mit einem Schlüssel, der aussieht, als ob er ins Schloss passen könnte, aber er lässt sich nicht einmal hineinstecken. Er wirft einen Blick in Wallbergs Richtung, versucht es mit einem anderen, und diesmal funktioniert es. Die Codetastatur ist rechts hinter der Tür montiert. Ohne Wallberg aus den Augen zu lassen, gibt er den sechsstelligen Code ein. »Alarm aus« erscheint auf dem einzeiligen Display.

Elias geht zurück und befiehlt Wallberg aufzustehen.

»Sie müssen mir aufhelfen«, murmelt Wallberg.

»Das schaffen Sie schon«, sagt Elias in aufmunterndem Ton.

Wallberg wälzt sich eine Weile auf der nassen Erde, bevor er es schafft, sich zuerst hinzuknien und schließlich aufzustehen. Er sieht Elias an, der die Pistole auf ihn richtet und sicherheitshalber ein paar Meter Abstand hält.

»Ins Haus«, sagt er.

»Das Problem lässt sich bestimmt lösen.«

Wallberg bleibt einen Augenblick stehen.

»Ja, das ist der Sinn der Sache«, sagt Elias. »Und jetzt rein ins Haus.«

Wallberg wendet sich von ihm ab und trottet langsam voraus. Sobald sie in der Küche sind, sorgt Elias dafür, dass er sich wieder hinlegt, und fesselt auch seine Fußgelenke mit einem Kabelbinder. Er sucht nach etwas, woran er ihn festbinden könnte, aber er kann nichts finden. Schließlich kommt er auf die Idee, die Backofentür herunterzuklappen, und verbindet eins von Wallbergs Handgelenken mit dem Griff. Er ist nicht sicher, welchen Belastungen der Griff standhält, aber erschweren wird er ihm die Flucht auf jeden Fall.

Er betrachtet den Mann, der vor dem Herd auf der Seite liegt. Seine Zeit als Soldat im Auslandseinsatz liegt viele Jahre zurück, aber seine Schultern sind immer noch breit und die Oberarme kräftig. Die Augen, mit denen er zu Elias aufblickt, glühen vor unterdrücktem Zorn, und der Mund ist nur ein verbissener Strich. Bei diesem Typen wird er kein Risiko eingehen.

»So«, sagt er, »dann legen wir mal los.«

Als Karolina und Vendela ins Büro kommen, ist es genauso dunkel wie am gestrigen Abend, als sie es verlassen haben. Hell wird es erst in ein paar Stunden werden. Karolina geht die Säpo-Liste potenzieller Terrorziele im Dezember durch und bleibt an einem Wort mitten auf der Seite hängen. Der SSU, der Jugendverband der Sozialdemokraten, veranstaltet in seiner Tagungsstätte in Bommersvik ein Treffen aller Kreisvorstände im ganzen Land. Die Veranstaltung soll eine Mischung aus Konferenz und Jahresabschluss werden und am 21. Dezember stattfinden.

Es überkommt sie das gleiche Gefühl wie an jenem sonnigen zweiundzwanzigsten Juli, als die Nachricht von dem Bombenanschlag im Osloer Regierungsviertel alle aus der trägen Ferienstimmung riss, und dann, noch bevor man so richtig begriffen hatte, was in der Hauptstadt des Nachbarlandes eigentlich passiert war, das Gerücht von Schüssen auf einer kleinen, nicht weit entfernten Insel die Runde machte. Anfangs waren es nur böse Vorahnungen, die Berichte klangen vage und wurden teilweise dementiert. Vor sieben Jahren gab es das Büro noch nicht, vermutlich war es noch nicht einmal angedacht, aber Karolina blickte auf jahrelange Erfahrung zurück, an Stellen, wo andere nichts sahen, Böses zu ahnen. Sie war eine der Ersten in Schweden gewesen, die die Katastrophe realisierte, als die Gerüchte immer weitere Kreise zogen.

Eine SSU-Tagung am dunkelsten Tag des Jahres. Das klingt überhaupt nicht gut. Rein waffentechnisch betrachtet stellt die etwa zehn Kilometer außerhalb von Södertälje liegende Tagungsstätte ein sehr viel geeigneteres Ziel dar als die Moschee am Medborgarplatsen. Seit Utøya nimmt man es zwar mit der Sicherheit bei dieser Art von Veranstaltungen genauer, aber für einen Krieg ist man nicht gewappnet. Das ginge auch gar nicht. Die einzige Art, sich gegen Anschläge mit schwerem Geschütz zur Wehr zu setzen, ist Aufklärung. Man muss diese Dinge verhindern, bevor sie passieren.

Karolina sieht Vendela von der Seite an.

»Ich habe hier was …«

Vendela lehnt sich ein wenig zur Seite und deutet auf das Handy an ihrem Ohr.

»Okay«, flüstert Karolina und wartet.

Vendela brummt zustimmend und notiert etwas auf ihrem Blick.

»Sind Sie jetzt dort?«, fragt sie ins Mikrofon.

Karolina überfliegt rasch den Rest der Liste. Das Weihnachtsgeschäft in den Einkaufsstraßen der Großstädte, eine Ausstellung im Moderna Museet in Stockholm, die heftig kritisiert wurde, weil sie keine Stellung zur kolonialen Vergangenheit bezogen hat, eine Reihe von Demonstrationen, die auf verschiedene Weise mit der Aufnahme der geflüchteten Menschen zusammenhängen, manche dafür und manche dagegen …

»Das war Desen Gürel.«

Vendelas Stimme reißt sie aus ihren Gedanken.

Karolina lässt die Liste sinken.

»Was wollte sie?«

»Sie hat bei Amin zu Hause etwas gefunden, das sie uns zeigen will. Es ist ein Mietvertrag für eine Maschinenhalle.«

»Jetzt?«, fragt Karolina.

»Ja, jetzt sofort«, sagt Vendela.

Karolina steht abrupt auf.

»Wir fahren zusammen. Denk an Amin.«

Vendelas Kiefermuskulatur spannt sich sichtbar an, als sie unbewusst die Zähne aufeinanderpresst. Die Erinnerung ist überflüssig.

Sie fahren auf dem Söderled nach Älvsjö. Vendela sitzt am Steuer. Sie findet den Weg ohne Hilfe, sie war ja schon einmal dort. Es schneit heute ausnahmsweise nicht, aber seit das Straßenamt überall Salz und Sand gestreut hat, sieht die Stadt noch schmutziger und matschiger aus. Als sie vor Amin Gürels Haus halten, ist es immer noch dunkel.

Vendela ist erstaunt, dass Desen sich gemeldet hat. Nach ihrer letzten Begegnung hat sie damit nicht gerechnet. Im ersten Moment hat sie geglaubt, Desen riefe an, um sich zu beschweren oder zu erzählen, dass sie Anzeige erstattet hätte. Doch dann wurde ihr klar, dass Desen sich nicht vorrangig an dem Regelverstoß gestört hatte, sondern daran, dass Vendela, zu der sie im Laufe des Herbstes allmählich ein Vertrauensverhältnis aufgebaut hatte, in das Haus ihres Bruders eingedrungen war, ohne sie vorher zu fragen. Und das keine zwei Stunden nach seinem Tod.

Es war nicht schwer, ihre Wut und ihr Misstrauen zu verstehen. Man hätte die Sache tatsächlich einfühlsamer handhaben können.

Vendela schließt das Auto ab, und sie gehen nebeneinander über den Plattenweg zum Haus. Desens einer Bruder hat versucht, Karolina umzubringen, und der andere hat sich vor Vendelas Augen den Schädel weggepustet. Sie haben allen Grund, auf der Hut zu sein.

Als sie auf den Klingelknopf drückt, sieht sie aus den Augenwinkeln, wie Karolina ihre Dienstwaffe zieht, in die Jackentasche steckt und die Hand darauf liegen lässt. Sie wechseln einen Blick, dann geht die Tür auf.

Desens Lider zucken nervös, als sie Vendela ansieht.

»Kommen Sie rein«, sagt sie, bevor Vendela guten Morgen gesagt hat. Desen drückt sich ein DIN-A4-Blatt an die Brust.

»Sie müssen leise sein«, fährt sie im Flüsterton fort. »Sunay schläft.«

»Wie geht es ihr?«, fragt Vendela.

Desen antwortet nicht und zieht die Augenbrauen

hoch. Als ob Vendela sich für das Befinden ihrer Schwester interessieren würde!

Vendela deutet auf Karolina.

»Das ist meine Kollegin, Karolina Möller.«

Desen nickt, macht aber keine Anstalten, Karolina die Hand zu geben, was Karolina nur recht ist, weil sie sonst den Pistolenkolben loslassen müsste, den sie in ihrer Jackentasche umklammert hält.

»Es geht um das hier«, sagt Desen und reicht Vendela das Blatt Papier, die es mit ausgestreckten Armen vor sich hinhält und überfliegt.

Karolina beugt sich zu ihr hinüber, um mitlesen zu können.

»Wann haben Sie das gefunden?«, fragt Vendela.

»Gestern am späten Abend, als wir Amins Sachen durchgegangen sind.«

»Wo lag es?«

»Mit einem Poster, das Amin für Ekins Tochter gekauft hat, in einer Papprolle. Sie hatte schon vorgestern Geburtstag, aber wir haben das Geschenk ganz vergessen. Als sie gestern hier war, habe ich es hervorgeholt.« Sie zeigt auf das Blatt Papier in Vendelas Händen. »Das war hinter dem Poster versteckt.«

»Darf ich fragen, was das für ein Poster war?«

»Ein Portrait von Darin Zanyar, wieso?«, fragt sie verwundert.

Das DIN-A4-Blatt in Vendelas Händen ist ein Mietvertrag zwischen Ekin Gürel und einem Tord Hammargren. Die Mietsache ist eine Maschinenhalle auf Hammargrens

Grundstück in Orkesta, das offenbar zur Gemeinde Vallentuna gehört. Der einfache Mietvertrag umfasst nur wenige Zeilen und ist am 5. August dieses Jahres unterzeichnet worden und bis zum 1. Juni des nächsten Jahres befristet. Die Miete beträgt fünftausend Kronen. Die Maschinenhalle soll benutzt werden, um darin Wohnmobile und Wohnwagen unterzustellen. Das ist alles.

Vendela liest den kurzen Text noch einmal, verspürt ein starkes Bedürfnis, sofort alles auszusprechen, was ihr durch den Kopf geht, kann aber in Desens Anwesenheit nichts sagen. Sie sieht Desen an und fragt sich, ob ihr die Tragweite dieser Entdeckung bewusst ist.

»Irgendetwas stimmt da nicht«, sagt Desen, als hätte sie Vendelas stumme Frage gehört. »Ekin hatte weder einen Wohnwagen noch ein Wohnmobil. Und Amin oder sonst jemand in der Familie auch nicht. Ich verstehe nicht, was er mit dieser Halle wollte.«

Sie verstummt, und ihr Blick richtet sich sorgenvoll nach innen.

Was sagt man jemandem, der zwei Geschwister verloren hat und außerdem befürchten muss, dass sie am Massenmord an einhundertsiebenundvierzig Menschen beteiligt gewesen sind?

»Nehmen Sie ihn mit. Tun Sie etwas«, sagt Desen steif. »Mein altes Heimatland ist dabei, sich in etwas Böses zu verwandeln.«

»Danke«, ist alles, was Vendela herausbekommt.

Sie steckt den Vertrag in den Umschlag, den sie zu diesem Zweck mitgebracht hat.

»Danke, dass Sie sich gemeldet haben«, fügt Karolina hinzu. »Das könnte wichtig sein.«

Desen ballt seitlich vom Körper die Fäuste.

»Er war schon immer ein religiöser Fanatiker und hat nur so getan, als ob er Demokrat wäre. Er hat die Demokratie benutzt, um an die Macht zu kommen. Und jetzt, da er sie nicht mehr braucht, zeigt er sein wahres Gesicht.«

»Er?«

Einen Augenblick lang glaubt Vendela, sie würde einen ihrer Brüder meinen.

»Erdoğan. Er beschmutzt alles, was Atatürk aufgebaut hat.«

Desens Lippen ziehen sich zu einer faltengesäumten Linie zusammen, als hätte sie in eine Zitrone gebissen.

Elias braucht nicht hinauszugehen und den Geräteschuppen zu durchwühlen, um zu finden, wonach er sucht. Die kleine Gartenschere der Marke Fiskars mit dem Verriegelungsknopf aus ausgeblichenem orangem Plastik liegt auf dem Fensterbrett links von der Haustür. Er hat etwas Exklusiveres erwartet, einen Spezialimport aus England oder einem anderen Gartenmekka. Die Klingen sehen nicht besonders scharf aus, aber das macht nichts.

Er ist erleichtert, Wallberg nicht unbeaufsichtigt im Haus zurücklassen zu müssen. Der an die Backofentür gefesselte Mann ist eine ungesicherte Granate. In seinem jetzigen Zustand ist es zwar unwahrscheinlich, dass große Gefahr von ihm ausgeht, aber Elias kann sich nicht entspannen und ihn als ungefährlich einstufen. Trotz allem, was er ihm angedroht hat, möchte er ihn lieber nicht töten müssen.

Genau wie Wallberg ist auch er eine tickende Zeitbombe, so viel hat er mittlerweile begriffen. Solange er

Wallberg unter Kontrolle hat, wird er selbst auch nicht explodieren. Er kann in seiner Hand jederzeit das Gefühl reaktivieren, als er Brinkman das Messer in den Rücken gerammt hat. Er versucht, sich nicht allzu lange damit aufzuhalten, aber wenn er die Kontrolle verliert, ist das Gefühl in Sekundenschnelle wieder da.

In der kurzen Zeit, in der Elias weg war, hat Wallberg sich nicht von der Stelle gerührt. Er liegt immer noch vor dem Backofen. Hinten in der Ecke steht ein alter gusseiserner Herd unter einer schneeweißen Rauchhaube und mitten im Raum ein großer Klapptisch mit acht Stühlen drum herum. Elias geht zu Wallberg, beugt sich zu ihm hinunter, hält ihm die Gartenschere vors Gesicht, damit er weiß, worum es geht, und schnippt sie ein paarmal auf und zu.

»Wo ist Ylva Grey?«

Wallberg sagt nichts. Elias packt seinen Zeigefinger, öffnet die Schere und lässt die Klingen am inneren Fingerglied entlanggleiten.

»Wo ist sie?«

Er drückt zu, aber nicht so fest, dass er den Finger verletzen würde. Nur so, dass Wallberg etwas spürt.

»Ich habe keine Ahnung, wovon Sie reden.«

Seine Stimme klingt gepresst.

Elias drückt fester zu, spürt den Widerstand des Knochens und fragt sich, ob dieser Moment auch irgendwann in seiner Hand abgespeichert sein wird, als aus Wallberg unerwartet ein Wortschwall herausbricht.

»Ich meine es ernst, ich weiß wirklich nicht, wovon Sie

reden. Ich habe Ylva Grey nirgendwohin gebracht. Wenn Sie mir erklären, was passiert ist, kann ich Ihnen vielleicht helfen, aber ich habe wirklich nichts mit dieser Sache zu tun.«

Er spricht schnell und beherrscht. Seine Stimme hat einen neutralen Ton, als hätte er sich völlig in sich selbst zurückgezogen, um sich vor dem bevorstehenden Schmerz zu schützen. Elias winkelt die Klinge ein wenig an, sodass Wallberg den Druck durch Haut und Fleisch bis auf den Knochen zu spüren bekommt.

»Wir haben Sie am Schuppen gesehen. Sie waren bewaffnet in meinem Hotelzimmer, und dann haben Sie versucht, uns von der Fahrbahn zu drängen. Zwei Tage später ist Ylva verschwunden. Sie ist in ihrem eigenen Haus mit Fentanylgas betäubt und entführt worden. Und Sie wollen nichts damit zu tun haben? Überzeugt mich nicht.«

Wallberg antwortet nicht sofort, Elias bewegt die Klinge hin und her.

»Ganz ruhig«, sagt Wallberg.

Es hört sich an, als wäre er besorgt um seinen Finger, aber vielleicht verstellt er sich auch nur.

»Ich gebe Ihnen recht«, spricht er in Richtung der nackten Bodendielen weiter. »Aus Ihrer Sicht muss ich es gewesen sein, das wäre logisch, aber ich war es nicht. Ich wusste nicht einmal, dass sie verschwunden ist.«

»Es fällt mir unheimlich schwer, Ihnen zu glauben.«

»Das kann ich, wie gesagt, verstehen, aber so ist es nun mal. Sie können mir diesen Finger und alle anderen auch abschneiden, bis ich meine Meinung vielleicht ändere, aber das wäre nicht die Wahrheit. Ich kann Ihnen eine Adresse nennen, wenn Sie mich dazu zwingen, aber sie wird nicht dort sein, weil ich nicht weiß, wo sie ist.«

Elias starrt auf Wallbergs Hinterkopf und lauscht seiner heiseren Botschaft. Er wünschte, er könnte ihm in die Augen sehen und seine Mimik beobachten, erträgt aber den Gedanken nicht, ihn auf einen Stuhl hieven zu müssen. Er probiert eine andere Taktik aus.

»Was war in dem Schuppen in Fäviken?«

Wallberg schweigt.

Elias drückt mit der Schere zu, bis er ächzt.

»Sie waren dort. Sie haben ihn in Brand gesteckt. Sie wissen, was in dem Schuppen war.«

»Waffen«, sagt er mit Resignation in der Stimme.

»Die beim Abschuss der Air-France-Maschine zum Einsatz gekommen sind?«

»Darüber weiß ich nichts.«

»Die aber dafür geeignet gewesen wären.«

»Das nehme ich an.«

»Es war also ein MANPADS?«

Elias krallt die Finger um die Scherengriffe, sieht die Haut aufplatzen und einen Augenblick später das Blut aus der Wunde sickern.

»Ja, ein RBS 70 NG«, bekommt Wallberg mit letzter Kraft heraus.

»Wie ist es dorthin gelangt?«

»Über Finnland nach Lettland und von dort aus rüber nach Sundsvall.«

»Eric Hands?«

»Was denken Sie denn?«, zischt Wallberg aggressiv.

Es gehört einiges dazu, in seiner Lage so zu fauchen. Gut möglich, dass er lieber ein paar Finger opfert, als Hands zu verraten, weil Letzterer ihm mehr Angst macht. Elias kann das Thema Hands vorerst ruhen lassen. Im Moment ist es nicht so wichtig.

»Das Grundstück mit dem Schuppen drauf gehört einem Peter Kihlman beziehungsweise dessen Firma, der Kopparvägen Holding. Ist er ein Strohmann von Hands?«

»Wenn, dann weiß ich jedenfalls nichts davon. Ich halte mich nach Möglichkeit von diesen Sachen fern.«

»Damit hatten Sie also auch nichts zu tun?«, fragt Elias ironisch.

»Ich habe die Fracht bis Lettland gebracht und den Schuppen da oben gesichert, aber zwischen Lettland und Jämtland war ich nicht involviert. Ich weiß nur, dass die Lieferung auf dem Seeweg von Lettland nach Sundsvall gekommen ist.«

»Hat Hands Brinkman mit Waffen bezahlt, oder ist er erpresst worden?«

Wallberg verstummt wieder. Elias hatte sich die spontane Frage nicht verkneifen können. Er sieht aus dem Fenster. Am Horizont wird es langsam hell, zwischen Meer und Land ist ein schmaler Streifen Blau zu erkennen.

»Warum haben Sie den Schuppen ausgebrannt? War da noch etwas drin?«

»Nach dem Absturz der Air-France-Maschine hat sich

niemand mehr in die Nähe des Schuppens gewagt. Aber als uns klar wurde, dass Sie davon wussten, mussten wir etwas unternehmen. Der Schuppen war leer. Das heißt, es waren keine Waffen mehr dort, nur noch Verpackungsmaterial. Ich habe alles verbrannt, um sämtliche Spuren zu vernichten.«

»Sie hatten also gleich den Verdacht, dass diese Waffe für den Anschlag benutzt worden war.«

»Was hätten Sie denn gedacht? Ein MANPADS auf Abwegen und ein abgeschossenes Flugzeug.«

»Mich würde interessieren, was Sie sich vorgestellt haben, als Sie einer Bande von Rechtsextremisten ein MANPADS besorgt haben. Dachten Sie, die würden da oben in Jämtland in ihren Pfadfinderuniformen durch den Wald rennen und Krieg spielen?«

Schweigen. Hier verlief also die Grenze. Elias erinnert sich an den Schatten auf dem Display und die Pistole mit dem Schalldämpfer in seiner Hand. Hatte Wallberg geplant, ihn im Schlaf zu erschießen? Die Zeit läuft ihm davon. Er muss sich wieder auf das Wesentliche konzentrieren.

»Ein Robot 70 auf Abwegen, ein abgeschossenes Flugzeug, ja, das ist alles vollkommen logisch. Und genauso logisch ist es, dass Sie an der Entführung von Ylva Grey beteiligt sind.«

»Nein.« Wallberg schüttelt energisch den Kopf. »Aber vielleicht kann ich Ihnen helfen. Erzählen Sie mir alles. Was ist passiert?«

»Wieso sollten Sie mir helfen?«

»Warum wohl?«, fragt Wallberg gereizt zurück. »Ich will meine Finger behalten.«

Spielt Wallberg auf Zeit? Hat Elias, ohne es zu wissen, irgendwo einen Alarm ausgelöst, als er den Code eingegeben hat? Oder soll er diese Chance nutzen? Er hat kaum eine andere Wahl. Und vor allen Dingen hat er keine Zeit, sich über die Entscheidung den Kopf zu zerbrechen.

Elias lockert seinen Griff und zieht die Schere weg.

»Hören Sie mir genau zu.«

In dem Moment, als er zu erzählen beginnt, spürt er eine tiefe Enttäuschung, dass er Wallberg nicht den Finger abgeschnitten hat.

Kurz vor der Fahrsicherheitsanlage Gillinge fährt Karolina von der E 18 ab. Auf kurvigen Straßen fahren sie durch die von Golfplätzen verhunzte Landschaft Upplands.

»Erstaunlich, dass noch niemand die Halle entdeckt hat«, sagt Vendela, als ihr Handy klingelt. »Der Prophet«, sagt sie, bevor sie das Gespräch annimmt.

Sie lauscht, summt hin und wieder und hört immer interessierter zu. Offenbar hat er einiges auf dem Herzen. Schließlich lässt sie das Telefon sinken, macht ihr Mikrofon aus und dreht sich zu Karolina um.

»Er hat Wallberg gefunden. Wallberg hat bestätigt, dass in dem Schuppen in Jämtland ein RBS 70 war und dass es von Lettland aus nach Sundsvall verschifft wurde. Über Ylva Grey hat er nichts gesagt. Angeblich hat Wallberg damit nichts zu tun, aber der Prophet weiß nicht, ob er ihm glauben soll.«

»Wie hat er ihn zum Sprechen gebracht?«

Karolina sieht hinaus in das graue Wetter, auf Felder,

Tannen und Golfplätze. Die Frage ist, was jetzt Priorität hat. Eine Maschinenhalle, die ihnen nicht wegläuft, oder Wallberg, der vermutlich gegen seinen Willen festgehalten wird. Sie haben Orkesta jetzt fast erreicht.

»Soll ich ihn fragen?«

»Nein«, antwortet Karolina. »Ist vielleicht besser, wenn wir es nicht wissen. Sag ihm, dass wir Wallberg vernehmen wollen. Find raus, wo er ist, und sag ihm, dass er dort warten soll.«

Vendela gibt Karolinas Anordnungen weiter.

»Ich schätze mal, dass wir in maximal zweieinhalb Stunden bei dir sein könnten. Wir müssen nur vorher eine Sache …« Sie wird unterbrochen und antwortet in schärferem Ton. »Wir sind aber nicht in der Stadt. Es dauert so lange, wie es dauert.«

Zwischen Vendela und dem Propheten scheint eine Verhandlung abzulaufen. Seufzend legt sie schließlich auf.

»Wo steckt er?«

»Djurö. Er hat versprochen, sich nicht vom Fleck zu rühren.«

Sie fahren einen Hügel hinauf. Schnee liegt wie ein weißes Netz auf der dunklen Erde.

»Nichts Neues von Eric Hands?«

»Bei dem Thema macht er die Schotten anscheinend dicht. Er wollte nicht mal was sagen, als er ihm gedroht hat, ihm den Finger abzuschneiden.«

»Was?« Karolina sieht Vendela an.

Vendela macht ein ahnungsloses Gesicht.

»Das hat er jedenfalls gesagt.«

Die gemietete Halle gehört zu einem mittelgroßen landwirtschaftlichen Betrieb. Aus dem Mietvertrag geht nicht hervor, welches Gebäude genau Ekin Gürel angemietet hat, sondern nur, dass es wohl eine Maschinenhalle ist, also eine größere Garage für Traktoren und Landmaschinen. Mitten in einer Kurve wird auf der rechten Seite der Hof sichtbar. Das Wohngebäude ist ein weiß verputztes Herrenhaus, für ein ordentliches Gutshaus aber nicht groß genug. Ein Stück entfernt steht ein moderner, dunkelrot gestrichener Kuhstall, und rings um das Wohnhaus sind noch ein paar kleinere Scheunen und Wirtschaftsgebäude verteilt.

Karolina biegt von der Straße ab und parkt vorne am Haus. Sie steigen aus dem Auto, und noch bevor sie den aufwendig gestalteten Eingang erreichen, dessen Überdachung auf zwei antik anmutenden Holzpfeilern ruht, kommt ein Mann heraus.

»Tord Hammargren?«, fragt Karolina.

»Das bin ich.«

Er wischt sich mit den Fingern über die Mundwinkel, als wollte er sichergehen, dass dort keine Reste des Frühstücks oder seines Vormittagskaffees kleben. Karolina hält ihm ihren Dienstausweis hin. Wie immer kommt sie sich wie eine Schauspielerin vor, auch wenn es nicht direkt Betrug ist, dass sie sich als Polizistin ausgibt.

»Sie haben Ekin Gürel eine Maschinenhalle vermietet, stimmt das?«

»Ja … Er hat darin einen Wohnwagen abgestellt.«

Hammargren antwortet gedehnt und reibt sich über die Nackenhaare. Offenbar überlegt er, was er falsch gemacht haben könnte. Hätte er das Mietverhältnis beim Finanzamt anmelden müssen? Ist der Wohnwagen gestohlen, oder worum geht es?

»Ist das ein Problem?«

»Für Sie nicht, aber wir würden uns die Halle gerne mal ansehen. Steht das Wohnmobil noch drin?«

»Ich glaube schon.«

»Welches Gebäude ist denn die Maschinenhalle?«

Vendela sieht sich auf dem Grundstück um.

»Die ist nicht hier, sondern draußen auf einem Acker.« Hammargren streckt den Arm in Richtung Norden aus. »Warten Sie, ich hole den Schlüssel.«

Als er wiederkommt, hat er sich eine Arbeitsjacke mit Teddyfutter angezogen. Karolina bietet ihm an, ihn mitzunehmen, aber er fährt in seinem eigenen Nissan-Pick-up voraus. Sie folgen ihm zu einem etwa einen Kilometer entfernten Wäldchen. Erst als sie ganz nah dran sind, sehen sie zwischen Straße und Waldrand die dunkelrote Scheune mit dem Blechdach, die kleiner als erwartet ist.

»Unauffällige Lage.«

»Geradezu optimal.«

Hammargren biegt direkt vor der Maschinenhalle in einen Feldweg ein, und Karolina parkt hinter ihm.

»Früher stand hier mein Mähdrescher, aber jetzt mache ich das nicht mehr selbst«, sagt er, als sie ausgestiegen sind. »Ich heuere eine Firma an.«

Er geht zum Tor, steckt einen großen schwarzen Schlüssel ins Schloss und dreht ihn um, woraufhin sich der eine Torflügel wie von selbst öffnet.

»Wir müssen Sie bitten, draußen zu bleiben«, sagt Karolina.

Er wirft ihr einen besorgten Blick zu.

»Worum geht es denn? Ist das Wohnmobil gestohlen?«

»Das kann ich Ihnen nicht sagen.«

Er hat tatsächlich keinen Schimmer.

»Soll ich die andere Tür auch aufmachen, damit Sie ein bisschen Licht haben?«

»Ja, danke, das wäre gut.«

Hammargren schiebt ein paar Riegel zur Seite, lässt auch den zweiten Torflügel aufschwingen und befestigt ihn mit einem Haken an der Wand. Mitten in der Halle steht tatsächlich ein durchschnittlich aussehendes Wohnmobil. An den Wänden türmt sich Gerümpel; kaputte Fenster, Seile und Wagenräder aus alten Zeiten.

»Wissen Sie, wann er das Wohnmobil hier untergestellt hat?«, fragt Vendela über die Schulter.

»Nein«, sagt Hammargren, »ich war nicht dabei.«

»Aber Sie wussten doch, dass es hier ist.«

»Ja. Nachdem es so gestürmt hat, war ich mal hier und habe nach dem Rechten gesehen.«

»Wann war das?«, fragt Karolina.

»Tja, wann könnte das gewesen sein, Anfang November?«

Sie werden das überprüfen.

»Und bis dahin stand die Halle leer?«, fragt Vendela.

»Soweit ich weiß, ja. Aber beschwören könnte ich es nicht.«

Er breitet die Arme aus und lässt sie mit einem klatschenden Geräusch seitlich an den Körper fallen. Karolina geht links vom Wohnmobil in die Halle hinein.

Vor der schmalen Tür zum Wohnbereich des Fahrzeugs bleibt Karolina stehen. Es reizt sie auszuprobieren, ob die Tür offen ist, aber sie haben es mit Terroristen zu tun, die nicht davor zurückschrecken, einhundertsiebenundvierzig Unschuldige mit in den Tod zu reißen, nur weil die Symbolik der Nationalität der Fluggesellschaft und des Zielortes passend für ihre Botschaft sind. Wahrscheinlich wäre es ihnen nur recht, wenn bei der Jagd auf die Täter noch ein paar mehr Menschen draufgingen.

»Wir warten besser, bis die Techniker hier sind«, sagt sie zu Vendela. »Rufst du sie an?«

Vendela nickt und zieht ihr Handy aus der Tasche.

Karolina entdeckt hinter einem Bretterstapel eine staubige Holzleiter. Sie dreht sich zu Hammargren um, der brav am Eingang stehen geblieben ist.

»Hält die?«

»Ja, die kann man noch benutzen. Ich würde nur nicht ganz nach oben klettern.«

Karolina zieht die Leiter hinter dem anderen Krempel hervor. Hammargren vergisst für einen Augenblick seine Anweisung und will ihr zu Hilfe eilen, hält aber inne.

»Kann ich kurz reinkommen? Um Ihnen zu helfen.«

»Danke, aber Sie bleiben besser, wo Sie sind.«

Karolina lehnt die Leiter hinten ans Wohnmobil. An allen Fenstern sind die Vorhänge zugezogen, nur am Heckfenster stehen sie einen Spalt offen. Sie steigt bis zur fünften Sprosse hoch, um hineinschauen zu können. Die Leiter knarrt, macht aber einen stabilen Eindruck.

»Siehst du was?«, fragt Vendela, die das Telefonat mit den Technikern beendet hat.

»Es ist dunkel.«

Karolina zieht eine Taschenlampe aus der Jackentasche, knipst sie an und richtet den Strahl auf die Scheibe. Mit der anderen Hand versucht sie, die störenden Spiegelungen in der Scheibe zu verdecken. Sie lässt den Lichtkegel durch den Innenraum schweifen. Irgendetwas stimmt nicht, aber sie braucht einen Moment, um zu erfassen, was es ist.

»Die Ausstattung ist fast komplett rausgerissen«, sagt sie. »Da hängen nur noch ein paar Schränke. Die Betten und der Tisch sind weg, und eine Küche oder ein Bad, oder was in diesen Wohnmobilen normalerweise drin ist, kann ich auch nicht sehen.«

Unter einer dünnen Wolldecke ragt ein dunkles, mit Löchern perforiertes und schmal zulaufendes Stück Metall hervor. Karolina ist sich ganz sicher, dass es sich um das Gestell eines RBS 70 handelt. Sie sieht Vendela an und nickt ihr zu. Sie haben die Waffe gefunden, mit der die Air-France-Maschine abgeschossen wurde.

Terje Wallberg liegt in seinem eigenen Urin auf dem Küchenfußboden. Die Wolkendecke reißt langsam auf, und ganz oben auf der weißen Rauchhaube schimmert bereits ein warmer Sonnenstrahl. Die Handyuhr zeigt 09:04 Uhr an.

Elias hat nicht damit gerechnet, zum Entführer zu werden. Er wollte nur eine schnelle Antwort auf seine Fragen und sich dann wieder verziehen. Wallberg hätte er auf Djurö zurückgelassen, damit er niemanden warnen konnte. Und sobald er Ylva gefunden hätte, hätte er es dem Büro überlassen, sich um Wallberg zu kümmern. Hätte Wallberg seine Fragen beantwortet, wäre Elias längst unterwegs, aber Wallberg weiß nichts. Elias' detaillierte Schilderung von Ylvas Entführung hat ihn auch nicht gesprächiger gemacht. Und jetzt liegt er da und pisst sich in die Hose.

In Filmen kommen gemeinsame Toilettenbesuche von Kidnappern und ihren Geiseln nur vor, um eine Gelegenheit zur Flucht oder Kontaktaufnahmen zur Außenwelt zu geben. In der Realität ist das nicht nur beschwerlich, sondern auch abstoßend. Als Wallberg ihm in den Ohren lag, dass er aufs Klo müsse, hatte Elias gesagt, damit müsse er selbst fertigwerden. Das Risiko, die Kabelbinder zu durchtrennen, will er nicht eingehen, und ganz bestimmt würde er nicht mit ihm gemeinsam rausgehen, um ihm beim Pinkeln zu assistieren. Er ist ja kein Pfleger. Er ist nur aus einem einzigen Grund hier: Er will wissen, wo Ylva ist.

Er loggt sich in seinen studentischen E-Mail-Account ein wie schon unzählige Male zuvor an diesem Morgen, immer ohne Ergebnis. Aber diesmal hat er eine neue Nachricht im Posteingang. Den Absender erkennt er auf Anhieb.

Genau wie bei den vorherigen Malen enthält die E-Mail nur einen Link zu einem Server, von dem er die Datei herunterladen kann. Elias klickt den Link an, und in seinem Browser öffnet sich die entsprechende Homepage. Er zögert einen Moment, bevor er mit dem Daumen auf »Datei herunterladen« tippt. Wahrscheinlich können sie sehen, wann er auf der Seite war und das Video heruntergeladen hat. Fühlen sie sich dadurch erst recht angespornt, noch mehr Aufnahmen zu machen? Und könnte er umgekehrt das nächste Video hinauszögern, indem er mit dem Herunterladen von diesem noch wartet?

Er tippt auf den Bildschirm und verfolgt mit wachsendem Widerwillen, wie der blaue Balken neben der Prozentzahl langsam breiter wird. Diesmal dauert es nicht lange. Was wird er zu sehen bekommen? Elias will es sich nicht vorstellen, er kämpft dagegen an, aber die unerwünschten Fantasien spulen sich trotzdem, eine widerlicher als die andere, der Reihe nach in seinem Kopf ab.

Als der blaue Balken das gesamte Kästchen ausfüllt, ist er bizarr erleichtert, endlich auf Play drücken zu können. Nichts, was er jetzt sehen wird, kann schlimmer sein als das, was er sich soeben ausgemalt hat. Davon ist er überzeugt.

Es fängt genauso an wie beim letzten Mal: Ylva verängstigt, gedemütigt, den Tränen nah. Für jemanden, der sie gut kennt, ein unfassbarer Anblick. Die linke Hand hängt seitlich an ihrem Körper herunter, wo Ring- oder Mittelfinger fehlen, ist ein Verband. Ein Mann tritt ins Bild, und die Kamera zoomt auf die Rosenschere mit den roten Griffen. Kurz sieht man Ylvas schreckgeweitete Augen, dann wird sie von dem Mann verdeckt. Ein paar Sekunden lang ist nur der Rücken des Mannes zu sehen, dann bricht ein schriller Schmerzensschrei über ihn herein und stößt wie ein Dolch in seine Brust, und erst jetzt begreift er, dass das Video diesmal mit Ton ist.

Ein Finger wird in die Kamera gehalten. Abgesehen von der blutigen Schnittkante ist er sauber.

Er wendet sich vom Display ab und lässt seinen Blick durch den Raum schweifen, in dem eine alte Petroleumlampe und eine teure Espressomaschine in scharfem Kontrast zum Tageslicht hervortreten. Ein furchtbarer Gedanke kommt ihm. Nein, nicht nur ein Gedanke. Jetzt wird es ihm klar. Sie machen diese Filme für ihn. Nicht, um ihm zu drohen oder ihm ein weiteres, nicht näher genanntes Ultimatum zu stellen. Sie schicken sie ihm, damit er leidet.

Er weiß nicht, was schwerer zu ertragen ist, die beklemmende Szene oder die Erkenntnis, dass sie sie quälen, um ihn zu quälen. Er ist die Ursache für ihr Leid. Wenn er nicht wäre, hätten sie Ylva weder entführt noch ihr zwei Finger abgeschnitten. Es ist seine Schuld.

Elias wirft das Handy von sich, schnappt sich die Gartenschere vom Küchentisch, ist mit zwei großen Schritten bei Wallberg, beugt sich über ihn, packt seinen Zeigefinger und setzt die Klingen an den bereits bestehenden Wunden an. Wallberg brüllt vor Schmerz oder vor Überraschung. Vielleicht ist es auch eine Mischung aus beidem. Nach kurzer Zeit geht der Schrei in ein dumpfes Ächzen über und verstummt schließlich ganz.

»Wo ist sie?«, brüllt Elias in sein Ohr. »Ich will jetzt sofort wissen, wo sie ist, sonst schneide ich den Finger ab.«

Er drückt fest zu und spürt, wie die Klinge den Knochen berührt.

»Ich weiß es nicht, ich schwöre, ich weiß es nicht. Wenn ich Ihnen irgendwie helfen kann, dann werde ich das tun, aber ich weiß nicht, wo sie ist.«

Er schnappt jetzt stoßweise nach Luft. Elias ist kurz davor, mit aller Kraft die Schere zusammenzudrücken und den Knochen in Wallbergs Finger knacken zu hören. Oder krachen? Wie klingt es, wenn ein Finger abgeschnitten wird?

»Haben Sie noch eine E-Mail bekommen?«, keucht Wallberg. »Wenn Sie wollen, sehe ich mir das Video an. Vielleicht kann ich erkennen, wo sie sind.«

Sagt er das nur, um Zeit zu gewinnen? Um seinen Finger noch ein paar Minuten länger zu behalten, oder hat er einen Trumpf im Ärmel? Ist jemand auf dem Weg hierher?

»Zeigen Sie mir das Video«, drängt er. »Wenn Brinkmans Leute etwas damit zu tun haben, könnte es sein, dass ich den Ort wiedererkenne.«

Es ist eine Kellerwand zu sehen. Was sollte über sie zu sagen haben? Andererseits hat Elias nichts zu verlieren, wenn er ihm das Video zeigt.

Er legt die Schere auf den Tisch und hört Wallberg aufatmen, obwohl er sich offenbar Mühe gibt, sich seine Erleichterung nicht anmerken zu lassen. Zu spät merkt er, dass er in Wallbergs Pisse getreten ist.

»Wenn es einer von seinen Leuten ist, kann es gut sein …«

»Ja«, fällt Elias ihm ins Wort, »ich habe es kapiert.«

Er nimmt das Handy in die Hand, betrachtet das Standbild, auf dem der Mann mit der Sturmhaube mit dem Rücken zur Kamera steht. Elias zögert, weil es ihm zutiefst widerstrebt, die gedemütigte und gefolterte Ylva Wallbergs Blicken preiszugeben. Diese Videos sind zu intim, um sie irgendjemandem zu zeigen. Er sieht sich das ganze Video noch einmal ohne Ton an, obwohl ihm bereits klar ist, dass er es Wallberg zeigen muss. Er muss jede Chance, und sei sie auch noch so klein, ergreifen. Wenn der Ton abgeschaltet ist, hat er zumindest das Gefühl, ihm Ylva nicht komplett auszuliefern. Während er sich für die letzte Sequenz wappnet, wenn sich der Mann mit dem abgeschnittenen Finger in der Hand zur Kamera umdreht, wird ihm schlagartig bewusst, dass die E-Mails eine Gemeinsamkeit haben. Er sieht sich die beiden vorherigen noch einmal an, um seinen Verdacht zu überprüfen. Er hat recht. Alle drei E-Mails sind um kurz nach neun gekommen.

Die kaltblütige Pünktlichkeit, mit der die E-Mails eingetroffen sind, schert sich nicht die Bohne darum, was Elias gerade tut oder nicht. Was auf den ersten Blick amateurhaft und schlampig wirkt, nimmt sich jetzt durchdacht, um nicht zu sagen raffiniert aus. Sie ziehen das auf ihre eigene Art durch. Die Qualität der Bilder, was zu sehen ist und was nicht, der Turnus und das Maß an Grausamkeit, alles ist genau durchdacht. Ylva bedeutet ihnen gar nichts. Sie ist nur Mittel zum Zweck. Ylvas Qualen sind nur dazu da, Elias zu quälen. Die Videos werden weiter kommen, eins nach dem anderen, bis sie sie auf die eine oder andere Weise töten. Stoppen kann er sie nur, wenn er sie findet.

Er klickt das dritte Video an. Mittlerweile ist es 09:17 Uhr. Noch vierundzwanzig Stunden bis zum nächsten Film. Er hat einen Tag Zeit. Kaum hat er diesen Gedanken gedacht, kommt ihm eine weitere Erkenntnis. Sie trifft ihn mit solcher Wucht, dass er sich vornüberbeugt, als ob er schwere Magenkrämpfe hätte. Die Videos werden zwar mit der Präzision eines Uhrwerks verschickt, aber woher will er wissen, ob sie auch auf genauso pedantische Weise produziert werden? Alles in ihm lehnt sich gegen den Gedanken auf, aber schließlich muss er sich doch geschlagen geben. Vielleicht sind die Videos längst abgedreht, Ylva möglicherweise gar nicht mehr am Leben. Die Täter könnten sich bereits der Leiche entledigt und das Land verlassen haben, ihn aber noch wochenlang mit dem Inhalt dieser Videos foltern und ihn in der falschen Hoffnung wiegen, dass er irgendetwas tun könnte, um sie zu retten.

Er beißt die Zähne zusammen, geht auf wackligen Beinen die wenigen Schritte zu Wallberg hinüber, wobei der der Urinpfütze diesmal ausweicht, und kniet sich neben seinen Kopf.

»Können Sie sehen?«

Er hält Wallberg den Bildschirm vors Gesicht.

»Nein. Das Bild dreht sich.«

Genau in diesem Moment klingelt das Handy. Auf dem Display erscheint die Nummer von Emmanuel Lambert. Da muss er drangehen.

Elias steht auf und geht in den Flur, ohne Wallberg aus den Augen zu lassen.

»Hallo?«

»Es ist so weit«, sagt Lambert.

Jede Faser seines Körpers rebelliert dagegen. Nicht jetzt! Er kann das jetzt nicht. Es ist unmöglich. Wenn er sich entscheiden muss, entscheidet er sich, ohne eine Sekunde zu zögern, für Ylva. Er scheißt auf Hands. Eric Hands kann tun und lassen, wozu er Lust hat, er soll von ihm aus steinreich werden oder töten. Es ist Elias egal.

Aber seine gesamte Zusammenarbeit mit Lambert basiert auf der Abmachung, Eric Hands zu töten. Das und nichts anderes ist seine Aufgabe. Kann er mit ihm verhandeln? Auf sein Verständnis hoffen?

»Ich melde mich noch mal, um Ihnen den genauen Zeitpunkt und den Ort zu nennen.«

Es ist also doch noch nicht so weit. Er beschließt, nichts zu sagen. Noch bleibt ihm ein wenig Zeit.

»Machen Sie sich bereit.«

»Das bin ich immer.«

Das Telefonat ist beendet. Drüben vor dem Herd stöhnt Wallberg. Elias geht zu ihm zurück, greift nach der Schere, sieht, während er sich zu ihm hinunterbeugt, aus den Augenwinkeln das nervöse Flattern von Wallbergs Lidern, und durchtrennt den Kabelbinder, mit dem Wallberg an die Backenofenklappe gefesselt ist. Dann verknüpft er den Kabelbinder an Wallbergs Handgelenken mithilfe eines weiteren Kabelbinders mit seiner hinteren Hosenschlaufe, hilft ihm, sich aufzusetzen, und lehnt ihn mit dem Rücken an den Herd.

Wenn er jetzt immer noch behauptet, dass er den Bildschirm nicht richtig sehen kann, muss Elias die Gartenschere wieder hervorholen. Vielleicht war es taktisch unklug, ihn nicht auf die Toilette gehen zu lassen. Man schafft nicht gerade Vertrauen, indem man jemanden zwingt, sich in die Hose zu machen. Aber das sind sinnlose Grübeleien. Wallberg ist Profi. Ein Stockholmsyndrom wird er mit Sicherheit nicht entwickeln. Bei der erstbesten Gelegenheit wird er entweder versuchen zu fliehen oder Elias zu töten. Er hält ihm den Bildschirm vors Gesicht und lässt das Video noch einmal laufen. Wallberg sieht es sich regungslos an.

»Das erklärt einiges«, brummt er heiser.

Seinem Tonfall nach zu urteilen, will er damit sagen, dass er jetzt besser versteht, warum er beinahe einen Finger eingebüßt hätte.

»Was sehen Sie?«

»Können Sie mir das Video noch mal zeigen?«

Elias tut, worum Wallberg ihn bittet. Wallberg kneift die Augen zusammen und beugt sich vor.

»Kennen Sie den Ort?«

»Nein«, sagt er. »Haben Sie noch mehr? Das ist doch nicht das erste Video. Kann ich vielleicht auch die anderen sehen?«

»Kein großer Unterschied.«

Meint Wallberg es ernst, oder wartet er nur auf eine Gelegenheit, sich zu befreien? Elias weicht einen Schritt zurück und nähert sich Wallberg von der Seite, damit dieser sich nicht nach oben stemmen und ihm eine Kopfnuss verpassen kann. Falls er im Raum irgendeinen scharfen Gegenstand entdeckt hat, mit dem sich die Kabelbinder durchtrennen lassen, kann er sich innerhalb von Sekunden befreien, sich ein Küchenmesser schnappen und Elias damit abstechen oder ihn mit seiner eigenen Pistole erschießen. Innerhalb weniger Augenblicke wäre es vorbei.

»Das kleinste Detail kann von Bedeutung sein«, sagt Wallberg.

Elias versucht, aus dem Mann schlau zu werden, aber es ist unmöglich. Was immer er tut, er tut es unter Zwang. Er kann gar nicht aufrichtig handeln, selbst wenn er ernst meint, was er sagt. Er beschließt, ihm das erste Video zu zeigen, sucht es heraus und hält ihm den Bildschirm hin.

»Zoomen Sie mal die Wand hinter ihr ran«, sagt Wallberg, als das Video zu Ende ist.

Elias lässt es noch einmal mit herangezoomter Wand ablaufen. Dafür muss er sich ein wenig verrenken, weil er zwei Finger auf dem Bildschirm liegen lassen und mit der anderen Hand das Handy festhalten muss. Die ganze Zeit passt er auf, Wallberg nicht zu nah zu kommen.

»Ja«, sagt Wallberg. »Ich weiß, wo das ist.«

Sie lebt nicht mehr oder nur noch auf allerniedrigstem Level. Das Herz schlägt, die Lunge versorgt das Blut mit Sauerstoff, Nieren und Leber reinigen es, Magen und Darm entziehen allem, was durch die Speiseröhre gelangt, Nährstoffe. Nicht zu leben, ist die einzige Art zu überleben. Ylva hat sich abgestellt. Ihre Gedanken bewegen sich in einem begrenzten Rahmen. Atmung, Herzschlag, die rauen Wände, die Struktur des Fußbodens, auf dem sie diesmal liegt. Er ist anders als der vorige. Die feuchte Luft, die nach Fäulnis riecht, die weit entfernten Geräusche, die durch die Gänge im stummen Felsen hallen. Nicht analysieren, nur wahrnehmen. Wie eine Kamera ohne Mensch dahinter. Es gibt eine Netzhaut, eine Linse, Stäbchen, Zapfen, einen Sehnerv und ein Sehzentrum, mehr nicht. Keine Erfahrungen, kein Wissen. Die Bilder laufen in einem leeren Kinosaal ab. Der Körper funktioniert nur noch, völlig emotionslos. Das Bewusstsein ist Wahrnehmung ohne Reflexion. Alles andere bedeutet Tod.

Am Anfang ist der Schmerz alles. Er ist unbegreiflich, übersteigt jede Grenze, bricht jeden Widerstand. Dann löst er sich auf und hört auf zu existieren, wird unwichtig. Das ist eine Lüge, aber eine entscheidende. Der Schmerz darf nicht existieren, nicht einmal als etwas Abstraktes, darf nicht einmal gedacht werden. Und doch ist es wahr, dass er zweitrangig geworden ist. Das andere darf erst recht nicht von ihr Besitz ergreifen. Wann kommen sie wieder? Bedeutet die Klinke, die hinuntergedrückt wird, Essen, Toilettengang oder etwas anderes? Was passiert diesmal? Werden sie ihr der Reihe nach alle Finger abschneiden, oder ist es diesmal ein Ohr, ein Zeh, ein ganzer Arm, ein glühendes Eisen, Strom, Nadeln, Nägel, Messer? Ist es das Finale? Als sie sie woanders hingebracht haben, dachte sie zuerst, sie wäre dort angekommen. Am Ende. Aber so ist es nicht. Noch ist sie nicht da.

Es ist nicht der Schmerz, es sind die Gedanken, das Unheimliche, die Angst, das Wissen, das kein Wissen, sondern eher eine düstere Fantasie ist, aber auf irgendeine Art doch das Wissen, dass das hier ein bodenloser Abgrund ist.

Der Gedanke, dass jeden Moment alles passieren kann und sie nichts tun oder sagen kann, um daran etwas zu ändern. Sie weiß auch nicht, ob es jemanden gibt, der etwas dagegen tun könnte. Ob es überhaupt noch etwas gibt, worauf sie hoffen kann. Sie weiß nichts.

Die meiste Zeit schweigen sie. Geben höchstens kurze Kommandos. Hinstellen, hinsetzen, Hände nach vorn. Am Anfang hat sie ihr Schweigen und die Verweigerung jeglicher Kommunikation verflucht. Auf ihre Fragen und vorsichtigen Bitten haben sie, wenn's hochkam, mit Taten reagiert. Eine Decke, eine Flasche Wasser. Jetzt ist sie dankbar dafür. Ihre Kommunikation ist so, wie Ylva sich ihre Gedanken wünscht. Funktional, sonst nichts. Keine Drohungen, keine Ultimaten, keine Manipulation.

Ylva versteht nicht, wie es möglich ist, dass sie noch am Leben ist, aber andererseits ist sie das auch nicht. Nicht zu leben, ist die einzige Art zu leben. Andere Menschen klammerten sich vielleicht an etwas Positives, eine Hoffnung oder utopisches Wunschdenken, erschufen sich selbst ein kleines Licht am Ende des Tunnels, auf das sie hinstreben konnten. Sie weiß nicht, was normal ist, wenn man durchmacht, was sie durchgemacht hat. Ob es überhaupt etwas gibt, was in so einer Situation normal ist. Sie kann jedenfalls nicht hoffen. Sie kann nur sterben.

Die Morgensonne wirft einen hellen Schimmer auf die Tannenspitzen am Waldrand hinter Tord Hammargrens Maschinenhalle. Die Techniker haben ihre Fahrzeuge in gehörigem Abstand geparkt, und die Straße ist in beiden Richtungen abgesperrt. Solange sie nicht wissen, ob in dem Wohnmobil eine scharf gestellte Bombe oder irgendeine andere unangenehme Überraschung deponiert ist, wird der Verkehr von Polizisten und roten Warnflaggen umgelenkt. Als die Techniker Entwarnung geben, ist allerdings ohnehin noch kein einziges Auto vorbeigekommen.

Karolina und Vendela eilen von Hammargrens Hof zurück zur Maschinenhalle. Sie haben ihn bei sich zu Hause vernommen. In der nächsten Zeit wird Hammargren auf Herz und Nieren geprüft werden. Solange nicht das Gegenteil bewiesen ist, wird er als Terrorist eingestuft. Karolina hält es jedoch für unwahrscheinlich, dass er etwas mit der Sache zu tun hat. Irritierend findet sie nur, dass er nach dem Abschuss der AF1562 keinen Verdacht geschöpft hat. Er hat weder die Polizei informiert noch selbst herumgeschnüffelt und ist nicht im Entferntesten auf die Idee gekommen, dass vielleicht irgendetwas nicht in Ordnung sein könnte.

Sie fahren die tausend Meter bis zu der von Fahrzeugen und Technikern belagerten Halle. Aus dem offenen Tor dringt ein bläuliches Licht. Karolina sieht auf die Uhr am Armaturenbrett. Wenn sie die Untersuchung in den nächsten zwanzig Minuten übergeben können, schaffen sie es noch im versprochenen Zeitrahmen bis nach Djurö. Fast.

»Das ist auf jeden Fall ein Robot 70, zumindest Teile davon«, sagt einer der Techniker, als er aus der Halle kommt.

Sjöqvist arbeitet ausschließlich für das Büro, ist etwa fünfzig Jahre alt, hat ein erstaunlich glattes und faltenloses Gesicht und graumeliertes, ständig zerzaustes Haar.

»Sie können gerne reingehen und sich alles mit eigenen Augen ansehen, aber seien Sie vorsichtig, da drinnen ist nicht nur die Abschussvorrichtung, sondern auch zwei Lenkwaffen von der Firma BOLIDE.«

Karolina geht als Erste hinein, Vendela folgt ihr. Sjöqvist und seine Kollegen haben in der Halle und im Inneren des Wohnmobils gleißend helle Scheinwerfer aufgestellt. Über eine Trittleiter, die die Techniker aufgestellt haben, gehen sie ins Wohnmobil.

Karolina tritt einen Schritt zur Seite, um Vendela Platz zu machen. Die Wolldecke, die vorhin noch hier lag, ist zur Seite geschafft worden. Die Abschussvorrichtung ist teilweise auseinandergebaut worden, das Display wurde abmontiert. Aber es fehlt noch etwas, sie kommt nur nicht drauf, was.

»Sie haben das Ding einfach liegen lassen«, sagt Vendela. »Mit Munition.«

Die beiden Lenkflugkörper mit ihren Flossen liegen blitzblank da.

»Mit so einem Zeug fährt man ja auch nicht gerne durch die Gegend, wenn die gesamte Polizei des Landes auf den Beinen ist. Wahrscheinlich hatten sie hier ein Fluchtauto bereitgestellt. Oder mehrere.«

»An einem dunklen Abend ist es kein Problem, sich hier reinzuschleichen. Hammargren scheint nicht besonders neugierig zu sein, und falls sie aus der anderen Richtung gekommen sind, hätte er sie nicht einmal gesehen, wenn er zufällig gerade aus dem Fenster geguckt hätte.«

Karolina beugt sich über das umgedrehte Gestell. »Der Prozessor fehlt auch.«

»Vielleicht wollten sie das ganze Ding auseinanderbauen, um es irgendwo zu verstecken, sind aber nicht weitergekommen«, sagt Vendela. »Oder sie wollten irgendwelche Informationen verbergen.«

»Ich frage mich, wieso sie die Einrichtung rausgerissen haben. Das Ding hätte doch auch so reingepasst. Haben sie hier vielleicht noch mehr Zeug gelagert?«

»Ich schätze mal, es war bequemer so«, sagt Vendela. »Wenn es nicht so eng ist, kann man schneller arbeiten.«

Karolina betrachtet die Lenkflugkörper auf dem Boden. So sah also die Waffe aus, die, gelenkt von einem Laserstrahl in der Abschussvorrichtung, die AF1562 kurz vor der Landung in Arlanda traf und damit dem Leben der sechsköpfigen Besatzung und der einhunderteinundvierzig Passagiere, die ihre Sitze bereits in eine aufrechte Position gebracht hatten, ein Ende machte. Drei Sitzplätze an Bord waren leer, sie waren auf die Namen von Eric, Ulrika und Richard Hands gebucht, ein diskreter Hinweis an die schwedische und die französische Regierung.

»Eine Infrarotkamera ist auch dabei«, sagt Vendela.

Waffe und Munition sind in einem hervorragenden Zustand, es handelt sich um kein ausrangiertes Modell, das auf irgendeinem Gebrauchtwarenmarkt ausgegraben wurde. Auch wenn sich dieses Robotsystem nicht nach Lettland zurückverfolgen lässt, müsste man feststellen können, wer es beim Hersteller bestellt hat.

»Sind sie da drinnen?«, tönt eine bekannte Stimme durch die Halle.

Örjan ist mit einem weiteren Kollegen eingetroffen. Mit wehendem Mantel kommt er auf das Wohnmobil zu.

»Gut«, sagt Vendela, »dann können wir ja jetzt nach Djurö fahren.«

Karolina ist hin- und hergerissen. Endlich ein Durchbruch in einem der größten Kriminalfälle des Landes, und ausgerechnet da müssen sie weg. Vendela hingegen scharrt schon mit den Füßen. Und sie hat ja auch recht. Bei Wallberg und Djurö geht es um ein Leben, das noch gerettet werden könnte.

»Was meinst du, wie lange wir den Fall behalten dürfen?«, fragt Vendela, als sie mit hundertsechzig Sachen auf der E 18 Richtung Stadt brettern.

»Ich schätze mal, wir müssen Gabriel Fors spätestens morgen früh im Ministerium Bericht erstatten. Und dann wird er es in die Hand nehmen oder, besser gesagt, die Regierung.«

Hinter Täby wird der Verkehr dichter. Karolina muss ständig die Spur wechseln, um voranzukommen.

»Und dann übernimmt die Säpo?«

»Das wäre jedenfalls das Beste. Wir haben nicht genug Leute. Sie lassen uns nur ein bisschen rumschnüffeln, weil wir noch mit dem Fall Ekin Gürel betraut sind.«

Und plötzlich haben sie es mit einem Terrorangriff gewaltigen Ausmaßes zu tun, auch aus internationaler Perspektive betrachtet.

Sie nähern sich Djurö. Die Landschaft in der ausnahmsweise zum Vorschein gekommenen Dezembersonne ist kahl, nackt und schwarz, aber auf eine herbe archaische Art trotzdem schön. Karolina bittet Vendela, dem Propheten zu texten, dass sie bald da sind.

»Keine Antwort«, sagt Vendela fünf Minuten später.

Karolina lässt sich vom Navi über immer schmalere und holprigere Straßen zum Grundstück von Terje Wallberg führen. Schließlich biegt sie in einen Waldweg Richtung Meer ein, dessen tiefste Schlaglöcher mit Schotter ausgebessert worden sind. Wie zu erwarten, ist das Sommerhäuschen ein prächtiges Jugendstillandhaus in Südlage, Nadelbäume und Erlengestrüpp sind einem Vorzeigerasen gewichen, genau die Art von Sommerresidenz, die für die schwedische Elite schon fast obligatorisch ist, am besten mit einem fetten Daycruiser und ein paar Jetskis am Steg. Aber natürlich nicht im Winter.

Die Einfahrt ist leer, im Haus brennt kein Licht. Karolina hält ein Stück oberhalb vom Haus entfernt und macht den Motor aus. »Hat er immer noch nicht geantwortet?«

»Nein.«

Schweigend bleiben sie im Auto sitzen.

»Was denkst du?«

»Ich glaube, sie sind weg.«

Karolina seufzt laut. Falls Vendela recht hat, haben sie mitten in einem hochbrisanten Fall eine ganze Stunde damit verschwendet, in den Schärengarten hinauszufahren. Für nichts und wieder nichts.

»Er hätte sich melden sollen.«

»Es muss etwas passiert sein«, sagt Vendela.

Aus irgendeinem rätselhaften Grund nimmt sie ihn immer in Schutz. Klar, er hat ihnen unter Einsatz seines Lebens geholfen, ins Atlas-System einzudringen, das muss man ihm lassen, aber abgesehen davon hatten sie mit dem Propheten eigentlich nur Ärger und Scherereien.

»Wenn du mich fragst, ist das ein wiederkehrendes Muster. Er lässt sich von uns helfen, aber wenn es um die Gegenleistung geht, dann liefert er nicht. Ruf ihn an.«

Vendela greift zum Handy. Sie hört es tuten, aber es geht niemand dran.

»Schreib ihm, dass er sich sofort melden soll, wenn er noch weiter an dieser Zusammenarbeit interessiert ist.«

Karolina öffnet die Tür und setzt einen Fuß auf den nassen Schotter. »Wir gehen jetzt rein.«

Sie zieht ihre Waffe aus dem Holster.

Vendela holt ein kleines Fernglas hervor und sieht sich die Fenster genauer an. Dann dreht sie sich kopfschüttelnd zu Karolina um.

Das Grundstück besteht fast nur aus Rasenfläche und ist rings um das Haus überhaupt nicht bewachsen. Auf den letzten Metern kann man sich nirgendwo verstecken. Schnell, aber leise sprinten sie zum Haus.

Karolina greift nach der Klinke, die Tür ist nicht abgeschlossen. Sie gibt Vendela ein Zeichen, dass sie die Tür jetzt öffnen wird und Vendela sich bereitmachen soll, hineinzugehen. Vendela nickt. Karolina reißt die Tür weit auf, und Vendela schiebt sich mit vorgehaltener Waffe in leicht gebückter Haltung vorbei ins Haus. Karolina folgt ihr in kurzem Abstand.

Vom Flur mit der halbhohen, hellgrauen Holzverschalung gelangt man in eine offene Küche mit zwei Türen rechts und links von der großen gemauerten Rauchhaube über dem gusseisernen Herd. Vendela nimmt die linke, Karolina die rechte. Außer ihren eigenen Schritten auf dem Dielenboden sind keine Geräusche zu hören, weder aus dem Inneren des Hauses noch von draußen. Nachdem sie das Erdgeschoss gesichert haben, gehen sie hinauf zu den Schlafzimmern.

»Hier ist niemand«, ruft Vendela.

»Hier auch nicht«, antwortet Karolina. »Er ist mit Wallberg verschwunden.«

Als sie wieder unten in der Küche sind, nimmt Karolina einen leichten Uringeruch wahr, ehe sie die Lache vor dem Herd entdeckt.

Vendela nimmt die Gartenschere vom Küchentisch und zeigt sie Karolina. An einer der Klingen klebt Blut.

»Was hat er hier gemacht?«, fragt Vendela. Aber eigentlich braucht man nicht viel Fantasie, um eins und eins zusammenzuzählen. Den Rest kann man sich denken.

Elias nimmt Wallbergs Auto, weil es getönte Scheiben hat. Im Mietwagen würde eine gefesselte und geknebelte Person auf der Rückbank womöglich Aufsehen erregen.

Zur Sicherheit hat Elias Wallberg noch eine blaue Plane übergeworfen, die er in einem der Schuppen gefunden hat. In Kombination mit einer Kreissäge, Wasserwaage und Werkzeugkasten macht es einen richtig glaubwürdigen Eindruck.

Falls Wallberg die Wahrheit sagt, befindet sich Ylva in einem Keller ein paar Kilometer südlich von Trosa. Elias kann kaum glauben, dass Wallberg das an der nichtssagenden Wand mit dem nackten Putz erkannt haben will. Bei weiterem Nachbohren hat Wallberg zugegeben, dass sie eigentlich an keinem anderen Ort sein konnten, wenn Elias sich sicher war, dass Brinkmans Männer dahintersteckten.

Merkwürdigerweise sprechen sowohl Wallberg als auch das Büro immer noch von Brinkmans Männern und der Brinkman-Gruppe. Als ob Brinkman noch am Leben wäre und Elias ihn nicht umgebracht hätte. Es kommt ihm vor, als würde Brinkman eine Hand aus dem Grab strecken und Rache fordern. Und vielleicht ist ja auch genau das geschehen.

Elias fragt sich, ob Wallberg weiß, dass er Brinkman getötet hat. Wenn er weiß, dass einer von Brinkmans Männern in der Nähe von Trosa ein Haus mit Keller hat, muss er sie ziemlich gut kennen.

Hinter Södertälje beginnt auf dem Beifahrersitz sein Handy zu klingeln. Wie vermutet ist es das Büro. Er kann während der Fahrt keine SMS schreiben, und telefonieren will er mit Wallberg im Nacken auch nicht. Dass er nicht auf Djurö auf sie gewartet hat, bringt die beiden vermutlich ordentlich auf die Palme.

Als er von der E 14 abgefahren ist, hält er am Straßenrand an und schickt Vendela zur Erklärung das jüngste Video der Entführer.

Die Uhr am Armaturenbrett zeigt 11:26 Uhr an. Die Sonne scheint von einem blassblauen Himmel, aber im Südwesten türmen sich bereits Wolken auf.

»Wir sind bald da«, ruft er nach hinten. Unter der Plane ist es still.

Zwei Kilometer vor dem Ziel kommt ihm der Gedanke, dass er hinters Licht geführt worden ist. Es war viel zu einfach, Wallberg die Information zu entlocken. Er wird für Brinkmans führungslose Söldner nicht viel übrighaben und keine großen Opfer für sie bringen, aber als Verräter zu gelten, ist nie gut fürs Geschäft. Stimmt das, was er gesagt hat, oder stellt Wallberg ihm eine Falle?

Das letzte Stück fährt er in Schrittgeschwindigkeit. Vor der Garage steht ein weißer Golf mit vergilbtem Lack. Er parkt direkt hinter ihm. Das Haus ist ein unterkellerter Bungalow aus den Fünfzigern. Ein paar Stufen mit rotgrünem Geländer führen hinauf zur Eingangstür.

Laut Wallberg wohnt hier ein Jon Liljekvist. Das Melderegister hat das bestätigt. Elias steigt aus, öffnet die hintere Tür und zieht die Plane von Wallbergs Oberkörper weg. Er riecht wie ein Penner. Wallberg muss ihn hassen, aber das ist im Moment nebensächlich. Jetzt geht es um Leben und Tod. Um Ylvas Leben. Und das von Wallberg. Er befreit ihn von dem Knebel.

»Sie wissen, was Sie zu tun haben?« Elias winkt mit Wallbergs Handy und erntet ein müdes Nicken. »Und reden können Sie auch?«

»Wie hört es sich denn an?«

Elias ruft mit Wallbergs Handy Jon Liljekvist an, schaltet die Lautsprecherfunktion ein und hält Wallberg das Handy vors Gesicht. Nachdem es sechsmal getutet hat, springt ein Anrufbeantworter an. Wallberg starrt mit leerem Blick vor sich hin. Elias versetzt ihm einen Stoß.

»Hier ist Terje. Wir müssen reden. Jetzt sofort. Ruf mich zurück.«

Elias legt auf. Er hatte gehofft, ein Anruf von Wallberg würde jemanden ans Telefon locken, aber auch das Gegenteil einkalkuliert. Er muss Geduld haben, auch wenn es ihm schwerfällt, weil er weiß, dass Ylva nicht mehr viel Zeit bleibt.

Seitlich am Auto vorbei schleicht er die Garageneinfahrt hoch. Ist sie da unten im Keller? Bewacht von dem Mann, der die Kamera bedient hat, und demjenigen, der im Bild zu sehen war? Oder ist sie allein in einem schallgedämpften Raum eingesperrt?

Das Handy surrt in seiner Hand. Er wirft einen Blick auf das Display. Es ist nicht die Nummer, die er eben angerufen hat, und es könnte praktisch jeder dran sein, aber er muss die Chance trotzdem nutzen. Hastig geht er zurück zum Auto.

»Vielleicht ist es Liljekvist«, sagt er. »Falls er es ist, dann nicken Sie mir zu, und sonst lege ich auf. Okay?«

Wallberg murmelt etwas Unverständliches. Elias nimmt den Anruf entgegen und hält ihm das Handy hin.

»Hallo, hier ist Wallberg.«

»Hallo«, ertönt es aus dem Lautsprecher.

»Jon?«

Keine Bestätigung, stattdessen Stille. Es war dumm, seinen Namen zu nennen. Hat Wallberg ihn verschreckt?

»Mach schnell«, ist dann zu hören, »ich habe zu tun. Worum geht's?«

Wallberg nickt Elias zu, bevor er antwortet.

»Das möchte ich nicht am Handy besprechen. Kannst du kurz rauskommen? Ich stehe vor deiner Tür.«

Wieder Stille, diesmal länger.

»Was zum Teufel machst du da? Ich bin nicht zu Hause.«

Elias macht eine rotierende Handbewegung.

»Wo bist du denn?«

Liljekvist stöhnt entnervt. »Wenn du es nicht am Handy besprechen willst, musst du warten.«

»Wie lange?«, fragt Wallberg.

»Weiß ich nicht.«

»Ich muss wirklich mit dir reden. Es ist wichtig.«

Er macht seine Sache überraschend gut. Man nimmt ihm die Dringlichkeit wirklich ab. Vielleicht spiegeln die Sätze seinen dringenden Wunsch wider zu überleben.

»Da kann man nichts machen. Ich muss jetzt auflegen.«

Elias holt tief Luft. Falls Liljekvist in die Sache involviert ist, hat er jetzt eine Telefonnummer. Das könnte nützlich sein. Er sieht zum Hausdach hinter der Garage hinüber. Wenn er Ylva dort drinnen versteckt, will er natürlich keinen Besuch haben und tut so, als wäre er nicht zu Hause.

Elias bugsiert Wallberg aus dem Auto und legt ihn bäuchlings auf den kalten Boden. Dann richtet er die Beretta auf ihn, durchtrennt die Kabelbinder und weicht ein Stück zurück. In der einen Hand hat er die Waffe, mit der anderen hält er demonstrativ das Handy hoch.

»Los, gehen Sie zur Tür und klingeln Sie. Und klopfen Sie auch. Hämmern Sie fest an die Tür. Falls nichts passiert, kommen Sie zurück.«

Wallberg rappelt sich mühsam auf die Knie hoch.

»Tut mir furchtbar leid, aber ich bin ein wenig steif geworden. Geben Sie mir etwas Zeit.«

Er verzerrt das Gesicht, während er auf die Beine kommt, sich ausgiebig streckt, die Schultern hochzieht und ein paar Kniebeugen andeutet.

»Okay.«

Er dreht sich um und geht langsam aufs Haus zu. Elias folgt ihm, bleibt dicht an der Garagenwand. Unglaublich, wie folgsam die Leute mit einem improvisierten Sprengstoffgürtel plötzlich sind. Wallberg hat ein halbes Kilo Semtex und einen Auslöser im Rücken, den Elias mit dem Handy bedienen kann. Aus der Nähe muss er ihn mithilfe der Beretta in Schach halten. Er will sich ja nicht selbst in die Luft sprengen.

Elias lässt Wallberg auf dem Weg zur Haustür nicht aus den Augen, damit er nicht irgendeinen Gegenstand vom Boden aufhebt, den er als Waffe benutzen kann, wenn er zurückkommt. Falls er zurückkommt.

Wallberg legt eine Hand auf das sanft geschwungene Geländer, dessen Farbe fast vollständig abgeblättert ist. Vier Stufen hinauf und dann noch einmal genau so viele Schritte bis zur Tür. Er streckt die Hand aus und klingelt.

Einen Moment lang gibt Elias sich der befriedigenden Vorstellung hin, einfach auf das Display zu tippen und sowohl Wallberg als auch Liljekvist in die Luft zu jagen. Dann konzentriert er sich wieder auf das Hier und Jetzt und lauscht auf das gedämpfte Klingeln im Haus. Als niemand reagiert, klopft Wallberg an die schmutzig braune Eichentür. Nichts rührt sich hinter den vorhanglosen Fenstern, niemand kommt und macht die Tür auf. Wallberg klopft erneut. Dann hämmert er wie von Elias angeordnet mit der Faust an die Tür.

Die Tür liegt im Schatten, und Wallbergs dunkle Gestalt verschmilzt fast damit. Quälend langsam vergehen Sekunden. Falls Leute im Haus sind, haben sie beschlossen, nicht aufzumachen. Wallberg hebt seine große Faust und schlägt ein letztes Mal an die massive Eichentür.

Dann dreht er sich um und geht die Stufen hinunter. Als er die Garage erreicht, deaktiviert Elias den Sender und steckt das Handy ein. Er befiehlt Wallberg, sich neben dem Auto auf die Erde zu legen, fesselt ihn an Hand- und Fußgelenken mit neuen Kabelbindern, verfrachtet ihn ins Auto und deckt ihn mit der Plane ab.

Elias will ihn so schnell wie möglich loswerden. In seiner Gegenwart stellt jedes Manöver eine nervenaufreibende Gefahr dar. Verglichen mit Wallberg war Brinkman ein ebenbürtiger Gegner. Wallberg ist ein Vollblutprofi, von dem eine ständige Lebensgefahr ausgeht. Elias darf keinen Fehler machen.

In die Küchentür auf der Rückseite des Hauses ist eine große Glasscheibe eingesetzt, die bis auf Kniehöhe hinunterreicht. Elias schlägt sie mit einer Schneeschaufel ein. Schnell entfernt er mit der Schaufel die restlichen Scherben aus dem Rahmen, wartet einen Moment ab und lauscht. Im Haus ist es immer noch still.

Mit der Beretta in der Hand steigt er vorsichtig durch die Öffnung. Unter seinen Schuhen knirscht das Glas. Die Kücheneinrichtung scheint seit den Fünfzigern unverändert zu sein, hat etwas Junggesellenartiges an sich und ist frei von jeglicher Dekoration. Hinter der Küchentür erblickt er einen Waffenschrank. Er geht alle Räume durch, außer Küche und Bad gibt es drei Zimmer, und steigt die Kellertreppe hinunter.

Die Stufen knarren bei jedem Schritt. Er geht langsam und hält die ausgestreckte Beretta mit beiden Händen fest. Der Raum hinter der ersten Tür ist offenbar ein Schlafzimmer, links davon sind eine Waschküche und ein kleiner Abstellraum, eine Toilette, eine enge, unordentliche Werkstatt und ganz hinten ein dunkler, fensterloser Raum. Er löst die linke Hand von der Waffe und tastet seitlich vom Türrahmen nach dem Lichtschalter. Unter der Decke leuchtet eine Glaskugel auf und wirft gelbliches Licht auf die nackten Wände. Es könnte der Raum sein, in dem Ylva gefangen gehalten worden ist. Auf der anderen Seite muss es im Land Zigtausende von Kellerräumen dieser Art geben. Plötzlich fällt ihm der Schornsteinschacht in der Ecke des Raums auf. Einen halben Meter über dem Boden hat er ein großes schwarzes Loch, die Abdeckklappe steht offen.

Mitten in dem ansonsten leeren Raum steht eine kleine Schachtel. Jemand scheint sich etwas dabei gedacht zu haben, als er sie dort hingestellt hat. Er geht darauf zu und stupst sie vorsichtig mit der Pistole an. Sie ist aus dünner schwarzer Pappe ohne Beschriftung oder andere Symbole, offenbar eine Geschenkschachtel.

Er geht einmal drum herum, damit er die Tür im Blick behalten kann, dann hockt er sich hin und legte die Pistole auf den Boden. Behutsam öffnet er die Schachtel.

Der Inhalt ist ein Schlag in die Magengrube. Er ist kurz davor, das Gleichgewicht zu verlieren, und muss sich mit einer Hand am Boden abstützen.

Warum nur ein Finger und nicht zwei?

Ja?«

Der gereizte Tonfall des Propheten macht Vendela noch wütender, als sie ohnehin schon ist. Er tut gerade so, als ob sie stören würden.

»Wo bist du? Wir hatten vereinbart, dass du auf Djurö auf uns wartest.«

Sie sitzt im Auto, weil sie im Haus nicht telefonieren will. Die Alarmanlage war deaktiviert, als sie kamen, aber das heißt nicht, dass Wallberg nicht von versteckten Mikrofonen und Kameras im Haus mit Informationen versorgt wird.

»Südlich von Trosa. Sie hatten Ylva hier, aber jetzt sind sie nicht mehr da.«

Ihre Wut legt sich sofort.

»Bist du sicher?«

»Ja, sie…« Sein schwerer Atem zischt im Hörer. »Sie haben ein Päckchen mit einem Finger dagelassen.«

»Ein Päckchen?«

Das klingt völlig verrückt.

»Ja. Es war zwar kein Geschenkband drum herumgewickelt, aber so ungefähr. Mitten im Raum stand eine schwarze Geschenkschachtel.«

»Aber es war nur ein Finger drin?«, fragt sie.

Die Frage ist brutal, aber sie muss sie stellen.

»Der Gedanke ist mir auch als Erstes gekommen. Ich glaube, als sie das letzte Video gemacht haben, waren sie bereits umgezogen. Die Adresse habe ich von Wallberg. Es war ein erfahrungsbasierter Schuss ins Blaue, und man könnte sagen, er lag sowohl richtig als auch falsch.«

»Das dritte Video ist also woanders gefilmt worden?«

»Ich glaube schon«, sagt der Prophet. »Wallbergs Vermutung basierte auf dem zweiten Video. Den Raum im dritten hat er nicht wiedererkannt.«

Allmählich beschlagen die Scheiben. Wie ein verschwommenes Aquarell kommt Karolina auf das Auto zu. Eine schwarze Gestalt mit einem Pinselstrich roten Haars.

»Ich werde die Videos vergleichen, vielleicht kann ich etwas erkennen«, sagt Vendela.

Karolina kommt ums Auto herum, öffnet die Tür auf der Fahrerseite und lässt einen befreienden Stoß frische Luft herein.

»Wo ist Wallberg?«, fragt Vendela ins Handy.

»Er ist hier.«

»Wir müssen mit ihm sprechen.«

»Das Haus gehört einem Jon Liljekvist«, sagt der Prophet, ohne auf ihren letzten Satz einzugehen. »Wallberg hat mir den Tipp gegeben. Ihr müsst Liljekvist überprüfen. Wahrscheinlich hat er irgendwas mit der Brinkman-Gruppe zu tun.«

Den Tipp. Wallbergs Küche hat nicht den Eindruck vermittelt, dass Wallberg freiwillig irgendwelche Tipps gegeben hat.

»Du meinst, die könnten dahinterstecken?«

Vendela kann sich kaum vorstellen, dass sie während der Vorbereitung eines großen Terroranschlags auch noch eine Entführung durchziehen.

»Liljekvist ist involviert, und er hat irgendeine Verbindung zu Brinkman, so viel weiß ich. Jedenfalls behauptet Wallberg das. Ich habe ihn dazu gebracht, Liljekvist anzurufen. Zuerst ist er nicht ans Telefon gegangen, aber dann hat er von einer anderen Nummer zurückgerufen. Ich schicke sie an euch beide, dann könnt ihr triangulieren. Mit ein bisschen Glück finden wir heraus, wo er ist.«

Karolina ermahnt Vendela im Flüsterton, ihn nach der Adresse zu fragen. Der Prophet sagt etwas, das sie nicht ganz versteht.

»Was?«

»Widerwärtig«, wiederholt er.

»Ja«, sagt sie. »Es ist unvorstellbar widerwärtig.«

»Sie haben es auf mich abgesehen. Ylva ist nur das Mittel zum Zweck. Sie foltern sie, um mich zu foltern.«

»Du darfst dir selbst nicht die Schuld dafür geben.«

»Doch. Das ist eine Tatsache.«

Sie will etwas sagen, hält sich aber zurück. Es ist besser, sachlich und professionell zu bleiben. Wenn sie sich konstruktiv verhält, färbt das hoffentlich auf ihn ab.

»Ich habe mir das jüngste Video angesehen und etwas entdeckt, das mir in den vorherigen nicht aufgefallen ist.«

»Hat es was mit dem Ortswechsel zu tun?«, fragt er.

»Vermutlich. Es ist eine Spiegelung in ihren Augen.«

»Kann man die wirklich erkennen?«, fragt er ehrlich verwundert. »Die Auflösung ist doch ziemlich schlecht.«

»Man sieht die Spiegelung nicht besonders deutlich«, sagt sie, »aber sie ist zu erkennen. Das sieht aus wie eine Schiene. Es könnte eine Leiter sein, die auf dem Fußboden liegt, aber das glaube ich nicht. Ich vermute, es ist eine Art Eisenbahnschiene.«

»Das Schwein.«

»Wie bitte?«

»Dann steckt auf jeden Fall Hands dahinter. Und Wallberg auch.«

»Wie meinst du das?«

»Bungenäs«, sagt er. »Hands' Anwesen auf Gotland.«

»Schließt du das aus dem, was ich gesagt habe? Bist du ganz sicher?«

»Ja. Ich kenne das Haus in- und auswendig. Ich muss jetzt los.«

»Warte! Wo bist du? Wir brauchen die Adresse in Trosa.«

»Ich schicke sie euch mit den Handynummern.«

»Und was machen wir jetzt mit Wallberg?«

»Den brauche ich noch.«

Er legt auf.

Plötzlich scheinen sich alle Fäden zu verknüpfen. Von jener Nacht, in der ihn die telefonische Mitteilung aus dem Schlaf gerissen hat, sein Vater werde seit einem Bombenanschlag in Sarajevo vermisst, bis zu der Nacht, in der Ylva aus ihrem eigenen Haus entführt wurde, dreht sich im Grunde alles um Eric Hands. Immer wieder laufen alle Fäden bei ihm zusammen.

Elias zieht die Plane von Wallberg weg und wälzt ihn auf den Bauch.

»Hands hat also nichts damit zu tun?«, knurrt er.

Wallberg hat abwechselnd die Wahrheit gesagt und gelogen. Einen Eric Hands verrät man nicht, der Preis ist einfach zu hoch. Da riskiert man lieber, von jemand anderem getötet zu werden.

Oder ist er finanziell abhängig von ihm und müsste seinen privilegierten Lebensstil aufgeben, wenn er Hands gegenüber nicht mehr loyal ist?

Ungeduldig klappt Elias den Werkzeugkasten auf und schnappt sich eine Kneifzange. Er setzt sie an einem von

Wallbergs Fingern an, bekommt in der Eile gar nicht genau mit, an welchem, und drückt mit beiden Händen so fest zu, wie er kann.

Hinter dem Knebel gibt Wallberg ein zu einem dumpfen Ächzen ersticktes Brüllen von sich, das in ein atemloses Keuchen übergeht. Er spannt den ganzen Körper an, und die Handgelenke werden unter den Kabelbindern weiß.

Elias lässt sich neben Wallberg sacken. Dem Finger, der noch zwischen den Greifbacken der Zange in seiner rechten Hand klemmt, schenkt er kaum Beachtung. Er ist auch außer Atem und denkt für einen abstrusen Moment, dass sie im gleichen Takt schnaufen.

Die Aktion hat seine Energiereserven verbraucht, und als der Wutanfall vorüber ist, kommt ihm der Verdacht, dass es vollkommen unnötig war. Wallberg ist ein gefährlicher und verabscheuenswerter Mensch, aber er ist letztlich nur ein Handlanger von Eric Hands. Er muss sich seine Kraft für den wahren Gegner aufsparen.

Eine Weile schämt er sich fast, nicht vor Wallberg, der es durchaus verdient hat, mit nur neun Fingern und diesem grellen Schmerz dazuliegen, aber vor sich selbst. Er hat die Kontrolle verloren.

Sein Blick verschwimmt, und er entfernt sich innerlich immer weiter von Wallberg und dem großen grauen Volvo, in dem sie nebeneinander auf der umgeklappten Rückbank sitzen. Er hat das Gefühl, kurz eingenickt zu sein, als ihm das in kräftigen Stößen aus Wallbergs Fingerstumpf pumpende Blut in die Wirklichkeit zurückholt.

In der Halterung unter dem Handschuhfach findet er ein grünes Erste-Hilfe-Kissen und umwickelt die Hand und das, was vom Finger übrig ist, notdürftig mit einem Verband. Anschließend zieht er den Knebel heraus und hält Wallberg eine Wasserflasche hin. Wallberg trinkt gierig, wobei einiges danebengeht.

»Meine Kolleginnen haben das jüngste Video analysiert. Man hat sie nach Bungenäs gebracht. Ich nehme an, der Ort ist Ihnen bekannt.«

Wallberg sagt nichts, aber Elias hat den Eindruck, dass er nicht trotzig schweigt, sondern nachdenkt.

»Sie sagen, Hands hätte nichts mit der Sache zu tun. Sie haben mich angelogen.«

Wallberg holt tief Luft, als müsste er sich auf das, was er zu sagen hat, erst vorbereiten.

»Ich habe die Wahrheit gesagt. Falls Hands hinter dieser Sache steckt, weiß ich nichts davon.«

»Wollen Sie damit sagen, dass er Sie nicht informiert hat? Das kann ich kaum glauben.«

»Er schaltet oft Mittelsmänner ein, das stimmt, aber nicht jedes Mal mich. Bei Weitem nicht. Es kommt ganz darauf an, worum es geht.«

»Wer ist seit Brinkmans Tod der Ansprechpartner?«

»Das weiß ich nicht.«

»Was vermuten Sie?«

Wallberg hat dunkle Augenringe. Seine Augäpfel sind rot unterlaufen. Er atmet stoßweise, Elias' Fragen setzen ihn unter Druck. Er schüttelt den Kopf und sagt dann doch etwas.

»Falls Liljekvist was damit zu tun hat, und danach sieht es ja aus, würde ich auf ihn tippen. Ansonsten schätze ich eher, dass es Kihlman ist.«

Elias betrachtet den Verband, der sich dunkelrot gefärbt hat.

»Und sonst fällt Ihnen niemand ein?«

»Nicht als Nachfolger von Brinkman, nein.«

»Ihn würden Sie also kontaktieren?«

»Wenn es sein müsste, aber ...«

Er hält inne und leckt sich über die Lippen. Elias gibt ihm etwas zu trinken, diesmal ist er etwas vorsichtiger mit der Flasche. Wallberg nickt, als wollte er sich bedanken.

»Diese Typen marschieren vielleicht im Gleichschritt«, sagt Wallberg mit aufgesetztem Grinsen, »aber das bedeutet nicht, dass sie alle Entscheidungen in der Gruppe abstimmen. Die einzelnen Mitglieder und Untergruppen betreiben ganz unterschiedliche kriminelle Machenschaften.«

»Ganz im Gegensatz zu der seriöseren Tätigkeit als Auftragsmörder, meinen Sie?«

Wallberg überhört die Bemerkung.

»Selbst wenn Hands hinter der Sache steckt, wird er nicht in Bungenäs sein. So ein Risiko geht er nicht ein. Es wäre viel zu gefährlich, sie nach Bungenäs zu bringen. Und deswegen bezweifle ich auch, dass es Hands war. Vielleicht möchte Ihnen das jemand einreden, oder aber einer von Brinkmans Männern, der das Gelände gut kennt, nutzt es für seine Zwecke. Es gibt dort oben eine ganze Reihe von leer stehenden Bunkern.«

Aber nur einen mit Schienen, auf denen Loren voll schwerem Geschütz fahren können, aber das sagt er nicht laut.

»Hands' Bunker ist gesichert wie eine Festung, aber die anderen wahrscheinlich nicht.«

Was Wallberg sagt, klingt weit hergeholt, aber völlig auszuschließen ist es nicht. Elias steckt ihm den Knebel zurück in den Mund. Wallberg sieht ihn enttäuscht an, als hätte ihm ihr Gespräch zumindest einen Teil seiner Würde zurückgegeben, die ihm nun wieder genommen wird.

Egal ob Eric Hands etwas mit der Sache zu tun hat oder nicht, muss Elias sich nun mit Brinkmans im Gleichschritt marschierenden Kumpanen auseinandersetzen. Und wenn Hands tatsächlich hinter allem steckt, kann Wallberg ihm nützlich sein. Es wird nicht ganz unkompliziert, ihn nach Gotland zu verfrachten, aber dreieinhalb Stunden auf einem Autodeck wird er schon überleben. Mit Semtex und Blendgranaten im Gepäck kann Elias sowieso nicht fliegen. Er bedeckt Wallberg mit der Plane und schlägt die hintere Autotür zu.

Als er hinterm Steuer sitzt, checkt er die Abfahrtszeiten der Fähre. Um diese Jahreszeit fahren nur zwei Fähren pro Tag von Nynäshamn nach Visby. Die erste ist schon weg, die zweite geht am Abend um 20:45 Uhr. Dann kommen sie gegen Mitternacht in Visby an und sind eine Stunde später in Bungenäs. Das muss reichen, um sie zu stoppen, bevor sie das nächste Video drehen.

Bis zum Hafenterminal braucht er höchstens anderthalb Stunden. Es ist jetzt 12:48 Uhr. Bleiben noch sechs Stunden, die er mit seinem verschnürten Begleiter totschlagen muss.

Er lässt den Motor an. Es ist besser, in Bewegung zu bleiben. Außerdem muss er dafür sorgen, dass Wallberg etwas zu essen bekommt und auf die Toilette gehen kann. Wenn sie ankommen, muss er fit sein.

Gegen ein Uhr nachts können sie dort sein.

Er fleht, dass sie das Video nicht schon am Abend drehen.

Karolina öffnet den Kühlschrank in Liljekvists Küche. Schimmelgeruch schlägt ihr entgegen. Die Schachtel steht neben einem Glas Apfelmus. Eine schwarze Geschenkschachtel ohne Verzierung oder Beschriftung, die sich beispielsweise zum Verpacken von Parfum eignet.

Vor dem Öffnen stellt sie sie auf den Kieferholztisch vor dem Fenster. Die Jalousien sind heruntergelassen, und die Küchenlampe über dem Tisch ist an.

Der Finger ist oberhalb vom zweiten Gelenk abgetrennt worden. Dem gepflegten Nagel nach zu urteilen, der ein Stück über die Kuppe hinausragt, ist es der Finger einer Frau. Sie bemüht sich bewusst, nicht an den Rest von Ylvas Körper zu denken, der sich höchstwahrscheinlich irgendwo auf Gotland befindet. In Gefangenschaft. Was mag in ihr vorgehen, während sie darauf wartet, das nächste Körperteil einzubüßen? Kann sie überhaupt an etwas anderes denken?

Karolina zwingt ihre Aufmerksamkeit in eine andere Richtung. Elias hat die Schachtel vom Fundort entfernt, obwohl es im Haus kühl und im Keller noch kälter ist. Sie kann ihn verstehen. Der Finger in der Schachtel ist ein Teil von Ylva. Es kann nicht leicht für ihn gewesen sein, das Haus zu verlassen und sich auszumalen, wie der Finger verwest.

Sie betrachtet den Waffenschrank, der hinter der Küchentür an die Wand geschraubt ist und zur Hälfte von einer schwarzen Schürze verdeckt wird, die an einem Haken daneben hängt. Laut Eintrag im Waffenregister müsste Liljekvists Waffenschrank voll sein. Fünf Gewehre, darunter zwei Einzellader und drei Repetierbüchsen. Er betreibt Schießsport, und das offensichtlich recht aktiv. Die Schürze ist mit Mehl bestäubt und hat Abdrücke von teigigen Fingern. Die Dinge sind nie so eindeutig, wie sie sich darstellen. Auch rechtsextreme Terroristen können Sauerteigbrot backen. Ungesäuertes Brot dürfte in diesen Kreisen allerdings verpönt sein.

Was soll sie mit dem Finger machen? Sie will die Schachtel gerade einem Techniker übergeben, als Vendela ihr entgegenkommt. Mit überraschend ernstem Gesichtsausdruck hält sie Karolina ein paar Blätter vor die Nase.

»Die waren unter dem Schrankpapier in der untersten Kommodenschublade versteckt.«

»Schrankpapier?«

»Sieht so aus, als läge es seit den Vierzigerjahren da drin. Das Schrankpapier, meine ich.«

Karolina weicht einen Schritt zurück und umfasst Vendelas Handgelenk, um die Blätter besser zu sehen.

»Nimm sie ruhig«, sagt Vendela mit leicht gerunzelter Stirn, als wäre ihr die Berührung unangenehm.

Karolina lässt Vendelas Arm los und nimmt die Blätter in die Hand. Es sind Grundrisse von einem Architekturbüro.

»Sieht aus wie eine Sporthalle oder eine kleine Konzerthalle«, sagt Vendela.

Karolina blickt auf. Jetzt versteht sie besser, warum Vendela so ein ernstes Gesicht gemacht hat.

»Aber wo?«

Rasch blättert sie die Zeichnungen durch und dreht sie um, aber auf den weißen Rückseiten steht nichts.

»Keine Angaben zu Adresse, Gebäude oder Architekturbüro, alles weggeschnitten«, sagt Vendela.

Karolina klopft nachdenklich auf den Stapel. Es ist ein relativ großes Gebäude, das wahrscheinlich für öffentliche Veranstaltungen genutzt wird. In der Region Stockholm gibt es einige Gebäude dieser Art, aber wie viele tatsächlich? Weniger als hundert. Eher zwanzig bis dreißig.

»Wie viele Leute passen da rein?«, fragt sie. »Über tausend?«

»Schwer zu sagen, aber so in der Richtung.«

Karolina vergleicht die Halle in Gedanken mit der Moschee am Medborgarplatsen und einer SSU-Tagung in Bommersvik. Sie wüsste, für welchen der drei Orte sie sich entscheiden würde, um einen möglichst großen Schaden anzurichten. Aber das hängt natürlich auch von der Frage ab, wem man schaden will. Muslimen, dem sozialdemokratischen Nachwuchs oder … tja, was für eine

Art von Veranstaltung würde am 21. Dezember in diesem Gebäude stattfinden?

»Wir müssen rausfinden, wo das ist«, sagt sie. »Fangen wir mit dem Verwaltungsbezirk an, auch wenn wir in Betracht ziehen müssen, dass die Halle im Grunde überall im Land stehen kann. Bis zum Einundzwanzigsten bleiben uns nur noch zwei Tage.«

Tausend Zuschauer. Im Bataclan in Paris waren es fünfhundert. Neunzig sind gestorben, rund dreihundert wurden verletzt. Wenn schwere Waffen eingesetzt werden, kann das hier sehr viel schlimmere Folgen haben.

Als sie das Haus in der Nähe von Trosa verlassen, haben sich die Techniker bereits des Fingers von Ylva Grey angenommen. Laut ihnen handelt es sich wohl um einen Mittelfinger.

Vendela sitzt auf dem Beifahrersitz und wischt über ihren Handybildschirm.

»Jon Liljekvists registrierter Mobilfunkanschluss ist seit letztem Dienstag deaktiviert. Die Nummer, die wir vom Propheten bekommen haben, gehört zu einer Prepaidkarte, die in unregelmäßigen Abständen genutzt wurde. Sein Anruf an Wallberg wurde von zwei Mobilfunkmasten auf Gotland erfasst.«

»Der Prophet hat also recht?«

»Für eine Triangulierung braucht man logischerweise drei Masten, aber wenn man zwischen diesen beiden hier eine Linie zieht, ist Bungenäs ungefähr einen Kilometer davon entfernt. Genauer kriege ich es nicht hin.«

»Besprichst du das mit dem Propheten?«, fragt Karolina.

»Ja, mach ich.«

Sie fahren auf der E 4 nach Norden. Karolina fragt sich, was der Prophet vorhat. Will er es ganz allein mit den Entführern aufnehmen? Eine Chance hat er mit Sicherheit, aber ob Ylva noch am Leben ist, wenn das Ganze vorbei ist, ist schon ungewisser.

Die Überfahrt nach Visby ist unruhig, es stürmt. Für ein Schiff dieser Größe stellt der Sturm zwar keine Gefahr dar, aber er bläst aus südwestlicher Richtung und trifft die Fähre von der Seite. Die Leute kotzen sich die Seele aus dem Leib, Kinder direkt auf den Fußboden, Erwachsene in Papiertüten. Im Tierabteil heulen die Hunde. Im Hintergrund brummen die Reinigungsmaschinen. Zum Glück sind nicht allzu viele Passagiere an Bord.

Um 23:50 Uhr werden die Reisenden, die mit dem Auto unterwegs sind, aufgefordert, sich zu ihren Fahrzeugen zu begeben. In zehn Minuten wird die Fähre anlegen.

In weiser Voraussicht hat Elias Wallberg auf die Seite gelegt. Er hat zwar nicht gewusst, wie stark das Schiff schaukeln würde, aber dass Wallberg an seiner eigenen Kotze erstickt, hätte ihm noch gefehlt.

Im Wagen stinkt es erbärmlich. Nach getrocknetem Urin und Schweiß, aber nicht nach Erbrochenem. Elias öffnet das Fenster ein Stück und lehnt den Kopf an die

Scheibe. Er sieht sich in dem weißen, mit grellem Licht gefluteten Schiffsbauch um und wartet ungeduldig, dass die Rampe hinuntergelassen wird. Bis jetzt war Wallberg vor allem eine Belastung. Das Einzige, was er ihm zu verdanken hat, ist Liljekvists Adresse, und diese Information kam zu spät.

Er unterdrückt das ebenso plötzliche wie heftige Bedürfnis, nach Uppsala zurückzukehren und weiter Friedens- und Konfliktforschung zu studieren, als ihn eine junge Frau in Reflexweste und mit dicken Ohrenschützern auf dem Kopf nach vorne winkt.

Er rollt die Rampe hinunter. Außerhalb der Scheinwerferkegel am Hafen ist es stockdunkel, die Uhr am Armaturenbrett zeigt 00:07 Uhr an. Nach wenigen Minuten hat er die letzte Straßenlaterne Visbys hinter sich gelassen. Die karge Landschaft zieht wie erstarrt an ihm vorüber.

Vor ihm liegt eine einstündige Fahrt, geradeaus bis Fårösund und dann rechts ab nach Bungenäs. Gegen eins wird er bei den Entführern sein. Nach vierundzwanzig Stunden mit Wallberg fällt es ihm leicht, sich in sie hineinzuversetzen: Sie werden angespannt und müde sein und den relativ starken Wunsch verspüren, das Ganze, auf welche Weise auch immer, möglichst bald zu beenden.

Von seiner Rolle als Entführer oder Geiselnehmer, oder wie auch immer man es nennen will, ist er wenig begeistert. Dass Wallberg nachts mit einer Pistole bewaffnet in seinem Hotelzimmer war, macht es etwas leichter. Das versucht er, sich vor Augen zu halten, wenn er an den gefesselten und geknebelten Mann mit der vollgepissten Hose unter der Plane denkt.

Er tut das hier zu einem ganz bestimmten Zweck, und zwar einem guten. Er tut es, um Leben zu retten. Andererseits denken wohl alle Entführer so, egal ob sie vierzig Palästinenser aus israelischen Gefängnissen oder sechsundzwanzig RAF-Mitglieder aus einem deutschen freipressen wollen. Die meisten Geiseldramen enden tragisch, immer für die Entführer und manchmal auch für die Entführten.

Er macht sich wieder mal zu viele Gedanken über die falschen Dinge. Ein Agent sollte nicht so viel grübeln, sondern sich auf sein Ziel konzentrieren und dann die effizientesten Mittel ergreifen, um es zu erreichen. Alles andere ist irrelevant. Den Kopf kann man sich hinterher zerbrechen, wenn man wegen PTBS beim Therapeuten sitzt.

Wallbergs Volvo brummt leise durch die Winternacht. Ungefähr auf halber Strecke ruft Vendela an und teilt ihm mit, dass Liljekvists Handy von zwei Mobilfunkmasten im Umkreis von Bungenäs registriert wurde. Das bestärkt Elias in seinem Entschluss, der aber letztendlich nur auf dem Spiegelbild in ihrem Auge beruht.

»Noch etwas«, sagt sie. »Ich habe die Metadaten der drei Videodateien verglichen. Alle drei wurden kurz nach sieben Uhr morgens gedreht.«

»Also zwei Stunden, bevor sie sie mir geschickt haben«, sagt er. »Mit genügend Zeit, noch etwas zu verändern, neu aufzunehmen oder zu schneiden.«

»Ich schätze mal, sie wollen vor dem Abschicken sichergehen, dass Ylva nicht doch irgendwie kommuniziert«, sagt Vendela. »Und dass nichts zu sehen ist, was sie verraten könnte.«

Er beendet das Gespräch, ohne etwas von seinen Plänen zu erzählen, und sie fragt nicht nach Wallberg.

Elias fragt sich, wie Hands den Bunker gesichert hat. Die unmittelbare Umgebung ist kameraüberwacht, das weiß er. Die Frage ist, ob das Gelände auch in einem größeren Umkreis mit Kameras, Bewegungsmeldern und Wachposten gesichert ist. Er muss sich auf den Extremfall einstellen. Es gibt nur eine Zufahrt zu dem Gelände. Am ehesten würde man dort einen Wachmann oder eine Kamera postieren. Also muss er an einer anderen Stelle eindringen. Aber wo? Er könnte sich mit einem Boot aus der anderen Richtung nähern, aber wo bekommt man im Dezember ein Boot her?

Er entscheidet sich für einen kleinen Jachthafen westlich vom Fähranleger in Fårösund. Ruhig und geschützt liegt das kleine Hafenbecken hinter einer großen Bootshalle. Drei Boote sind an den Kais vertäut. Zwei davon sind zu unhandlich, aber das dritte, ein kleines, geteertes Fischerboot mit Kajüte, scheint für Elias' Absichten perfekt geeignet zu sein.

Elias durchtrennt den Kabelbinder an Wallbergs Fußgelenken und ersetzt ihn durch drei neue. Dank dieser Konstruktion kann Wallberg sich aus eigener Kraft fortbewegen, aber nicht rennen. Er legt den Schlüssel unter die Fußmatte vor dem Fahrersitz und schließt das Auto nicht ab.

Er lässt Wallberg ein paar Minuten Zeit, um sich die Beine zu vertreten, dann gehen sie auf die Mole hinaus, an der das Fischerboot liegt. Elias hat sich die Sporttasche mit seiner Ausrüstung umgehängt, die Beretta hält er, verdeckt von seiner Jacke, in der Hand.

»Für Sie ist es bald vorbei«, sagt er leise.

Wallberg ist noch immer geknebelt und kann nicht antworten. Als Elias die Mehrdeutigkeit des Satzes klar wird, fügt er hinzu: »Ich will nur Kontakt zu diesen Leuten aufnehmen und sie irgendwie aus dem Haus locken. Das ist Ihre Aufgabe.«

Wallberg soll wissen, dass es sich lohnt, sich anzustrengen. Weil es seine Überlebenschancen erhöht. Wenn er die Hoffnung verliert und glaubt, es wäre ohnehin alles aus und vorbei, dann tut er womöglich unvorhergesehene Dinge, um Elias Knüppel zwischen die Beine zu werfen.

»Sobald ich dieses Problem hier gelöst habe, lasse ich Sie laufen.«

Glaubt er ihm? Wahrscheinlich nicht. Er bugsiert Wallberg ohne Probleme ins Boot. Das Hafenbecken liegt, wie der ganze Sund und vor allem die Uferstelle, wo sie an Land gehen werden, auf der windabgewandten Seite.

In der Kajüte ist die Luft feucht und muffig, es riecht nach Diesel, Teer und altem Fisch. Der Dieselmotor hat einen elektrischen Anlasser, und Elias sucht eine Weile nach dem Zündschlüssel, findet ihn aber hinter keiner der Klappen und auf keiner Ablage. Er zieht die Handschuhe an. In der kurzen Zeit sind seine Finger steif gefroren. Er überprüft, ob genug Diesel im Tank ist, bevor er die Abdeckung über dem Zündschloss zur Seite biegt und den Motor kurzschließt. Es klappt beim ersten Versuch. Er geht an Deck und löst die Tampen.

Wallberg hat er so in der engen Kajüte platziert, dass er ihn im Auge behalten kann. Als sie den schützenden Pier hinter sich gelassen haben, legt sich das Boot auf die Seite, und Wallberg kippt beinahe um. Elias kann ihn gerade noch mit dem Fuß abstützen, während er das Boot durch die hohen Wellen lenkt. Als er den Kurs weiter östlich ausrichtet, wird das Boot stabiler, Elias kann die Hände kurz vom Steuerrad lösen, zu Wallberg hinübereilen und ihn an die Wand lehnen.

Elias schiebt das Gaspedal ganz nach vorn, und unter seinen Füßen steigert sich der Dieselmotor allmählich auf die höchste Umdrehungszahl. Das Boot schafft trotzdem nicht mehr als sechs, sieben Knoten. Elias überschlägt im Kopf, dass sie auf diese Weise etwa zwanzig Minuten bis zu Hands' Anwesen brauchen.

Solange sie am Ort entlangfahren, wird die Wasseroberfläche von den Straßenlaternen in Fårösund beleuchtet, aber bald schon ist es ringsum stockdunkel. Er orientiert sich am Leuchtturm bei Skarvagrund und ein paar Leuchtbojen in der Fahrrinne.

Navigation kam in Lamberts Wüstenlagerausbildung nicht vor, die hat er in den Sommern auf Ornö von seinen Eltern gelernt. Er hat nicht viel Erfahrung mit der

Navigation im Dunkeln, beherrscht aber im Grunde auch sie. Es ist ein unwirkliches Gefühl, abgesehen von den weißen Fahrrinnenlichtern, die alle paar Sekunden kurz aufblinken, durch völlige Dunkelheit zu fahren. Wenn die schaukelnde Bewegung des Boots und der Gestank nicht wären, hätte er genauso gut vor einem Computerspiel sitzen können.

Als sie sich dem Anleger vor dem alten Transporttunnel nähern, zieht Elias den Gashebel zurück. Er will in sicherem Abstand vom Anlegesteg an Land gehen und zieht sein Nachtsichtgerät aus der Tasche. Leider kann man damit keine Untiefen erkennen, und so nah am Ufer hilft ihm die Karten-App auch nicht weiter. Zweimal läuft er auf Steine auf und muss ein Stück rückwärtsfahren, aber beim dritten Anlauf schafft er es bis an den Strand. Er fährt darauf zu, bis es nicht mehr weitergeht und unter dem Rumpf knirscht.

Er schaltet den Motor aus, springt mit einem Tampen an Land und macht das Boot an einer mageren Birke fest. Dann kehrt er zurück an Bord und schiebt Wallberg an Deck.

»Sie zuerst«, sagt er.

Wallberg wirft ihm einen empörten Blick zu, deutet mit einer Kopfbewegung auf das Boot und dann an Land.

Elias versteht ungefähr, was er meint.

»Das geht schon«, sagt er. »Ich halte Sie.«

Er schaltet eine Taschenlampe ein und leuchtet den Boden des Boots an.

Hinter dem Knebel ächzend und mit verdrehten Augen

lässt Wallberg sich mühsam auf dem Hintern nieder und schwingt die Beine über die Kante.

Elias stützt ihn von hinten, sodass er langsam am Boot hinunterrutschen und die Füße ans Ufer setzen kann. Eiskaltes Wasser schwappt ihm über die Füße. Elias hält ihn an den Schultern fest, bis er das Gleichgewicht wiedergefunden hat und weitergehen kann, ohne umzufallen. Als Wallberg ihm ein paar Meter voraus ist, folgt er ihm.

In Vorbereitung seines Besuchs mit Ulrika vor weniger als drei Monaten hat er sich intensiv mit dem Gelände beschäftigt, und er hat immer noch alle Details in deutlicher Erinnerung. Sie sind bei einem Steilküstenabschnitt an Land gegangen und müssen zuerst ein Stück nach Süden gehen, um den Weg zu erreichen, der hinauf zu Hands' Bunker führt. Auf diesem Weg gelangen sie hoch bis zum Plateau. Dort oben können sie sich dem Gebäude im großen Bogen nähern.

Sie kommen langsam voran. Als sie den Steilhang zur Hälfte hinaufgestiegen sind, beginnt der nasskalte Wind ihnen zu schaffen zu machen. Elias signalisiert Wallberg, dass sie den Weg verlassen und stattdessen durch ein lichtes Waldstück gehen. Keine Minute später sieht er den Bunker. In einem Fenster des Wohnzimmers und über dem Eingang brennt Licht.

Das Handy vibriert in seiner Tasche. Er streift den rechten Handschuh ab und zieht es heraus. Es ist eine Nachricht von Lambert. *Hands ist auf dem Weg nach Schweden. Treffen möglich.*

Extrem ungünstiges Timing. Auf dem Weg wohin? Lambert wird nicht erfreut sein, wenn er erfährt, dass sich Elias auf Gotland befindet. Aber das spielt keine Rolle. Nicht mehr.

Die Tasche mit der Ausrüstung hängt schwer über seiner Schulter. Er steckt das Handy ein, zieht den Handschuh wieder an und gibt Wallberg einen Schubs.

»Es ist so weit. Sind Sie bereit?«

Wallberg nickt, allem Anschein nach kann er es kaum erwarten. Er hat bereits einen Finger verloren und will diese Sache hinter sich bringen, bevor ihm in den dünnen Schuhen auch noch die Füße abfrieren. Diesmal ist es schwieriger, den Knebel herauszuziehen, weil der Stoff von der Kälte schon ganz steif ist. Wieder muss er die Handschuhe ausziehen. Wallberg verzieht vor Schmerz das Gesicht.

Elias aktiviert die App, mit der er die Zündung der Sprengstoffladung unter Wallbergs Jacke auslösen kann, und hält Wallberg das Display hin. Zur Erinnerung.

»Bin ich jetzt Ihr trojanisches Pferd?«, fragt Wallberg mit finsterem Blick.

»Ja, aber nicht so.«

Wallberg rümpft die Nase.

Soll der doch glauben, was er will. Elias steckt die Hände wieder in die Handschuhe und holt die Beretta hervor, bevor er die Kabelbinder durchtrennt und ein paar Meter zurückweicht. Wallberg bewegt langsam die Arme nach vorne und nach oben und stöhnt vor Schmerz, als er die verkrampfte Muskulatur dehnt. Er bewegt die

Finger wie ein Konzertpianist, der Aufwärmübungen macht, und sieht hinüber zum Eingang.

»Das kann schiefgehen«, sagt er.

»Kann es immer. Gehen Sie.«

Ohne weitere Einwände betritt Wallberg zunächst zögerlich das ungeschützte Gelände zwischen Waldstück und Bunker. Dann geht er mit entschiedeneren Schritten auf die beleuchtete Eingangstür zu. Elias bleibt, wo er ist, stützt ein Knie auf dem Boden ab und steckt die Pistole wieder ins Holster. Die Sache kann sich jetzt auf unterschiedliche Arten entwickeln. Er hat für jedes mögliche Szenario einen Plan, muss aber auch darauf gefasst sein, improvisieren zu müssen. Während er mit einem Auge Wallberg beobachtet, öffnet er die schwarze Sporttasche und setzt das Gewehr zusammen. Nach einigen schnellen Handgriffen sind Lauf, Zielfernrohr und Magazin am richtigen Platz.

Als Wallberg noch etwa fünf Meter vom Haus entfernt ist, geht ein starker Scheinwerfer an, der schräg über der Lampe am Eingang montiert ist und die gesamte Fläche vor dem Bunker mit hellem Licht flutet. Wie erstarrt steht Wallberg in dem grellen Licht, das die Kanten seiner schwarzen Silhouette anzunagen scheint. Er wartet. Elias wartet. Aber drinnen tut sich nichts, und es ertönt auch kein knackender Lautsprecher, aus dem eine lebendige oder eine im Vorhinein aufgenommene Stimme verkündet, der Eindringling möge sich auf der Stelle zurückziehen. Es ist still.

Der Scheinwerfer wird vermutlich von einem Bewegungsmelder ausgelöst, und bis jetzt hat niemand gemerkt, dass er angegangen ist. Elias spürt, wie ihn der Mut verlässt. Kann es wirklich sein, dass die Sicherheitsmaßnahmen so lax sind, wenn sie Ylva im Bunker gefangen halten? Hat Liljekvist ihn in eine Falle gelockt? Liegt da drinnen nur sein Handy und verbindet sich mit den Mobilfunkmasten, während er mit Ylva längst woanders hingefahren ist?

Wallberg geht auf den Eingang zu, bleibt vor der Tür stehen, klingelt einmal und klopft dann.

»Jon«, ruft er. »Hier ist Terje, wir müssen reden.«

Immer noch ist es still im Haus. Er wiederholt die Prozedur.

»Ich weiß, dass du da drin bist, Jon. Es ist wichtig. Die Sache geht schief. Wir müssen reden.«

Es knistert im Lautsprecher neben der Tür. Aus dem Gerät dringen ein paar blechern klingende Silben, die Elias nicht versteht. Er greift nach dem Gewehr und beobachtet Wallberg durch das Zielfernrohr.

Wallberg beugt sich vor, hält das Gesicht ganz nah an die Sprechanlage und sagt etwas, das Elias auch nicht verstehen kann. Verrät er ihn jetzt? Sagt er, dass Elias direkt hinter ihm zwischen den Bäumen versteckt ist, dass er einen Sprengstoffgürtel trägt und tun muss, was Elias sagt?

Nach langen Verhandlungen an der Sprechanlage wird die Tür geöffnet. Zuerst nur einen Spalt, aber dann geht sie weit auf, und Liljekvist erscheint mitten in seinem Fernrohr. Er sieht genauso aus wie auf dem Passfoto: blass, blond mit einem kindlich runden Gesicht. Liljekvist wirft nervöse Blicke nach rechts und links, dann sieht er Wallberg direkt an.

»Was zum Teufel willst du hier, Terje?«

Liljekvists Kopf ist mitten im Fadenkreuz. Aus dieser Entfernung kann er ihn gar nicht verfehlen.

Bei uns passen maximal eintausendsiebenhundert Gäste rein … wenn die Halle bestuhlt ist.«

Die Stimme ist jetzt besser zu verstehen, aber er spricht immer noch etwas undeutlich.

»Und das ist sie in diesem Fall?«, fragt Vendela.

Am anderen Ende der Leitung ist es mucksmäuschenstill. Wo ist er abgeblieben?

»Hallo?«

»Verzeihung …« Der Veranstaltungsleiter der Solnahalle ist wieder zum Leben erwacht. »Ja, bei Konzerten immer. Wenn man beide Hallen zusammenlegt, kriegt man am meisten Leute rein.«

»Und wie viele Karten haben Sie verkauft?«

»Das habe ich nicht im Kopf«, sagt er müde. »Aber morgen früh im Büro kann ich gleich nachgucken.«

»Sie haben keine Ahnung?«, bohrt Vendela nach.

»Ich kann nur ganz grob schätzen. Ausverkauft ist das Konzert nicht, aber auf jeden Fall mehr als halbvoll. Tausend Leute vielleicht oder tausendzweihundert. Aber das gilt, wie gesagt, nur unter Vorbehalt, weil ich ...«, stammelt er.

»Okay, ich verstehe«, unterbricht sie ihn. »Rufen Sie mich an, sobald Sie sich die Zahlen angesehen haben. Bitte denken Sie dran. Es ist wichtig.«

Sie legt auf. Erst jetzt sieht sie, wie spät es ist.

»Ich habe den Ort«, sagt sie laut.

Karolina zuckt am Schreibtisch gegenüber zusammen.

»Es ist die Solnahalle.«

»Bist du sicher?«

»Hundertprozentig. Die Solnahalle in der Ankdammsgata 46, Ecke Frösundaleden. Das ist eine Sporthalle, die auch für Konzerte und Veranstaltungen genutzt wird. Ich habe beim Stadtplanungsamt Solna angerufen. Am siebten Oktober hat jemand die Grundrisse der Solnahalle angefordert. Und dies ist die Künstlerin, die am einundzwanzigsten Dezember auftritt.« Sie öffnet den Veranstaltungskalender der Halle. »Sophie Alekan.«

Karolina steht auf und kommt herüber zu Vendelas Tisch. Es sind nur noch sie beide, Örjan und ein Kollege, der die Fahndungsarbeiten koordiniert, im Büro. Vendela fröstelt. Sie hat zu wenig geschlafen.

Sie reibt sich die Hände warm und zeigt dann auf die Künstlerin, die traurig vom Bildschirm lächelt. Sophie Alekan trägt eine Art Tracht, die Vendela als orientalisch bezeichnen würde, ohne sich wirklich damit auszukennen. Auf den schimmernd rotbraunen Locken ist ein Schmuckstück aus ziseliertem Messing drapiert. Sie schaut im Halbprofil in die Kamera. Ihr Alter ist schwer zu schätzen, das Gesicht intensiv mit Botox und Fillern bearbeitet. Sie könnte vierzig, aber genauso gut auch fünfzig oder älter sein.

»Sophie Alekan und Orient Express am einundzwanzigsten Dezember in der Solnahalle. Das Konzert beginnt um einundzwanzig Uhr, Einlass ab zwanzig Uhr.«

Ein Konzert am dunkelsten Tag des Jahres.

»Wie konnten wir das übersehen?« Karolina schlägt verärgert auf den Bildschirm, fast als wollte sie Sophie Alekan eine Ohrfeige geben.

Vendela kann ihren Ärger verstehen, nimmt den Vorwurf aber nicht persönlich.

»Auf den üblichen Kanälen wird nicht für das Konzert geworben, und die Künstlerin wurde nicht über eine Veranstaltungsagentur gebucht. Anscheinend haben ihre Fans sie selbst engagiert. Auch wenn sich jeder eine Eintrittskarte kaufen kann, ist es im Prinzip eine private Veranstaltung, für die eben die Solnahalle angemietet wurde.«

»Brinkmans Truppe hat jedenfalls Wind davon bekommen«, sagt Karolina, ohne sie anzusehen.

»Und wir jetzt auch«, sagt Vendela. »Ganz vorhersagbar ist die Welt nie. Du kennst doch den Schmetterlingseffekt ...«

Laut seufzend zieht Karolina sich einen Stuhl heran.

»Du hast recht, wir müssen uns jetzt hierauf konzentrieren.«

Sie deutet auf das Foto von Sophie Alekan.

»Kommen viele Leute?«

»Es sind tausend Karten gebucht wurden, vielleicht ein paar mehr, die genaue Zahl bekomme ich morgen.«

»Weißt du noch mehr über die Künstlerin?«

»Sie ist ägyptischer Herkunft, lebt in Frankreich und ist bekannt für eine spezielle Mischung aus westlicher und arabischer Musik. Sie scheint international Karriere gemacht zu haben, auch wenn ihre Hochzeit schon eine Weile zurückliegt, ist aber in Schweden relativ unbekannt, jedenfalls unter ethnischen Schweden. Der Zuständige von der Solnahalle meint, dass das Konzert vor allem ein nordafrikanisches Publikum und Leute aus dem Nahen Osten anziehen wird.«

»Positioniert sie sich politisch?«

»Ja und nein. Für meine Begriffe ist sie keine Aktivistin, und in ihren Liedern geht es selten um Politik, aber sie hat ein paar radikale Äußerungen über den Konflikt zwischen Israel und Palästina gemacht und weigert sich, in Israel aufzutreten. Im Internet wurde das ein bisschen aufgebauscht, und einige Leute betrachten sie als Extremistin, obwohl sie das eigentlich nicht ist.«

»Es zählt doch, wie die Leute sie wahrnehmen.«

»Du meinst, wie solche wie Arnesson und Kihlman sie wahrnehmen.«

Nachdenklich blickt Karolina zwischen dem Monitor und Vendela hin und her.

»Klingt nach einem perfekten Terrorziel. Der passende Rahmen und an die tausend Menschen von der richtigen Sorte. Man wird kaum den Grundriss eines Gebäudes anfordern, weil man eine gemütliche kleine Nazimesse veranstalten möchte, bei der die Leute Hakenkreuze und SS-Abzeichen tauschen.«

»Wir müssen das mit Örjan besprechen.« Karolina steht auf. »Ich glaube, es ist an der Zeit für ein Treffen im Ministerium.«

In weniger als vierundzwanzig Stunden soll das Konzert stattfinden. Vendelas spontaner Gedanke ist, es abzusagen. Das wäre am sichersten. Aber das ist nicht so einfach. Sie wissen, dass bei jedem Anschlag auch Alternativen eingeplant werden, und woher wollen sie wissen, ob es nicht mehrere Gruppen gibt, die sich darauf vorbereiten, andere Ziele anzugreifen, von denen sie noch nicht einmal etwas ahnen? Im schlimmsten Fall schlagen sie alle gleichzeitig zu.

Elias legt den Finger um den Abzug. Jederzeit bereit, abzudrücken, falls etwas schiefgeht, verfolgt er das Geschehen im grellen Licht des Scheinwerfers über der Eingangstür. Wenn es sein muss, würde er sowohl Liljekvist als auch Wallberg erschießen.

Wallberg redet lang und breit, und Liljekvist hört ihm mit dümmlichem Gesichtsausdruck zu. Seiner Mimik nach zu urteilen, könnte Wallberg auch eine Fremdsprache sprechen. Elias wünschte, er könnte hören, was gesagt wird.

Liljekvist weicht einen Schritt ins Haus zurück und verschwindet dann völlig aus seinem Blickfeld. Im nächsten Moment ertönt ein dumpfer Knall, seitlich aus Wallbergs Kopf spritzt eine kleine Kaskade, und dann bricht er zusammen.

Elias blickt vom Zielfernrohr auf, um sich einen Überblick zu verschaffen. Wallberg liegt reglos vor der offenen Tür, ein Bein ist unter ihm eingeknickt. Der Schuss muss aus dem Inneren des Hauses abgefeuert worden sein, daher klang er so gedämpft. Er starrt die offene Tür an, schaut mit dem rechten Auge wieder durch das Zielfernrohr und nimmt im Haus eine Bewegung wahr, kann die Person aber nicht erkennen. Er blickt auf. Hat Liljekvist geschossen?

Wieder fällt ein Schuss. Der Körper auf der Erde zuckt zusammen, aber die Bewegung ist von der Wucht der Kugel verursacht worden. Wallberg ist bereits tot.

Dann ruft jemand in die Dunkelheit: »Ich weiß, dass du da bist.«

Elias lässt verwundert das Gewehr sinken. Ricky?

»Ich weiß, dass du da bist«, wiederholt die Stimme.

Elias ist sich jetzt ganz sicher. Es ist Richard Hands. In verächtlichem und affektiertem Tonfall fügt er hinzu: »Tom.«

Der Name erfüllt ihn mit Unbehagen. Alles, was mit seiner Zeit als Tom zu tun hat, ist ihm unangenehm. Unfreiwillig verändert er seine Stellung. Unter ihm rascheln Zweige und gefrorenes Laub.

»Tom White.«

Steckt Richard hinter der Sache?

Seine Stimme klingt irgendwie anders. Ist er high? Wundern würde es ihn nicht.

»Oder Elias Krantz, wenn dir das lieber ist.«

Es ist wie ein Schlag in die Magengrube. Es gibt nicht viele, die von dem Zusammenhang zwischen Tom White und Elias Krantz wissen. Er fühlt sich nackt und verraten.

»Dachtest du wirklich, mich würde interessieren, was Terje zu sagen hat?«, ruft Ricky.

Er ist noch immer nicht zum Vorschein gekommen. Elias hebt das Gewehr und nimmt eine bequeme Position ein. Der Kolben liegt kühl an seiner Wange. Er spielt mit dem Gedanken, ihn direkt zu eliminieren. Einfach ins Dunkle zu schießen, wenn er sich nicht zeigt. Würden Liljekvist und die anderen, die er bei sich hat, noch einen Gedanken an Ylva verschwenden, wenn ihr Auftraggeber weg ist?

Er kennt die Antwort. Ylva ist ihnen egal. So wie es ihnen egal ist, ob er Richard tötet oder nicht. Genau wie Richard haben sie es auf ihn abgesehen, allerdings nicht wegen Ulrika, sondern wegen Brinkman.

»Du sagst ja gar nichts«, ruft Richard aus dem Haus. »Wenn du Ylva lebend wiedersehen willst, würde ich vorschlagen, dass du dich zeigst.«

Die Gedanken rasen mit viel zu hoher Geschwindigkeit durch seinen Kopf, als dass er sie zu fassen bekommen würde. Auf diese Situation hier ist er nicht vorbereitet, er hat keinen Plan, nur Bruchstücke von Plänen, die er verzweifelt zu einer funktionierenden Strategie zusammenzusetzen versucht. Seine einzige Chance besteht darin, zu improvisieren und zu hoffen, dass alles gutgeht. Diejenigen, die ihm helfen könnten, sind weit weg.

Er räuspert sich, um sicherzugehen, dass seine Stimme nicht bricht.

»Woher weiß ich, dass sie wirklich hier ist? Und ob sie überhaupt noch lebt?«

»Du musst verhandeln. Du willst also, dass ich sie hole. Du willst sie sehen, habe ich das richtig verstanden?«

»Ja, ich will sie sehen«, sagt er so ruhig wie möglich.

Richard schweigt einen Moment. Er muss kurz überlegen.

»Klar, warum nicht? Ich hole sie. Das geht ganz schnell.«

Es wird wieder still, die Tür steht offen. Davor liegt Wallberg. Im Schneematsch rings um seinen Körper breitet sich eine dunkle Blutlache aus. Sonst ist niemand zu sehen.

Elias gibt sein Bestes, um seine sich überschlagenden Gedanken zu zähmen. Er muss sich sammeln und das Ganze angehen wie eine Partie Schach. Ihm stehen mehrere mögliche Züge zur Verfügung. Was er danach tut, hängt einzig und allein von Richards Reaktion ab.

Er geht zehn Meter nach rechts und legt die Beretta sichtbar auf die Tasche. Richard könnte sich nun mit dem nächsten Zug Zeit lassen. Elias stellt sich darauf ein, dass Richard möglicherweise jemanden losgeschickt hat, der sich von hinten anschleicht. Diese Person würde sich vermutlich auf demselben Weg wie er und Wallberg nähern.

Er behält das Haus im Auge, versucht aber gleichzeitig, mit dem Nachtsichtgerät das Gelände hinter sich zu überblicken.

Als hinter dem kreisrunden Wohnzimmerfenster das Licht angeht, sind keine drei Minuten vergangen. Elias erahnt den offenen Kamin, der tropfenförmig von der Decke hängt, und die helle Sofalandschaft, auf der er mit Ulrika gesessen hat.

Obwohl er auf jedes Geräusch gelauscht hat, ist er von der plötzlichen Bewegung überrascht: Jemand stürzt mit ausgestreckten Armen auf das Fenster zu. Das Panzerglas gibt ein kaum hörbares Rumsen von sich. Es ist, als hätte sich die Person an eine Stahlwand geworfen. Er blickt vom Zielfernrohr auf.

Die Frau verliert das Gleichgewicht und fällt um. Dort, wo ihr Gesicht auf die Scheibe geprallt ist, bleibt ein roter Abdruck zurück. Ein Streifen Blut rinnt hinunter. Sie hat sich nicht darauf gestürzt, sie ist dagegen gestoßen worden, ist kopfüber dagegen geschleudert worden und konnte gerade noch die Hände ausstrecken, das eigene Gewicht aber nicht abfangen.

Elias sichert das Gewehr, zieht den Verschluss nach hinten und richtet das Zielfernrohr auf den Kopf der Frau, der über den unteren Rand der Scheibe hinausragt. Es zerreißt ihn fast, als er sie in zehnfacher Vergrößerung sieht. Es ist, als wäre sie direkt neben ihm. Ylvas Gesicht ist bleich und erschöpft, der Blick leer. Sie blutet aus der Nase. Es könnte schlimmer sein, sagt er sich, um sich selbst Mut zuzusprechen, sie scheint den Zusammenstoß mit der Scheibe ohne schwere Verletzungen überstanden zu haben.

Ylvas Körper zittert, dann hebt sie mühevoll den Kopf und sieht sich im Dunkeln um. Weiß sie, dass er hier ist?

Er zieht das Handy aus der Tasche und schreibt gerade eine Nachricht an Vendela, als Richards Stimme die Stille durchdringt:

»Erkennst du sie wieder, oder willst du noch mehr von ihr sehen?«

Die Doppeldeutigkeit der Frage entgeht ihm nicht.

»Nein«, antwortet er schnell.

Er muss Zeit schinden, ohne dass Ylva darunter leidet. Ein paar kostbare Sekunden lang lässt er seinen Daumen über dem Display verharren, dann weiß er plötzlich genau, was er zu tun hat. Ein ersticktes verbittertes Lachen steigt in ihm auf, als er sich bewusst macht, wie absurd die Idee ist. Aber etwas Besseres fällt ihm nicht ein.

»Dann will ich dich sehen«, ruft Richard.

»Ja«, antwortet er.

Da mischt sich eine andere Stimme ein.

»Nein.«

Das war Ylva, die von drinnen protestiert. Ihre Stimme klingt leise und brüchig, aber er kann die Worte deutlich hören.

»Tu es nicht.«

Ihre Stimme zu hören, trifft ihn noch härter, als sie zu sehen, aber er darf sich jetzt nicht von Ablenkungsmanövern aus der Fassung bringen lassen. Er schließt die Aktivierung ab, schließt das Handy an die Powerbank an und wickelt beides zusammen in einen dicken Pullover ein. Dann rennt er zu einem buschigen Wacholderstrauch, schiebt das Bündel darunter und versucht auf dem Rückweg, seine eigenen Spuren zu verwischen.

»Kommst du?«

So schnell er kann, ohne allzu viele Geräusche zu erzeugen, zieht er sich mit der schweren Tasche in die andere Richtung zurück.

»Wie?«, ruft er.

»Komm einfach ins Licht, damit ich dich sehen kann. Hände hoch und Waffe weg.«

Elias schiebt die Tasche mit der restlichen Ausrüstung ins Gestrüpp. Das Versteck ist bei Weitem nicht ideal, wenn sie das Gelände bei Tageslicht durchsuchen, werden sie die Tasche sofort finden.

»Jetzt«, befiehlt Richard. »Ich habe hier eine Person, die es kaum erwarten kann, noch mal durchs Fenster zu gucken.«

»Ich komme«, ruft er laut.

Er sichert die Beretta und das Gewehr und wirft beides gut sichtbar auf die Fläche vor dem Haus. Er hofft, dass sie sich damit zufriedengeben und nicht nach weiteren Waffen suchen. Jedenfalls nicht vor Tagesanbruch.

»Komm jetzt raus. Und stell dich weit weg von den Waffen.«

Elias holt ein letztes Mal tief Luft, bevor er mit erhobenen Händen aufs Haus zugeht. Ist das jetzt das Ende? Hat er sich verkalkuliert? Er lässt die schützenden Bäume hinter sich zurück und macht selbstbewusste, aber nicht übertrieben große Schritte. Stirn und Brust, auf die üblicherweise gezielt wird, schmerzen jetzt schon. Auf halber Strecke wird er von Richard gestoppt.

»Bleib stehen, das reicht.«

Ylva ist nicht mehr am Fenster zu sehen. Der Scheinwerfer blendet. Er kneift die Augen zusammen und sieht im Türrahmen einen Schatten. Er rechnet damit, dass Richard heraustritt, aber als die Person ihm nah genug gekommen ist, erkennt er Liljekvist. Richard geht kein unnötiges Risiko ein. Warum sollte er auch? Er hat mit Sicherheit einen hohen Preis für das alles hier bezahlt.

Liljekvist hat eine Pistole in der Hand, die er auf Elias richtet, während er um ihn herumgeht. Er nähert sich ihm von hinten und führt eine schnelle Leibesvisitation durch. Seine Hand fährt über Oberkörper, Arme und Beine. Zum Abschluss zieht er seine Finger durch Elias' Stiefelschäfte.

»Okay, gehen Sie weiter bis zur Tür«, murmelt Liljekvist hinter ihm.

Elias tut, was er sagt, aber als er die Arme senken will, wird er sofort angebrüllt: »Hände über den Kopf.«

Gehorsam geht er mit erhobenen Händen weiter und ein paar Schritte ins Haus hinein. Er sieht sich nach Ylva um, aber sie ist nicht mehr im Wohnzimmer.

»Ab jetzt kümmere ich mich selbst um ihn«, hört er eine Stimme schräg hinter sich. Richard.

Elias wirft einen Blick über die Schulter. Die hellblonden Haare sind länger geworden, die sommerliche Bräune ist verblasst, und er trägt von Kopf bis Fuß Schwarz. Elias braucht einen Moment, um den Anblick zu verarbeiten. Richard sieht verkleidet aus. Er ist nicht der Typ, der Schwarz trägt, es sei denn, die Etikette verlangt es.

In der rechten Hand hält er eine Pistole. Seine Art, damit herumzufuchteln, deutet darauf hin, dass er nicht wirklich damit umgehen kann. Sobald Elias ein Stück näher an ihn herankommt, kann er sie ihm abnehmen.

Richard wendet sich von ihm ab und sieht Liljekvist an.

»Mach da draußen sauber und bring ihn erst mal in die Garage. Er kann da nicht so liegen bleiben.«

Er meint Wallberg.

Die Garage. Ein kleiner Sieg. Ein kluger Schachzug. Aber davon werden noch viele nötig sein.

»Weitergehen.«

Richard zeigt mit der Pistole in den hinteren Bereich des Hauses.

Elias bleibt stehen und dreht sich halb um.

»Wo ist Ylva?«

»Keine Sorge, du wirst sie schon noch sehen, aber jetzt beweg dich vorwärts.«

Wieder wedelt er mit der Waffe. Elias will ihn nicht angreifen, bevor er weiß, wo sie ist. Es hat keinen Sinn, ihm die Pistole wegzunehmen, wenn sie dann Ylva benutzen, um ihn zu zwingen, sie wieder abzugeben.

Als er langsam in die Richtung geht, in die Richard gezeigt hat, merkt er, dass sich ihm eine weitere Person angeschlossen hat. Liljekvist kann es nicht sein. Er müsste alle Hände voll mit Wallberg zu tun haben. Vorerst wird Elias also nicht mit Richard allein sein.

»Die Hände kannst du übrigens runternehmen.«

Elias lässt die Arme sinken. Sie wenden sich nach rechts und gehen auf eine Treppe zu, die zu den unteren Etagen der Bunkeranlage führt. Vom intensiven Studium der Grundrisse und seinem Besuch hier mit Ulrika kennt er das Gebäude detailliert. Haben sie Ylva im untersten Kellergeschoss eingesperrt, oder drehen sie dort nur die Videos?

Weiter kommt er nicht. Eine seltsame und plötzliche Taubheit im Hinterkopf setzt dem Gedankengang ein jähes Ende. Wie eine Expresslähmung breitet sie sich blitzartig im ganzen Körper aus, der Boden gibt unter ihm nach, und er fällt ins Dunkle.

Karolina und Örjan fahren die kurze Strecke bis zur Fredsgata mit dem Auto. Es ist vier Uhr morgens am zwanzigsten Dezember, die ganze Stadt ist still und dunkel, selbst im Zentrum. Karolina ist merkwürdige Arbeitszeiten gewöhnt, kann sich aber nicht vorstellen, dass der engelsgleiche Gabriel Fors, auch wenn sie ihn wirklich nicht für einen Faulpelz hält, jemals um diese Uhrzeit einen Termin gehabt hat.

Er trägt einen seiner eleganten Anzüge, die seinen durchtrainierten Hintern und den flachen Bauch betonen, dazu Turnschuhe. Auf die Krawatte hat er verzichtet. Er wirkt alles andere als verschlafen, und sie hat den Eindruck, dass ihm die Aufregung gefällt. Endlich ein bisschen Action auf den verstaubten Korridoren. Er bittet sie, Platz zu nehmen, und bewegt sich wie ein Tennisspieler seitlich auf seinen Schreibtischstuhl zu.

Örjan berichtet von der in Vallentuna aufgefundenen Waffe, mit der höchstwahrscheinlich drei Monate zuvor die Air-France-Maschine 1562 abgeschossen worden ist, und geht dann zu dem potenziellen Terroranschlag am einundzwanzigsten Dezember über.

»Das ist morgen«, stellt Fors fest. Man sieht seine Kiefermuskulatur arbeiten.

»Ja, wir haben nicht viel Zeit.« Örjan rechnet schnell im Kopf nach. »Einundvierzig Stunden, um genau zu sein.«

»Dieses Robotsystem 70 mit den beiden Lenkwaffen«, sagt Gabriel Fors und legt engelsgleich wie eine Lucia direkt vorm Gesicht die gepflegten Hände aneinander, »kann man das bis zu Eric Hands zurückverfolgen?«

»Ja und nein«, antwortet Örjan.

Fors lässt die Hände auf die Oberschenkel fallen.

»Ja und nein?«, echot er ungeduldig.

»Es gibt keine nachweisliche Verbindung zwischen Hands und den Terroristen, die die Waffe benutzt haben, um die Air-France-Maschine abzuschießen«, verdeutlicht Karolina.

»Es deutet jedenfalls nichts auf eine derartige Verbindung hin, was uns im Übrigen auch wundern würde«, flicht Örjan ein.

»Ja, aber …« Fors trommelt mit den Fingern auf den Oberschenkeln.

»Dafür konnten wir Hands' Geld bis zum ersten Unternehmen in der Absatzkette verfolgen«, fährt Karolina fort. »Das heißt konkret: Mit dem Geld von Hands wurde eine Waffe desselben Fabrikats und Modells gekauft. Sobald die Waffe identifiziert ist und wir eine Übereinstimmung haben, haben wir die gesuchte Verbindung zwischen

Hands und der Waffe, mit der der Anschlag auf die AF1562 verübt wurde.«

Fors bläst die Backen auf und atmet mit einem lang gezogenen Schnaufen aus.

»Wie zuverlässig sind diese Angaben?«

»Sie stammen von Hands«, sagt Karolina. »Unser Agent hat sie uns letzten Sommer organisiert.«

»Das heißt natürlich nicht, dass Hands ein Terrorist ist«, wendet Örjan ein, »aber …«

»Aber er ist auch nicht weit davon entfernt.« Gabriel Fors flucht leise und reibt sich das stoppelige Kinn. »Und wenn die Brinkman-Gruppe einen Terroranschlag mit Waffen plant, die auf demselben Weg beschafft wurden, dann ist er noch näher dran.« Der Staatssekretär springt auf und bewegt sich auf federnden Sohlen lautlos durchs Zimmer. »Wir haben hier zwei Probleme.« Direkt vor ihnen bleibt er stehen. »Zum einen hat Eric Hands den Attentätern möglicherweise Waffen zur Verfügung gestellt, und zum anderen steht womöglich ein Terrorangriff bevor. Wir müssen diese beiden Dinge auseinanderhalten und uns jetzt auf unsere dringendsten Aufgaben konzentrieren.«

Waffen zur Verfügung gestellt, denkt Karolina, ist eine äußerst verharmlosende Umschreibung von schwerem Waffenschmuggel und dem Zusammenschluss mit Terroristen. Schon seltsam, dass ein Angestellter des Justizministeriums eine solche Formulierung wählt. Er scheint um jeden Preis einen gängigen juristischen Sprachgebrauch vermeiden zu wollen, der mit Gesetzen und einer eventuellen Verurteilung in Verbindung gebracht werden könnte. Aber was die Dringlichkeit anbetrifft, hat er natürlich recht.

»Die Brinkman-Gruppe darf nicht aus den Augen gelassen werden«, sagt Fors. »Wir müssen diese Leute auf Schritt und Tritt beobachten und sie allesamt mit heruntergelassener Hose erwischen, damit zweifelsfrei feststeht, wer die Schuldigen sind.« Er fixiert zuerst Örjan und dann Karolina. Sind wir uns da einig, scheint sein Blick zu fragen. »Und sie als das einzustufen, was sie sind: Terroristen.«

Über die Brinkman-Gruppe äußert er sich schon nicht mehr so zurückhaltend.

»Ja, genauso sehen wir das auch«, bestätigt Örjan. »Aber wir sind so schon vollkommen am Limit und arbeiten mit einer extrem dünnen Personaldecke rund um die Uhr. Das ist eine riskante Gratwanderung. Im schlimmsten Fall übersehen wir einen oder mehrere von den Kerlen, und sie führen doch einen Anschlag durch.«

Gabriel Fors legt sich eine Hand auf die Brust und lässt sie sanft kreisen, während er zuhört.

»Wir können nicht davon ausgehen, dass wir sie komplett unter Kontrolle haben.«

»Das ist klar«, sagt Fors. »Sie haben auf jeden Fall gute Arbeit geleistet. Ich gebe das weiter, und dann werden wir sehen, was sich machen lässt. Am Personal soll es nicht scheitern.«

Sie verlassen Rosenbad. Ein Wachmann begleitet sie zum Ausgang an der Drottninggata, der um diese Uhrzeit abgeschlossen ist. Nicht einmal im Schutz der Dunkelheit dürfen sie durch den Haupteingang an der Fredsgata gehen.

Karolina schaltet ihr Handy wieder ein und erhält sofort eine Nachricht von Vendela. Sie klickt sie an und starrt mit wachsender Verwunderung auf das Display.

»Was ist?«, fragt Örjan.

Karolina deutet stumm auf das Auto, das nur zehn Meter von ihnen entfernt steht, und wartet mit dem Sprechen, bis sie die Türen geschlossen haben und Örjan den Motor angelassen hat.

»Eric Hands' Sohn Richard hat Ylva Grey als Geisel genommen und hält sie auf Hands' Anwesen auf Gotland gefangen. Der Prophet ist dort.«

Örjan tritt auf die Bremse. Er hält das Lenkrad mit beiden Händen umklammert und starrt wortlos zur Oper und der Sankt-Jacobs-Kirche hinüber.

»Und wer sagt uns, dass das stimmt?«, fragt er schließlich.

»Der Prophet hat Richard Hands und Ylva Grey mit eigenen Augen gesehen. Und Liljekvist auch. Aber wir können ihn nicht erreichen.«

»Verfluchte Scheiße«, flüstert er und schlägt mit der Faust aufs Lenkrad. Es ist ein beherrschter, fast symbolischer Schlag.

»Wir müssen dahin«, sagt Karolina.

Örjan dreht sich zum Regierungsgebäude um, wirft einen Blick auf die Uhr und schaltet den Motor aus.

»Was hast du vor?«, fragt sie.

»Wo ist Vendela?«

»Zu Hause.«

Er schnallt sich ab.

»Hol sie und komm mit ihr ins Büro. Wir treffen uns in…«, erneut schaut er auf die Uhr, »…einer Stunde.«

Er ist bereits ausgestiegen und knallt die Tür hinter sich zu. Im Rückspiegel sieht sie ihn mit dem Handy am Ohr den gleichen Weg zurückgehen, den sie eben gekommen sind, und biegt um die Ecke.

Hat Elias sie nicht gehört? Sie hat versucht, ihn davon abzuhalten. Hat er nicht begriffen, dass es von hier kein Entkommen gibt? Er ist ihnen geradewegs in die Falle gegangen. Wofür? Glaubt er etwa, ihr helfen zu können?

Ylva sitzt mit dem Rücken zu einer teilweise mit Beton verstärkten, weiß verputzten Felswand in ihrem neuen Gefängnis. Unter ihr der nackte Felsen. Der Raum ist groß und bis auf ein paar an der Wand befestigte Metallschränke mit abgenutzten grünen Türen leer. Die Schränke sind abgeschlossen, sie hat es ausprobiert. Zwölf Stück. Wahrscheinlich stammen sie noch aus der Zeit, als der Bunker eine Verteidigungsanlage war. Wie oft sie die Schränke schon gezählt hat, weiß sie nicht. Das ist ihr Versuch, zumindest ein Stück weit die Kontrolle zu behalten.

Sie hat sich bis über die Nase in eine Wolldecke eingewickelt. Die Fasern sind bereits feucht von ihrem Atem. Das Nasenbluten hat aufgehört, der Schmerz hat nachgelassen und macht sich nur noch durch ein warmes Pochen an der Nasenwurzel bemerkbar.

Hier hat sie Richard Hands zum ersten Mal gesehen. In dem Moment hat sie begriffen, wo sie ist. Sie hatte bereits eine Vorahnung, soweit sie es mit ihren beschränkten Mitteln einschätzen konnte, ihre Schlüsse aus den Zeiträumen und der unruhigen Überfahrt gezogen. Doch erst als sie Richards Hands sah, war sie sich ganz sicher. Sie hat den Verdacht, dass er von Anfang an hier auf sie gewartet hat. Dass das der Plan war. Weil er sie genau hier haben wollte. Sie und Elias. In einem Bunker auf einem winterlich verlassenen Gelände weit draußen auf einer Landzunge. Das nächste Haus ist mehrere Kilometer entfernt.

Elias' Anwesenheit wird ihr nichts nützen. Jetzt, da sie ihn hergelockt haben, können sie sie zu Tode foltern, bevor sie das Gleiche mit ihm machen. Darüber hat sie sich den Kopf zerbrochen, seit Richard sie abgeholt und zu ihr gesagt hat, ihr junger Held sei gekommen, um sie zu retten.

»Hätten Sie ihm das zugetraut?«

Richard hat sich ihr gegenüber korrekt, um nicht zu sagen, höflich verhalten, bis er sie in dem großen Wohnzimmer dort oben ohne Vorwarnung gegen die große runde Scheibe geschubst hat. Er hat sie mit beiden Händen am Arm gepackt und einmal herumgeschleudert, damit sie ordentlich Fahrt aufnahm.

Sie hat in Zeitlupe vor sich gesehen, wie die Scheibe zerbirst und sich große spitze Scherben in sie hineinbohren. Doch es war eher wie gegen eine Steinmauer zu prallen. Das Gesicht und den rechten Ellbogen hat es am schlimmsten getroffen, sie kann den Unterarm kaum bewegen.

Als sie an das Fenster geschleudert wurde, begriff sie, dass sie keine Geisel war, für deren Befreiung irgendjemand Lösegeld zahlen würde oder irgendetwas tun beziehungsweise unterlassen musste. Diese Sache würde kein gutes Ende nehmen, sondern nur noch auf Demütigung und Tod hinauslaufen. Sie war ein Lockvogel und wurde nur benutzt, um einen anderen Menschen zu quälen.

Abgesehen von den Toilettenbesuchen wird sie nur aus dem Raum geholt, um sie vor die Kamera zu setzen. *Zeit*. Sie hat jedes Zeitgefühl verloren. Sie glaubt, dass die Abstände zwischen den Kameraaufnahmen etwa gleich lang sind, aber es kommt ihr vor, als könnte es jederzeit passieren. Es gibt keine Atempausen, keine Erholung. Direkt nach der Aufnahme, wenn sie wieder eingesperrt worden ist, hat sie kurz das Gefühl, dass es nicht gleich weitergeht, und gönnt sich einen Moment Entspannung, aber dann entgleitet ihr wieder jegliches Zeitgefühl, und jedes Geräusch da draußen wird zum Zeichen, dass es wieder losgeht.

Sie begreift nicht, warum Elias allein gekommen ist. Oder ist er das gar nicht? Das wäre ihre einzige Hoffnung. Aber Hoffnung ist nur ein Gefühl, an das man sich klammert, damit man nicht vollständig zusammenbricht. Sie ist das Letzte, was dem Menschen am Ende noch bleibt. Doch ganz so weit ist sie noch nicht.

Am allerliebsten würde sie sich auflösen, das wäre das

Einfachste. Aber lieber ein Tag oder ein ganzes Jahr in Gefangenschaft, als noch einmal vor die Kamera gesetzt zu werden. Das hält sie nicht mehr aus. Gleichzeitig weiß sie, wie sinnlos dieser Gedanke ist. Absurd. Sie hat ja keine Wahl. Sie kann denken, dass sie es nicht mehr aushält, aber das, was passiert, wird sowieso passieren. Sie könnte verrückt werden. Sich in den Wahnsinn flüchten. Egal was, es wäre alles besser als das hier.

Karolina fährt den Norr Mälarstrand entlang. Der Riddarfjärd ist ein dunkler Abgrund zwischen Kungsholm und Södermalm, und am Himmel fehlen die Sterne. Tiefe Sehnsucht erfasst sie, als sie auf der anderen Seite des schwarzen Wassers Långholm sieht. Vor vier Monaten wurde sie aus ihrer Wohnung evakuiert, seit vier Monaten wohnt sie im DDR-Quartier in der Östgötagata.

Im Kreisverkehr am Thorildsplan biegt sie in die Gjörwellsgata ein und fährt Richtung Lilla Essingen. Hinter der Brücke macht sie einen U-Turn und hält vor dem Ica, wo wie vereinbart Vendela auf sie wartet.

»Danke, wie nett von dir«, sagt Vendela, während sie sich anschnallt. Als Karolina auf dem Weg zu ihrer gemeinsamen Wohnung anrief, um sie abzuholen, hatte sie wohl oder übel zugeben müssen, dass sie die Nacht nicht in der Östgötagata verbrachte. Nachdem Vendela vor Kurzem schon einmal morgens um halb fünf nach Hause gekommen war, ist Karolina nicht weiter überrascht, aber andererseits hatte Vendela, seit sie zusammenwohnten, nie irgendwo anders übernachtet oder einen Freund erwähnt. Oder womöglich eine Freundin, was wusste sie schon.

Da es noch früh ist und auf den Straßen kaum Verkehr herrscht, beschließt sie, quer durch die Innenstadt zu fahren. Ab dem Västerbroplan fährt hinter ihr ein Taxi mit leuchtendem Schild, aber am Fridhemsplan biegt es ab.

»Gibt's was Neues vom Propheten?«, fragt sie.

»Nein. Er hat geschrieben, dass wir ihn nicht erreichen können.«

Die hellen Lichter am Armaturenbrett des Audis beleuchten Vendelas Gesicht wie ein kleines Feuer im Dunkeln.

»Und er uns auch nicht?«

»Ich weiß nicht.«

»Lies vor, was er geschrieben hat.«

Vendela fummelt an dem Handy herum und räuspert die Müdigkeit aus ihrer Stimme.

»Also: *Bungenäs. YG hier. Richard Hands! + Liljekvist. Evtl. mehr. Wallb von RH getötet. Muss mich ausliefern. Kein Netz. Achtung! 07:00 Explosion.*«

Karolina fährt durch die Fleminggata und setzt den Blinker, um links in die Scheelegata abzubiegen.

»Wir müssen dahin. Oder jemand anders.«

»Wenn, dann wir«, sagt Vendela.

»Ja, aber können wir jetzt wirklich wegfahren? Morgen ist das Konzert in der Solnahalle.«

Vendela atmet schnaufend ein.

»Das wird ein Rieseneinsatz. Darum kümmern sich Säpo, das Nationale Einsatzkommando und das Stockholmer Sonderkommando, und nicht wir, das Büro.«

»Aber wir sind immer noch für die Überwachung der Brinkman-Gruppe zuständig. Wir können nicht einfach alles stehen und liegen lassen.«

»Im Büro arbeiten doch auch noch andere Leute«, sagt Vendela.

Sie sind auf die Barnhusbro gefahren und überqueren die Gleisanlagen des Hauptbahnhofs. Schweigend nähern sie sich Tegnérlund, umrunden das Fleckchen Grün und sehen Strindberg von seinem Sockel auf sie herunterblicken.

»Du hast recht«, sagt Karolina. »Wir müssen dahin.«

»Was sagt Örjan?«

»Das werden wir bald erfahren. Er war bei Fors.«

Am Sveaväg springt die Ampel auf Rot. Ein kleiner Lastwagen mit flatternder Abdeckplane fährt in gemächlichem Tempo über die Kreuzung.

»07:00 Explosion. Was kann das bedeuten?«, fragt Karolina.

»Das soll eine Warnung sein. Um sieben Uhr wird in Bungenäs irgendetwas explodieren. Ich nehme an, er kann es nicht genauer sagen.«

Karolina nickt nachdenklich.

»Das heißt aber auch, dass wir zu dem Zeitpunkt dort sein sollten. Und jetzt ist es …«

Sie schauen gleichzeitig auf das Armaturenbrett, das mit vier leuchtenden Ziffern die Zeit anzeigt: 04:27. Sie verlieren keine weiteren Worte. Es ist nicht unmöglich, aber es hängt alles davon ab, wie viele Leute sie zur Unterstützung bekommen.

Karolina fährt mit Vollgas durch die leere Stadt, fährt über die Kreuzung an der Birger Jarlsgata und in die Unterführung unter der Runebergsgata. Sie müssen jetzt jeden Moment da sein, fahren in hohem Tempo an den nackten schwarzen Ästen im Humlegård und verwaisten Gehwegen vorbei. Im Karlaväg ist ein Zeitungsbote unterwegs, der ihnen nur einen kurzen Blick zuwirft. Vielleicht sieht er frühmorgens öfter Leute, die wie die Verrückten durch die leeren Straßen zurück nach Lidingö rasen.

Sie parken auf dem für sie reservierten Parkplatz vor dem rosa Haus und betreten es im Laufschritt.

Als Karolina die Tür zum Büro aufschließt, ahnt sie sofort, dass etwas nicht stimmt. Sie hat Stille und dunkle Schreibtische erwartet, stattdessen brennt überall Licht.

Sie sieht Vendela an, die ebenfalls ein fragendes Gesicht macht. Nach wenigen Schritten kommt ihnen Örjan entgegen, der sie nicht nur mit finsterer Miene, sondern mit ausgestreckter Hand empfängt, die er ihnen wie ein Stoppschild entgegenhält. Karolina kann zwei weitere Personen in seinem Zimmer erkennen, während eine dritte, eine kurzhaarige Frau in Vendelas Alter, im Türrahmen auftaucht und sie aufmerksam mustert. Karolina weiß nicht, wo sie anfangen soll. Welche Frage ist die richtige?

Schließlich bricht Vendela an ihrer Stelle das Schweigen, jedoch nicht mit einer Frage.

»Wir müssen nach Gotland fliegen. Es eilt.«

Örjan verzieht das Gesicht

»Wir müssen vor sieben Uhr dort sein.«

Irgendetwas in seinem Zimmer lenkt ihn ab, er wirft einen Blick über die Schulter und dreht sich dann schnell wieder zu ihnen um. Er hat gehört, was Karolina gesagt hat, aber er hat es noch nicht richtig verarbeitet. Karolina sieht es hinter seiner Stirn rattern. Unter Hochdruck versucht er das, was sich in Bungenäs abspielt, mit dem, was sich hier in der Floragata abspielt, in einen Zusammenhang zu bringen und zu irgendeinem Schluss zu kommen. Doch sein Blick hellt sich nicht auf, sinkt stattdessen auf Kniehöhe ab.

»Wir müssen sofort aufbrechen«, sagt sie.

Als keine Reaktion kommt, marschiert sie entschlossen in sein Zimmer. Einer der Männer hockt vor dem geöffneten Tresor in Örjans Zimmer.

»Wer sind diese Leute? Wieso erlaubst du ihnen …«

»Karolina.«

Er klingt wie der besorgte Vater eines Teenagers und packt sie mit kräftiger Hand am Arm. Zwei Unbekannte sind dabei, den Tresor auszuräumen, in dem das Büro die geheimsten Informationen aufbewahrt. Dinge, die die Sicherheit des Landes oder auch die Identität von Agenten betreffen, die in akute Gefahr geraten könnten, wenn sie in die falschen Hände gelangen … Das hier ist Verrat, ein moralischer Bankrott.

»Örjan«, echot sie in ebenso besorgtem Tonfall.

Er zwingt sich, den Blick zu heben und ihr in die Augen zu sehen.

»Wir sind in einer extrem misslichen Lage«, bekommt er schließlich heraus.

»Hör auf, so eine Scheiße zu reden, und erzähl mir endlich, was hier vor sich geht.«

Im Wissen, dass sie einen halben Kopf größer ist als er, beugt sie sich nach vorn.

»Okay.« Zischend atmet er ein. »Die Kurzfassung.«

»Danke.«

Er hält die Hände vor sich, als würde er die Größe einer noch nicht über das Schonmaß hinausgewachsenen Meeresforelle markieren.

»Das Büro ist geschlossen. Ihr seid vorläufig beurlaubt.«

»Was?«

»Wie gesagt, das ist die kurze Fassung«, sagt Örjan.

»Und das da?«, schreit sie fast und deutet auf sein Zimmer.

»Das besprechen wir morgen. Jetzt fahrt erst mal nach Hause und schlaft euch aus.«

»Ausschlafen sollen wir?«, poltert sie. »Wir sind keine zwei Tage von einem potenziellen Terroranschlag entfernt, Ylva und der Prophet befinden sich in der Gewalt von Entführern und schweben in Lebensgefahr, und wir sollen nach Hause fahren? Was soll das?«

Vendela legt ihr eine Hand auf den Arm.

»Ja, warum?«, fragt sie um einiges gefasster als Karolina.

Örjan sieht sie müde an. Die Antwort auf diese Frage

würde die lange Version umfassen, falls ihm diese überhaupt zur Verfügung steht. Karolina ist sich da nicht sicher.

»Du scheinst nicht beurlaubt zu sein«, faucht sie.

»Sie sind der Ansicht, dass sie mich brauchen, um …«

»Ach, vergiss es einfach«, fällt sie ihm ins Wort. »Wir müssen jetzt nach Bungenäs. Ich fürchte nämlich, dass weder Ylva Grey noch der Prophet überleben, wenn wir uns nicht sofort nach Gotland begeben.«

Örjan schüttelt den Kopf.

»Tut mir leid«, sagt er, »mir sind die Hände gebunden.«

Als sie wieder unten vor dem Büro im Auto sitzen, müssen sie sich kurz sammeln. Karolina hat keine Ahnung, ob sie den Wagen oder ihre Dienstwaffen überhaupt benutzen dürfen, aber Örjan hat ihnen weder die Autoschlüssel noch die Pistolen abgenommen.

»Was machen wir?«, fragt sie. »Die Polizei rufen?«

»Ich glaube nicht, dass das was bringt«, sagt Vendela.

Karolina braucht nicht nachzuhaken, um zu wissen, was sie damit meint. Sie hat selbst schon Polizeieinsätze gestoppt, damit heikle Informationen nicht ans Licht kommen.

»Der erste Flug nach Visby startet um 06:25 Uhr aus Bromma. Da kämen wir zu spät.«

Schweigend sitzen sie nebeneinander. Es ist fast fünf. Jede Sekunde, die verstreicht, ist in Karolinas Augen auf unverzeihliche Weise verschwendete Zeit, und je mehr Zeit vergeht, desto schlechter fühlt sie sich. Es muss einen Weg geben.

»Nehmen wir den Flug um 06:25 Uhr? Das ist vielleicht unsere einzige Chance.«

Es widerstrebt ihr, es auszusprechen.

Vendela holt ihr Handy hervor.

»Ich habe eine bessere Idee. Es ist ein Schuss ins Blaue, aber einen Versuch ist es wert.«

Ohne weitere Erläuterungen wählt sie eine Nummer. Sie muss ziemlich lange warten, aber schließlich nimmt am anderen Ende jemand ab.

»Hallo, hier ist Vendela.«

Schweigen.

»Wir haben ein schwerwiegendes Problem«, sagt sie.

Nachdem sie, ohne die Schließung des Büros zu erwähnen, die Situation mit wenigen Worten umrissen und problemlos ein Okay bekommen hat, legt sie auf. Triumphierend sieht sie Karolina an.

»In zwanzig Minuten am Hubschrauberlandeplatz hinter dem Filmhaus!«

Anstelle einer Antwort lässt Karolina breit grinsend den Motor an und fährt mit quietschenden Reifen auf den Valhallaväg.

Elias wacht auf einer rauen und harten Unterlage auf. Er liegt mit dem Gesicht nach unten. Ein gedämpftes Licht erregt seine Aufmerksamkeit, aber als er den Kopf heben will, wird ihm vor Schmerz schwarz vor Augen. Er bleibt reglos liegen und atmet verhalten.

Der Schmerz, die Taubheit in seinen Gliedmaßen. Jemand hat ihn bewusstlos geschlagen. Richard? Liljekvist? Warum? Aus Zorn und der unbezwingbaren Lust, ihm wehzutun?

Vorsichtig versucht er, zuerst die Beine und dann die Arme zu bewegen. Allein die Vorstellung, sich zu bewegen, verursacht Schmerzen, aber nur im Kopf. Ansonsten scheint er unverletzt zu sein.

Sie haben ihm die Schuhe weggenommen. Er liegt in Socken auf dem kalten Boden. Ohne Schuhe wird es auf dem unebenen Untergrund schwierig voranzukommen, von der eiskalten Nässe draußen ganz zu schweigen. Die Arme sind in einer unnatürlichen Stellung hinter dem Körper fixiert, seine Schultern tun weh. Er ist gefesselt und hat, von den Kopfschmerzen mal abgesehen, gar nicht die Möglichkeit, sich zu bewegen. Seine Beine sind auch zusammengezurrt. Er denkt an Wallberg und dessen letzten Tag vor dem Tod. Er war genauso gefesselt wie Elias jetzt, war dreckig, hat geblutet und sich in die Hose gemacht und ist am Ende befreit worden, nur um kurz darauf hingerichtet zu werden.

Liegt Wallberg noch in der Garage? Oder haben sie die Leiche in der Nacht weggeschafft? Wie spät könnte es jetzt sein? Er hat keine Ahnung.

Warum hat Richard Wallberg erschossen? Er wirkt vollkommen impulsgesteuert und unberechenbar. Andererseits muss er das alles geplant oder zumindest initiiert haben. Geschieht alles hier mit Eric Hands' Wissen und Einverständnis, oder hat der keine Ahnung, was auf seinem Grundstück passiert?

Elias schließt die Augen. Vor wenigen Monaten war er in diesem Haus zu Gast, hat Wildgans und Barolo serviert bekommen und das Bett mit der Tochter seines Gastgebers geteilt. Nun ist er in seinem Keller eingesperrt.

Nein, Eric Hands hätte Ylva niemals hierhergebracht. Falls er irgendetwas mit der Sache zu tun hat, weiß er nicht, dass Richard das Haus in Bungenäs nutzt. Richard muss entweder blind vor Hass oder von dem Irrglauben verblendet sein, er würde mit allem durchkommen. Sein Vater kann sich tatsächlich fast alles erlauben, und das liegt nicht nur an seinem Geld und seiner Macht. Er ist sorgsam darauf bedacht, sich keine Blöße zu geben.

Elias versucht, genau zu spüren, wie er liegt. Wenn er

die Beine anzieht, müsste er sich auf die Seite drehen können. Es wird wehtun, aber so schlimm wie das Anheben des Kopfes wird es nicht werden.

Ungeheuer langsam zieht er Zentimeter für Zentimeter die Beine hoch. Sein Hinterkopf schleudert warnende Blitze, aber es geht. Dann kommt die größere Hürde: Er muss sich mit den Füßen abstoßen und gleichzeitig den Bauch anspannen, um sich auf die Seite zu wälzen. Er schließt die Augen, atmet zehnmal tief ein und aus und spannt alle Muskeln an.

Der Schwung ist stärker als erwartet, sodass er über die Seite weiter auf den Rücken rollt und wieder hinter einem Schmerzvorhang verschwindet. Ihm wird übel. Sein Magen zieht sich zusammen. Wird er so enden, erstickt am eigenen Erbrochenen? Eine schmerzhafte Sekunde lang sieht er Wallberg unter der blauen Plane im Kofferraum seines eigenen Autos vor sich, und es gelingt ihm, den Würgereiz zu unterdrücken.

Der Schmerz bereitet ihm die größten Sorgen. Wie soll er irgendetwas zustande bringen, wenn er bei der kleinsten Bewegung ohnmächtig wird? Es ist nicht gesagt, dass er überhaupt die Möglichkeit bekommt, etwas zu tun, aber falls sich eine Gelegenheit ergibt, muss er sie beim Schopfe packen.

Als die Schmerzen ein wenig abgeebbt sind, starrt er zu den in schummriges Licht gehüllten Regalen hinter den schwarzen Eisengittern. Er ist in Eric Hands' Weinkeller eingesperrt, angeblich dem größten in Nordeuropa. Und eins weiß er ganz sicher: Eric Hands hätte ihn niemals hier eingesperrt. Es muss Richards Werk sein. Oder das von Liljekvist.

Elias ist mit Hands zusammen hier gewesen, um einen Wein für das Abendessen auszusuchen. Das Gitter vor den Weinregalen, die vom Boden bis unter die Decke reichen, ist neu. Auf einem Tisch stehen noch nicht einsortierte Neuerwerbungen.

Draußen sind Schritte zu hören. Die Tür wird aufgerissen. Das gedämpfte Licht wird so grell aufgedreht, dass es in den Augen brennt. Kopfüber sieht er Richard in Begleitung eines maskierten Mannes näher kommen. Die Haube kennt er aus den Videos. Verbirgt sich Liljekvist darunter?

Es muss mindestens einen weiteren Mann geben. Elias glaubt nicht, dass der Maskierte in den Videos Richard ist. Richard schlägt im Affekt zu und tötet mit hämmerndem Herzen. Das kaltblütige Verstümmeln überlässt er anderen.

Richard und sein anonymer Mittäter kommen mit energischen Schritten auf ihn zu. Unter ihren Schuhen knirscht es. Sie beugen sich zu ihm herunter, und er ist kurz davor, laut loszuschreien, weiß aber, dass es nichts nützen würde.

Mit vereinten Kräften packen sie ihn an den Oberarmen und ziehen ihn hoch. Sein Schädel wird von einer unsichtbaren Kraft zusammengepresst und gleichzeitig vom Nacken bis zur Stirn mit einem Messer durchbohrt. Schlaff hängt er zwischen ihnen, fest überzeugt, jeden Augenblick das Bewusstsein zu verlieren, hofft es sogar, weil er sich um jeden Preis diesen Schmerz ersparen will, aber bevor er wieder ohnmächtig wird, passiert etwas Unerwartetes. Der Druck lässt nach, und der Schmerz wird etwas erträglicher. Das Stehen tut ihm gut.

»Wie spät ist es?«, murmelt er, um einen verschlafenen und verwirrten Eindruck bemüht.

Eine Antwort bekommt er nicht.

Sie schleifen ihn aus dem Raum. Da er an Händen und Füßen gefesselt ist, kann er kaum mithelfen. Seine Zehen schleifen über den rauen Boden und schlagen mehrfach gegen kleine Erhebungen, aber verglichen mit seinen Kopfschmerzen ist das nebensächlich.

Richard lässt ihn los, um eine weitere Tür aufzuschließen, und hält diese mit der Schulter auf, während sie ihn über die Schwelle zerren. Sie sind jetzt in dem langen Tunnel mit den Schienen für die Munitionsloren.

Elias hebt, so gut es geht, den Kopf, um mitzubekommen, wo die beiden Männer ihn hinbringen. Er bemerkt noch einen schwarz gekleideten und maskierten Mann, der etwas größer ist als derjenige, der ihn trägt. Das muss Liljekvist sein. Hinter ihm wird ein Stuhl mit Armlehnen sichtbar, nein, zwei, und auf einem von ihnen sitzt Ylva.

Er ist zu weit entfernt, um sie in seinem Zustand genau zu erkennen, aber er weiß, dass sie es ist. Wer sollte es sonst sein? Sie setzen ihn auf den Stuhl ihr gegenüber, und sobald er sich von der unsanften Behandlung erholt hat, sieht er ihr blasses Gesicht klar und deutlich vor sich.

»Elias«, flüstert sie so leise, dass er sich nicht sicher ist, ob er es wirklich gehört hat.

Er kennt das Setting aus den Videos. Die Männer mit den Sturmhauben, Ylva auf dem Stuhl. Nur die Kamera fehlt. Wieso keine Kamera?, fragt er sich, aber bevor er die Frage im Kopf vollständig formuliert hat, weiß er die Antwort. Eine Kamera ist nicht mehr nötig.

Elias ist die Kamera. Er ist es schon die ganze Zeit gewesen.

Ylva sieht ihn mit einem Blick an, den er zuerst weder deuten noch verarbeiten kann, weil er so viele widersprüchliche Dinge gleichzeitig zum Ausdruck bringt; Angst und Verzweiflung, aber auch ein neu entfachtes Fünkchen Hoffnung. Er schaut ihr in die Augen und begreift, dass er diese Hoffnung entfacht hat. Es schmerzt ihn, denn die Chance, dass er irgendetwas ausrichten kann, ist verschwindend gering.

»Du hättest nicht kommen sollen«, sagt sie.

»Doch«, sagt Richard, »er sollte kommen. Und er ist gekommen.«

Im Gegensatz zu Elias ist Ylva nicht gefesselt, aber nun holt der größere der beiden maskierten Männer Kabelbinder hervor und schnürt ihre Handgelenke an den Armlehnen fest. Beide Stühle sind aus glänzendem Stahlrohr, nur Rückenlehne und Armstützen aus schwarz lackiertem Holz. Der Maskierte fixiert ihre Fußgelenke.

Ylva bewegt sich unruhig hin und her, was natürlich sinnlos ist, aber sie kann den Fluchtreflex auch nicht unterdrücken. Der Körper leistet auch dann noch Widerstand, wenn der Geist längst sagt, dass es keinen Zweck hat. Gegen bestimmte Bedrohungen wehrt man sich bis zur letzten Sekunde. Das ist purer Instinkt. Mehr noch als ums Leben geht es dem Menschen ums Überleben.

»Sie hat nichts mit der Sache zu tun«, sagt Elias zur Richard, ohne die Augen von Ylva abzuwenden.

»Nein, wirklich nicht«, sagt Richard.

Mehr sagt er nicht. Er macht keine zynischen oder sadistischen Bemerkungen, aber seine geradezu unbeteiligte Zustimmung lässt durchblicken, dass ihm vollkommen egal ist, wie sich die Dinge wirklich verhalten.

Elias hat nichts anderes erwartet. Seine Bitte ist seine Art, das Unausweichliche hinauszuzögern. Und Zeit zu gewinnen.

»Ich bin jetzt hier. Du kannst sie freilassen.«

Doch das wird Richard niemals tun. Diesmal antwortet er nicht einmal. Es ist auch nicht nötig. Ylva dient einem bestimmten Zweck und kann durch niemanden ersetzt werden. Elias weiß das, und Ylva weiß es auch.

Im Tunnel zieht es. Der kalte Wind weht verwelktes Laub und anderen raschelnden Dreck über den Steinfußboden. Der Mann, der höchstwahrscheinlich Liljekvist ist, steckt eine Hand in die Jackentasche, zieht eine längliche Blechdose heraus und klappt den Deckel hoch. Mit einer Behutsamkeit, die nicht so ganz zur Brutalität der Situation passt, nimmt er einen Gegenstand aus der Dose. Dann hält er den silbern glänzenden Gegenstand ins Licht. Ein Skalpell.

Elias fühlt, wie ihm der Schweiß am Rücken und an den Innenseiten der Oberschenkel hinunterläuft. Er muss einen klaren Kopf bewahren und darf sich nicht stressen lassen, egal wie abscheulich es jetzt wird.

»Wenn irgendjemand schuld daran ist, dass die Capricorn versenkt wurde, dann Henning Eriksson, das weißt du, oder?«

Im Grunde ist es natürlich Eric Hands' eigene Schuld. Aber es wäre kontraproduktiv, das jetzt zur Sprache zu bringen.

»Du hast sie dazu gebracht, zum Schiff zurückzukehren.«

Richard klingt jetzt nicht mehr so entspannt, seine Stimme hat einen gereizten Unterton.

»Es war ihre eigene Entscheidung.«

Richards Augen verengen sich. Das Knifflige ist, dass Elias emotional auf Richards Seite ist. Es ist Elias' Schuld. Wenn er nicht gewesen wäre, würde Ulrika noch leben. Er hat oft versucht, sich selbst das Gegenteil einzureden, so wie andere es ebenfalls versucht haben, aber an seinem Empfinden ändert das nichts. Er hat ihren Tod verursacht.

Doch um Schuld geht es hier nicht. Es geht um Sekunden, vielleicht um Minuten, vermutlich viel zu viele. Wenn er nur wüsste, wie spät es ist, wäre alles viel, viel einfacher. Es müsste bald sieben Uhr sein, die anderen Videos sind doch um diese Zeit gefilmt worden. Aber vielleicht hat Elias' Anwesenheit ihren Zeitplan durcheinandergebracht. Vielleicht können sie es auch kaum noch erwarten.

Richard kommt einen Schritt näher.

»Du hast dich bei uns eingenistet. Ich habe dich zu

mir nach Hause eingeladen, bin mit dir in Clubs gegangen und war mit dir in New York. Ich dachte, wir wären Freunde. Du hast uns angelogen. Hast was mit meiner Schwester angefangen, um an uns heranzukommen. Das ist so widerlich. Am liebsten würde ich dich anspucken.«

»Das verstehe ich«, sagt Elias. »Und in gewisser Weise hast du recht. Aber Ylva hat nichts damit zu tun.«

»Hast du überhaupt nichts kapiert? Aus welchem Grund sollte ich sie weiterleben lassen?«

»Weil sie nichts …«

»Du hast Ulrika geopfert«, fällt Richard ihm ins Wort. »Ich opfere …«, er dreht sich zu Ylva um, »… sie. Wenn du sie hast sterben sehen, verstehst du mich vielleicht etwas besser. Falls du nicht total beschränkt bist, du schäbiges kleines …«

Richard zischt die letzten Worte, aber plötzlich hält er inne. Er muss gemerkt haben, dass er kurz davor ist, die Kontrolle zu verlieren. Und den Triumph gönnt er Elias nicht. Er wendet sich ab. Weiter im Takt.

»Richard!«

Er hört nicht mehr zu. Entweder hat er ihn durchschaut, oder er ist zu wütend, um ihm noch eine Sekunde Aufschub zu gönnen. Richard gibt dem kleineren Mann ein Zeichen, der sich daraufhin hinter Ylva stellt, ihren Kopf mit beiden Händen packt und in den Nacken biegt.

Der Größere nähert sich mit dem Skalpell. Keine Gartenschere diesmal, keine abgeschnittenen Finger. Diesmal gehen sie avancierter vor und führen einen chirurgischen

Eingriff durch. Der Mann streckt die freie Hand nach ihrem rechten Auge aus.

»Richard!«

Elias schreit laut und verzweifelt. Richard dreht sich um. Es scheint, als würde er lächeln.

»Moment«, sagt er zu dem Mann mit dem Skalpell.

»Tu das nicht!«, fleht Elias ihn an. »Es geht dir doch um mich? Warum muss sie leiden?«

Diese Frage hat Richard bereits beantwortet, aber irgendetwas lässt ihn trotzdem aufhorchen. Elias gewinnt wichtige Sekunden. Richard mustert ihn und kommt langsam einen Schritt auf ihn zu.

»Okay«, sagt er, »du hast du Wahl.«

Was auch immer. Soll er lieber ihn quälen. Darauf läuft es sowieso hinaus, so viel hat er verstanden.

»Auge, Ohr oder Nase. Was meinst du?«

Ein kurzes Hochgefühl, weil er Richard dazu gebracht hat, ihm zuzuhören.

»Fällt dir die Entscheidung schwer?«

Worauf könnte er zur Not verzichten? Nicht seine Augen. Aber auf die Nase auch nicht als zentrales Organ im Gesicht.

Richard geht zu Ylva hinüber und zeigt mit pädagogischer Betulichkeit auf die Körperteile.

»Auge, Nase oder Ohr? Du musst dich jetzt entscheiden.«

In seinem Kopf dreht sich alles, und er wird von dem Strudel ins Dunkle hinabgezogen. Er hatte geglaubt, Richard umgestimmt zu haben, aber er meint nicht Elias, er hat es immer noch auf Ylva abgesehen. Ihm ist nur eine weitere Methode eingefallen, um ihn zu quälen. Wie soll er entscheiden, welches Körperteil Ylva abgeschnitten werden soll? Das ist unmenschlich.

»Schluss jetzt«, sagt Richard ungeduldig, »dann eben das Auge.«

Er gibt seinen maskierten Handlangern noch ein Zeichen, woraufhin der größere seine Finger nach Ylvas Auge ausstreckt.

Jesper Carlsson hatte sie, wie versprochen, zwanzig Minuten später in Gärdet erwartet, fünf Minuten später landete der Hubschrauber. Nun fliegen sie über die Ostsee. Die einzigen Lichtpunkte in der Dunkelheit sind Leuchttürme, Funkmasten und Außenlampen von Frachtern. Durch die Kopfhörer sind die Rotoren nur gedämpft zu hören. Trotz guter Wetterverhältnisse ist der Flug viel unruhiger als in einem Passagierflugzeug. Karolina ist froh, dass sie nicht zur Reisekrankheit neigt.

»Jetzt ist es nicht mehr weit«, verkündet der Pilot über die Anlage. »Ich sehe schon die Straßenlaternen in Fårösund.«

Karolina lehnt den Kopf an die Scheibe und blickt hinaus in den pechschwarzen Morgen. Direkt vor ihnen ist ein hingehauchter Streifen Licht zu erkennen.

»Das werden wir dir nie vergessen«, sagt Vendela mit ungewohnt zärtlichem Unterton in der Stimme.

»Das stimmt«, fügt Karolina hinzu. »Du warst unsere Rettung.«

»Ach was«, sagt Jesper, der neben dem Piloten sitzt. »Ich hatte sowieso den Auftrag, eine unserer Anlagen auf Gotland zu inspizieren.«

Karolina weiß nicht, ob das zum internen Jargon gehört oder an den Piloten gerichtet ist.

»Aber du hast uns mitgenommen«, sagt sie vorsichtig.

»Das habe ich.«

Vendela hat offenbar einige nützliche Kontakte bei der FRA. Karolina fragt sich, ob er aus idealistischen Gründen handelt oder ob ihn die Liebe dazu motiviert hat.

»Ich kann einen Schlenker über Fårö machen, die Landzunge von Osten aus anfliegen und am äußersten Zipfel landen«, sagt der Pilot. »Einverstanden?«

Karolina sieht Jesper an.

»Bei diesem Wind hört man uns nicht«, versichert der Pilot. »Wir fliegen dann direkt weiter nach Süden. Das hört und sieht man nicht.«

»Dann machen wir es so.«

Der Helikopter korrigiert seinen Kurs ein wenig nördlich an der Straßenbeleuchtung vorbei, die den gesamten Ort durchzieht und am Sund zwischen Gotland und Fårö abrupt endet. Karolina sieht die gelben Fähren im hell erleuchteten Hafenbecken auf der gotländischen Seite.

Vendela stößt sie mit dem Unterarm in die Seite und hält ihr das Handy hin. Auf dem Bildschirm ist die Karte von Bungenäs zu sehen.

»Wir können diesen Weg entlanggehen, das ist im Dunkeln am einfachsten«, sagt Vendela und tippt mit dem Nagel des kleinen Fingers auf einen Weg, der an der Landzunge beginnt und am östlichen Ufer Richtung Norden verläuft. »Das sind fünfhundert Meter, also etwa fünf Minuten.«

»Hat er was von sich hören lassen?«

»Keinen Ton.«

Die Uhr auf Vendelas Handy zeigt 06:56 Uhr an. Noch vier Minuten.

Der Pilot setzt zur Landung an. Als der Hubschrauber mit der Geschwindigkeit runtergeht, wird er von Windböen aus südwestlicher Richtung erfasst. Ein weißes Landelicht geht an. Karolina erahnt das dunkle Wasser, das unter ihnen wogt, dann fliegen sie über Land. Kalkstein, Wacholderbüsche, Sanddorngestrüpp und trockenes Heidekraut.

Eine Weile schweben sie ein paar Meter über der Erde, ehe der Pilot sie sanft absetzt. Vendela öffnet die Tür auf der rechten Seite, und der Wind wirbelt in die Kabine herein. Sie nehmen die Headsets ab, steigen aus und rennen gebückt vom Hubschrauber weg. Als der Hubschrauber hinter ihnen abhebt, ist der Luftzug von den Rotorblättern kurze Zeit stärker als der Wind, dann wendet er auf der Stelle und steuert eine Abhöranlage an der Ostküste Gotlands an.

Karolina leuchtet mit einer Taschenlampe, deren Lichtstrahl sie seitlich mit der Hand abschirmt, auf den Weg. Es ist zu dunkel zum Rennen, aber sie gehen in schnellem Tempo nebeneinander her.

»Noch drei Minuten«, sagt Vendela.

Im Prinzip haben sie zwei Möglichkeiten. Entweder sie

erkunden den Eingangsbereich und versuchen, dort ins Haus zu gelangen, oder sie bleiben in Strandnähe und dringen durch die Tunnelmündung ein. Vorher müssen sie jedoch die Explosion abwarten. Sie haben keine Ahnung, wo sie stattfinden und wie stark sie sein wird. Die Explosion wird die Entführer ablenken, und das müssen sie sich zunutze machen. Wie sie das bewerkstelligen, wissen sie erst, nachdem es geknallt hat. Sie müssen improvisieren.

Karolina geht noch ein Stück näher an Eric Hands' Bunker heran. Ein greller Scheinwerfer wirft sein Licht durch die Bäume. Als sie sich auf halber Strecke zwischen Haus und Tunnelmündung befinden, bleibt sie stehen. Von hier aus erreichen sie beide Stellen gleich schnell. Sie signalisiert Vendela, sich drei, vier Meter ins Gelände zurückzuziehen, und knipst die Taschenlampe aus.

»Wir gehen in Deckung«, zischt sie Vendela ins Ohr.

Sie legen sich flach auf den Boden. Der Untergrund ist kalt und nass, aber sie sind nicht hergekommen, um sich in Stücke reißen zu lassen. Karolina legt die Wange auf dem linken Handschuh ab. Warme Kleidung und ihre Dienstpistolen, mehr Ausrüstung haben sie nicht. Sie haben eine grobe Vorstellung von dem, was sie erwartet, nämlich Richard Hands und mindestens ein Rechtsextremist, der nachweislich nicht davor zurückschreckt, Leuten die Finger abzuschneiden. Aber sie haben keine Ahnung, mit welchen Waffen die Männer ausgestattet sind.

»Weniger als eine Minute«, sagt Vendela.

Sie halten sich die Ohren zu.

Derjenige, der Ylvas Kopf festhält, muss richtig Kraft aufwenden, damit sie nicht wackelt. Die rechte Armbeuge drückt er ihr im Würgegriff unters Kinn, und mit der linken Hand fixiert er ihre Stirn. Liljekvist schiebt das Augenlid hoch, sodass der Augapfel frei liegt. In einem rosa See aus Tränen zuckt das Auge ruckartig hin und her. Ylva stößt ein lang gezogenes verzweifeltes Wimmern aus. Sie ist zu beschäftigt damit, sich zur Wehr zu setzen, um schreien zu können.

»Warte!«

Richard blickt auf, und der Maskierte verharrt mit dem Skalpell über dem Auge. Vielleicht ist ihm die Unterbrechung nur recht. Einem lebenden Menschen ein Auge herauszuschneiden muss auch dem Abgebrühtesten schwerfallen.

»Ich entscheide mich«, keucht Elias.

»Für was?«, fragt Richard. »Ich höre nichts.«

Elias kann kaum atmen und hat Schwierigkeiten, die Worte über die Lippen zu bringen.

»Das Ohr«, presst er schließlich hervor.

Richard dreht sich zu Ylva um. »Haben Sie gehört? Ihr Held möchte, dass wir Ihnen ein Ohr abschneiden.«

Er nickt seinem maskierten Gehilfen zu. Der Mann hinter Ylva packt ihren Kopf erneut. Liljekvist streicht Ylvas Haar zurück und umfasst resolut das eine Ohr. Elias' Herz setzt einen Schlag aus. Er hält den Atem an. Kann er denn gar nichts tun? Seine Hände und Füße sind gefesselt, aber er ist nicht am Stuhl festgebunden. Er könnte sich nach vorne werfen und den Mann mit dem Skalpell umschubsen, auf diese Weise für einen gewissen Tumult sorgen und Richard aus der Fassung bringen. Es würde eine ganze Weile dauern, bis alles wieder seine Ordnung hätte.

Da kommt der Knall und in seinem Gefolge die Taubheit. Elias spürt die Druckwelle im Bauch. Obwohl sie sich zwei Stockwerke unter der Erde befinden, fühlt sich die Explosion ganz nah an.

Elias' Herz beginnt wieder zu schlagen, kraftvoll und schnell hämmert es in seiner Brust. Das pulsierende Blut erfüllt ihn mit neuer Energie. Dies ist ihre letzte Chance.

Links von Karolina blitzt ein heller Lichtschein auf, als die Druckwelle, die sich anfühlt wie ein extra Herzschlag, sie erreicht. Trockene Blätter lösen sich von den Bäumen und regnen auf sie herab.

Sie wartet ein paar Sekunden, bevor sie den Kopf hebt. Die Explosion kam pünktlich auf die Sekunde. Ein Rauchmelder tutet, und aus dem Gebäude schlagen Flammen, aber es ist schwer zu erkennen, wo sie genau herkommen.

»Siehst du, wo es brennt?«, fragt Vendela.

»In der Garage.« Genau wie der Prophet haben sie sorgfältig die Grundrisse studiert. »Wir gehen weiter«, sagt Karolina.

Das Feuer breitet sich aus, hohe Flammen schießen auf und werden vom Wind zerfranst, greifen mit langen Fingern nach verzehrbarem Material.

Wo die Bäume sich lichten, bleiben sie stehen. Der Scheinwerfer, der die Fläche vor dem Eingang beleuchtet hat, ist der Explosion zum Opfer gefallen, aber die hellen Flammen, die aus dem weggesprengten Garagentor lodern, könnten sie verraten. Abgesehen vom Grollen des Feuers und dem jaulenden Rauchmelder ist es still.

»Glaubst du, die Explosion hat sie erledigt?«, fragt Vendela.

Die Frage verheißt nichts Gutes. Wen meint sie mit *sie*? Alle?

»Wir gehen linksrum.«

Im Schutz der Bäume schlagen sie einen Bogen um das Haus und nähern sich in gebückter Haltung und mit gezogenen Waffen von der Seite. Von dem Sprint leicht außer Atem schleichen sie an der Hauswand entlang auf den Feuerschein zu. Die ungeschützte Fläche vor dem Eingang ist beleuchtet wie ein Festplatz in der Walpurgisnacht.

Richard sieht Elias zornentbrannt an, als wollte er ihn am liebsten sofort töten. Noch hätte er die Gelegenheit, doch ein durchdringender Ton, der die vorübergehende Taubheit übertönt, hält ihn davon ab. Feueralarm.

»Ich geh rauf. Sperr die beiden ein und komm nach.«

Richards Stimme klingt tatkräftig, aber sein Blick spricht eine andere Sprache. Die Explosion macht ihm Angst. Er läuft zum Treppenhaus.

Der Mann mit der Sturmhaube packt Elias am Arm und zieht ihn vom Stuhl hoch. Elias stöhnt laut, als er weggeschleift wird. Es fühlt sich an, als würde ihm der Arm ausgekugelt, was auf wundersame Weise nicht geschieht. Der ächzende Mann trägt ihn mehr oder weniger durch eine Tür, setzt ihn kurz ab, öffnet eine weitere Tür und stößt ihn hindurch. Elias fällt auf den Boden und schlägt mit dem Kopf auf. Einen Moment lang verschwindet er im Schmerz, der wie ein brennender Pfeil durch seinen Kopf schießt und alle anderen Sinneseindrücke ausschaltet.

Er wacht wieder auf, als Ylva hereingeführt und die Tür zugeknallt wird. Elias dreht sich zu ihr um und versucht, ihr in die Augen zu sehen, muss sich dafür aber mit den Beinen abdrücken und ein Stück über den Boden rutschen. Sie ist weder an Händen noch an Füßen gefesselt, soweit er es erkennen kann.

»Ylva.« Kopfschmerzen wummern im hinteren Bereich seines Schädels, aber das kann ihn nicht aufhalten. »Ylva«, wiederholt er.

Sie sagt etwas und schluchzt auf. Oder lacht sie? Lange Zeit geht es so weiter, ohne dass er weiß, ob sie weint, lacht oder zusammenbricht. Vielleicht sind es Tränen der Erleichterung, weil sie in letzter Sekunde davongekommen ist. Zumindest für den Moment.

»Du musst mir helfen, Ylva.«

Sie versucht, die Fassung wiederzugewinnen, hustet ein paarmal und atmet heiser.

»Wir haben nicht viel Zeit«, sagt er.

Sie wird still und setzt sich unter Anstrengung auf. Ihr Haar ist nach der unsanften Behandlung zerzaust.

»Du musst mir helfen loszukommen.«

Mit dem Handrücken wischt sie sich die Tränen aus dem Gesicht und sieht sich um. Dann steht sie auf und geht zum Gitter vor den Weinregalen. Sie hockt sich davor und steckt den Arm zwischen die Gitterstäbe.

»Was machst du?«

»Ich helfe dir loszukommen«, sagt sie.

Die Weinflaschen, die vorhin auf dem Tisch gestanden haben, sind von der Druckwelle umgeworfen worden und hinuntergerollt. Eine ist auf dem Steinfußboden zerbrochen. Ylva streckt die Hand nach einer Scherbe aus, kommt aber nicht ganz heran. Es fehlen fünf Zentimeter. Sie presst sich mit der Schulter ans Gitter.

»Komm her. Die brauchst du nicht.«

Sie dreht sich um und sieht ihn fragend an.

»In der rechten Kragenstütze ist eine Rasierklinge.«

Sie steht auf und kommt schnell zu ihm herüber.

»Sie ist eingenäht. Du musst den Stoff zerreißen.«

Ylvas Finger schließen sich um die rechte Kragenecke. Sie versucht, die Naht aufzutrennen.

»Das Material ist zu fest«, sagt sie mit zusammengebissenen Zähnen.

»Reib es am Fußboden.«

Stattdessen beugt sie sich hinunter und beißt in den Stoff. Dann gibt sie ein verärgertes Stöhnen von sich. Warm und feucht fühlt er ihren Atem an seinem Hals.

»Jetzt.«

Sie hat ein kleines Loch zustande gebracht, bohrt einen Fingernagel hinein und reißt daran. Der Verband an ihrer verstümmelten Hand behindert sie.

»So«, sagt sie. »Und jetzt?«

Sie zieht ein längliches Stück Plastik heraus und hält es hoch. Es sieht aus wie eine ganz normale weiße Kragenstütze, nur etwas dicker.

»Sie besteht aus zwei Hälften. Siehst du?«

Sie nickt eifrig, aber der Verband bereitet ihr Schwierigkeiten. Er sieht ihr an, dass es wehtut, die Finger zu bewegen. Mühevoll fummelt sie die Hälfte des Plastikstreifens ab, die als Abdeckung dient. An dem anderen ist eine fünf Millimeter breite Rasierklinge befestigt.

»Schneid mich los«, sagt er.

Sie rollt ihn auf die Seite, und er hilft, so gut es geht, mit. Sie beginnt mit den Füßen, dann kommen die Hände dran. Er spürt das Reiben der Rasierklinge an der Innenseite seines Handgelenks, als sie die dünnen Bänder durchtrennt, mit denen er gefesselt ist.

Langsam bewegt er die Arme nach vorn. Der Schmerz in den Schultern ist stechend.

»Geht es?« Ylva streckt die unverletzte Hand aus, wagt aber nicht, ihn zu berühren.

»Mach dir keine Sorgen. Ich bin nur etwas steif. Das geht vorbei.«

Die Stricke haben rote Striemen an seinen Handgelenken hinterlassen und seine Haut aufgescheuert.

»Und wie geht es dir?«, fragt er.

Sie weicht seinem Blick aus, als ob sie darüber nicht sprechen, geschweige denn nachdenken wollte.

»Kommen wir hier irgendwie weg?«, fragt sie.

»Oben in der Garage ist eben ein halbes Kilo Semtex explodiert«, sagt Elias.

»Warst du das?«

Er nickt.

»Wenn wir Glück haben, bekommen sie Angst, dass jemand die Explosion gehört oder sogar gesehen haben könnte. Der Knall hat sie aus dem Konzept gebracht und hält sie erst mal in Schach. Früher oder später wird einer von ihnen runterkommen, um nach uns zu sehen oder uns an einen anderen, sichereren Ort zu bringen. Das ist unsere Chance.«

Oder sie kommen herunter, um Elias und Ylva zu töten und anschließend die Flucht zu ergreifen.

Elias steckt den Arm zwischen die Gitterstäbe. Er verfügt über die zusätzlichen Zentimeter, die Ylva fehlten, und schafft es, eine der ganz gebliebenen Flaschen zu umfassen und herauszuziehen. Zwei Flaschen angelt er auf diese Weise unter dem Gitter hervor. »Keine schlechten Waffen.« Prüfend hält er die Flaschen in der Hand. »Damit rechnen sie nicht.«

Er legt die schweren Bordeauxflaschen auf den Fußboden und geht ein wenig auf und ab, um seine steifen Muskeln zu locken. Er streckt die Arme über den Kopf und zu den Seiten.

»Ist der Mann, der zu dir hereinkommt, immer allein?«, fragt er. »Oder kommen manchmal auch mehrere?«

Ylva sitzt mit dem Rücken zur Wand auf dem Boden.

»Er kommt allein.«

»War es in Trosa genauso?«

Ihre Augen weiten sich. »Ich war in Trosa?«

»Ja, aber das ist jetzt völlig egal.«

Sie hat kurzzeitig den Faden verloren, aber dann legt sich ihre Verwirrung.

»Doch, da war er auch allein. Zu zweit waren sie nur, als sie mich hergebracht haben. Und wenn sie gefilmt haben.«

Das ist gut. Falls sie zu zweit hereinkommen, haben Elias und Ylva kaum eine Chance.

»Hatte er eine Waffe dabei?«

»Bestimmt, aber gesehen habe ich sie nicht.«

Elias lauscht. Im Gang ist es still. Was auch immer dort oben passiert, die Geräusche dringen nicht bis nach unten.

Sie müssen sich bereit machen. Sie sind hier völlig überstürzt eingesperrt worden, aber bald wird jemand kommen, um sie zu trennen oder dort weiterzumachen, wo die Männer aufgehört haben.

Elias bleibt vor ihr stehen und hält ihr die Hand hin.

»Steh auf. Du musst dich bewegen, um dich aufzuwärmen.«

Ylva ergreift seine Hand, und er hilft ihr auf. Ihre verletzte Hand hängt schlaff an der Seite herunter.

»Hast du Schmerzen?«

»Es geht schon.«

Sie hält seine Hand fest und drückt mit den Fingern ein wenig zu.

Er zieht sie an sich.

»Wir werden hier rauskommen«, sagt er. »Die Hälfte haben wir schon geschafft.«

»Ich weiß.«

Und in diesem Moment ist es die Wahrheit. Er drückt sie noch fester an sich. Sie haben jetzt die Oberhand, die anderen sind diejenigen, die verwirrt und verängstigt sind und die Kontrolle verloren haben.

Seine Hand gleitet ihren Rücken hinunter. Die Leidenschaft, die ihn erfüllt, macht alles um sie herum, den Schmutz, die Kälte, die Gewalt und den Hass, noch hässlicher und abstoßender.

»Komm jetzt.« Sanft stupst er sie ein Stück vor sich her. »Beweg dich.«

Er lässt die Hände auf ihren Schultern liegen und geht direkt hinter ihr, bis sie sich aus eigener Kraft bewegt. Ab da geht er neben ihr her.

Entführt, verstümmelt und vollkommen verängstigt. Zum Glück ist ihr nicht bewusst, dass lediglich eine Handvoll Leute weiß, was ihr zugestoßen ist, und noch weniger ihr Schicksal kümmert. Glaubt das Büro, Eric Hands würde hinter der Sache stecken? Halten sie sich deshalb raus? Und welche Rolle spielt Richard überhaupt?

Scharrend öffnet sich die äußere Tür zum Tunnel. Abrupt bleiben sie stehen. Ylva greift instinktiv nach seinem Arm.

Er nickt zur Bestätigung.

»Jetzt«, flüstert er.

Als die Tür aufgeht, liegt Elias mit hinter dem Körper verschränkten Armen auf dem Boden, gefesselt und unschädlich gemacht.

Ylva steht so weit von ihm entfernt vor dem Gitter, dass der eintretende Mann seine Aufmerksamkeit aufteilen muss.

Der Maskierte macht drei große Schritte in den Raum hinein und sieht zuerst Elias und dann Ylva an. An seiner Statur und dem Bewegungsmuster erkennt Elias den Mann, der sie eingesperrt hat. Nicht Liljekvist, sondern der kleinere.

Er winkt Ylva heran. Ylva bleibt stehen, woraufhin er ein zweites Mal auf die Tür deutet. Sie bewegt sich ein kleines Stück vorwärts, scheint den Raum aber nicht verlassen zu wollen. Ungeduldig geht er auf sie zu und packt sie am Oberarm.

In einer fließenden und schnellen Bewegung kommt Elias auf die Beine und hebt die Weinflasche, aber der Mann ahnt etwas und wirbelt herum, bevor Elias zuschlagen kann, und fängt den Arm auf, der sich seinem Kopf nähert.

Elias lässt die Flasche fallen und umfasst blitzschnell die Unterarme des Mannes, um ihn davon abzuhalten, die Waffe unter der Jacke hervorzuziehen. Der Mann windet sich, um sich zu befreien oder Elias zu fassen zu bekommen, hebt ruckartig das Knie, um ihn zwischen die Beine zu treffen, aber Elias dreht sich zur Seite und wehrt den Tritt mit der Hüfte ab.

Am äußersten Rand seines Blickfelds nimmt Elias wahr, wie Ylva näher kommt, und fixiert die beiden Löcher in der Skimaske daraufhin noch angestrengter, um den Mann nicht zu warnen. Ylva schwingt die Flasche mit beiden Händen. Als der bauchige Teil der Flasche seitlich auf den Schädel kracht, ertönt ein schmatzendes Geräusch. Die Beine des Mannes knicken sofort ein. Bewusstlos rutscht er an Elias hinunter. Elias weicht einen Schritt zurück und lässt den Körper dumpf auf dem Boden aufschlagen. Der Kopf knallt auf den Stein.

Mit zitternder Hand lässt Ylva die Flasche los und streicht sich keuchend eine Strähne aus dem Gesicht.

»Wir müssen hier weg.«

Elias schiebt dem bewusstlosen Mann eine Hand unter die Jacke. Die Pistole steckt im Holster oberhalb seiner rechten Hüfte. Elias überprüft die Waffe, fährt mit der anderen Hand unter dem Holstergurt entlang und findet ein Ersatzmagazin, das er sich in die Hosentasche steckt. Den Schlüsselbund des Mannes übergibt er Ylva.

»Wir gehen.«

In dem Moment wird ihm bewusst, dass er nur Socken an den Füßen hat. Er betrachtet die schwarzen Stiefel des Mannes.

»Kannst du ihm die Schuhe ausziehen?«, fragt er Ylva.

Sie starrt ihn fragend an, aber dann fällt der Groschen, und sie zieht ihm die Stiefel aus. Elias entsichert die Pistole und geht langsam auf die Tür zu, während Ylva sich hinter ihm mit den Schnürsenkeln abmüht. Sein Blick ist fest auf die äußere, geschlossene Tür gerichtet. Dahinter ist kein Ton zu hören.

»Hier.«

Sie stellt die Schuhe neben ihm ab, und er reicht ihr die Pistole.

»Ziel auf die Tür. Den Finger legst du auf den Abzug, und wenn jemand kommt, schießt du.«

Elias steigt in die Stiefel. Sie sind zu eng, aber bevor er Blasen bekommt, wird er entweder tot oder frei sein. Unsicher streckt Ylva den Arm mit der Pistole aus.

»Mit beiden Händen«, sagt er.

Er zieht die Schnürsenkel fest und macht einen Doppelknoten. Erleichtert gibt Ylva die Waffe wieder ab, und dann rennen sie aus dem Raum und auf die geschlossene Tür im Raum dahinter zu.

»Mach die Tür auf«, sagt er. »Mit einem Ruck.«

Elias hebt die Waffe, Ylva legt beide Hände auf die Klinke, drückt sie hinunter und zieht. Im Tunnel ist niemand zu sehen. Elias geht einen Schritt hinein und sieht sich suchend um.

»Hier ist niemand.«

Der Wind pfeift in schwankender Tonhöhe durch den Tunnel.

»Wir versuchen, durch den Tunnelausgang rauszukommen«, sagt Elias leise. »Das ist der einfachste Weg nach draußen.«

»Einer der Schlüssel wird schon passen«, flüstert Ylva.

Sie legt die Hand um den Schlüsselbund in ihrer Tasche. Dann gehen sie los. Der felsige, unebene Untergrund des Tunnels, der mit Schienen und Schwellen bedeckt ist, verhindert ein schnelles Vorankommen. Bis zum Tor sind es höchstens hundert Meter, aber jede Sekunde ist kostbar. Im hinteren Teil des Tunnels kann man sich nirgendwo verstecken, es gibt keine Ausbuchtungen, in denen sie Schutz suchen könnten, falls jemand kommt.

Sie laufen, so schnell sie können, Elias dicht hinter Ylva. Er wirft einen Blick über die Schulter. Jedes Mal, wenn er sich umdreht, ohne einen Verfolger zu entdecken, bestärkt ihn das in der Überzeugung, dass alles gut enden wird. Sie sind jetzt so nah dran, dass er das Meer schon riechen kann und die Feuchtigkeit auf der Haut spürt.

Ihre Schritte hallen durch den Tunnel, der in den Kalkstein hineingesprengt wurde, und scharren über den staubigen Felsuntergrund. Dann stehen sie vor dem großen grauen Eisentor. Elias rüttelt an der Klinke. Natürlich abgeschlossen. Kein Drehknauf innen. Der Hebel der Metallstange, die den anderen Torflügel fixiert, ist mit einem großen Vorhängeschloss arretiert. Ylva angelt den Schlüsselbund aus der Tasche und nimmt die einzelnen Schlüssel in Augenschein.

Das Knacken eines ungeölten Scharniers lässt sie erschrocken herumfahren. Als sie die Gestalt mit der Sturmhaube am anderen Ende des Tunnels erblicken, sinken sie instinktiv vor dem Eisentor zu Boden.

Elias schießt als Erster, zweimal kurz hintereinander.

Der Mann in Schwarz zieht sich hinter einen Mauervorsprung zurück.

»Mach mit dem Schloss weiter«, zischt Elias.

Sekunden verstreichen, in denen Elias sich ausmalt, wie der andere die Waffe zieht und abwägt, ob er schießen oder auf Unterstützung von Richard und eventuellen Mitstreitern warten soll. Hinter ihm rasselt das Schlüsselbund.

»Mach einfach weiter«, sagt er so ruhig wie möglich. »Ich behalte ihn im Auge.«

An der Wand am anderen Ende des Tunnels bewegt sich etwas. Elias feuert zwei Schüsse ab und wartet einen Moment. Die Entfernung ist zu groß, um ihn zu treffen, er kann dem Mann nur einen Schreck einjagen und ihn in Schach halten.

Ylva stöhnt und probiert verzweifelt noch einen Schlüssel aus, der nicht ins Schloss passt. Der Mann, der noch nicht aus der Deckung hinter dem Vorsprung hervorgekommen ist, feuert einen Schuss ab. Elias sieht die Kugel von der Felswand abprallen und gibt ebenfalls einen Schuss ab.

»Keine Sorge«, sagt er. »Er hat nicht mal versucht zu zielen. Das ist nur Lärm. Mach weiter.«

Während sich Ylva mit dem Schlüsselbund abrackert,

wechseln seine albtraumhaften Fantasien die Szenerie. Er sieht Richard mit einem Maschinengewehr hereingestürmt kommen, Salven von Schüssen abfeuern und Ylva völlig die Nerven verlieren.

»Ich habe ihn, hier ist er.« Ihre Stimme klingt vor Aufregung schrill. »Die Tür ist offen.«

Elias schießt erneut, wirft einen Blick hinter sich und sieht, wie Ylva das Vorhängeschloss entfernt. Sie wirft es zur Seite und drückt die Klinke hinunter. Elias dreht sich wieder um und schießt noch einmal, während ihm der eisige Wind von draußen in den Nacken fährt. Er gibt einen letzten Schuss ab, wendet dem Mann den Rücken zu und rennt mit Ylva zusammen hinaus in die Dunkelheit.

Der Feuerschein wirft sein flackerndes Licht auf die Bäume rings um den Bunker. Zwischen den Stämmen tanzen die Schatten zuckende Tänze. Karolina horcht nach Stimmen oder anderen Lebenszeichen, als ein Schuss die tosenden Flammen übertönt.

»Hast du das gehört?«, flüstert sie.

Noch ein Schuss in der Ferne.

Die Antwort steht Vendela ins Gesicht geschrieben. Sie hat ihn auch gehört.

»Das kam von da drüben.«

Karolina deutet auf den Sund, der etwa hundert Meter entfernt von ihnen ist.

»Dann sollten wir dort sein und nicht hier.«

Der Schuss kann zwei Dinge bedeuten. Der Prophet schießt, oder es wird auf ihn geschossen. Karolina ahnt, was er vorhat. Die Explosion war ein Ablenkungsmanöver, damit er Ylva befreien kann. Aber wieso ausgerechnet um sieben? Hat es mit den Videos zu tun? Sie sind alle gegen sieben Uhr gefilmt worden. Die Entführer holen

Ylva aus dem Raum, in dem sie eingesperrt ist, und bringen sie dorthin, wo sie die Aufnahmen machen. Eine gute Gelegenheit, schlussfolgert Karolina.

»Wir müssen zurück«, zischt sie. »Und dann runter zum Wasser.«

Langsam schleichen sie auf demselben Weg, den sie gekommen sind, an der Hauswand entlang, bleiben jedoch stehen, als sie Stimmen hören. Eine Tür knallt, dann ist es wieder still, danach sind Schritte zu hören, und ein Mann tritt hinaus ins Licht. Er ist groß, trägt wie die Männer in den Videos eine schwarze Skimaske und hält eine Waffe in der Hand. Er rennt in die Richtung, aus der die Schüsse zu hören waren.

Nach nur zehn Schritten sehen sie die Hand vor den Augen nicht mehr. Elias tastet nach Ylvas Hand, bekommt sie zu fassen und zieht sie von der Tunnelmündung weg und weiter in Richtung Norden. Das Einzige, woran sie sich orientieren können, sind die Wellen, die ans Ufer schlagen.

Wären sie im Erdgeschoss aus dem Bunker herausgekommen, hätte er die versteckte Tasche mit seiner Ausrüstung holen können, aber von hier aus ist das ein zu großer Umweg. Sie müssen sich beeilen.

»Ich habe ein Boot«, sagt er. »Es ist nicht weit.«

Das Boot ist nicht schnell, aber es wird sie hinaus in die Dunkelheit und zu Wallbergs Volvo bringen, so sein Plan.

Ylva drückt wortlos seine Hand.

»Sie werden uns nicht finden.«

Er sieht die grünen und roten Lichter an den Fahrrinnenbojen. Der Leuchtturm blinkt. Bis zum Boot müssen sie höchstens hundert Meter am Wasser entlanggehen, aber sie haben nichts, womit sie im Dunkeln leuchten könnten. Die Steine unter ihren Füßen klackern stumpf, die Bäume ächzen leise, und vom Bunker zieht Rauch herüber.

Elias will sich nicht vorstellen, was passiert ist und was hätte passieren können. Er versucht, nach vorne zu schauen und sich auf ein konkretes Ziel zu konzentrieren: den Motor des Boots zum Laufen zu bringen und Richard Hands und die anderen für immer hinter sich zu lassen.

Es fällt ihm schwer, das Geschehene zu verdauen. Richard Hands. Er kann verstehen, dass Richard ihn hasst, aber das hier hätte er nie im Leben von ihm erwartet. Sein rechter Fuß rutscht an einem Stein ab und knickt um. Er muss Ylvas Hand loslassen.

»Alles okay?«, fragt sie.

»Geht schon«, sagt er, ohne es genau zu überprüfen. »Keine Sorge.«

Im Osten ist ein erster Streifen Licht zu erkennen, aber bis die Sonne über den Horizont steigt, wird es noch eine Stunde dauern. Oben auf dem Kliff sieht man das Feuer in den Bäumen lodern. Er greift wieder nach Ylvas Hand und geht weiter.

Ein stechender Schmerz durchfährt seinen Knöchel. Er beißt die Zähne zusammen, kann sich jetzt nicht von einer so lächerlichen Kleinigkeit wie einem verknacksten Fuß aufhalten lassen. Vorsichtig geht er einen Schritt und findet eine Möglichkeit, den Fuß abzusetzen, ohne dass es allzu sehr wehtut. Ganz kurz bleibt er stehen, um zu lauschen. Dabei zieht er Ylva dicht an sich.

»Hörst du was?«

»Nein, du?«

Nichts außer den Wellen, dem Wind und dem knisternden Feuer. Aber eben war da noch ein anderes Geräusch. Schritt für Schritt bewegen sie sich durch die Dunkelheit vorwärts. Sie könnten genauso gut über einen Abgrund balancieren. Ihn streift der Gedanke, dass sie womöglich am Boot vorbeigegangen sind, ohne es zu merken, aber da stolpert er fast über den Tampen, mit dem er es vertäut hat.

»Wir sind da.«

Als er nach dem Tampen greift, spürt er das Gewicht der Pistole unter seinem Hosenbund. Er hat keine Ahnung, wie viele Patronen noch in dem Magazin sind nach denen, die er verschossen hat. Er holt die Waffe hervor und kontrolliert, ob sie gesichert ist, bevor er das Magazin herausnimmt und das andere einsetzt.

»Ich helfe dir ins Boot«, sagt er, als er damit fertig ist.

Sie bewegen sich am Tampen entlang auf das Boot zu.

»Es ist einfacher, wenn du ein Stück ins Wasser gehst, dort ist die Bordwand niedriger.«

Sie geht auf die Seite des Boots.

»Kommst du an die Kante dran?«

»Ja.« Stöhnend zieht sie sich hoch, und er hält beide Hände unter ihren einen Fuß und hilft mit.

»Geht's?«

»Ich bin oben.«

Er spürt, wie der Druck von seinen Handflächen weicht. »Warte kurz, ich mache uns los.«

Mit der Hand am Tampen geht Elias hinauf zu dem Baum, an dem er befestigt ist, löst den Knoten und wickelt den Tampen im Zurückgehen ein.

»Bist du da?«, hört er Ylva vom Boot rufen.

»Ich bin hier. Hilfst du mir hoch?« Er versteht nicht, woher das Licht kommt, das mit einem Mal die Dunkelheit auslöscht. Wieder sieht er die Hand vor Augen nicht, diesmal geblendet von gleißender Helligkeit. Er lässt sofort den Tampen los, die andere Hand schon am Pistolenkolben, ist aber trotzdem zu langsam.

Die Schüsse kommen in schneller Folge, fünf oder sechs kurz hintereinander. Das sind mehrere Schützen. Der Lichtstrahl fährt über die Wasseroberfläche, senkt sich plötzlich und wird zu einem Lichtfleck zwischen den Steinen. Dort liegt eine dunkle Gestalt im Schein der Taschenlampe. Wer ist das, und wer hat geschossen?

Rings um ihn herum ist es wieder still und dunkel. Nur der Pulvergeruch und dieser Lichtfleck am Ufer zeugen noch von den Schüssen.

»Elias?«

Die Stimme kennt er. Karolina. Aber er hat jetzt keine Zeit.

»Ylva«, ruft er.

Warum antwortet sie nicht? Er klammert sich an die Reling und will sich hochziehen, spürt etwas oben an Deck, schafft es aber nicht, sich hochzuziehen, und lässt sich an der Bootswand hinunterrutschen. Er versucht es noch einmal, stößt sich diesmal mit dem noch einsatzfähigen linken Fuß ab, bleibt kurz hängen, ehe er sich

Zentimeter für Zentimeter hochhievt. Er muss es schaffen und schafft es schließlich auch, den toten Punkt zu überwinden, fühlt, dass die Arme sein Gewicht halten, bis er sich endlich nach vorne kippen lassen und an Deck krabbeln kann. Ylva liegt neben ihm. Er berührt sie am Arm.

»Komm her und hilf mir«, brüllt er. »Und bring die Taschenlampe mit.«

Da setzt ein Sturm ein, ein ohrenbetäubender Sturm, der die Haare an den Kopf klatscht und an den Kleidern zerrt. Durch das Tosen hindurch hört er ein Knattern, dann richtet sich ein Scheinwerfer auf ihn, das Boot, Karolina, Vendela und den Mann, der leblos auf den Steinen am Ufer liegt.

Ylva blickt mit glasigen Augen zu ihm auf.

»Ylva!« Er muss schreien, um den dröhnenden Hubschrauber zu übertönen.

Sie sieht ihn an, aber er merkt, dass sie überhaupt nichts wahrnimmt. Sie ist woanders. Dann fallen ihre Augen zu, und der Kopf sackt zur Seite.

Vendela umschließt das Handy mit beiden Händen und blickt zu dem Helikopter hinauf, der ein Stück aufgestiegen ist, um ein Gespräch überhaupt möglich zu machen. Der Scheinwerfer blendet so stark, dass sie die Rotorblätter nur schemenhaft durch ihr Blickfeld flackern sieht.

»Wir haben die Explosion gesehen und dachten, wir kehren besser um«, sagt Jesper. »Was ist los?«

»Das wissen wir auch nicht genau«, antwortet sie, »aber wir haben hier eine Schussverletzung, die sofort ins Krankenhaus muss.«

»Wir kümmern uns darum«, ruft Jesper.

»Und einen Toten«, fügt sie hinzu.

»Verstanden.«

Der Mann, auf den sie geschossen haben, liegt mit dem Gesicht nach unten auf der Erde. Karolina hat Vendela kopfschüttelnd angesehen, nachdem sie ihn entwaffnet hat. Vendela nimmt an, dass er tot ist.

»Hier können wir nicht landen«, spricht Jesper ins

Handy. »Könnt ihr die verletzte Person zur Landspitze bringen?«

Können sie das? Ylva die weite Strecke tragen, ohne sie umzubringen?

»Wir haben eine Trage an Bord, die lassen wir euch runter«, sagt Jesper, als er ihr Zögern registriert. »Aber ihr müsst sie bis zur Landspitze bringen. Wir haben nicht genug Leute an Bord, um sie sicher hochzuziehen.«

»Das schaffen wir«, antwortet sie.

Der Himmel wird allmählich heller, das erleichtert die Sache ein wenig.

»Wir geben schon mal in Visby Bescheid, da ist das nächste Krankenhaus.«

Gibt das Probleme? Mit der Geheimhaltung? Müssten sie sie nach Stockholm bringen? Doch bis dorthin ist es dreimal so weit. Dann ruft sie sich ins Gedächtnis, dass sie nicht im Auftrag des Büros handeln. Was sie hier machen, ist eine reine Privatangelegenheit.

»Tut das«, sagt sie.

»Ich lege jetzt auf und lasse die Trage hinunter.«

»Eine Sache noch. Es gibt hier noch mindestens eine weitere Person, die wir nicht unter Kontrolle haben. Er ist bewaffnet und gefährlich, möglicherweise verfügt er sogar über militärische Waffen. Wir können nicht ausschließen, dass er versuchen wird, den Helikopter zu kapern, um damit zu fliehen, oder ihn zu beschädigen, damit wir hier nicht wegkommen.«

Die Antwort lässt einen Moment auf sich warten. Dann kommt ein kurzes »Verstanden«.

Sie wechseln sich mit dem Schleppen ab und bleiben in regelmäßigen Abständen stehen, um sich zu vergewissern, dass Ylva noch atmet. Wer gerade nicht mit Tragen dran ist, muss Ausschau halten und dafür sorgen, dass sie nicht überrascht werden. Nachdem sie Elias kurz befragt haben, sind sie zu dem Schluss gekommen, dass sich im Bunker außer Richard Hands mindestens zwei weitere Personen aufgehalten haben. Derjenige, den Ylva und Elias im Keller übermannt haben, und der, den sie und Karolina unten am Wasser erschossen haben.

Sie selbst ist überzeugt, dass Richard Hands bereits die Flucht angetreten hat. Ihm muss klar geworden sein, dass er die Situation nicht mehr im Griff hat. Warum sollte er bleiben und eine Festnahme riskieren?

Obwohl sie Gefahr laufen, sich auf diese Weise zu verraten, müssen sie die Taschenlampe benutzen. Im Dunkeln ist es unmöglich, mit der Trage einigermaßen schnell voranzukommen. Als sie das baumlose Gelände auf der Landzunge erreichen, ist es jedoch hell genug geworden, um die Taschenlampe auszumachen. Vendela geht hinten. Ylvas Gesicht ist gräulich blass. Sie sieht aus, als ob sie nicht mehr atmet, aber Vendela weiß jetzt, dass der Schein bisher immer getrogen hat. Trotzdem wird sie den Gedanken nicht los, dass es diesmal anders und Ylva wirklich tot ist. Sie hat gesehen, wie Ylva getroffen wurde und die Beine sofort unter ihr nachgaben. Das sah nicht gut aus.

Sie bleiben stehen und setzen die Trage ab. Ylva atmet flach, aber regelmäßig, ihr Puls ist niedrig. Vendela tauscht den Platz mit Karolina und geht jetzt ganz hinten und späht angestrengt zum Waldrand hinüber. Falls es eine Bedrohung gibt, wird sie von dort kommen. An der äußeren Spitze der Landzunge wartet der Hubschrauber. Der Motor läuft, aber die Rotorblätter bewegen sich nicht.

Ylva ist direkt unterhalb des Brustbeins getroffen worden. Ihre Lunge ist wahrscheinlich verschont geblieben, aber die Leber vielleicht nicht. Und das würde starke innere Blutungen bedeuten. Vendela geht seitwärts, um einen besseren Überblick zu behalten. Ihre Arme fühlen sich seltsam leicht an, nachdem sie die schwere Trage geschleppt hat, und die Hand, in der sie die Waffe hält, erschlafft ein wenig. Sie müssten jetzt in Sicherheit sein. Vendela schließt zu Elias auf.

Er sieht sie an.

»Danke«, keucht er. »Danke, dass ihr gekommen seid.«

»Es gibt da etwas, das du wissen musst«, sagt sie. »Das Büro ist geschlossen.«

»Was? Aber …«

»Ich habe jetzt keine Zeit, es dir zu erklären, oder besser gesagt, ich kann es dir auch nicht erklären. Hauptsache, du weißt, dass wir nicht im Auftrag des Büros hier sind und …«

Elias nickt langsam, ohne den Blick vom Weg abzuwenden.

»Ich hab's kapiert. Ihr seid gar nicht hier.«

»Ja, vorerst ist das wohl das Beste.«

Elias und Karolina schnaufen im selben Rhythmus, das schrille Motorengeräusch kommt näher und mit einem

Surren öffnet sich die seitliche Tür des Hubschraubers. Im Gegenlicht aus der beleuchteten Kabine erscheint Jespers Silhouette.

»Hier rein.«

Jesper greift nach dem Fußende der Trage und hebt sie in den Helikopter, Karolina schiebt am Kopfende. Die Trage ist drinnen, und der Pilot schnallt sie sofort fest. Elias verfolgt alle Arbeitsschritte verbissen. Er ist fast genauso bleich wie Ylva.

»Fliegst du mit?«, fragt Vendela.

Er zuckt zusammen und blickt nervös zwischen ihr und einem unbestimmten Punkt hinter ihr hin und her. Zögert er? Hat sie irgendetwas verpasst?

»Keine Sorge, wir kommen zurecht«, sagt sie, ohne eine wirkliche Grundlage für diese Behauptung zu haben.

»Es gibt…« Er verstummt.

»Was?«

»Ach, nichts. Ich fliege mit.«

Sie wendet sich an Jesper. »Das ist doch kein Problem, oder?«

»Wenn ihr sagt, dass es kein Problem ist, ist es auch keins.«

Lächelnd macht er eine einladende Handbewegung, und Elias steigt mit einem großen Schritt in den Hubschrauber.

»Und ihr?«

»Wir kommen schon zurecht«, wiederholt sie.

»Sicher? Habt ihr Verstärkung angefordert? Kann ich irgendwas für euch tun?«

»Das schaffen wir alleine.«

Er ist klug genug, keine weiteren Fragen zu stellen. Nach einem kurzen Nicken zieht er die Tür zu. Vendela und Karolina weichen zurück. Die Rotorblätter setzen sich unmittelbar in Bewegung, zunächst unfassbar gemächlich und schließlich so schnell, dass sie nicht mehr einzeln zu sehen sind. Der Hubschrauber steigt in einem plötzlich aufgezogenen Sturm auf. Hinter dem dunklen Gefährt, das sich leicht nach Backbord neigt und dann Kurs auf Visby nimmt, überlagert eine Gewitterfront die Morgendämmerung.

Elias fühlt Ylvas Puls, schaut auf die Uhr, zählt die Schläge und multipliziert sie. Immer wieder. Der Puls ist niedrig. Er weiß nicht, ob das gut oder schlecht ist. Er will nur sichergehen, dass ihr Herz noch schlägt.

Mit den dicken Kopfhörern und dem lauten Dröhnen, das trotzdem zu ihm durchdringt, erfordert das höchste Konzentration. Manchmal rutscht ihm der Pulsschlag kurz weg, und dann setzt sein eigenes Herz aus, bis er ihn wiedergefunden hat.

Sie ist weit weg, rührt sich nicht und gibt keinen Ton von sich, nicht das leiseste Wimmern. Wird sie je wieder aufwachen?

Bald haben sie Richard Hands und den Bunker auf Bungenäs weiter hinter sich gelassen. Er weiß weder was dort vor sich geht, noch ob Lambert immer noch versucht, ihn zu erreichen. Sein Handy und alles andere liegen noch im Gebüsch vor dem Haus. Er sollte sich bereithalten. Eric Hands sei auf dem Weg nach Schweden.

Hat er sein Wort gebrochen?

Der Helikopter legt sich auf die Seite und ändert den Kurs.

Er musste sich entscheiden. Als er einstieg, um Ylva ins Krankenhaus zu begleiten, war ihm bewusst, dass er sich vielleicht die Möglichkeit entgehen lässt, seinen Auftrag zu Ende zu bringen. Eric Hands zu eliminieren, ein für alle Mal.

Aber war es überhaupt eine bewusste Entscheidung gewesen? Ja, das muss er zugeben. Es war keine schwierige Entscheidung, aber abwägen musste er trotzdem. Selbstverständlich war es nicht.

Sein Vater, Ulrika, Ylva und dann Eric Hands. War das logisch, oder endeten solche Grübeleien nur in einer fruchtlosen Gewissensspirale?

Eric Hands töten? Wofür oder für wen sollte er das tun?

Für Frankreich? Das bedeutete ihm nichts.

Für die Opfer an Bord der Air-France-Maschine? Das konnte er sich schon eher vorstellen, aber war das wirklich seine Aufgabe? Und wer waren die eigentlichen Schuldigen? Die Terroristen, die das Flugzeug abgeschossen haben? Hands und seine Verbündeten, die den Terroristen die nötigen Waffen beschafft haben? Der bestechliche Henning Eriksson, der den faulen Deal eingefädelt hat? Oder waren es die Politiker, die alles unter den Teppich kehrten, und zwar nicht aus Sorge um die Sicherheit des Landes, sondern weil sie um ihren eigenen Ruf fürchteten?

Trotzdem brachte der Gedanke an Eric Hands sein Blut

in Wallung. Dass dieser Mann weiter sein Leben lebte, als sei nichts gewesen, weckte noch immer die unbezwingbare Lust, seiner Wut freien Lauf zu lassen und ihn, falls nötig, zu töten. Er konnte diese Lust nicht leugnen, aber andererseits war sie nur ein Gefühl. Ein Gefühl, ätzend wie Säure und für ihn selbst vermutlich genauso schädlich wie für seinen Gegner.

Die vielen Toten auf seinem Weg hatten seinen Blick für das Töten selbst getrübt. Auch wenn er in manchen Momenten nichts lieber wollte, als Hands zu vernichten, bezweifelte er allmählich, dass es ihm etwas nützen würde. Es fühlte sich im einen Moment richtig an, aber andererseits auch wieder nicht. Die Lust zu töten war genauso schwer zu verstehen wie die plötzlich aufflammende Lust auf eine fremde Frau. Auch diese Lust war verlockend, aber trügerisch. Der Vergleich war vielleicht weit hergeholt, aber genauso empfand er es.

Die Stimme des Piloten riss ihn aus seinen Gedanken.

»In ein paar Minuten landen wir. Schnall dich an.«

Elias steht auf, geht auf wackligen Beinen zur Sitzbank an der Kabinenwand hinüber und schließt den Vierpunktgurt. Hinter ein paar Bungalows aus hellrotem Klinker liegt das Krankenhaus einen Katzensprung vom Ufer entfernt.

Der Hubschrauberlandeplatz befindet sich zwischen dem Krankenhaus und dem Wasser. Die Schaumkronen auf den Wellenkämmen spritzen als Gischtflocken in die kahlen Bäume an der Uferpromenade. Reglos verharren sie einen Moment über der Landefläche, bevor sich der

Helikopter langsam herabsenkt. Der Pilot setzt sie so sanft ab, dass Elias erst merkt, dass sie gelandet sind, als die Motoren ausgehen.

Im Norden der Insel schlägt die Gischt gegen die Uferbefestigung. Karolina ist ins Schwitzen gekommen, als sie die Trage zur Landspitze geschleppt haben, aber ihr Gesicht ist vom eisigen Wind schon steif gefroren. Sie und Vendela rennen am westlichen Ufer entlang, hier sind sie schwerer zu entdecken.

Auf Höhe des Wäldchens in der Mitte der Landzunge überqueren sie den Strand und laufen zwischen den Bäumen zurück zum Haus. Sie nähern sich jetzt aus der entgegengesetzten Richtung. Aus dem Gebäude steigt Rauch auf, aber das Feuer schein verloschen oder gelöscht worden zu sein.

Nachdem Ylva und der Prophet in Sicherheit sind, denkt Karolina wieder an das Konzert in der Solnahalle. Es sind nur noch anderthalb Tage bis dahin. Haben diejenigen, die den Fall übernommen haben, Brinkmans Männer wirklich im Blick?

Motorengeräusche ertönen. Sie sieht zur Straße hinüber, die zu dem Plateau hinaufführt, auf dem der Bunker liegt.

Es klingt, als würde mindestens ein Fahrzeug mit hoher Geschwindigkeit näher kommen. Karolina und Vendela gehen in Deckung und ziehen ihre Waffen. Drei Autos werden auf der Kuppe sichtbar, hinter den Reifen spritzt Schneematsch auf. Es sind zwei graugrüne Volvo-Kombis der größten Wagenklasse und ein kupferfarbener Range Rover. Sie fahren direkt an ihnen vorbei und bremsen abrupt, als sie die Fläche vor dem Bunker erreichen. Alle drei Autos haben einen Aufkleber von Hertz auf der Heckscheibe. Mietwagen.

Karolina gibt Vendela das Handzeichen zum Weitergehen. Gebückt dringen sie bis zu den letzten Bäumen vor. Hier sind sie so nah dran wie möglich, aber geschützt.

Mit markantem Klicken öffnen sich die vorderen Türen der beiden vorderen Fahrzeuge. Vier Personen steigen aus. Die zwei Männer, die auf der ihnen zugewandten Seite ausgestiegen sind, tragen kompakte MP5s an Riemen über der Schulter.

Als Karolina die massige Gestalt mit dem kräftigen und nur scheinbar schwerfälligen Körperbau erblickt, kneift Vendela sie in den Oberarm.

Was macht Örjan hier? Für wen arbeitet er, wenn das Büro geschlossen ist und er für diesen Einsatz keine zusätzlichen Kräfte bewilligt bekommen hat? Die anderen drei Männer kennt sie nicht.

»Was machen wir jetzt? Sollen wir uns bemerkbar machen?«, fragt Vendela leise.

»Nein. Wir warten ab. Wir sollten gar nicht hier sein.«

Sie hat kein gutes Gefühl. Diese Rettungsaktion hätten

sie nicht unternehmen dürfen. Auch wenn sie in gewissem Sinn das Richtige getan haben, haben sie gegen die Regeln verstoßen... Sich Örjan jetzt zu erkennen zu geben, ist undenkbar. Vor allem, bevor sie nicht wissen, was hier eigentlich gespielt wird.

Örjan und zwei weitere mit Maschinenpistolen bewaffnete Männer gehen in den Bunker hinein. Der dritte bleibt diesseits der Fahrzeuge stehen. Er trägt eine schwarze Jacke aus robustem Material und schwarze Handschuhe und hat seine dunkelgrüne Wollmütze tief in die Stirn gezogen. Mit beiden Händen an der Waffe sieht er sich aufmerksam um.

Karolina wendet sich Vendela zu und legt den Zeigefinger an die Lippen. Übermäßig heldenhaft ist es nicht, aber es bleibt ihnen nichts anderes übrig, als hier zu warten.

Der Mann mit der Maschinenpistole bewegt sich langsam in dieselbe Richtung wie Örjan und die anderen, kehrt aber nach zehn Metern um, geht zurück zum Range Rover und nickt durch die Windschutzscheibe jemandem zu, der drinsitzt.

Ein Schwarm Weißwangengänse fliegt unter lautem Trompeten in nördlicher Richtung über die Landzunge hinweg. Als ihr lautes Kreischen verstummt ist, kommen Örjan und die beiden anderen wieder aus dem Bunker. Sie haben zwei weitere Männer bei sich, denen sie offenbar Handschellen angelegt haben. Ist einer von ihnen Richard? Die Entfernung ist zu groß, um die Gesichter zu erkennen.

Örjan hält den einen am Arm, geht mit ihm um das Gebäude herum und verschwindet aus ihrem Blickfeld. Die anderen beiden bleiben stehen und warten. Den Mann mit den hinter dem Rücken fixierten Handgelenken haben sie in die Mitte genommen. Er lässt den Kopf hängen und wendet Karolina und Vendela den Oberkopf zu.

Ein Schuss fällt. Der Festgenommene zuckt zusammen und sieht sich erschrocken um. Ansonsten reagiert niemand. Nach kurzer Zeit kommt Örjan zurück, allein. Die Handschellen baumeln locker in seiner Hand.

Was ist hinter dem Haus passiert? Auch wenn es ihr völlig unwahrscheinlich vorkommt, kann Karolina nur eine Schlussfolgerung aus dem Geschehen ziehen: Örjan hat den Mann, mit dem er weggegangen ist, erschossen. Hingerichtet.

Sie will den Gedanken unbedingt aussprechen und ihn mit Vendela diskutieren, aber sie wagt es nicht, den leisesten Mucks von sich zu geben. Sie haben etwas gesehen, das niemand sehen sollte. Sie und Vendela haben ihre selbstauferlegte Mission, Ylva Grey und den Propheten hier rauszuholen, erfolgreich zu Ende gebracht. Um den Rest müssen sich andere kümmern. Jetzt geht es ums nackte Überleben.

Ist das Büro wirklich geschlossen, oder sollen Vendela und sie aus irgendeinem Grund ferngehalten werden? Falls es um diese Sache hier ging, kann sie verstehen, dass die Männer unter sich bleiben wollten. Das Problem ist nur, dass ihr beim besten Willen kein vernünftiger Grund einfällt, warum Örjan den Entführer von Ylva Grey töten sollte.

Die rechte Hand, mit der sie die Pistole umklammert hält, ist steif vor Kälte. Sie nimmt die Waffe für eine Weile in die andere Hand. Vendela tippt etwas in ihr Handy ein und hält Karolina den Bildschirm hin: *Was machen wir, wenn sie uns entdecken?* Karolina nimmt das Handy an sich und schreibt: *Das darf nicht passieren.*

Vendela liest die Antwort.

Karolina sieht ihr an, dass ihr etwas durch den Kopf geht. Sie nimmt ihr das Handy erneut aus der Hand und fügt hinzu: *Vertraust du Jesper?*

Vendela greift zum Handy und tippt: *100 %.*

Mit dem zweiten Entführer zwischen sich gehen Örjans Mitarbeiter zu den Autos. Jetzt erkennt Karolina den Mann, es ist Richard Hands.

Örjan bleibt vorne am Volvo stehen, während die beiden anderen Richard zu dem kupferfarbenen Range Rover führen. Die hintere Tür auf der rechten Seite geht auf, und ein Mann steigt aus, er ist groß, wirkt verbissen und ist trotz der Jahreszeit braun gebrannt.

Eric Hands.

Wortlos mustert er Richard. Einer von Örjans Männern befreit ihn von den Handschellen, woraufhin sich Richard, ebenfalls ohne ein Wort, hastig auf die Rückbank setzt. Eric Hands nickt Örjan zu, der das Geschehen aus einer gewissen Entfernung verfolgt, steigt ebenfalls ins Auto ein und nimmt neben seinem Sohn Platz. Sofort wird der Motor angelassen, das Auto fährt rückwärts auf das Wäldchen zu, wendet und verschwindet dann hinter der Kuppe.

Karolina kann kaum glauben, was sie soeben mit eigenen Augen gesehen hat. Dieses Ereignis wird sie in ihren Albträumen verfolgen, das weiß sie jetzt schon, und ihr ist auch klar, dass es so geheim ist, dass selbst das Träumen davon gefährlich sein kann.

Der Magelungensee ist mit einer dünnen Eisschicht überzogen. Der Schnee darauf liegt unberührt und gleichmäßig da wie ein Spiegel, aber das Eis ist so dünn, dass Elias es anhauchen und mit seinem eigenen Atem in Wasser verwandeln könnte.

Er reißt sich vom Blick auf den See los, verlässt das Arbeitszimmer, geht die knarrende Treppe hinunter und an der Bibliothek vorüber, lässt sich auf das Sofa sinken und streamt auf dem großen Bildschirm an der gegenüberliegenden Wand die Nachrichten.

Außer ihm ist niemand im Haus. Ylva hätte sicher nichts dagegen, dass er hier ist, trotzdem kommt er sich wie ein Eindringling vor. Aber andererseits hätte er auch nicht gewusst, wohin er sonst soll. In die Wohnung in Midsommarkransen will er nicht zurück. Er will nicht mehr Patrick Veaux sein. Er ist nicht Patrick Veaux.

Er hat Lambert kontaktiert, um seine vorübergehende Abwesenheit zu erklären, aber er hat nichts verpasst. Die günstige Gelegenheit hat sich nie ergeben. Hands war zwar in Schweden, aber dann haben sich die Dinge anders als erwartet entwickelt. Das Mächtegleichgewicht zwischen Schweden und Hands hat sich verändert. Plötzlich hatten sie ihn in der Zange, zumindest so lange, wie er nicht bereit war, seinen Sohn zu opfern.

»Das nennen Sie Zange?«, protestierte Elias. »Er wird doch wieder davonkommen. Er braucht überhaupt keine Opfer zu bringen. Und Richard auch nicht, wenn er sogar mit Entführung, Folter und Mordversuch durchkommt.«

»Die Schweden verfügen jetzt über ein durchaus wirksames Druckmittel«, sagt Lambert sachlich. »Eric Hands ist ein wichtiger Akteur auf dem internationalen Waffenmarkt, und den haben Sie in der Hand. Noch vor Kurzem war es andersherum. Da hatte er euch in der Hand.«

Elias gefällt es nicht, dass Lambert ihn mit einschließt, als ob er etwas damit zu tun hätte. Er hat nichts mit Schweden zu tun, jedenfalls nicht in dieser Weise.

»Hat das Büro deshalb keine Verstärkung bekommen? Wussten die, dass Richard Hands hinter der Entführung steckt, und haben ihn deshalb gewähren lassen, bis er sich eine entscheidende Blöße gab?«

»Darüber bin ich nicht informiert, aber wenn ich etwas darüber erfahre, teile ich es Ihnen gerne mit.«

»Was hätten Sie getan? An ihrer Stelle?«

Er hört ein Seufzen am anderen Ende der Leitung und begriff, dass es ihm galt. Eine Antwort bekam er nicht.

»In Schweden kann man jetzt nichts mehr machen«, sagt Lambert.

»Und was heißt das für mich?«, fragt Elias.

»Sie können vorerst Patrick Veaux bleiben, aber falls Sie vorhaben, in Schweden zu bleiben, wäre eine schwedische Identität natürlich empfehlenswerter. Ich glaube, auch für Sie hat sich die Situation verändert.«

Ylva wurde noch am selben Tag, an dem sie in Visby operiert worden war, nach Stockholm verlegt. Elias war bei ihr, durfte sie aber aufgrund des Infektionsrisikos nur durch eine Glasscheibe sehen. Sie befindet sich immer noch in einem künstlichen Koma, ihr Zustand ist unverändert kritisch. Die Ärzte bekommen die Blutungen nicht gestoppt, wollen aber mit weiteren Operationen abwarten, bis der Organismus sich stabilisiert hat. Es ist eine Gratwanderung.

Elias ruft regelmäßig im Krankenhaus an, um sich nach ihrem Zustand zu erkundigen. Viel zu oft. Zum Schluss hat ihn die Oberschwester dringend gebeten, nicht mehr anzurufen. Sie würde sich melden, sobald es etwas Neues gebe. Er muss die Leute in Ruhe ihre Arbeit machen lassen.

Seit er in Ylvas Haus ist, verfolgt er im Radio, im Fernsehen und im Internet die Nachrichten. Das, was in Bungenäs passiert ist, muss doch irgendwelche Spuren in der Wirklichkeit hinterlassen haben. Natürlich verfälscht und geschönt, aber ganz unbemerkt kann das Ganze doch nicht vonstattengegangen sein.

Bis jetzt ist überhaupt nichts über Bungenäs berichtet worden. Und auch nicht über Richard, aber damit rechnet er auch nicht mehr. Es gibt nichts über Liljekvist, über die Entführung oder Terje Wallberg. Was ist mit der Explosion und dem Brand? Hat denn niemand etwas davon mitbekommen?

Einen Tag nach Ylvas und seiner Flucht aus dem Bunker entdeckt er eine Meldung auf dem gemeinsamen Onlineportal der gotländischen Lokalpresse. Die Explosion und die plötzliche Helligkeit über Bungenäs, die am Donnerstagmorgen gegen sieben Uhr Anwohnern in der Nähe aufgefallen ist, wird mit einer Militärübung erklärt. Auf Gotland wird die schwedische Grenze gegen Russland gesichert.

Ein paar Stunden später ruft er das Krankenhaus an, obwohl er versprochen hat, auf eine Benachrichtigung zu warten. Die Ärzte sprechen von einer kleinen Verbesserung, die Werte sind etwas stabiler, aber das heißt nicht, dass die Gefahr vorüber wäre. Sie müssen sie noch einmal operieren und werden erst danach eine zuverlässigere Vorhersage abgeben können.

Zuverlässiger? Wollen sie zuverlässig vorhersagen, dass sie sterben wird? Oder wird sie überleben?

Eine kleine Erleichterung ist es trotzdem, und er gestattet sich ein Fünkchen Hoffnung.

Er schaltet die Nachrichten ein. Wieder nichts über das, was wirklich passiert ist. Vielleicht kommt die Wahrheit ja in zehn, zwanzig oder dreißig Jahren ans Licht, wenn kein Hahn mehr danach kräht oder sie zumindest keinem Politiker mehr schaden kann, der sich zum jetzigen Zeitpunkt noch an die Macht klammert.

Die Wohnung in der Östgötagata riecht wie immer nach Bratfett und schmutziger Garage. Es muss etwas mit der Lüftung zu tun haben. Obwohl sie seit vier Monaten hier wohnt, hat Karolina sich noch immer nicht an den fettigen Abgasgeruch gewöhnt.

Es ist der 21. Dezember. Seit sie von Gotland zurück sind, läuft der Fernseher. Vendela kauert auf dem Sessel gegenüber von Karolina und sieht sie besorgt an. Sie selbst sitzt absprungbereit auf der Sofakante und ist unfähig, sich zu entspannen. Es ist schwer, untätig abzuwarten, während der Beginn des Konzerts näher rückt, und nicht zu wissen, was zehn Kilometer von hier in Solna passiert.

Als das Konzert angefangen hat, ohne dass in den Nachrichten oder von Privatpersonen im Netz etwas berichtet worden wäre, beginnt sie sich zu fragen, ob sie sich geirrt oder ob Brinkmans Extremisten kalte Füße bekommen haben. Falls Wallberg ihnen erzählt hat, dass Ylva und der Prophet beim Schuppen in Jämtland herumgeschnüffelt haben, ist das nicht ausgeschlossen. Falls der Entführer, der als Letztes aus dem Haus gebracht und erschossen worden war, es vorher noch geschafft haben sollte, Kontakt zur Brinkman-Gruppe aufzunehmen, könnte auch die gescheiterte Aktion in Bungenäs dazu beigetragen haben.

Abgesehen von den routinemäßigen Sicherheitsvorkehrungen, die ihr Beruf mit sich bringt, macht Karolina sich selten Gedanken über ihre persönliche Sicherheit. Aber jetzt schon. Was wissen Örjan und Gabriel Fors? Welche Schlüsse ziehen sie, wenn sie eins und eins zusammenzählen? Wie weit würden sie gehen, wenn ihnen klar wird, dass sie und Vendela mit eigenen Augen gesehen haben, wie Richard trotz allem, was er sich hat zuschulden kommen lassen, seinem Vater übergeben und der andere Entführer allem Anschein nach hingerichtet wurde?

Sie kann diese Frage nicht beantworten, und genau das macht sie so verrückt. Sie stellt sie sich unaufhörlich und gelangt zu immer paranoideren Ergebnissen.

Mit einer Kopfbewegung deutet Vendela auf die Tür. »Sollen wir?«

Schweigend gehen sie die Treppe hinunter und verlassen das Haus.

»Ich habe nachgedacht«, sagt Vendela, nachdem die Tür hinter ihnen ins Schloss gefallen ist. »Wir sollten Jesper nichts davon sagen. Damit würden wir uns nur verwundbar machen.«

Karolina versteht, was sie meint, ist sich aber nicht sicher, ob sie es genauso sieht. Sie hatten überlegt, Jesper Carlsson zu bitten auszusagen, dass sie ebenfalls im Hubschrauber nach Visby mitgeflogen sind. Falls jemand danach fragen sollte.

Sie würden sich sicherer fühlen, wenn sie in einem Bericht an das Büro schreiben könnten, dass sie nachweislich nicht mehr auf der Insel waren, als Örjan Mardell in Bungenäs eingetroffen ist, und somit auch nicht mitbekommen haben, wie der letzte überlebende Entführer getötet wurde.

»Aber wenn wir Jesper darum bitten, bringen wir ihn erst auf die Idee nachzuhaken, was sich da auf Bungenäs Geheimes abgespielt hat.«

»Schon, aber …«

»Er hat bereits versprochen, niemandem zu sagen, dass er uns dorthin mitgenommen hat. Und dann ist da noch der Pilot. Für Jesper lege ich meine Hand ins Feuer, aber wenn wir ihn bitten, fälschlicherweise zu behaupten, dass er uns mit nach Visby genommen hat, muss der Pilot auch lügen, und dann sind es schon zwei, die wissen, wie wichtig es uns ist, zu einem ganz bestimmten Zeitpunkt nicht auf der Landzunge von Bungenäs gewesen zu sein. Wenn es nur um Jesper ginge, meinetwegen, aber der Pilot war auch dabei.«

»Also, was machen wir?«

»Alles abstreiten. Wenn uns jemand befragt, waren wir nicht da. Solange Jesper und der Pilot den Mund halten, kann uns nichts passieren, und wenn sie nicht den Mund halten, sagen wir, dass wir Bungenäs auf dem Landweg verlassen haben, als der Hubschrauber mit Elias und Ylva abgeflogen ist.«

Vendela legt sich bibbernd die Arme um den Oberkörper. So weit ist es schon gekommen. Sie stehen draußen auf der Straße, damit ihr eigener Arbeitgeber sie nicht abhören kann.

»Es ist besser, wenn wir selber lügen und keine anderen Leute da mit reinziehen. So haben wir die Informationen wenigstens unter Kontrolle.«

»Wollen wir wieder reingehen?«, fragt Karolina. »Du frierst.«

»Sag, dass ich recht habe.«

Karolina wägt ein letztes Mal ab, bevor sie sich geschlagen gibt.

»Ja, wir lassen alles so, wie es ist. Es wäre dumm, schlafende Hunde zu wecken.«

Sie gehen wieder hinein. Karolina wirft einen Blick auf den Fernseher. Ein britischer Spielfilm hat angefangen, er spielt in den späten Fünfzigern oder frühen Sechzigern in London. Der 21. Dezember dauert nur noch eine Stunde. Das Freitagsgebet am Medborgarplatsen ist längst zu Ende, und auch das Konzert von Sophie Alekan müsste vorbei sein. Nur der Jugendverband der Sozialdemokraten übernachtet in Bommersvik.

»Karolina, da!«

Vendela schnappt sich die Fernbedienung. Sie dreht die Lautstärke hoch, und Karolina schnappt das Wort *Sondersendung* auf.

»Es ist passiert«, sagt Vendela. »In der Solnahalle.«

Wer soll sich vorwagen? Wer soll die Wahrheit sagen? Hätte Elias den Mut dazu, und würde es zu etwas führen? Er könnte Kontakt zu einem Journalisten aufnehmen und, ohne seine Anonymität aufzugeben, alles erzählen, was er weiß. Er würde eine bestimmte Anzahl von Todesfällen mit einer irrsinnigen Geschichte über Mord, Korruption und Spionage verknüpfen. Selbst wenn der betreffende Journalist ihm glauben würde, hätte er keine konkreten Beweise und keine Dokumente in der Hand, die die Veröffentlichung einer so brisanten Neuigkeit untermauern würden. Was braucht man dafür? Zwei voneinander unabhängige Quellen. Wer könnte das sein? Ylva und ihn kann man wohl kaum als unabhängig voneinander bezeichnen.

Eine Eilmeldung auf dem Handy reißt ihn aus seinen Grübeleien. Im Fernsehen läuft eine Sondersendung. Jetzt berichten sie doch darüber, denkt er. Jetzt kommt der ganze Dreck über Bungenäs und die Entführer und vielleicht sogar über Eric Hands ans Licht.

Er setzt sich an den Computer im Arbeitszimmer und sieht sich die Sendung in der Mediathek an. Zwei notdürftig frisierte Fernsehmoderatoren kommentieren das aktuelle Geschehen. Worum es geht, ist nicht auf Anhieb zu erkennen, der Text am unteren Bildrand spricht dafür eine umso deutlichere Sprache: »Solna: Terroranschlag auf Konzert. Täter erschossen.«

Elias sieht sich den Beitrag noch einmal von vorne an. Während die Datei geladen wird, erfasst ihn ein Mix aus Neugier und böser Vorahnung. Das Bild hängt ein paarmal, dann läuft das Video problemlos.

Um halb zehn hat sich in der Solnahalle ein Terroranschlag ereignet. Die Konzerthalle, in der die Sängerin Sophie Alekan vor ungefähr tausendzweihundert Zuschauern auftreten sollte, wurde mit schwerem militärischem Geschütz beschossen.

Im Bild ist der Rest des kastenförmigen Gebäudes aus gelbem Klinker zu sehen. Es ist umgeben von Polizei-, Feuerwehr- und Rettungsfahrzeugen. Aus der Ruine steigt eine Rauchsäule auf, die in wenigen Metern Höhe vom Wind zerfetzt wird. Eine Stimme aus dem Off berichtet:

»Da die Polizei das Gebäude glücklicherweise im Vorfeld geräumt und alle zwischen zwanzig und einundzwanzig Uhr eingetroffenen Zuschauer evakuiert hat, kam niemand zu Schaden. Offenbar hatte man die rechtsextremistische Gruppe schon seit Längerem im Verdacht, einen Terroranschlag zu planen. Laut Polizeisprecher kamen bei Schusswechseln vor Ort acht Täter ums

Leben. Ob es zu Festnahmen kam, ist zum gegenwärtigen Zeitpunkt noch unklar.«

Die rauchende Ruine weicht wackligen Handyvideos von Konzertbesuchern, auf denen im Prinzip außer Dunkelheit nichts zu sehen ist. Allerdings sind laut und deutlich Schüsse zu hören. Die beiden Moderatoren malen in düsteren Farben aus, was alles hätte passieren können, wenn die Polizei es nicht geschafft hätte, das gesamte Publikum rechtzeitig durch einen Notausgang in ein angrenzendes Gebäude zu evakuieren. Offenbar haben die Beamten die Lastwagen, in denen das Equipment der Band transportiert worden war, als Sichtschutz genutzt.

Nachdem man sich ausführlich der gerade noch einmal verhinderten Katastrophe gewidmet hat, geht es zurück ins Studio. Jeden Augenblick soll ein Sprecher der Stockholmer Polizei zugeschaltet werden. Die beiden Moderatoren fassen etwas wirr zusammen, worüber bereits berichtet wurde, bevor im Bild plötzlich ein uniformierter Beamter vor dem Wappen der Polizeibehörde erscheint.

Nach einem kurzen Bericht über den Anschlag auf die Solnahalle teilt er mit, dass die Polizei vier weitere Personen gefasst habe, die mit der für den Anschlag verantwortlichen Gruppe in Verbindung stehen. Es handele sich um zwei Adressen in der Region Stockholm, Genaueres kann der Mann aus ermittlungstechnischen Gründen im Moment nicht sagen. In beiden Fällen sei es zu bewaffnetem Widerstand gekommen, ein Polizist und mehrere mutmaßliche Täter wurden verletzt und ins Krankenhaus gebracht, aber über ihren Zustand weiß er nichts.

Die Reporter dürfen nun Fragen stellen. Nachdem einer sich nach dem möglichen Motiv und der politischen Orientierung der Täter erkundigt hat, fragt jemand, warum man den Lenkflugkörper nicht habe stoppen können. Da die Polizei das Gebäude evakuiert habe, müsse sie doch von dem Anschlag gewusst haben. Der Sprecher antwortet, über strategische Entscheidungen sei er nicht informiert worden, und weist auf eine Pressekonferenz hin, die die Stockholmer Polizei und die Säpo am kommenden Vormittag um zehn gemeinsam durchführen werden. Und damit ist die Fragestunde beendet.

Elias lehnt sich zurück und betrachtet die beiden Moderatoren im Studio, die sich weiterhin die Spekulationen zuspielen wie Pingpongbälle, während sie darauf warten, dass irgendein unrasierter Terrorexperte zwischen ihnen Platz nimmt.

Der Reporter, der gefragt hat, ob der Anschlag nicht hätte verhindert werden können, hat den entscheidenden Punkt angesprochen. Warum hat die Polizei erst reagiert, nachdem die Rakete abgeschossen war, wenn man doch vorher von dem Anschlag gewusst hat? Elias kann sich kaum vorstellen, dass es technisch unmöglich gewesen wäre. Wie konnten sie so sicher sein, dass sie es schaffen würden, zwölfhundert Leute rechtzeitig zu evakuieren? Und selbst wenn sie sich in diesem Punkt ganz sicher waren, dann brachte eine explodierende Rakete in einem dicht besiedelten Gebiet immer auch andere Gefahren mit sich. Was wäre passiert, wenn diejenigen, die die Waffe lenkten, im letzten Moment auf die Idee gekommen wären, sie auf ein Wohnhaus in der Nähe zu richten?

Je länger er darüber nachdenkt, desto irrsinniger erscheint ihm das Ganze. Und dabei ist er noch gar nicht bei der Frage angekommen, warum man eigentlich zugelassen hat, dass Terroristen Eigentum im Wert von Millionen von Kronen zerstören.

Er überlegt, ob er Vendela anrufen soll. Auch wenn sie und Karolina vorläufig beurlaubt sind, müssten sie loyale Kontaktpersonen bei der Polizei haben, die sie auf dem Laufenden halten. Unentschlossen fummelt er an seinem Handy herum und hört währenddessen, wie der Terrorexperte sich darüber auslässt, dass die schwedische Polizei zum ersten Mal mit derart schwer bewaffneten Kriminellen konfrontiert war und sich mit diesen intensive Feuergefechte geliefert hat. Ja, sagt der Experte, das könne man durchaus als eine kriegsähnliche Situation bezeichnen. Noch wisse man, abgesehen von der Rakete, nichts über die Waffen der Terroristen, aber wenn sie über eine ferngesteuerte Lenkwaffe verfügen, müsse man wohl davon ausgehen, dass sie auch auf andere militärische Ausrüstung wie Maschinengewehre und vielleicht eine Form von Granaten Zugriff hatten. In so einem Fall bleibt der Polizei gar keine andere Wahl, als ebenfalls schweres Geschütz aufzufahren, was erklären würde, wieso alle Täter im Feuergefecht ums Leben gekommen sind.

Elias hört der Studiodiskussion eine Weile zu, aber als nur noch die ewig gleichen Punkte wiedergekäut werden, stellt er den Ton leise und ruft Vendela an. Sie geht nicht ans Telefon.

Eine Minute später erhält er über die verschlüsselte App eine Nachricht: *Weiß gerade auch nicht mehr als du. Melde mich morgen*.

Was den Vorfall in Solna angeht, stimmt das vielleicht, aber über die Hintergründe weiß sie mehr als er, da ist er sich ganz sicher. Viel mehr.

Er dreht die Lautstärke wieder auf und schaltet zu einer anderen Nachrichtensendung um. Dass er in dieser Nacht viel schlafen würde, hat er ohnehin nicht erwartet, aber nun sieht es so aus, als ob er überhaupt keinen Schlaf bekommen würde.

Als es über dem See hell wird, erwacht Elias mit der Wange auf dem rauen Sofabezug. Er hat sich mit dem Laptop ins Wohnzimmer gesetzt und ist gegen vier oder fünf eingenickt. Nach einer halben Stunde ist er kurz aufgewacht und hat sich mit einer Wolldecke zugedeckt.

Er schaut auf das Handy auf dem Wohnzimmertisch. Keine weiteren Nachrichten. Es ist vierzehn Minuten nach neun, in einer Dreiviertelstunde beginnt die Pressekonferenz. Er legt sich wieder auf den Rücken und blickt hinüber zur dunklen Bibliothek und den schweren Vorhängen vor der Garderobe, die als Windfang dienen. Als er sich vorstellt, dass ihm jemand einen heißen Kaffee hinstellt oder er das für jemanden tut, glaubt er, Schritte auf der knarrenden Treppe oder dem alten Parkett zu hören.

Aber er ist allein im Haus.

Er setzt sich auf, greift zum Handy und ruft im Krankenhaus an. Diesmal bleibt ihm eine Zurechtweisung erspart, und stattdessen schildert man ihm knapp, aber freundlich die Lage. Man hat sich spätnachts noch entschieden, sie zu operieren, weil Ylvas Zustand zu bedenklich wurde. Die Operation ist gut gelaufen, Ylva ist noch im künstlichen Koma, aber man nimmt an, dass man sie im Laufe des Tages oder spätestens morgen aufwecken kann.

Er legt auf und schließt die Augen. Ohne Vorwarnung kommen die Toten zu ihm, sogar seine Mutter.

Er ist wirklich allein im Haus.

Er denkt an seine Großmutter in Ligurien, die noch am Leben ist, aber auch dieser Gedanke schenkt ihm keine Ruhe, weil ihm schlagartig bewusst wird, dass auch sie ohne sein Wissen verstorben sein könnte. Seit er sich Ende Februar in Tom White verwandelt hat, haben sie keinen Kontakt mehr gehabt. Er war nur über seinen amerikanischen E-Mail-Account erreichbar, und seine Großmutter schreibt keine E-Mails. Er hat ihr nicht mal die Adresse gegeben.

Jetzt denkt er, dass er es besser doch getan hätte. Damit sie ihn im Notfall mit der Hilfe anderer irgendwie hätte erreichen können. Es ist beängstigend, nicht zu wissen, ob sie noch lebt oder nicht, und plötzlich ist es ihm unheimlich wichtig, es herauszufinden. Er kennt ihre Telefonnummer nicht auswendig und hat sie sich auch nirgendwo aufgeschrieben. Alles, was mit Elias zu tun hatte, ist fein säuberlich ausgelöscht worden, damit kein Detail seine wahre Identität verrät. Auf der anderen Seite wird es nicht schwieriger sein, eine italienische Telefonnummer herauszufinden als eine schwedische. Sie ist sicher nur ein paar Klicks entfernt.

Ruckartig steht er vom Sofa auf. Er muss erst mal wach werden und diese Tasse Kaffee trinken, auch wenn er sie selbst zubereiten muss, damit er sein Italienisch etwas abstauben und sich ein paar Sätze zurechtlegen kann.

Er eilt in die Küche und stellt die Espressokanne auf den Herd, um seiner Großmutter, die vielleicht in diesem Moment genau das Gleiche tut, ein bisschen näher zu sein. Er wärmt Milch in einem kleinen Topf, die zu dampfen beginnt, als das tuckernde Blubbern der Kanne signalisiert, dass sein Kaffee fertig ist.

Tatsächlich findet er Maria Luisa Ferreira nach wenigen Klicks. Er empfindet eine tiefe Freude und etwas, das er nur als Zuversicht bezeichnen kann. Pures Leben rauscht durch seine Adern. Er tippt die Nummer ins Handy ein.

Dann zögert er. Alles, was sich eben noch so lebendig und nah anfühlte, verblasst. Wieder sieht er all die Toten vor sich, bevor er an die alte Frau denkt, die er von ihrer letzten Begegnung in Erinnerung hat. Soll er sie wirklich anrufen? Oder bringt er sie in Gefahr, wenn er sich bei ihr meldet?

Er löscht die Ziffern, die er eben eingegeben hat, schließt das Verzeichnis, in dem er sie gefunden hat, löscht die Chronik und die Cookies und startet den Computer neu.

Es muss irgendeine Möglichkeit geben, gefahrlos Kontakt aufzunehmen. Aber er muss sich das Ganze gründlich überlegen und darf nicht einfach lospreschen. Mit einem Ziehen in der Brust legt er das Handy weg und trinkt einen Schluck von dem Espresso, der bereits kalt wird. Er stellt sich seine Großmutter mit einer Tasse Kaffee am Küchentisch in Ligurien vor. Vielleicht schaut sie aus dem Fenster und betrachtet den Zitronenbaum. Trägt der im Dezember Früchte?

Er lebt ein erfundenes Leben ohne Inhalt. Namen, Kleidungsstücke, Gesten und Geschichten, aber keine Erinnerungen. Von dem, was mal Elias Ferreira Krantz gewesen ist, ist nicht mehr viel übrig. Im Grunde nur seine Großmutter. Falls sie noch lebt.

Die Pressekonferenz beginnt so pünktlich, dass der Reporter im Polizeigebäude mitten im Satz unterbrochen wird. Elias hat den Computer an den Bildschirm im Wohnzimmer angeschlossen und ist, nachdem er den Kaffee ausgetrunken und kurz geduscht hat, einigermaßen klar im Kopf. Nachdem ein paar Sekunden lang die Mikrofone und die Kleidungsstücke der anwesenden Journalisten geraschelt und schließlich alle ihre Plätze eingenommen haben, ist endlich zu verstehen, was der Pressesprecher der Stockholmer Polizei zu sagen hat.

Hinter ihm sind der Einsatzleiter der Stockholmer Polizei, der entsprechende Kollege von der Nationalen Operativen Abteilung Noa und der Chef der Terroreinheit innerhalb der Säpo. Es wird eine lange Pressekonferenz werden.

In den ersten fünf bis zehn Minuten kommt nichts, was Elias nicht schon aus der nächtlichen Sondersendung wüsste. Mehrere Polizeibehörden haben angeblich in enger Zusammenarbeit seit Längerem ein Netzwerk von Rechtsextremisten beobachtet, das einen schweren Terroranschlag plante. Das Ganze klingt nach einer Lüge. Soweit Elias weiß, hat außer dem Büro niemand die Brinkman-Spur verfolgt. Die anderen Institutionen sind seines Wissens nach erst in den vergangenen Tagen eingeschaltet worden.

Es wird behauptet, man habe lange Zeit nicht gewusst, auf welches Ziel es die Täter abgesehen hätten. Deshalb habe man so lange abgewartet, bis man sich wirklich sicher sein konnte, alle potenziellen Täter zu eliminieren. Als der Einsatzleiter der Noa zu Wort kommt, geht er detaillierter auf den Gegenschlag ein, bei dem es sich, genauer gesagt, um drei verschiedene Zugriffe handelte, die parallel ausgeführt wurden. Die Behörde rühmt sich, den Anschlag verhindert und die Attentäter unschädlich gemacht zu haben, ohne dass die Allgemeinheit in Mitleidenschaft gezogen wurde. Ein einziger Polizist sei bei dem Einsatz verletzt worden, aber nicht schwer. Nur dank eines massiven und hervorragend koordinierten Einsatzes sei das Ganze gut ausgegangen.

Elias springt seufzend vom Sofa auf. Haben sie die Pressekonferenz nur einberufen, um ihm Dinge zu erzählen, die er schon weiß? Er stellt den Ton lauter, um auch noch in der Küche mithören zu können, als es wirklich interessant wird. Der Einsatzleiter teilt in sparsamen Worten mit, sowohl die acht Täter in der direkten Umgebung der Solnahalle als auch die vier Mitglieder des Netzwerks, die sich an anderen Orten befunden hätten, seien im Feuergefecht mit der Polizei ums Leben gekommen. Die vier anderen sind also nicht nur verletzt, wie es zuvor hieß. Er betont, die heftige Gegenwehr beim Versuch, die Männer festzunehmen, sei historisch einzigartig gewesen. Nicht einmal 1975, als die bundesdeutsche Botschaft besetzt worden sei, habe man es mit derart stark bewaffneten und gewaltbereiten Terroristen zu tun gehabt.

Elias sinkt zurück aufs Sofa. Zwölf Tote. Das klingt eher nach Krieg als nach einem Polizeieinsatz. Wenn man Liljekvist dazuzählt, ist fast die gesamte Brinkman-Gruppe ausgelöscht worden. Der Entführer, dem Ylva die Weinflasche über den Kopf gezogen hat, ist der Einzige, der noch am Leben sein könnte. Elias ist geschockt. Nicht wegen der vielen Toten, sondern wie der Einsatz durchgeführt wurde. Das wird in die Geschichte eingehen, so viel steht fest.

Nun ergreift der Chef einer Einheit der Säpo das Wort. Er spricht über verschiedene Bedrohungen und den allgemeinen Anstieg politisch motivierter Gewalt. Keiner der drei Männer auf dem Podium zieht eine Parallele zwischen der Rakete, die auf die Solnahalle abgefeuert wurde, und dem Angriff auf die Air-France-Maschine vor drei Monaten, bei dem eine ähnliche Waffe eingesetzt worden ist. Wenn die Fragerunde kommt, wird das Thema bestimmt angesprochen. Irgendjemand muss doch die Frage stellen, ob es da einen Zusammenhang gibt.

Und während der Säpo-Chef noch redet, wird Elias plötzlich klar, was abgesehen von dem abgewendeten

Terroranschlag wirklich passiert ist. Weiter kommt er mit seinen Gedanken nicht, als er draußen ein Geräusch hört. Er stellt den Ton leise, steht auf und geht zur Treppe. Auf dem hartgefrorenen Kies sind jetzt ganz deutlich Autoreifen zu hören. Er geht ein paar Stufen hinauf und schaut aus dem Fenster. Ein roter Toyota kommt aufs Haus zu.

Vendela und Karolina treten durch die grauen Samtvorhänge ein. Er hat keinen Besuch erwartet und schon gar nicht von den beiden. Ihre ernsten Mienen machen ihm Angst. Er weicht ein Stück zurück und lehnt sich an ein Bücherregal.

»Ist etwas passiert?«

Verwunderung, um nicht zu sagen Verwirrung steht ihnen ins Gesicht geschrieben.

»Mit Ylva«, fügt er hinzu.

Die Mienen glätten sich, und Verwirrung weicht freundlichem Lächeln.

»Nein, alles gut«, sagt Vendela schnell.

»Ich dachte schon …«

Mehr sagt er nicht, sondern zeigt wortlos aufs Wohnzimmer.

»Warum haben sie nur so lange abgewartet?«, fragt er, diesmal meint er die Solnahalle. »Es muss doch wenige Minuten, nachdem sie alle Leute draußen hatten, geknallt haben.«

»Ich glaube, ein bisschen mehr Puffer hatten sie«, sagt Karolina.

Die beiden setzen sich. Elias bleibt stehen. Trotzdem

sind Sie ein Risiko eingegangen, das schwer zu begründen ist«, sagt Vendela. »Hätten die Täter bemerkt, dass das Publikum heimlich evakuiert wurde, hätte das Ganze gehörig schiefgehen können.«

»Genau das meine ich.« Er geht einen Schritt in Richtung Sofa. »Acht Rechtsextremisten mit einer militärischen Lenkfeuerwaffe, die auf eine Konzertveranstaltung mit zwölfhundert Besuchern aus dem Nahen Osten gerichtet wird. Die Beweislage war nicht gerade dürftig. Es muss doch möglich gewesen sein, sie vorher zu stoppen.«

Vendela will etwas sagen, aber er spricht weiter.

»Sie haben die gesamte Brinkman-Gruppe eliminiert. Zwölf Personen, die hätten aussagen können, dass sie mit Eric Hands unter einer Decke steckten. Vielleicht nicht alle, aber einige von ihnen. Sie haben illegale und kriminelle Aufträge für ihn erledigt, haben für ihn gemordet, Leute erschossen, erschlagen und in die Luft gesprengt und sind dafür mit Waffen bezahlt worden. Die Lenkfeuerwaffe von gestern Abend gehörte vermutlich auch dazu. Sie haben mit Eric Hands zusammengearbeitet, dem die Regierung bis zuletzt den Rücken freigehalten hat, damit die Korruptionsaffäre nicht durchsickert.«

Elias schnappt nach Luft. Sie unterbrechen ihn nicht, weil sie wissen, dass er über seine Familie spricht, seine nächsten Angehörigen.

»Selbst wenn sie ihn nicht mehr schützen wollen, hätten sie gar keine andere Wahl. Jetzt müssen sie es tun, damit nicht herauskommt, dass sie ihn so lange geschützt haben.«

Es wird still im Raum. Elias setzt sich in den Sessel neben Vendela.

»Ja, so ist das eben«, sagt Karolina. »Aber andererseits können wir nicht wissen …«

»Verteidigst du sie etwa?«, fällt er ihr ins Wort.

»Ich konzentriere mich einfach auf das, was wir mit Sicherheit wissen.«

»Findest du es nicht merkwürdig, dass kein Einziger von ihnen überlebt hat?«, fragt er. »Die acht in Solna, meinetwegen, da gab es Schusswechsel und schwere Waffen, aber eigentlich wundert mich das auch. Aber was ist mit den anderen vier? Anscheinend hat die Polizei gewusst, wo sie waren, was sie gemacht haben und wie sie ausgerüstet waren.«

Kopfschüttelnd streckt er die Arme aus.

Vendelas Blick zu Karolina beinhaltet eine stumme Frage. Ob sie beantwortet wird, kann er nicht erkennen.

»Ich glaube, sie brauchten den großen Knall, damit niemand unbequeme Fragen stellt, wenn sie zwölf Rechtsextremisten hinrichten«, fährt Elias fort. »Stellt euch doch mal vor, was jetzt los wäre, wenn sie vor dem Konzert zugeschlagen hätten: kein Publikum, keine abgefeuerte Lenkfeuerrakete, nur acht mutmaßliche Terroristen, die vor der Solnahalle erschossen werden, und noch mal vier an anderen Orten. Was macht denn das für einen Eindruck, wenn es nicht vor der Kulisse einer dem Erdboden gleichgemachten Konzerthalle und mit zwölfhundert auf wundersame Weise in letzter Minute geretteten Statisten stattfindet? Sie haben das Leben von eintausendzweihundert Menschen aufs Spiel gesetzt, um zwölf eventuelle Zeugen loszuwerden.«

Zu diesem Schluss ist er gekommen, und es wird schwer sein, ihn davon abzubringen. Er sieht Karolina und Vendela an. Sie sagen nichts.

»Was ist mit dem Mann passiert, den Ylva und ich im Weinkeller eingeschlossen haben?«

Ylva hat mit voller Wucht zugeschlagen. Elias kann sich nicht vorstellen, dass er das überlebt hat.

Vendela sieht Karolina immer noch an. Sie scheint zu zögern, aber dann dreht sie sich schließlich zu Elias um.

»Wir wissen nicht, was mit ihm passiert ist. Und da das Büro geschlossen ist, können wir auch nicht nachfragen. Es ist völlig unklar, was wir für Befugnisse haben, ob wir überhaupt noch welche haben.«

»Was ist passiert, nachdem Ylva und ich weg waren?«

»Das …«

Karolina legt Vendela eine Hand auf den Arm. Ihr Verhältnis zum Büro mag ungeklärt sein, aber das zwischen ihnen ist eindeutig. Karolina ist die Chefin.

»Du weißt, dass Vendela und ich nicht beruflich auf Bungenäs waren, sondern … als Privatpersonen.«

»Klar«, sagt er. »Ihr wart gar nicht da. Ich sage kein Wort.«

»Und für dich sollte das ebenfalls gelten«, sagt Karolina. »Also, du warst auch nicht da. Ich empfehle dir jedenfalls dringend, es für dich zu behalten und, falls nötig, abzustreiten.«

»Aber ich habe doch im Krankenhaus mit Leuten gesprochen. Und mit den beiden im Hubschrauber.«

»Der Pilot und der andere sagen nichts und im Krankenhaus … welche Identität hast du da angegeben?«

»Gar keine.«

Karolina klatscht anerkennend in die Hände. Er hat alles richtig gemacht.

»Aber der Mann im Weinkeller wäre ein Zeuge, oder?«

Karolina sieht ihn schweigend an. Er wartet, aber mehr als dieser finstere Blick kommt nicht.

Elias spürt Übelkeit in sich aufsteigen, die Luft ist plötzlich stickig und stinkt nach Verwesung. Er hat von Anfang an gewusst, worauf er sich einließ. Karolina hat ihm eingeschärft, dass das Büro keine Strafverfolgungsbehörde ist und ihre Aufgabe in den meisten Fällen nicht darin besteht, Tatbestände aufzuklären, sondern sie zu verdunkeln. All das ist ihm bewusst, und er kann sogar nachvollziehen, warum es nicht anders geht. Trotzdem hat er geglaubt, sie würden vielleicht bestimmte Dinge zum Wohle des Landes unter den Teppich kehren, aber doch nicht schwere Verbrechen decken, damit diverse Politiker nicht das Gesicht verloren.

»Ich kann gar nicht genug betonen, wie wichtig es ist, dass du niemandem von alldem erzählst«, sagt Karolina. »Weder von dem, was wir eben besprochen haben, noch von dem, was du selbst erlebt hast, und auch nicht von den Schlüssen, die du gezogen hast. Und zwar zu deinem eigenen Besten.«

Nein, darauf hätte sie ihn nicht extra hinzuweisen brauchen. Keiner von ihnen würde je über diese Dinge sprechen, das hatte er auch so begriffen.

Der Zitronenbaum ist größer, als er ihn in Erinnerung hat, und der Salbei hat sich überall breitgemacht. Es ist frühlingshaft, fast sommerlich. Eine Woche vor Ostern sprießt das Grün in allen erdenklichen Nuancen.

Elias schlägt die hintere Tür des Taxis zu. Sie sind fünfundvierzig Minuten auf kurvigen Straßen bergauf und bergab nach Norden gefahren. Auf den kurzen geraden Strecken hat der Taxifahrer Vollgas gegeben, und vor jeder Kurve ist er kräftig auf die Bremse getreten. Mit demselben Gefühl, mit dem man ein schaukelndes Boot verlässt und wieder festen Boden betritt, macht Elias ein paar schwankende Schritte auf das Gartentor zu und zieht den Riegel hoch.

Es duftet nach Kräutern und Tulpen. Rechts von der Einfahrt parkt ein hellblauer Renault Twingo. Als sein Großvater noch lebte, hatten sie einen etwas größeren Peugeot, aber auch den hat meistens seine Großmutter gefahren. In den Serpentinen ist Elias immer schlecht und schwindlig geworden, aber übergeben musste er sich nie. Er hat die Zähne zusammengebissen und, genau wie seine Mutter ihm geraten hat, von der glühend heißen Rückbank aus stur geradeaus gestarrt. Nach ein paar Tagen hatte er sich an die Straßen gewöhnt.

Auf halber Strecke den schmalen Gang auf dem terrassierten Grundstück hinauf wird die blassrosa Tür des unverputzten Kalksteinhauses weit aufgerissen. Er bleibt stehen, so hat er es sich nicht vorgestellt. Er hat alles minutiös vorbereitet. Sich selbst, indem er sein Italienisch aufgefrischt hat, und seine Großmutter, in dem er ihr erklärt hat, warum er nicht mehr so aussieht, wie sie ihn in Erinnerung hat. Der Gedanke war am unerträglichsten: dass sie ihn womöglich anschauen könnte wie einen Fremden.

Er hat sich vorgestellt, wie er den Gang hinaufgeht, an die rosa Tür klopft, eine Weile davor stehen bleibt und wartet, bis seine Großmutter sie öffnet und ihren Blick auf ihm ruhen lässt. Doch nun steht sie schon da. Diese kleine, aber alles andere als zerbrechlich wirkende Frau mit den flaschengrünen Augen. Sie trägt ein geblümtes Baumwollkleid in einer dunklen Farbe und rote Birkenstocksandalen. In schnellem Tempo geht er auf sie zu.

»Oma!«

»Elias?« Es klingt wie eine Frage.

Er erklimmt die letzten Stufen und steht direkt vor ihr. Sie mustert ihn eingehend und studiert sein Gesicht. Genau davor hat er sich gefürchtet. Dass sie nicht glauben kann, dass er es wirklich ist, und sich unsicher fühlt, weil sie nicht weiß, ob sie ihm vertrauen kann.

»Ich bin es«, sagt er. »Ich kann verstehen, wenn du dich wunderst, aber …«

Er verstummt, als er merkt, dass sich etwas verändert. Ihr Blick gilt jetzt ihm, das spürt er genau, ganz egal ob sie nur seine Stimme oder auch etwas anderes erkannt hat. Sie ist jetzt da, seine Oma, und sie weiß, wer er ist.

Lange steht sie so da und schaut ihn einfach nur an, dann legt sie die Arme um ihn und drückt ihn ganz fest an sich.

»Mein Gott, Elias, was haben sie bloß mit dir gemacht?«

Er weiß nicht genau, ob sie sein verändertes Aussehen oder irgendetwas anderes meint, das sie in seinen Augen gesehen hat, aber die Worte berühren ihn tief, und sie rühren an Dinge, die er nach Möglichkeit von sich ferngehalten hat. Schmerz, Verlust, Trauer. Es ist so vieles verloren gegangen.

Sie streicht ihm zärtlich über die Wange, bevor sie ihn loslässt. Er holt tief Luft und tritt einen Schritt zur Seite. Sie bemerkt die Frau, die ein paar Meter hinter ihm wartet.

»Das ist Ylva, meine Freundin«, sagt er und winkt sie heran.

Ylva streckt die rechte Hand aus. Seine Großmutter wirft einen kurzen Blick auf die andere Hand, an der zwei Finger fehlen, bevor sie sie mit einem kräftigen Händedruck begrüßt.

»Elias hat mir von dem Unglück erzählt. Sie beide haben so viel durchgemacht.«

Elias muss innerlich lächeln. Das Unglück. Seine Großmutter, wie sie leibt und lebt. Diskrete Umschreibungen, die trotzdem ins Schwarze treffen.

»Wir hoffen, es jetzt hinter uns lassen zu können«, sagt Ylva in tadellosem Italienisch.

Bis zu dem Moment, in dem sie in Sanremo aus dem Zug gestiegen sind, hat Elias nicht gewusst, dass sie Italienisch kann.

»Ihr bleibt doch eine Weile?«

Seine Großmutter sieht ihn an.

»Das ist der Plan«, antwortet Ylva.

Seine Großmutter strahlt übers ganze Gesicht und hält ihnen die Tür auf.

»Kommt rein.«

Elias merkt, wie sie Ylva heimlich mustert und versucht, sich einen Reim auf ihre Anwesenheit zu machen. Wer ist diese Frau, und warum hat Elias sie mitgebracht? Sind sie Freunde, Kollegen oder… Man braucht sich nicht lange in Italien aufzuhalten, um Männer mit jüngeren Frauen zu entdecken, auch sehr viel jüngeren. Aber eine Frau über vierzig mit einem jungen Mann…

Findet seine Großmutter das seltsam? Wird sie ihn danach fragen, sobald sie unter sich sind? Oder wird sie Ylva darauf ansprechen? Ylva betritt das Haus als Erste, dann Elias und zuletzt seine Großmutter.

»Ich habe jede Menge Platz, das weißt du ja, ich lebe allein. Ihr könnt bleiben, so lange ihr wollt.«

»Wir wollten eigentlich etwas mieten«, sagt er, »aber bis wir etwas gefunden haben, übernachten wir gerne bei dir.«

»Mieten? Wozu das Geld zum Fenster hinauswerfen? Ihr könnt hier wohnen. Touristen werden doch ausgenommen wie Weihnachtsgänse. Die Leute schämen sich kein bisschen.«

Ylva betrachtet die Zitrone, die sie in Marias Garten gepflückt hat, und atmet mit jeder Faser ihres Körpers den Duft ein. Sie riecht besser und intensiver als alle Zitronen, die sie jemals in der Hand gehalten hat. Dann ruft sie sich ins Gedächtnis, dass es möglicherweise mit dem Ort zusammenhängt, an dem sie sich befindet. Sie ist in Italien, und es ist Mitte April, angenehm warm, alles grünt und blüht, der Himmel ist weit und, was am wichtigsten ist, sie ist auf dem Weg zurück zu sich selbst, fühlt ihre Kraft zurückkehren, ihr Körper widersetzt sich nicht mehr allem, und es überkommt sie auch nicht mehr diese bleierne Müdigkeit bei jeder noch so geringen Anstrengung.

Was spielt das überhaupt für eine Rolle? Der Duft der Zitrone ist berauschend, und ihr geht es gut. Aber diese schwankenden Überlegungen sind typisch für den mentalen Zustand, in dem sie sich befindet, seit sie nach der Schussverletzung aus dem Koma erwacht ist. Sie zögert und zweifelt, prüft ihre Gedanken und Erlebnisse doppelt und dreifach und hinterfragt sogar einen Geruch. Sie erkennt sich selbst nicht wieder, hofft aber, dass diese Neigung zum Grübeln genauso vorübergeht wie die Müdigkeit und die Kraftlosigkeit ihres Körpers.

Viel zu oft hat sie das zwischen sich und Elias infrage gestellt, obwohl ihre Gefühle stark und selbstverständlich sind. Sie hat Hindernisse gesehen, die gar nichts mit ihr zu tun hatten und, wie sie am Ende erkannte, in Wirklichkeit gar nicht existierten. Sie hat kritische Stimmen imaginiert, die eigentlich gar nichts gesagt hatten.

Bevor sie und Elias nach Italien fahren konnten, hatte sie alles loslassen und sich einzig und allein auf ihr Gefühl verlassen müssen und nicht auf das, was die anderen vermeintlich dachten. Als sie sich erst einmal entschieden hatte, war es leichter. Ziemlich gut sogar.

Sie spürt Marias Blicke. Maria verurteilt sie nicht, ist von Anfang an fürsorglich und freundlich zu ihr, aber sie versteht es nicht ganz. Vielleicht akzeptiert sie es auch nicht wirklich, jedenfalls nicht ohne Widerstände. Und schon ist Ylva wieder an diesem Punkt, wo sie anderen Vorbehalte zuschreibt, die ihren eigenen Befürchtungen entspringen, und muss sich wieder sagen: Lass es einfach sein.

Während es in den vergangenen vier Monaten vor allem um die körperliche Regeneration gegangen ist, beginnt jetzt eine andere Art von Arbeit: wieder Mensch zu werden.

So vieles würde sie lieber vergessen, allem voran den Tod und die Gewalt, die im vergangenen Jahr allgegenwärtig gewesen sind, aber sie weiß, dass das niemals möglich sein wird. Beides hat Spuren hinterlassen, die genauso markant sind wie die beiden verlorenen Finger, auch wenn nur sie selbst sie sehen kann.

Sie haben ein Haus in drei Kilometer Entfernung vom Meer und in einem angemessenen Abstand zu Elias Großmutter gemietet. Nicht weit weg, aber auch nicht zu nah dran. Das Haus ist groß, hat dunkle Zimmer und riecht ein wenig nach Staub und Veilchen. In der ersten Nacht im Haus hat Elias den Kopf so auf ihren Bauch gelegt, dass sie genau spürte, wie sein etwas kühleres Ohr einen Abdruck darauf hinterließ, und ihr eine Liebeserklärung gemacht. *Ich glaube, ich liebe dich*. In einer anderen Phase ihres Lebens wäre sie vielleicht an diesem *Ich glaube* hängen geblieben, aber jetzt ist es das Schönste, was sie je gehört hat.

Sie fragt sich, wie es Elias geht. Er hat gelitten, aber er hat auch Leid verursacht, sogar getötet. In Extremsituationen, die er sonst nicht überlebt hätte, im Auftrag eines Geheimdienstes und von ihnen legitimiert. Aber es blieb, was es ist, das Leben eines anderen Menschen.

Reden möchte er nicht darüber, aber es beschäftigt ihn natürlich, was auf Bungenäs passiert ist, mit Eric und Richard Hands, die unauffindbar sind. Sie sieht darin die Gefahr einer abgrundtiefen Verbitterung, und das hat sie ihm auch gesagt. Er hat ihr zugestimmt, aber Loslassen fällt ihm trotzdem schwer.

»Ich kann mit niemandem außer dir darüber reden«, sagt er. »Und damit meine ich nicht nur, dass ich mich mit dir wohl und sicher fühle. Ich kann diese Dinge niemandem anvertrauen, ohne mich oder den anderen in Lebensgefahr zu bringen. Abgesehen von ein paar Leuten in der Regierung und beim Geheimdienst wissen nur wir zwei davon. Ist das nicht bizarr? Surreal?«

»Doch«, sagt sie, »aber es ist auch ein großes Glück, dass weder du noch ich allein mit diesem Wissen sind.«

Manchmal fragt sie sich, ob sie einfach aufgrund der extremen äußeren Umstände aufeinander angewiesen sind. Ob sie vielleicht gar keine andere Wahl haben. Aber sie weiß, dass es nicht stimmt. Ihre Gefühle füreinander sind größer als das.

Am Strand fährt eine gelbe Planierraupe auf und ab und glättet den Sand, den die winterlichen Stürme aufgewühlt haben. Das Osterfest mit den Palmwedeln und Prozessionen liegt hinter ihnen, die Badesaison rückt näher.

Elias ist allein in dem Straßencafé mit den angerosteten, aber unverwüstlichen blauen Spaghettistühlen, über ihm ein Sonnenschirm mit Campari-Logo und Fransen, die von der sanften Brise in weiche Wellenbewegungen versetzt werden.

Elias ist wieder Elias Ferreira Krantz. Das Büro hat ihm davon abgeraten, aber er hat darauf bestanden. Da seit der Auslöschung der Brinkman-Gruppe zwischen ihm und der Familie Hands eine Art Gleichgewicht des Terrors besteht, fühlt er sich relativ sicher.

Er hat einen Tisch an der Hauswand gewählt, um den Rücken frei zu haben. Es wird noch eine Weile dauern, bis er sich diese routinemäßigen Sicherheitsvorkehrungen abgewöhnt, aber das heißt nicht, dass er sich permanent umschauen würde.

Abgesehen von seiner täglichen Laufrunde und den wenigen Stunden, die er seinem vernachlässigten Studium widmet, nutzt er die Tage hauptsächlich, um in der Sonne zu atmen und zu spüren, dass er lebt. Ylvas Wunden sind verheilt, aber sie ist noch lange nicht gesund. Die Ärzte sagen, dass die Regeneration bis zu einem Jahr dauern kann. Offiziell ist sie noch die Generaldirektorin von Sida, aber bis auf Weiteres krankgeschrieben. Nach außen wirkt sie stark und sagt das auch selbst. Doch wenn sie mitten in der Nacht aufwacht und hyperventiliert, weiß er, dass sie noch eine ganze Weile kein normales Leben führen kann.

Der Kellner stellt ein Glas auf seinen Tisch, öffnet eine Flasche Peroni, schenkt ihm ein und legt die Rechnung auf die runde Marmorplatte. Elias wacht nachts nicht panisch auf, aber auch er ist vom Alltag noch weit entfernt. Vielleicht wird er niemals dahin zurückfinden. Nach allem, was er erlebt hat, hat sich sein gesamtes Wertesystem verschoben. Er hat eine andere Perspektive auf Leben und Tod, Wahrheit und Lüge und auf das, was im Leben wichtig oder eben unwichtig ist. Aber er ist sich nicht sicher, ob sich seine Sicht auf diese Dinge zum Besseren verändert hat. Jeden Tag bemüht er sich, nicht zynisch und verbittert zu werden. An manchen Tagen gelingt das, an anderen verliert er den Kampf.

Als er das Bier ausgetrunken hat und sich die Rechnung ansieht, bemerkt er aus den Augenwinkeln einen großen dunkelhaarigen Mann in einem locker sitzenden hellgrauen Anzug auf seinen Tisch zukommen. Unter dem Arm hat er eine zusammengefaltete Zeitung. Das Hemd ist nicht bis oben hin zugeknöpft.

»Die Rechnung scheint ja ungeheuer interessant zu sein«, sagt er auf Französisch.

Elias lässt die Hand in den Schoß sinken. Sein Körper fühlt sich schwer und müde an, von einer Sekunde auf die andere bekommt er rasende Kopfschmerzen.

»Darf ich mich setzen?«

Am liebsten möchte er aufstehen und wortlos gehen, aber ein Fünkchen Neugier hält ihn zurück, obwohl er sich nur ungern eingesteht, dass Emmanuel Lambert diesen Funken entfacht hat.

»Bitte sehr.«

Die blauen Gummischnüre geben unter Lamberts Gewicht nach. Als der Kellner kommt, deutet Lambert mit einer dezenten Kopfbewegung auf Elias' leeres Glas. Dann legt er die Zeitung auf den Tisch. Es ist eine zwei Tage alte Ausgabe der französischen Le Monde.

»Verfolgen Sie die Nachrichten?«, fragt Lambert.

»Nur wenn es sich nicht vermeiden lässt.«

»Werfen Sie mal einen Blick auf Seite sechzehn.«

Elias unterdrückt den Impuls, demonstrativ genervt zu seufzen wie ein Teenager, und blättert in der Zeitung. Er überfliegt die Artikel, ohne etwas Bemerkenswertes zu entdecken, und will Lambert schon fragen, wonach er suchen soll, als er die Nachricht in der Spalte mit den

Kurzmeldungen entdeckt: *Eigentümer von Atlas Schield im Krankenhaus von Nantes verstorben*. Hastig blickt Elias zu Lambert auf, der in aller Ruhe seine Reaktion beobachtet. Elias liest weiter: *Eric Hands, der schwedische Haupteigner und Geschäftsführer von Atlas Schield, ist während eines Flugs von Stockholm nach Madrid in seinem Privatjet erkrankt. Nach einer Notlandung in Nantes wurde Eric Hands ins Saint-Jacques-Krankenhaus gebracht, wo er an den Folgen einer Lungenembolie starb. Atlas Schield ist der Weltmarktführer auf dem Gebiet der digitalen Sicherheits- und Überwachungssysteme und hat Frankreichs zivilen Flugverkehr mit einem Flugüberwachungssystem ausgestattet.*

Das ist alles. Ein paar wenige Zeilen. Eric Hands lebt nicht mehr. Elias empfindet keine Befriedigung und hat nicht das Gefühl, dass irgendeine Art göttlicher Gerechtigkeit wiederhergestellt wurde, aber eine gewisse Ruhe breitet sich in ihm aus. Es ist vorbei. Er braucht sich nicht mehr den Kopf über Eric Hands zu zerbrechen. Ein Grund weniger, verbittert zu sein.

Er faltet die Zeitung zusammen und legt sie auf den Tisch.

»Lungenembolie?«, fragt er.

»Man muss Gelegenheiten beim Schopf packen.«

Der Kellner bringt Lamberts Bier, und dann sitzen sie wieder schweigend da.

»Und Richard?«, fragt Elias.

Ein resigniertes Lächeln huscht über Lamberts Gesicht.

»Er ist jetzt der perfekte Atlas-Eigentümer, vielleicht sogar noch besser als sein Vater. Es wird noch dauern, bis er

Geschäftsführer wird, falls es jemals dazu kommt, aber er hat die Macht, weil ihm das Unternehmen gehört. Das ist das Szenario: Die schwedische Regierung und der schwedische Nachrichtendienst haben Atlas fest im Griff, und solange Richard lebt und Geschäfte machen kann, wird sich dieser Griff auch nicht lockern. Wieso sollten sie daran etwas ändern wollen?«

Schweigend sitzt Elias vor seinem leeren Glas.

»Immerhin haben wir Eric Hands«, sagt Lambert. »Damit sollten Sie sich zufriedengeben.«

»Meine Begeisterung hält sich in Grenzen«, sagt Elias müde. »Dafür ist das Ganze zu verkorkst. Hands ist tot, gut, er hat seine Strafe bekommen, nehme ich an. Ich bin sicher der Letzte, der ihm eine Träne nachweinen würde, aber Gerechtigkeit kann ich trotzdem nicht erkennen. Nichts wird ans Licht kommen. Niemand wird je erfahren, wer er wirklich war.«

Lambert schürzt ein wenig die Lippen und zieht die Augenbrauen hoch. Ist er verwundert? Enttäuscht? Hat er Applaus erwartet?

»Wissen Sie …«, beginnt Lambert. Er schaut aufs Meer und überlegt eine Weile, bevor er nach kurzem Räuspern weiterspricht. »Sie haben das Leben noch vor sich.«

Elias sieht ihn müde an. Soll er sich jetzt väterliche Weisheiten von einem Geheimagenten anhören, der in ganz Europa unterwegs ist und Leute umbringt?

»Sie raten mir, dass ich einfach nach vorne schauen soll?«

»Junge Menschen verstehen nicht, was die ältere Generation meint, wenn wir sagen, dass sie das Leben noch vor sich haben.« Lambert lehnt sich zurück und breitet die Arme aus. »Leben Sie Ihr Leben. Es ist Ihre Entscheidung, was Sie daraus machen, noch steht Ihnen alles offen. Ich hingegen habe alle Entscheidungen bereits getroffen, zumindest die wichtigen. Wenn Sie erst mal in meinem Alter sind, und das geht schneller, als Sie denken, dann bleiben Ihnen nur noch wenige Jahre. Jetzt haben Sie noch ein ganzes Leben vor sich. Das ist alles, was ich Ihnen damit sagen will.«

Elias nickt nachdenklich, größtenteils um Lambert, der sich ein wenig selbst bemitleidet, nicht zu kompromittieren.

»Falls Sie Ihr Leben aus unerfindlichen Gründen trotzdem in dieser Branche zerstören wollen, melden Sie sich jederzeit.«

Lambert steht auf und legt einen Zehn-Euro-Schein für das Bier, das er nicht angerührt hat, auf den Tisch. Dann zieht er etwas aus seiner Hosentasche.

»Das gehört Ihnen.« Er hält Elias einen USB-Stick hin. »Für dieses Geheimnis hat Ihr Vater sein Leben geopfert, Sie haben Ihrs aufs Spiel gesetzt und weitere Menschen sind deswegen zu Tode gekommen.«

»Klingt nach einer Zyankalikapsel.«

»Nicht mehr. Diese Informationen haben an Brisanz verloren, seit Hands tot ist.«

Lambert steht immer noch mit dem USB-Stick in der Hand da und wartet darauf, dass Elias danach greift.

»Es gibt ja niemanden mehr, den man zur Rechenschaft ziehen könnte. Aber was soll ich dann mit dem Stick? Ihn als Souvenir aufbewahren?«

»Nehmen Sie ihn«, sagt Lambert. »Es gibt eine Geschichte, die erzählt werden sollte. Geschichten über das, was gewesen ist, prägen die Zukunft.«

Elias umschließt den Stick mit den Fingern. Es ist die Tonaufnahme eines Gesprächs darauf, die den Tod seines Vaters verursacht hat. Henning Eriksson und Hands auf dem Weg nach Jämtland. Der Beginn der ganzen schmutzigen Geschichte. Vielleicht auch das Ende?

»Im Moment fällt es mir schwer, nach vorne zu schauen«, sagt er.

»Ça va changer«, sagt Lambert. »Das wird sich ändern.«

Er wendet ihm den Rücken zu, und Elias sieht ihn in schnellem Tempo am Strand entlanggehen. Er hofft, ihm nie wieder zu begegnen.

Mit *Nacht des Propheten* endet diese Trilogie. Ob Elias Ferreira Krantz und Ylva Grey in einem anderen Zusammenhang noch einmal auftauchen, wird die Zukunft zeigen, aber diese tausendseitige Erzählung ist nun abgeschlossen.

Ich möchte mich bei Johan Axelsson vom Polaris Verlag bedanken, der an diese Geschichte geglaubt hat, als ich sie im Januar 2017 präsentierte. Er hat die Entscheidung gefällt, sie zu veröffentlichen. Ich danke allen anderen im Verlag, die sich auf die eine oder andere Weise dafür eingesetzt haben, dass die Bücher die Leserinnen und Leser erreichen: Lovisa Sandberg, Ann-Louise Gustavsson, Cecilia Gustavsson und Anders Olofsson. Unentbehrliche Unterstützung bei der Recherche und dem Faktencheck habe ich von Elsa Håstad, Kapitän Fredrik Backman, Varg Gyllander, Peter Westenfelder und Andrew Wilder bekommen.

Ich danke Lotta Kühlhorn und Fabian Kühlhorn für das Buchcover, meiner Lektorin Ulrika Åkerlund für ihre kluge und einfühlsame Arbeit am Text, allen Verlagsmitarbeiterinnen und Übersetzerinnen im Ausland sowie Lena Stjernström und Jenni Brunn von der Grand Agency, ohne die meine Bücher den Weg in die Welt außerhalb von Schweden nicht finden würden.